DIE WEISHEIT DER TIERE

Simon Bartholome

AF281471

Dieses Buch ist meinem Freund Franz „Fente" Friedrichs und meinem Vater Ferdinand Bartholome gewidmet.

Möge DIE WEISHEIT DER TIERE Dich an die Einheit allen Lebens und damit an die Liebe erinnern.

Möge diese vergängliche Erscheinung in deinen ebenfalls vergänglichen Händen dir immer wieder das Unvergängliche vor Augen führen – die unendliche Weite des reinen Bewusstseins, die ewige Vollkommenheit des Lebens, das Du bist und das wir alle sind!

„Tiere tragen einen Tierkörper
und Menschen den menschlichen Körper.
Wir alle tragen verschiedene Körper
wie verschiedene Kleidung,
aber in Wirklichkeit sind wir alle dasselbe Sein. "
~ Ramana Maharshi

„Die fundamentale Wahrheit lautet:
Jedes Lebewesen auf der Welt ist eine
Verkörperung der Glückseligkeit. "
~ Papaji

Impressum:
© 2025 Simon Bartholome
Verlag: BoD · Books on Demand GmbH, Überseering 33, 22297 Hamburg, bod@bod.de
Druck: Libri Plureos GmbH, Friedensallee 273, 22763 Hamburg
ISBN:978-3-7693-6784-3

INHALTSVERZEICHNIS

Eine der blamabelsten Entwicklungen
der menschlichen Geschichte ist,
dass das Wort "Tierschutz"
überhaupt geschaffen werden musste.
(Theodor Heuss)

„Haben Tiere eine Seele und Gefühle?"
kann nur fragen, wer über keine
der beiden Eigenschaften verfügt.
(Eugen Drewermann)

Es gibt nichts,
was alle Menschen von allen Tieren unterscheidet.
(Jeremy Bentham)

Endlich weiß ich,
was den Menschen vom Tier unterscheidet:
Geldsorgen!
(Jules Renard)

Beleidige nie ein Tier,
es ist klüger oft als wir!
(Erhard Horst Bellermann)

Gott hat des Öfteren
seine größten und schönsten Gaben
dem einfachen Tier gegeben.
Nur die Menschen suchen sie dort nicht.
(Martin Luther)

EINLEITUNG

„Mit allen Kreaturen bin ich in schönster Seelenharmonie. Wir sind verwandt, ich fühle es innig und eben darum liebe ich sie." (Wilhelm Busch)

Ich liebe Tiere. Die Reichweite meiner Erinnerungen genügt nicht, um mich gedanklich zu einer Zeit zurückzubefördern, in der ich mich noch nicht für Tiere interessiert habe. Die ersten Texte, die ich als kleiner Knirps außerhalb der Schule freiwillig verfasste, handelten von Tieren. Seit frühester Kindheit kann ich mich der Faszination für all die wundervollen Wesen, mit denen wir diese Welt teilen, nicht entziehen. In der Tat standen sie schon im Fokus meiner Aufmerksamkeit, bevor ich in der Lage war, meine Begeisterung für unsere vielfältigen Verwandten sprachlich zum Ausdruck zu bringen.

Weltweit gibt es mehrere Millionen Tierarten. Angesichts ihrer Vielfalt, Fähigkeiten und Schönheit empfinde ich bis heute tiefe Ehrfurcht und Dankbarkeit.

Menschliche Botschafter halten stundenlange Predigten, doch sie vermögen nicht annähernd so überzeugend und unmissverständlich Weisheit zu vermitteln wie ein Tier innerhalb eines einzigen Augenblicks in völliger Stille – ohne Worte, allein durch seine natürliche Präsenz.

Diese Erkenntnis setzt allerdings voraus, dass man selbst präsent genug ist, was im menschlichen Normalzustand nicht der Fall ist.

Die Tiere in diesem Buch bedienen sich zusätzlich dem Medium der menschlichen Sprache, um die frohe Botschaft an empfangsbereite Menschen zu überbringen.

Die Beschreibung sprechender Tiere wird viele Leser dazu verleiten, das vorliegende Buch als Fantasieroman einzuordnen. Damit bin ich einverstanden, sofern die inhaltlichen Aussagen nicht ebenso als Produkte der Fantasie oder des Wunschdenkens abgetan werden. Wer dieses Buch nur als gehaltlose Geschichte zum Zwecke der Unterhaltung liest, wird den wahren Wert verfehlen.

Mir ist bewusst, dass die meisten wildlebenden Tiere meine menschliche Gesellschaft nicht so angstfrei und friedlich willkommen heißen würden, wie es in den folgenden Geschichten dargestellt ist. Es sei daher an dieser Stelle ausdrücklich betont, dass meine Vorgehensweise in vielen der Geschichten keinesfalls zur Nachahmung empfohlen ist! Außerdem braucht man bekanntlich sehr viel Glück und Geduld, um exotische Tiere in freier Wildbahn zu Gesicht zu bekommen. Man begegnet selbstverständlich nicht sofort und gleichzeitig völlig verschiedenen Arten am selben Ort, wie ich in meinen nachfolgenden Erzählungen.

All diese Abweichungen von der 'Realität' sollten jedoch nicht über die Tatsache hinwegtäuschen, dass die seitens der Tiere an mich gerichteten Aussagen wertvolle Weisheiten enthalten, die auch auf unser wirkliches Leben tatsächlich zutreffen und unter allen Umständen von höchster Bedeutung sind.

Es gibt keine größere Bereicherung als die zweifelsfreie Gewissheit unserer Unsterblichkeit – und die Erkenntnis, dass uns bedingungslose Glückseligkeit hier und jetzt als unser eigenes wahres Wesen zur Verfügung steht.

Ich bin kein Biologe oder Zoologe, sondern nur ein einfacher Tierfreund, der durch dieses Buch seine Begeisterung für das Paradies namens Erde voller Enthusiasmus zum Ausdruck bringen möchte. Da es sich bei all meinen bisherigen Werken um Sachbücher handelt, konnte ich mich hier zum allerersten Mal meiner Kreativität unbeschränkt bedienen und meiner Fantasie freien Lauf lassen. Nicht zuletzt aus diesem Grund hat es mir viel Freude bereitet, dieses außergewöhnliche Buch zu schreiben. Es soll also meine anfangs erwähnte Wertschätzung und Dankbarkeit mit aller Deutlichkeit ausdrücken und nicht nur all jene Menschen berühren, deren Herzen von derselben Liebe erfüllt sind. Diejenigen, die eine intensive Herzenssehnsucht nach Selbsterkenntnis verspüren, sollen hier ihren Durst stillen.

Ich weiß, dass viele Menschen auch meine Faszination für die Wunder der Tierwelt nachempfinden können. Die Intention dieses Schriftwerks besteht also darin, die Leser mit spannenden zoologischen Informationen zu versorgen und sie gleichzeitig mit der erfahrbaren Wahrheit in Berührung zu bringen, dass wir unendlich viel mehr sind, als uns ein Spiegel zeigen kann.

Wir alle sind unsterblich! Wir sind ewiglich geborgen! Daraus resultiert die befreiende Erkenntnis, dass wir uns niemals vor etwas fürchten müssen. Meine Tiere werden die Menschheit liebevoll und humorvoll daran erinnern, dass wir uns selbst und dieses Leben nicht so ernst nehmen müssen, wie es uns von blinden Blindenführern nahegelegt wurde. Immer wieder werde ich die geschichtliche Erzählung und die Dialoge mit Fakten füllen, die uns unleugbar darauf hinweisen, dass unser Bewusstsein nicht auf einen Körper angewiesen ist und von dessen Tod nicht berührt werden kann. Vielleicht, so dachte ich mir, lässt sich die für den konditionierten Verstand schwer verdauliche Kost besser aufnehmen und verdauen, wenn sie von unschuldigen Tieren verkündet wird.

Rückblickend betrachtet, war mein Buch *Die ewige Vollkommenheit des Seins* wohl vor allem an jene Leserschaft adressiert, die sich bis dato noch nicht oder nur wenig mit spirituellen Themen beschäftigt hatte. Dieses Buch soll gleichermaßen für verschiedene Lesertypen geeignet sein – Menschen ohne vorausgehende Kenntnisse und auch solche, die sich bereits intensiv mit der Thematik auseinandergesetzt haben. Vielleicht kennt sich der ein oder andere Leser schon mit Tieren aus, kam bisher aber nicht oder kaum mit spiritueller Weisheit in Kontakt – oder umgekehrt. So sollte jeder auf zahlreiche Überraschungen stoßen und seinen Horizont erweitern. Ich möchte, dass dieses Buch sowohl den wissbegierigen Verstand als auch das nach tieferer Weisheit und Liebe strebende Herz des Lesers erreicht und bereichert.

Sollten manche in diesem Buch verkündeten Weisheiten oder Schlussfolgerungen nicht nachvollziehbar sein, empfehle ich meine vorangegangenen Bücher (siehe Anhang), in denen beispielsweise wesentlich detailreicher und ausführlicher erläutert wird, wie sich zweifelsfrei erkennen lässt, dass wir nicht auf unsere Körper beschränkt sind.

Aufgrund des geschichtlichen Erzählstils eignet sich *Die Weisheit der Tiere* von all meinen bisherigen Büchern meiner Einschätzung nach am besten für Kinder. Auch die erwachsenen Leser möchte ich einladen, sich bei der Betrachtung der Geschichten bestmöglich ihrer Vorstellungskraft zu bedienen und die Tiere und geschilderten Ereignisse zu visualisieren. Vielleicht ist es hilfreich, hin und wieder die Augen zu schließen und sich die Szenerie lebendig vorzustellen. Die Qualität der Schilderungen und ihre Wirkung werden nicht zuletzt von der Fantasie des Lesers abhängen.

In seinem unvergleichlichen Klassiker „Autobiographie eines Yogi" beschrieb der spirituelle Lehrer Paramahansa Yogananda seine Begegnungen mit zahlreichen weisen Menschen auf packende Weise. Ich werde gewissermaßen eine vergleichbare Rolle einnehmen. Wie er werde ich in diesem Buch um die Welt reisen, dabei jedoch keinen Menschen, sondern Tieren begegnen, die ebenso ihre Weisheit teilen wie Yoganandas Gesprächspartner. Ich werde viele Zitate – u. a. auch aus dem genannten Meisterwerk – verwenden und sie den Tieren in den Mund (bzw. in das Maul oder den Schnabel) legen. Sämtliche Aussagen von Tieren, die bereits sehr ähnlich oder identisch von bestimmten Menschen geäußert wurden, sind mit kleinen Ziffern in Klammern gekennzeichnet. Das Buch endet mit einem Quellenverzeichnis, das den Ursprung aller Originalzitate preisgibt.

Wie im Inhaltsverzeichnis einsehbar, habe ich verhältnismäßig wenigen Tieren einen eigenen Kapitelteil gewidmet. Aber jedes Tier, das in diesem Buch nicht nur beiläufig erwähnt, sondern genauer beschrieben wird, ist im alphabetisch angeordneten Artenverzeichnis (S. 5-9) enthalten.

Vor einem Reisestart wird man in der Regel dazu aufgefordert, sich anzuschnallen. Bevor ich Dich, liebe/r Leser/in, herzlich dazu einlade, mich auf meiner Reise in die göttliche Tierwelt zu begleiten, möchte ich dich hingegen darum bitten, dich abzuschnallen – von deiner Konditionierung, von deinem Welt- und Selbstbild, von allem, was du zu wissen glaubst, was du für selbstverständlich real und illusionär hältst. Lege allen Ballast ab, damit dich nichts mehr daran hindern kann, mit mir und meinen Tieren auszubrechen und frei zu sein!

Nehmen wir an, unsere Reise findet in der Meditation statt. Es ist möglich, dabei über seinen Körper hinauszugehen und in das zeitlose Sein einzutauchen. Die Abwesenheit oder Andersartigkeit der Zeit in diesem Zustand ermöglicht eine Weltreise innerhalb weniger Stunden, die nach irdischem Zeitmaßstab eigentlich mehrere Tage, Wochen, Monate oder gar Jahre beanspruchen würde.

Ich schließe also meine Augen und begebe mich in einen meditativen Zustand. Bald spüre ich den physischen Körper nicht mehr. Ich denke an nichts, ich fühle nichts, ich sehe nichts, ich höre nichts. Da ist nichts, es gibt keinerlei Wahrnehmungen, nur reines Bewusstsein. Die leere Leinwand der unendlichen Weite des Geistes stellt sich für jedes erdenkliche und nicht-erdenkliche Kunstwerk von Wahrnehmungen aller Art zur Verfügung. So ist es möglich zu reisen, während der Körper an Ort und Stelle zurückbleibt.
Doch vorerst verweile ich einfach als reines Gewahrsein, frei von Erwartungen, für alles bereit…

Plötzlich ertönt eine unglaublich kraftvolle, aber höchst liebevolle Stimme aus der stillen Tiefe meines Seins… Sie spricht zu mir:

„Simon, du wirst dich auf eine lehrreiche Reise begeben. Du wirst jeden Kontinent bereisen und vielen verschiedenen Tieren begegnen. Um dich auf dieses Abenteuer vorzubereiten, habe ich dir die Liebe zu den Tieren in die Wiege gelegt. So entspricht es deiner Natur, ihnen ohne das typische menschliche Gefühl der Überlegenheit gegenüberzutreten. Die Tiere werden in deiner Sprache mit dir kommunizieren und dich an vieles erinnern, das von deinem menschlichen Verstand und seinen hartnäckigen Illusionen verschleiert wurde.

Es ist für alles gesorgt. Ich habe allen Tieren euer Treffen bereits angekündigt. Sie freuen sich auf dich und sind zu einem Austausch bereit. Frage sie einfach alles, was dir auf dem Herzen liegt und in der Seele brennt.

Bitte fürchte dich nicht, die Tiere sind dir wohlgesonnen. Genieße die Reise und öffne dein Herz für die Weisheit der Tiere!"

KAPITEL 1

EUROPA

„Ein Tier sieht in uns ein Mitgeschöpf, das in diese ganze Welt gehört. Bloß wir glauben, weil wir uns natürlich aus dieser Welt komplett herausentwickelt haben, dass wir nicht mehr mitspielen dürfen. Die Natur lädt uns ständig ein: „Kommt und spielt wieder mit!"
Wir wollen das nicht wahrhaben."
(Andreas Kieling)

Ich öffne meine Augen, blicke mich um und stelle fest, dass ich mitten in einem Wald stehe. Die Vegetation sieht vertraut aus, es muss wohl ein europäischer Wald sein.

Ich liebe Bäume. Aber meine botanischen Kenntnisse sind etwa so schwach ausgeprägt wie die Ehrlichkeit eines durchschnittlichen Politikers. Dementsprechend kann ich keine genaue Auskunft darüber geben, um welche Baumspezies es sich handelt. Ich tippe auf Tannen oder Fichten.

Darauf vertrauend, dass ich geführt werde, gehe ich einfach los. Der weiche Waldboden ist mit Moos bedeckt. Vogelgezwitscher umringt mich – ein wunderschönes Konzert, komponiert von der Natur selbst.

Ich schaue rüber zu einem Baum rechts von mir. Auf einem tiefliegenden Ast sitzt ein Vogel. Ich erkenne ihn als Eichelhäher. Er blickt mich an und sagt frei heraus: „Grüß Gott! Herzlich willkommen im Bayerischen Wald, mein Freund!"

Kaum hat er diese Worte ausgesprochen, stürzt er sich vom Ast und fliegt davon. Obwohl es mir angekündigt wurde, traue ich meinen Ohren nicht. Ich kann einfach nicht fassen, dass gerade ein Eichelhäher mit menschlichen Worten zu mir gesprochen hat. Und so herzlich!

Ich wusste zwar bereits, dass der Eichelhäher ein intelligentes Tier ist…

Ein wissenschaftlicher Versuch mit dem schönen Rabenvogel verdeutlichte dies: Ein schlankes, hohes Glas wurde etwa zur Hälfte mit Wasser gefüllt, eine Nuss darin platziert und mehrere Steine direkt neben dem Glas positioniert. All dies wurde einem Eichelhäher zur Verfügung gestellt. Der Vogel versuchte vorerst erfolglos, die Nuss mit seinem Schnabel zu erreichen, überlegte daraufhin nicht lange und nahm einen Stein auf, um ihn in das Glas zu befördern. Als er bemerkte, dass sich dadurch der Wasserstand im Glas erhöhte und die an der Wasseroberfläche schwimmende Nuss in nähere Reichweite rückte, warf er weitere Steine hinein. Schließlich stieg die Nuss hoch genug, sodass der Eichelhäher seinen wohlverdienten Leckerbissen ergattern konnte.

… Doch trotz seines bekannten Einfallsreichtums war ich nicht auf einen sprechenden Eichelhäher gefasst.

Nachdem ich einige Minuten gebraucht habe, um mich zu sammeln, gehe ich weiter. Einfach geradeaus, tiefer in den Wald hinein.

Schon entdecke ich auf einem anderen Baum ein weiteres Tier… Ein hübscher Baummarder läuft über einen Ast… Kaum ein Tier kann so geschickt und sicher klettern. Während er von Ast zu Ast springt, kann er mit einem einzigen Satz bis zu 4 Meter große Lücken überwinden. Baummarder jagen Kleintiere aller Art. Sie bewegen sich in den Ästen so schnell und gewandt fort, dass sie auch Eichhörnchen erbeuten können.

Der Baummarder scheut die Nähe des Menschen, im Gegensatz zu seinem nächsten Verwandten, dem Steinmarder. Während Letzterer über einen weißen Kehlfleck verfügt, ist jener des Baummarders gelb. Außerdem hat dieser meist ein dunkleres Fell. Wegen seiner Schönheit wird er auch als Edelmarder bezeichnet.

Als der Baummarder mich entdeckt, treffen sich unsere Blicke für eine kostbare Sekunde – er öffnet sein kleines Maul und spricht mit überraschend tiefer und kraftvoller Stimme zu mir:

„Nichts und niemand kann dir jemals etwas anhaben!"
Im nächsten Moment springt er auf den nächsten Ast und ist außer Sichtweite.

War dies eine zusätzliche Versicherung dahingehend, dass mir auf dieser Reise nichts zustoßen wird? Die Stimme vor dem Reisestart kündigte an, dass mir alle Tiere wohlgesonnen sein werden. Doch irgendwie ahne ich, dass die Botschaft des Marders eine grundsätzliche, tiefere Bedeutung hat. Nichts und niemand kann mir jemals etwas anhaben! Ich kann die Wahrheit dieser Worte spüren. Mein physischer Körper sitzt auf dem Sofa und meditiert. Wenn mich in dieser Vision doch ein Tier angreifen und töten sollte, werde ich einfach auf dem Sofa 'aufwachen' und unversehrt sein. Geschieht das auch beim Tod des physischen Körpers? Wachen wir dann im sogenannten Jenseits auf und stellen fest, dass all die menschlichen Dramen keinerlei Spuren hinterlassen haben? Ich fühle, dass mir diese Frage wie viele weitere im Laufe des kommenden Abenteuers beantwortet werden wird.

Obwohl ich keine Brille trage, bin ich nicht mehr kurzsichtig. Aus der Ferne erblicke ich einen großen Amei-
senhügel. Je mehr ich mich annähere, desto deutlicher
kann ich die vielen kleinen Körper erkennen, die eifrig
umherlaufen und unermüdlich ihrer Arbeit nachgehen.

Das perfekt aufeinander abgestimmte Verhalten der
Ameisen lässt das Kollektiv wie einen einzigen, riesigen
Organismus erscheinen.
Allgemein bekannt ist ihre körperliche Leistungsfähigkeit. Eine Ameise kann das bis zu 100-Fache ihres eigenen Körpergewichts tragen. Das ist allerdings noch kein
Superlativ … Der Nashornkäfer ist das kräftigste Insekt
und kann das bis zu 800-Fache seines Eigengewichts
tragen. Wäre ein 125 kg schwerer (menschlicher) Ge-
wichtheber dazu in der Lage, so könnte er ohne Hilfsmittel 100 Tonnen heben, also ca. 100 Kleinwagen auf einmal. Mit mindestens 350.000 (bisher bekannten) Arten
sind Käfer übrigens die artenreichsten Insekten und Tiere
überhaupt. Hinsichtlich seiner Kraft ist selbst der Nashornkäfer nicht der Rekordhalter… In Relation zur eigenen Körpergröße ist die unter 1 mm messende Hornmilbe
das kräftigste Lebewesen der Erde. Sie kann das 1.200-
Fache ihres Eigengewichts tragen.
Zurück zu den Ameisen…
Sie sind ohne Zweifel die erfolgreichsten Tiere der Welt.
Obwohl ein Individuum nur einige Milligramm auf die
Waage bringt, wiegen sämtliche Ameisen der Welt zusammen weitaus mehr als alle acht Milliarden Menschen.

Da stehe ich nun und beobachte voller Faszination das
rege Treiben von unzähligen Waldameisen. Plötzlich fällt
mir bei genauerem Hinsehen auf, dass eine einzelne

Ameise an Ort und Stelle verweilt. Ich behalte sie eine Weile im Auge. Minutenlang bewegt sie sich keinen Millimeter. Nur durch die vorangegangene Begegnung mit dem freundlichen Eichelhäher ziehe ich spontan in Erwägung, dass vielleicht sogar diese Ameise menschliche Worte verwenden kann, um sich mir verständlich mitzuteilen. Bevor ich einen Versuch wage, blicke ich mich um... Kein anderer Mensch weit und breit in Sicht. Niemand in Reichweite, der mich für verrückt halten und einweisen lassen könnte. Mein Blick richtet sich wieder auf die bewegungslose Ameise. Also gut, los geht's...

Die liebestrunkene Ameise

„Selbst Könige und Kaiser
mit ihren großen Reichtümern
und ihrer gewaltigen Herrschaft
können sich nicht mit einer Ameise vergleichen,
die von der Liebe Gottes erfüllt ist."
(Nanak Dev)

„Was machst du da?", frage ich das Insekt neugierig, aber gleichzeitig an meiner eigenen Vernunft zweifelnd angesichts der Tatsache, dass ich eine Ameise anspreche in der Hoffnung, sie würde mir antworten. Die Ameise dreht ihren winzigen Kopf ein wenig in meine Richtung und antwortet tatsächlich:
„Ich genieße die Liebe Gottes."
Das verschlägt mir glatt die Sprache. Bevor ich etwas sagen kann, reicht die Ameise schon eine ausführlichere Erklärung nach: „Wenn Gottes Ekstase über mich hereinbricht, dann wird der Körper absolut still, der Atem hält an, die Gedanken stoppen. Dann trinke ich Gottes

22

Liebe und genieße einen Rausch, den auch tausend Flaschen Wein mir nicht geben könnten." (1)

Ehrfürchtig zögere ich, bevor ich eine weitere Frage zu stellen wage: „All deine Kameraden arbeiten fleißig. Nehmen sie dir deine göttliche Rast nicht übel?"

„Ganz und gar nicht. Ich bin hier keine Ausnahme. Wir Ameisen schlafen nie. Da sind Ruhepausen angebracht. Aber auch während meiner Arbeit spüre ich Gottes Gegenwart. Täglich Seine Liebe und Führung in alle deine pflichtbewussten Aktivitäten mitzunehmen, ist der Weg, der zu dauerhaftem Frieden und Glück führt." (2)

Ich lasse ihre Worte auf mich wirken. Schnell lege ich meine Scheu ab und nehme mir vor, einfach jede Frage, die mir spontan in den Sinn kommt, an sie zu richten…

„Ein Mensch von geringer körperlicher Größe kann schnell Minderwertigkeitskomplexe bekommen. Wie gut, dass ihr Ameisen nicht mit menschlichen Identifikationen belastet seid! Wie verhindert ihr es, wenn ihr euch mit anderen Tieren vergleicht, euch aufgrund eurer kleinen Körper unbedeutend zu fühlen? Vielleicht können wir Menschen davon lernen."

Die Ameise lacht und antwortet: „Wir vergleichen nicht. Außerdem gibt es letztendlich keinen essenziellen Unterschied. Mein Ameisenkörper ist klein, der eines Elefanten ist groß und der Lichtleib Gottes ist unendlich viel größer. Die Körperkraft deines und meines Körpers ist unterschiedlich, aber die Lebenskraft ist dieselbe."

Zutiefst von dieser Einsicht beeindruckt, kann ich mich nicht auf meinen Beinen halten, setze mich auf den Waldboden und lehne meinen Rücken an einen Baum. Die Ameise fügt hinzu:

„Außerdem legen wir nicht so viel Wert auf Individualität. Es ist nichts Besonderes, wenn sich einer von uns für die Gemeinschaft opfert. Allein sind wir unbedeutend. Unser Motto lautet: Entweder zusammen oder gar nicht."

Plötzlich fällt mir auf, dass einige Ameisen tote Artgenossen in eine bestimmte Richtung tragen…
„Wohin tragen deine Freunde die toten Ameisen?", frage ich meinen kleinen Kumpel.
„Wir Ameisen haben Friedhöfe, genau wie ihr Menschen. Zwei Tage nach dem Tod einer Ameise sondert der verstorbene Körper eine speziell riechende Substanz ab, die uns darauf aufmerksam macht, dass der Tod eines Artgenossen eingetroffen ist. Wir wissen den wahrgenommenen Geruch instinktiv korrekt zu deuten. Daraufhin tragen wir das tote Familienmitglied an speziell dafür vorgesehene Orte. Die Leichen werden von Bakterien belagert, die wir uns vom Leib halten, indem wir den Kadaver inklusive Bakterien fortschaffen."
„Trauert ihr denn auch um Verstorbene?", frage ich.
„Nein, wieso sollten wir? Anhaftung kennen wir nicht.", lautet die ernüchternde Antwort.
„Welche Aufgabe hat eine Ameisenkönigin?", lasse ich meiner Neugierde freien Lauf.
„Eine Ameisenkönigin koordiniert die Aufgaben der zahlreichen Individuen in einer Ameisenkolonie. Auch wenn man sie von der Kolonie isoliert, leisten alle Ameisen weiterhin ihren Beitrag. Wird die Königin jedoch in dieser distanzierten Position getötet, brechen sofort Chaos und Panik im Ameisenvolk aus – selbst wenn die Königin und ihr Volk kilometerweit voneinander entfernt sind. Wir zeigen also eine klare Reaktion auf den Tod unserer Königin, obwohl wir diesen nicht mit unseren physischen Sinnen wahrnehmen konnten. Dieses aus der Sicht eurer Wissenschaft rätselhafte Phänomen ist ein

beispielhafter Beweis für nicht-lokalen Informationsaus-
tausch. Eine geistige Quelle jenseits von Zeit und Raum
ist offensichtlich."

Es vergeht eine halbe Stunde, die ich hauptsächlich damit
verbringe, den Ameisen bei ihrer Arbeit zuzuschauen.
Schließlich spüre ich den Impuls, mich zu verabschieden,
und gebe ihm sogleich nach…
„Ich glaube, dass ich weiterziehen sollte. Auf mich warten noch viele tolle Begegnungen. Hast du zum Abschied
einen Rat für mich, den du mir mit auf den Weg geben
möchtest?", frage ich meinen winzigen Freund.
Die Ameise, die nach wie vor regungslos dahockt, zögert
nicht:
„Gott ist Liebe. Deshalb kann Sein Plan für diese Schöpfung nur in der Liebe wurzeln. Bietet dieses einfache
Wissen dem menschlichen Herzen nicht mehr Trost als
alle gelehrten Schlussfolgerungen? Jeder Weise, der bis
ins Herz der Realität vorgedrungen ist, hat bezeugt, dass
es einen göttlichen Plan für dieses Universum gibt und
dass das Endresultat Schönheit und Freude ist." (3)

Plötzlich fliegt der Eichelhäher, der mich vorhin begrüß-
te, über uns hinweg und ruft: „Wäre nur ein einziger
Stern am Firmament, stünde nur ein einziger Baum im
Tal, selbst dann hätten wir die Gewissheit des Großmuts
der Unendlichkeit." (4)
„Hört, hört!", stimmt die Ameise zu und fügt an:
„Gott *ist*. Also ist alles gut." (5)

Dann wendet sie sich wieder mir zu:
„Hier ist meine Empfehlung an dich: Verliere deine Seele
in Gottes Liebe. Ich schwöre, es gibt keinen anderen

Weg. Verliere dich in dieser Liebe. Wenn du dich in dieser Liebe verlierst, wirst du alles finden." (6)

Wortlos staunend schaue ich zu ihr herunter. Was soll ich darauf antworten? Jede Antwort käme mir wie ein unnötiger, geradezu herabwertender Kommentar vor.

Die Ameise nimmt mir meine Entscheidung ab, indem sie weiterspricht:

„Lachend kann ich gestehen, dass ich so oft denke: ‚Gott, ich habe alles, was ich brauche. Sogar wenn Du mir den Atem nähmest, hätte ich immer noch alles, nämlich DICH.'" (7)

Wow. Diese Worte haben eine überwältigende Wirkung auf mich. Ohne dass ich es bewusst steuere, bemerke ich, wie mein Körper seine Position verändert und sich niederkniet. Wie von einem inneren Drang absoluter Notwendigkeit getrieben, beuge ich mich nach unten und drücke meine Stirn als Zeichen der Ehrerbietung auf den feuchten Waldboden, nur wenige Zentimeter vor der Ameise. Voller Ehrfurcht verneige ich mich vor dem Insekt. In diesem Moment fühle ich mich, als würde mein Herz vor lauter Glückseligkeit zerspringen. Es fühlt sich unaussprechlich gut an, mein Ego einem der kleinsten Geschöpfe des Waldes demütig unterzuordnen.

Mein kleiner Freund kichert vergnügt.

Dann richte ich mich auf und setze meine Reise fort.

„Möge Gott Dich immer mit Seiner Glückseligkeit segnen!", ruft mir die Ameise hinterher. Ich blicke mich um und schenke ihr ein Lächeln. Dann gehe ich weiter, ohne mich ein weiteres Mal umzudrehen.

Nachdem sich mein überforderter Verstand von der Weisheit des sechsbeinigen Winzlings erholt hat, bin ich bereit für neue spannende Eindrücke.

Wenige hundert Meter weiter dringt ein Geräusch an mein rechtes Ohr. Ich drehe den Kopf in die entsprechende Richtung und erblicke ein Rudel Rothirsche. Die schönen Huftiere ziehen trabend durch den Wald. Zwar sind sie für mich nicht zu überhören, dennoch staune ich, dass ihre bis zu 350 kg schweren Körper keine lauteren Töne produzieren.

Ein stattlicher Hirsch bleibt kurz stehen, schaut mich direkt an, sagt „Servus!" und läuft weiter, als sei es das Selbstverständlichste auf der Welt. Es scheint beinahe so, als würde er täglich viele Menschen grüßen.

Mein konditionierter Verstand wird noch etwas Zeit benötigen, bis er sich an die neuen Umstände gewöhnt hat.

Ich gehe weiter durch den Wald. Eigentlich kann ich die nächste Begegnung kaum erwarten, aber die Schönheit dieser Gegend überdeckt meine Ungeduld. Der Waldboden ist so weich unter meinen Schuhen, dass ich spontan beschließe, sie auszuziehen, um meiner Haut eine volle Dosis Natur zu gönnen. Das Vogelkonzert pausiert keine einzige Sekunde. Das einzige Wort, das mir dazu einfällt, lautet: Harmonie. Die Sonne wirft ihre Strahlen durch die dichten Baumkronen auf den Boden und lässt auch die eindrucksvollen Baumstämme glänzen, als seien sie mit Diamanten bespickt. Ich habe mich einst über Menschen lustig gemacht, die Bäume umarmen, doch hier und jetzt kann ich nicht anders... Ich gehe auf einen Baum zu, lege meine Arme um den Stamm und drücke meine Wange an die Baumrinde. Ich schließe die Augen und sage gedanklich zu dem Baum: „Ich liebe dich!"

Kaum hörbar vernehme ich in meinem Inneren die subtile Antwort: „Ich liebe dich auch, mein Freund." Vielleicht habe ich mir das nur eingebildet.

Erst nach mehreren Minuten bringe ich es übers Herz, die Umarmung zu lösen und meinen Weg fortzusetzen. Wenn ich auch keine weiteren Bäume mehr umarme, so schaue ich mir doch jeden einzelnen Baum auf meinem Waldweg von oben bis unten genauestens an.

Während ich dieses Wunder genieße, sehe ich im Augenwinkel, wie etwas Kleines über den Boden huscht. Bevor ich meine Augen darauf richten kann, ist es schon in einem Erdloch verschwunden. Ich konnte nicht so schnell erkennen, welches Tier dort meinen Weg kreuzte. Doch ich möchte es herausfinden. Leisen, barfüßigen Schrittes gehe ich auf das Loch zu, knie unmittelbar davor nieder und sage mit verhaltener Stimme:

„Entschuldigung, ich möchte nicht stören. Ich weiß nicht, wer du bist. Ich möchte dir nur sagen, dass du dich nicht vor mir fürchten musst. Es würde mich freuen, dich kennenzulernen."

Wenige Sekunden später streckt der Bewohner sein Köpfchen aus dem Erdloch und blickt mich neugierig an: Ein Wiesel!

„Hallo, kleiner Freund!", sage ich zu ihm, um es weiter zu ermutigen… „Magst du vielleicht zu mir herauskommen?" Einladend halte ich meine Hände mit nach oben geöffneten Handflächen zu ihm hin. Zu meiner Überraschung verlässt das Wiesel seinen Bau und springt unaufgefordert auf meine rechte Hand!

Wie leicht es ist! Und wie weich!

Seine winzigen Pfötchen kitzeln meine Innenhand.

Die niedliche Erscheinung des Wiesels täuscht über seine Fähigkeiten hinweg. In Relation zur Körpergröße sind Marder, zu denen das Wiesel gehört, die bei weitem kräftigsten Säugetiere. Sogar Mauswiesel können ausgewachsene Ratten oder Kaninchen töten.

Das Mauswiesel ist das kleinste Raubtier der Erde. Selbst ausgewachsene Exemplare sind klein genug, um Mäuse bis in ihre Erdlöcher zu verfolgen. Die Gesamtlänge variiert zwischen 13 und 34 cm und das Gewicht beträgt oft nur 50 g (mindestens 25, max. 250).

Die Art ist in Nordamerika und Eurasien verbreitet. Die eurasischen Mauswiesel werden größer. Auch in Nordafrika gibt es diese Marderartigen, die zudem in Neuseeland eingeführt wurden.

„Aber bitte zerquetsche mich nicht!", lauten die ersten Worte des Mauswiesels in meiner Hand.

„Nichts liegt mir ferner.", antworte ich aus tiefstem Herzen.

„Deine Hände sind schön warm. Hier lässt es sich aushalten!", sagt das Wiesel, während es sich in meine Handfläche schmiegt.

Obwohl der kleine Kamerad wehrhaft ist und mir durch einen Biss eine blutende Fleischwunde und starke Schmerzen zufügen könnte, muss ich angesichts des winzigen Körpers, der in meiner Hand ruht, doch an eine Aussage von Mahatma Gandhi denken: „Je hilfloser ein Lebewesen ist, desto größer ist sein Anrecht auf menschlichen Schutz vor menschlicher Grausamkeit."

Ich fühle mich privilegiert, dem putzigen Raubtier ein Gefühl der Geborgenheit geben zu dürfen.

Mit seinen kleinen Knopfaugen schaut mich das Mauswiesel an und sagt: „Dieser Moment ist reine Liebe. Diese pure Liebe ist für die Ewigkeit. Alles ist Liebe. Es gibt kein Entkommen!" (8)

Nach diesen Worten springt es blitzschnell aus meiner Hand und schießt wie ein Pfeil über den Waldboden. Innerhalb von ein oder zwei Sekunden ist es bereits meh-

rere Meter von mir entfernt. Dann hält es an, blickt sich zu mir um und sagt: „Und das gilt für jeden Moment! Jeder Moment ist nichts als reine Liebe! Wer das nicht sieht, schaut einfach nicht genau genug hin. Finde diese Liebe! Und dann teile sie mit den Menschen, denn die Menschheit braucht nichts so dringend wie Liebe."
Das Wiesel rennt weiter und verschwindet in einem hohlen Baumstamm, der auf dem Waldboden liegt.

„Süß, oder?", fragt eine rauchige Stimme hinter mir.
Erschrocken drehe ich mich um. Auf seinen Hinterbeinen aufgerichtet, steht ein Waschbär etwa zehn Meter von mir entfernt und schaut mich grinsend an.
„Ja, wirklich niedlich. Was für ein liebes Wiesel!", antworte ich.
„Wir Waschbären können auch niedlich sein.", sagt er stolz. „Aber lieber ein Wiesel in der Hand als ein Waschbär auf dem Dach, nicht wahr?", fragt er mich.
Verdutzt schaue ich ihn an.
„Das sagt ihr Menschen doch so, oder nicht?"
Ich kläre ihn auf: „Nicht ganz. Der Spruch geht so: ‚Lieber ein Spatz in der Hand als eine Taube auf dem Dach.'"
„Egal. Wie wäre es damit: Lieber ein Wiesel in der Hand als ein Steinmarder unter der Motorhaube!", schlägt der Waschbär vor.
Ich lache laut… „Da hast du natürlich Recht!"

Der Waschbär besiedelt ursprünglich Nordamerika und durch den Einfluss des Menschen mittlerweile auch Eurasien (Deutschland seit 1934). Das charismatische Raubtier ist nicht zuletzt aufgrund seines vielseitigen Speiseplanes fähig, sich an unterschiedliche Lebensräume anzupassen und auch dauerhaft in der Nähe des Menschen aufzuhalten. Sein Name ist darauf zurückzuführen, dass er den Grund von Flüssen gezielt mit den handähnlichen Pfoten nach kleinen Beutetieren wie Krebsen abtastet. Über den Krallen sind dafür vorgesehene Tasthaare angeordnet. Es mag zwar danach aussehen (daher der Name), aber der Waschbär wäscht seine Nahrung nicht wirklich. Es kommt zwar vor, dass in Gefangenschaft gehaltene Waschbären ihr Futter zum Wasser tragen und untertauchen, doch der Grund dafür liegt wahrscheinlich darin, dass das Wasser die Hornhaut der Pfoten aufweicht und somit der Tastsinn seine Funktion besser erfüllen kann. Etwa 60 % aller Informationen aus der Umwelt holen Waschbären über ihren Tastsinn ein, damit handelt es sich um den dominierenden Bereich der Sinneswahrnehmungen. Beim Menschen sind es nur ca. 10 %.

„Schade, dass sich das Wiesel jetzt im toten Baum versteckt. Das war ja nur eine kurze Begegnung.", bedaure ich.
Der Waschbär schaut mich fragend an: „Im toten Baum? Der ist nicht tot. Schau genau hin. Er ist von Moos und Pilzen bewachsen. Unter seiner Rinde leben unzählige Insekten und Mikroorganismen. Wo ist der Tod?"
„Aber der Baum lebt nicht mehr. Das Holz verrottet.", argumentiert mein Verstand.
Das kann das kluge Raubtier nicht unkommentiert lassen: „Eure wissenschaftliche Definition des Lebens ist äußerst beschränkt. *Alles* ist lebendig. Ausnahmslos alles! Ihr Menschen seid nur einfach selbst nicht lebendig genug, um das zu erkennen!"
Diese Aussage bringt mich augenblicklich zum Schweigen. Ich gebe mich geschlagen und werfe dem kleinen Bären einen demütigen Blick zu.

„Schon gut.", beruhigt er mich. „Du bist ja hier, um das zu lernen. Deine nächste Lehrerin wartet schon auf dich. Dort hinten!"

Mit seiner menschenähnlichen Hand zeigt der Waschbär auf einen etwa hundert Meter entfernten, rötlichen Punkt. Ich bedanke und verabschiede mich.

Schon nach wenigen Schritten kann ich erkennen, wer meine nächste Gesprächspartnerin – meine ‚Lehrerin', wie der Waschbär sie nannte – ist: ein Fuchs…

Die glückselige Füchsin

*„Glück ist der Zustand des still
lachenden Eins-Seins mit der Welt."
(Hermann Hesse)*

Der Rotfuchs ist eines der anpassungsfähigsten Raubtiere überhaupt. Er kann seine Klauen teilweise einziehen, diese Fähigkeit ist unter allen Wildhunden einzigartig. Während seine Verwandten runde Pupillen haben, sind die des Fuchses schlitzartig, wie bei Katzen.

Füchse umsorgen ihren Nachwuchs mit großer Zuverlässigkeit und sehr liebevoll. Es gibt einen Bericht über einen Jungfuchs, der sich in einer von Menschen ausgelegten Falle verfangen hatte und nur überleben konnte, weil seine Mutter immer wieder zu ihm zurückkehrte und ihn mit Nahrung versorgte.

Die Füchsin ist nun nur noch wenige Meter entfernt. Sie sitzt dort zwischen zwei Bäumen mit geschlossenen Augen auf einem niedrigen Baumstumpf, ihr Gesicht ist zum Himmel gerichtet, ihr subtiles Lächeln vermittelt einen seligen Eindruck. Sie strahlt eine Zufriedenheit aus, die ich nicht beschreiben kann und die mich sofort ansteckt. Ich empfinde eine intensive Freude, die zwar durch den Anblick des Tieres ausgelöst, aber nicht erschaffen wird. Ich kann fühlen, dass sie durch das Fuchs-Vorbild aus meinem Herzen hervorgelockt wurde. Sie war immer da und hat nur darauf gewartet, sich zeigen zu dürfen, gefühlt zu werden, sich selbst zu fühlen.

„Guten Tag, liebe Füchsin."
Sie zeigt keine Reaktion.
Ich wiederhole meine Begrüßung und erhöhe die Lautstärke. Sie reagiert nicht.
Ich bleibe still und setze mich hin.

Es vergeht eine halbe Stunde. Die Füchsin bewegt sich nicht. Ich kann noch nicht einmal sehen, ob sie atmet. Ich beschließe zu warten, bis sie aus ihrem inneren Paradies in diese Welt zurückkehrt. Vielleicht soll oder will sie mich Geduld lehren.

Ich genieße weiterhin das Vogelgezwitscher und beobachte die Umgebung. In der Nähe stehen viele Fliegenpilze. Ihre klaren Farben sind ein Kunstwerk und ein Warnhinweis bezüglich ihres Giftes.

‚Ob ich sie ohne Konsequenzen essen könnte?', frage ich mich gedanklich… ‚Hier können Tiere sprechen. Hier ist nichts unmöglich. Vielleicht probiere ich mal einen und schaue, was passiert.'

Plötzlich spricht eine Stimme zu mir:

„Siehst du, auf was für verrückte Ideen ihr Menschen aus purer Langeweile kommt?!"

Es war die Füchsin! Sie kichert und schaut mich an.

„Aus purer Langeweile!", wiederholt sie.

„Endlich bist du ansprechbar!" sage ich…

„Der Waschbär hat mich zu dir geschickt."

Langsam richtet sie sich auf, streckt sich, kommt auf mich zu und beschnuppert mich. Dann legt sie sich flach auf den Bauch, direkt vor mir. Ich frage sie, ob ich sie streicheln darf. „Hmm.", lautet ihre Reaktion. Ich verstehe das als Zustimmung. Sanft streichle ich ihren Rücken. Sie fühlt sich ganz genauso an wie ein Hund. Ich frage sie, wie es sein kann, dass ihr Fell so sauber und rein ist, obwohl es ständig den Umwelteinflüssen ausgesetzt ist.

Sie antwortet nicht.

„Du bist nicht sehr gesprächig.", bemerke ich etwas enttäuscht.

„Die Natur gab uns zwei Ohren, aber nur einen Mund, damit wir doppelt so viel zuhören wie sprechen." (9),

antwortet die Füchsin in leicht vorwurfsvollem Ton…
„Ich schweige lieber. Denn wenn ich schweige, falle ich an den Ort, wo alles Musik ist." (10)
„Von welchem Ort sprichst du?", will ich wissen.
Sie erklärt mir: „Von keinem Ort, sondern vom Bewusstsein. Das Bewusstsein in unserem Inneren ist unendliche Melodie." (11)
„Konntest du diese Melodie schon immer vernehmen?", frage ich sie, worauf die Füchsin antwortet:
„Oh nein, als kleiner Fuchswelpe war ich eine furchtbare Quasselstrippe. Ich habe meine Mutter mit meinen endlosen Fragen regelrecht gequält. Dieses Gespräch mit dir erinnert mich daran. Jetzt weiß ich, wie sich meine Mutter gefühlt haben muss. Aber eines Tages merkte ich, dass ich immer weniger zu sagen wusste, bis ich schließlich still wurde und zuzuhören begann. In der Stille hörte ich die Stimme Gottes." (12)
„Wow!" Meine Begeisterung ist geweckt…
„Wie klingt Gottes Stimme?"
„Eigentlich ist es überhaupt kein Klang. Vielmehr handelt es sich um unbeschreibliche Seligkeit, die aus deinem eigenen Inneren emporsteigt und deinen gesamten Geist und Körper durchflutet.
Seligkeit gibt es nur im eigenen Inneren und sie ist am intensivsten, wenn wir von Gedanken und Wahrnehmungen frei sind. (13) Darum schließe ich regelmäßig die Augen und vergesse den Körper und die Welt."
Eine interessante Bemerkung. Vielleicht kam die „Liebe Gottes", von der die Ameise sprach, ebenso aus ihrem eigenen Inneren.
„Was bedeutet Gott für dich?", hake ich nach.
„Es ist besser, *mit* Gott zu sprechen, als *über* Gott zu sprechen. Und am allerbesten ist es, überhaupt nicht zu

sprechen. Die Sprache des Menschen hat einen großen Anteil daran, dass er sich in mehr Illusionen verirrt hat als jedes andere Lebewesen. Ihr gebt allen Erscheinungen einen Namen, seht dann nur noch das Wort und seid völlig blind für die Realität dessen, worauf dieses Wort eigentlich hinweisen soll."

„Da ist was dran.", muss ich zugeben. „Aber bitte erzähle mir mehr über Gott!", fordere ich sie auf. Sie umgeht meine Bitte mit einer grundsätzlichen Erläuterung:

„Auch der Glaube an Gott ist nur eine Etappe auf dem Weg. Letztendlich lässt du alles los, denn du stößt auf etwas so Einfaches, dass es keine Worte gibt, um es auszudrücken. (14) Im Grunde ist es einfach. Es ist nicht zu kompliziert, um in Worte gefasst zu werden. Die Worte machen es erst kompliziert! Sobald es in Worte gefasst und vom Verstand analysiert wird, erscheint es komplex. Doch es sind eure Konzepte der Realität, die komplex sind, nicht die Realität selbst. Das Wasser hält über die Technik des Fließens keine Tagung ab. So viel Gerede wäre an die verschwendet, die es nicht brauchen. Wenn ihr einem Fisch beizubringen versucht, dass Wasser physikalisch aus zwei Drittel Wasserstoff und einem Drittel Sauerstoff besteht, wird er sich schieflachen. (15)"

Nun ist die Füchsin offenbar doch aufgetaut und lässt mich auch verbal an ihrem inneren Reichtum teilhaben…

Sie setzt sich auf und blickt mir tief in die Augen…

Wie hypnotisiert lausche ich ihren weiteren Worten:

„Glückseligkeit ist das Selbst. Glückseligkeit und das Selbst sind ein und dasselbe. Und das allein ist wirklich. In keinem einzigen der zahllosen Objekte der Welt gibt es irgendetwas, das als Glück bezeichnet werden kann. Aus reiner Unwissenheit glaubt ihr, dass ihr durch sie Glück erlangen könnt. Im Gegenteil, wenn der Geist nach außen gerichtet ist, leidet er. Die Wahrheit ist, dass jedes Mal, wenn eure Wünsche erfüllt werden, der Geist sich seiner Quelle zuwendet und nur das Glück erfährt, das im Selbst enthalten ist. (16)

Wenn du Glück erfährst, weil ein Wunsch in Erfüllung gegangen ist, so ist es nicht das Objekt der Begierde, das dir jenes Glücksempfinden beschert, sondern das Ende des Verlangens. Denn dadurch wird die bereits bedingungslos vorhandene Fülle, die deinem Selbst innewohnt und vom Verlangen verschleiert wurde, offenbart. Wenn ein Wunsch in Erfüllung geht, versinkt der suchende Verstand in seiner Quelle und du schmeckst einfach kurzzeitig - bis ein neuer Wunsch auftaucht - den unvergleichlich köstlichen Nektar deines eigenen Seins."

Ich bin beeindruckt. Aber ich argumentiere: „Das mag für dein Selbst stimmen, aber was ist mit meinem Selbst? Wie kommst du darauf, dass das, was sich für dich als wahr erwiesen hat, auch für mich gilt?"

Die Füchsin kichert und klärt mich auf:

„Es gibt nur ein Selbst, ein Bewusstsein. Wenn du dich selbst kennst, kennst du alle. Trennung gibt es nicht. Alles stammt aus derselben Quelle. Wir haben denselben Ursprung! ‚Dein' und ‚mein' ist menschlicher Unsinn."

Mein Verstand will wieder widersprechen, aber etwas Tieferes in mir hindert ihn daran. Stattdessen bitte ich die glückselige Füchsin um eine genaue Anleitung:

„Welche spirituelle Übung kannst du mir empfehlen, damit ich spüren kann, dass ich selbst das Glück bin?"

Sie antwortet: „Eine spirituelle Übung ist nicht notwendig. Es würde ausreichen, wenn du von nun an deine Gedanken nicht mehr so ernst nimmst. Es ist der menschliche Verstand, der euer Glück verhüllt.

Wer im Selbst ruht, kümmert sich nicht um den Verstand. Euer Verlangen nach Befreiung ist eine komische Sache. Es ist wie ein Mensch, der sich freiwillig aus dem Schatten in die Sonne begibt, die Last der Hitze spürt, große Anstrengungen macht, in den Schatten zurückzukommen, und jubelt: „Wie gut ist der Schatten, endlich habe ich ihn erreicht!" Ihr tut ständig dasselbe. Ihr seid nicht von der Wirklichkeit verschieden, doch ihr bildet euch ein, es zu sein. Ihr erzeugt die Empfindung des Anders-Seins und macht dann spirituelle Übungen, um die Empfindung loszuwerden und die Einheit zu erkennen." (17)

„Aber liebe Füchsin, erlaube mir eine Anmerkung: Du hast doch eben selbst eine spirituelle Übung ausgeführt. Du hast meditiert, als ich dich traf."

Sie macht mich auf meinen Irrtum aufmerksam:

„Ich habe überhaupt nichts getan. Ich habe einfach nur dort gesessen und mich lebendig gefühlt. Wieso ordnest du es als Tätigkeit oder Aktivität ein, wenn das Leben einfach nur seine eigene Lebendigkeit genießt?"

Ihre schöne Erklärung entwaffnet meinen Verstand sofort, zumindest für den Augenblick... „Aber wie bist du so glücklich geworden?", möchte ich erfahren.

„'Aber' ist euer Lieblingswort, nicht wahr? Ihr wollt nicht wahrhaben, dass es wirklich so einfach ist. Euer Verstand mag es lieber kompliziert, er braucht ständig Entertainment. Denn ohne ununterbrochene Unterhaltung verhungert er. Das Leben in einem Menschenkörper mit einem Menschengehirn muss ein unerträglicher Zustand sein."

Mit weit aufgerissenen Augen und offenem Mund starre ich sie wortlos an. Die Füchsin lacht und fährt fort:

„Ich verrate dir, was hier geschah. Immer wenn es mir schlecht ging, blickte ich zur Sonne hinauf. Manchmal kommunizierte sie sogar mit mir. Eines Tages gab die Sonne zu: ‚Ich bin nur ein Schatten. Ich wünschte, ich könnte dir, wenn du einsam oder in der Dunkelheit bist, das erstaunliche Licht deines eigenen Seins zeigen.'" (18) Sofort konnte ich dieses Licht, das ich bin und das alles ist, spüren und wusste jenseits aller Zweifel, dass es mir immer zur Verfügung steht, unter allen Umständen. Liebe, Freude, Glück, Frieden, Freiheit und Klarheit sind uns allen immer sofort zugänglich."

„Die Sonne hat zu dir gesprochen?", erwidere ich ungläubig.

„Ja, so wie der Baum vorhin zu dir gesprochen hat."

Ich bin sprachlos. Woher weiß sie das?

Ich schaue sie tief beeindruckt und fragend an.

„Für einen kurzen Augenblick war dein Geist ausnahmsweise nicht mit seinem eigenen Müll gefüllt und leise. Da konntest du die Stimme des Baumes hören. Wir Tiere und Pflanzen versuchen ständig, euch an die Einheit der Existenz zu erinnern. Normalerweise ist das unaufhörliche Geschwafel eures Verstandes zu laut und übertönt unsere Botschaften. Dafür können wir nichts. Ihr steht eurem Glück immer selbst im Wege."

Ich spüre, dass meine Verwirrung nur zunehmen wird, wenn ich dieses Gespräch weiterführe, und beschließe, nur noch eine Frage zu stellen…

„Kannst du mir einen Rat geben, bevor ich weiterziehe?"

„Sei das Selbst. Das ist Glückseligkeit." (19)

„Etwas ausführlicher, bitte.", verlange ich vorsichtig.

Die Füchsin lacht mit weit aufgerissenem Maul.

Ihr Lachen klingt wunderbar.

„Natürlich reicht das dem Menschen nicht. Also gut, im Klartext: Je mehr du dich auf das Außen konzentrierst, desto weniger wirst du von der inneren Herrlichkeit und immerwährenden Freude des Geistes kennen. Je mehr du dich auf das Innen konzentrierst, desto weniger Schwierigkeiten wirst du im Außen haben." (20)

Ich lächle sie voller Dankbarkeit an.

„Dort drüben sitzt ein Kleiner Fuchs!", sagt die Füchsin.

„Ein Kind von dir?", frage ich sie.

Die Füchsin lacht erneut.

„Was ist daran so witzig?", frage ich leicht beleidigt.

„Glaubst du, ich kann Schmetterlinge zur Welt bringen?" fragt sie zurück.

„Schmetterlinge? Wovon sprichst du? Ich verstehe nur Bahnhof."

„Glücklicherweise gibt es hier im Wald keinen Bahnhof.", lauten ihre letzten Worte an mich…

Ohne Ankündigung verschwindet die Füchsin mit wenigen Sätzen im Unterholz.

Ich blicke mich um – in der Nähe entdecke ich einen blühenden Busch voller Schmetterlinge! Darunter befindet sich auch – wie die Füchsin sagte – ein Kleiner Fuchs. Dieser Schmetterling fällt insbesondere durch seine wundervolle Farbenkombination auf.

Auf einer anderen Blüte sitzt ein Tagpfauenauge.

Dieser wohl bekannteste einheimische Schmetterling ist aufgrund der an Augen erinnernden Flecken auf seinen Flügeln unverwechselbar. Die wunderschöne Zeichnung soll wohl Feinde abschrecken, indem sie wie die Augen eines größeren Tieres erscheint. Vielleicht soll der Falter auch einfach schön aussehen, denn vieles in der Natur geht offensichtlich über bloße Funktionalität und Zweckmäßigkeit hinaus und ist Ausdruck von lebendiger Kreativität. Mit zusammengeklappten Flügeln ist das Pfauenauge gut getarnt, weil es dann farblich und auch hinsichtlich der Form an ein vertrocknetes Blatt erinnert.

Die unsterbliche Schmetterlingsnatur

„Guten Tag, Mensch!", grüßt mich das Pfauenauge.

„Guten Tag!", erwidere ich.

„Sag mir, wie sprichst du zu mir? Du hast ja gar keinen richtigen Mund.", wundere ich mich... „Das habe ich mich schon bei der Ameise gefragt."

„Telepathisch.", lautet die Antwort... „Die größeren Tiere benutzen ihr Maul, wir kleineren nutzen Telepathie. Aber alle Tiere beherrschen Telepathie. Darüber wirst du später mehr erfahren. Meine Aufgabe besteht darin, dir etwas über meine Entwicklung zu erzählen und dadurch eine Botschaft zu überbringen."

„Deine Entwicklung?", frage ich gespannt.

„Ja. Hör zu. Als Kind war ich eine Raupe. Der Sinn meines Lebens bestand darin, Tag und Nacht zu fressen. Das trifft auch auf manche Menschen zu. Weil sie sich nicht unmittelbar lebendig fühlen können, stopfen sie sich mit allerlei Essen voll, das ist die größte Freude ihres Lebens. Süßigkeiten sind ein armseliger Ersatz für die innere Süße. Aus demselben Grund beschäftigen sich andere Menschen mit verschiedenen Aktivitäten, manche besteigen Berge, andere springen mit einem Fallschirm aus dem Flugzeug. Die Situation ist so heftig, dass ihr Verstand anhält, womit die einzige Voraussetzung dafür erfüllt ist, dass sie das Leben, ihre eigene Lebendigkeit, genießen können. Wieder andere tun dies und das... Alles nur, um sich möglichst intensiv lebendig zu fühlen. Das könntet ihr auch einfacher haben. Ihr seid das Leben, somit könnt ihr euch immer und überall absolut lebendig fühlen!

Aber ich schweife ab... Als Raupe dachte ich, das Leben sei nichts als Fressen und Fortpflanzung. Das glauben auch viele Menschen. Ich wurde älter, schwächer und fühlte mich zunehmend unwohl in meiner Haut. Als ich dachte, mein Leben sei zu Ende, begann ich zu fliegen! Ich rechnete mit dem dunkelsten Abgrund und lernte stattdessen die lichtvollste Freiheit kennen!"

„Seitdem bist du ein Schmetterling.", kommentiere ich emotionslos... „Und wie lautet nun die Botschaft?", frage ich ungeduldig.

„Hier ist die Botschaft: Dasselbe gilt für euch Menschen! Nach dem Tod geht's erst richtig los! Du wirst niemals sterben. Du hast ewig gelebt und du wirst ewig weiterleben.", jubelt der Schmetterling.

„Das ist zu schön, um wahr zu sein.", entgegne ich.

„Nein! Es ist zu schön, um falsch zu sein!", korrigiert er mich.

„Gibt es denn für alle Lebewesen ein Leben nach dem Tod?", frage ich mit Skepsis.

„Natürlich. Es gibt nur ein Leben und dieses Leben ist ewig. Es spielt keine Rolle, als welche Lebensform es sich ausdrückt. Wenn sich diese Form auflöst, lebt es weiter. Dann sucht es sich entweder eine neue Form aus oder verweilt als die Quelle selbst.

Alle „Toten" sind lebendig. Dies ist kein Glaube, sondern die simple Wahrheit. Nichts wird erschaffen und nichts verschwindet. Alles ist immer da, aber nur offene Augen können das sehen. Alle Wesen sind immer noch hier. Sie können nicht verschwinden. Alle Wesen des gesamten Kosmos existieren in deinem Herzen, nirgendwo sonst. Alles existiert und bleibt für immer im Herzen. Nichts ist jenseits deines Herzens. Alles im Universum, vom Anfang bis zum Ende, ist in deinem Herzen. Alles *ist*, bis in alle Ewigkeit. Es gibt keine Schöpfung und keine Zerstörung. Es ist, wie es ist, und wird weiterhin sein." (21)

„Bitte verzeih', aber ich kann dir nicht ganz folgen. Bedenke, ich bin nur ein Mensch und daher schwer von Begriff, erkläre es mir langsam und mit Bedacht."

„Ihr Menschen glaubt nur an euer Raupendasein und wisst nichts mehr von eurer Schmetterlingsnatur. Deshalb glaubt ihr, der Tod sei real. Das ist die alleinige Ursache all eurer zahlreichen Probleme und Sorgen."

Ich lausche dem kleinen Schönling wie gebannt, während er mit seiner leidenschaftlichen Belehrung fortfährt…

„Menschen sterben nicht. Sie mögen aus deiner Wahrnehmung verschwunden sein, aber sie sterben nicht. Sie leben weiter. Der Tod ist die Schöpfung des Unbewussten. Wenn du bewusst bist, gibt es nur das Leben, das Leben und das Leben! Der Tod ist eine von unwissenden Menschen geschaffene Fiktion." (22)

Das erscheint mir nicht plausibel: „Wie meinst du das? Ich kann den Tod doch beobachten, wenn ich zum Beispiel ein totes Tier auf der Straße sehe. Es ist zweifellos nicht mehr lebendig…

Wie kann der Tod da nur eine Erfindung der Menschen sein?"

„Ich spreche nicht von der Auflösung des Körpers. Der Tod als das Ende des Lebens ist der größte Irrtum in der Geschichte der Menschheit. Nichts verschwindet je. Der Tod ist nur ein Gedanke, eine menschliche Erfindung. Ihr haltet euch für die klügsten Lebewesen und geht davon aus, dass ihr die einzigen Kreaturen seid, die sich ihrer eigenen Sterblichkeit bewusst sind. Tatsächlich seid ihr Menschen aber wohl die einzigen Lebewesen, die sich ihrer eigenen *Un*sterblichkeit *nicht* bewusst sind! Es sind einzig und allein eure Gedanken, die einen regungslosen Körper, dessen Organe ihre Funktionalität eingestellt haben, als "tot" interpretieren. Ihr glaubt, dass damit das Leben erloschen sei. Wir Tiere würden niemals auf eine solch verrückte Idee kommen. Das Leben ist nicht erloschen, sondern nur entwichen."

Mein Verstand weiß nicht, was er darauf antworten soll.

Das Pfauenauge ist mit seiner Belehrung noch nicht fertig: „Und die größte Tragik ist, dass ihr eure falsche Interpretation den Kindern beibringt, die vorerst keine Angst vor dem Tod haben. Kleine Kinder und Tiere befinden sich im natürlichen Zustand, daher machen sie sich keine Sorgen um den Tod und leben ohne eigens auferlegte Belastungen gedanklicher Natur. Menschliche Kinder sind weiser als menschliche Erwachsene. Wenn ihr wüsstet, wie nahe eure Kinder der Realität sind und wie fern ihr davon seid! Tiere und kleine Kinder sind der Spiegel der Natur. (23) Gott ist ein ewiges Kind, das in einem ewigen Garten ein ewiges Spiel spielt. (24)"

Das könnte die schönste Definition von Gott sein, die ich je gehört habe. Dieser Schmetterling ist wirklich bemerkenswert. Ich frage ihn um Rat:

„Wie sollten wir unsere Kinder stattdessen erziehen? Sollten wir ihnen den Tod einfach verschweigen?"

„Sagt ihnen ruhig, dass jeder Körper irgendwann zerfallen wird. Aber wenn ihr nicht wirklich wisst, was der Tod ist, dann gebt es einfach zu. Lasst die Kinder ihre eigenen Erfahrungen machen. Lasst sie Leben und Tod selbst ergründen! Stülpt ihnen nicht eure Ideen über! Die Natur hat dafür gesorgt, dass Kinder lernwillig sind und ihren Eltern vertrauen, sodass sie ihnen zunächst alles glauben. Missbraucht dieses Vertrauen nicht durch die Weitergabe von blinder Ignoranz. Kinder haben keine Angst vor dem Tod, bis ihr ihnen beibringt, der Tod sei das allerschlimmste Übel.

Aber im Grunde ist eure gesamte Bildung das eigentliche Problem. Den meisten Eltern geht es nur um die Aneignung von oberflächlichem Wissen, das ihren Kindern eine respektable Position in einer korrupten Gesellschaft sichern soll. Bildung bedeutet nicht nur, Prüfungen zu bestehen, einen Abschluss zu machen und einen Job zu bekommen, zu heiraten und sesshaft zu werden, sondern auch in der Lage zu sein, den Vögeln zuzuhören, uns Schmetterlinge anzuschauen und unsere Schönheit zu bewundern, den Himmel zu sehen, die außergewöhnliche Schönheit eines Baumes zu erkennen und mit ihm zu fühlen, wirklich, direkt mit ihm in Kontakt zu sein. Wenn ihr älter werdet, verschwindet dieser Sinn für das Hören und Sehen leider, denn ihr habt Sorgen, wollt mehr Geld, ein besseres Auto, mehr Kinder oder weniger Kinder. Ihr werdet eifersüchtig, ehrgeizig, gierig, neidisch; so verliert ihr den Sinn für die Schönheit der Erde. Bildung im eigentlichen Sinne hilft dem Menschen, reif und frei zu werden, in Liebe und Güte zu erblühen. Daran solltet ihr interessiert sein – und nicht daran, das

Kind nach einem idealistischen Muster zu formen." (25) „Sollte ich jemals Vater werden, werde ich deine Empfehlung beherzigen, so gut ich kann.", verspreche ich dem Schmetterling... „Ich danke dir von Herzen für deine Zeit und die schönen Worte. Du bist wirklich weise." Der Schmetterling kichert und fliegt wortlos davon.

Ich gehe weiter, erreiche bald den Waldrand und betrete eine Lichtung. Vor meinen Augen breitet sich eine wunderschöne, riesige Wiese aus. Während ich durch das hohe Gras schreite, scheint mir die Sonne ins Gesicht. Sie lässt das Gras unter meinen Füßen in einem zauberhaften Grün erstrahlen. Da mein Weg frei von Hindernissen ist, erlaube ich mir, beim Gehen die Augen zu schließen und die Wärme auf der Haut zu genießen. In vollen Zügen atme ich die herrliche Frühlingsluft ein. Jedenfalls fühlt es sich nach dieser Jahreszeit an.
Dann erreiche ich einen Feldweg.
Ein Impuls bringt mich dazu, nach links zu gehen.
Eine Spitzmaus huscht wenige Meter vor mir über den Weg und verschwindet im hohen Gras am Wegesrand. Sie scheint es sehr eilig zu haben und kommt wohl nicht als mein nächster Gesprächspartner in Frage. Sie wirkt aber auch nicht gerade wie eine Meditationsmeisterin, die mir große Weisheiten mitzuteilen hätte. Die Spitzmaus frisst im Verhältnis zu ihrer Größe und ihrem Gewicht mehr und schneller als jedes andere Lebewesen. Sie vertilgt täglich das Mehrfache ihres Eigengewichts. Ihre Herzfrequenz liegt bei 1.200 Schlägen pro Minute.

Im ungemähten Feld rechts von mir schießt ein Fasan aus dem hohen Gras gen Himmel und stößt dabei einen Schrei aus, der wohl alle Tiere vor mir warnen soll.

Auf einer Weide steht ein riesiges Pferd…

Das Hauspferd gehört bereits seit mehreren Jahrtausenden wegen seiner Intelligenz, Schnelligkeit, Ausdauer und Kraft zu den beliebtesten Nutztieren des Menschen.

Das Pferd auf dieser Weide ist ein Shire Horse (Kaltblutpferd). Die Hengste erreichen eine Schulterhöhe von 1,85 Metern und ein beeindruckendes Körpergewicht von 1.300 Kilogramm. Damit sind sie die größten Pferde der Welt. Die jeweiligen Rekorde liegen sogar bei 2,2 m Stockmaß und 1,5 Tonnen Gewicht. Unter sämtlichen Landtieren werden nur Elefanten, Giraffen, Nashörner und Flusspferde noch größer und schwerer. Aufgrund seines umgänglichen Gemüts wird das Shire Horse auch als „Gentle Giant" („Sanfter Gigant") bezeichnet.

Mit bis zu 60 Jahren ist das Pferd eines der langlebigsten Haustiere.

Der häufig angewandte Spruch „Man hat schon Pferde kotzen sehen", der zum Ausdruck bringen soll, dass nichts unmöglich ist, bezieht sich auf die Tatsache, dass sich Pferde nicht übergeben können. Ein Schließmuskel am Mageneingang verhindert dies. Ebenfalls aus anatomischen Gründen können sie nur durch die Nase und nicht durch den Mund atmen.

Ich spreche das Pferd an:

„Da vorne liegt ein großer Kuhfladen. Ärgerlich, mitten auf dieser schönen, saftig grünen Wiese. Stört dich die Hinterlassenschaft eines anderen Tieres nicht?"

Das Shire Horse kritisiert mich:

„Was für eine seltsame Begrüßung! Der menschliche Verstand liebt das Drama und hat eine bemerkenswerte Begabung dafür, sich auf die Negativität zu fokussieren. Du stehst vor einer wunderschönen Wiese und siehst nur

den Kuhfladen! Genau so leben die meisten Menschen!"
Ich gebe zu: „Da ist was dran. Aber es gibt nun mal Dinge, die nicht so erfreulich sind. So ergeben sich die existenziellen Sinnfragen von uns Menschen. Wir fragen uns: Warum gibt es das Böse und den Hass?"

„Warum gibt es das Gute und die Liebe?", fragt das Pferd zurück.

Ich nehme die Herausforderung an: „Manchmal passieren so schreckliche Dinge, die man einfach nicht ignorieren kann. Warum erkranken manche Kinder an Krebs?"

Das Shire Horse holt erneut zu einer Gegenfrage aus: „Warum erkranken die meisten Kinder *nicht* an Krebs? Schau dir das Große Ganze an. Betrachte das Universum. Ihr nennt es „Kosmos" – das bedeutet doch: Ordnung! Ihr habt also schon erkannt, dass Ordnung herrscht. Geht weiter und fragt:

Wieso überwiegt die Ordnung und nicht das Chaos? Ihr seid so geblendet von den Problemen des Persönlichen, dass ihr das Universelle in all seiner makellosen Perfektion übersehrt. Schau dir die perfekte Harmonie und Schönheit des Kosmos und der Natur an! Ihr bringt es fertig, durch diese wundervolle Welt zu laufen und gleichzeitig schlecht gelaunt zu sein – weil ihr euren flüchtigen Gedanken und selbstsüchtigen Vorstellungen eine größere Bedeutung beimesst als dem Leben selbst. Wenn eure egozentrischen Wünsche nicht befriedigt werden, fühlt ihr euch ungerecht behandelt und sagt, das Leben sei nicht fair. Diese Gedanken erzählen euch von euren vermeintlichen Problemen. Zum Beispiel hat dich jemand beleidigt – und schon ist es ein schlechter Tag, inmitten der Schönheit des Lebens. Das ist eine sehr eingeschränkte und mangelhafte Perspektive.

Typisch Mensch!"

Nach diesen Worten dreht sich das Pferd, das kein großer Menschenfan zu sein scheint, um und stapft zurück ins Zentrum seiner Weide.

„Bitte sei mir nicht böse, verzeihe mir mein Unverständnis.", rufe ich ihm – von schlechtem Gewissen getrieben – hinterher.

Ich folge weiter dem Feldweg. Das Gespräch mit dem Pferd lässt mich nicht los. Während ich es in meinem Geist Revue passieren lasse, entdecke ich aus der Ferne das nächste Tier…

Die freche Elster

Auf einem hohen Zaunpfahl sitzt eine Elster. Sie blickt direkt in meine Richtung. Die Gewohnheit sorgt immer noch für ein Gefühl der Überraschung und des Erstaunens, als ich feststelle, dass der Vogel nicht davonfliegt, obwohl ich zielstrebig auf ihn zusteuere.

Jetzt stehe ich direkt vor ihm. Wir befinden uns beinahe auf Augenhöhe. Noch nie habe ich eine lebende Elster aus solcher Nähe bewundern können. Ihr schwarz-weißes Gefieder ist eine wahre Augenweide.

Als sogenannter Nesträuber, der die Jungvögel anderer Arten frisst, ist diese Spezies unter Gartenbesitzern nicht sonderlich beliebt, doch für mich überwiegt ihre fantastische Schönheit.

Die Elster blickt mich unverändert an, sie scheint auf eine Einleitung des Gespräches meinerseits zu warten, also sage ich: „Grüß Gott, schöner Vogel!"

„Grüß Gott, hässlicher Vogel!", erwidert die Elster.

Diese Antwort verschlägt mir glatt die Sprache.

Erstaunt schaue ich sie mit weit aufgerissenen Augen und offenem Mund an. Die Elster lacht und sagt:

„Meine Güte, das war doch bloß ein Ulk, du flügelloses Wesen! Ihr Menschen seid so leicht aus der Fassung zu bringen! So schnell fühlt ihr euch beleidigt! Wenn ihr euch nur einmal die Mühe machen würdet, in eurem Innern nach demjenigen Ausschau zu halten, der sich dauernd persönlich angegriffen oder provoziert fühlt, dann würdet ihr schnell bemerken, dass derjenige nicht gefunden werden kann, weil er gar nicht wirklich existiert. Er ist bloß eine gedankliche Erfindung, auf die ihr euch im Kollektiv geeinigt habt. Doch auch wenn die ganze Menschheit an eine Illusion glaubt, wird sie dadurch nicht zur Realität. Ihr sagt zum Beispiel sehr oft, dass jemand eure Gefühle verletzt oder euch das Herz gebrochen hat. Das ist unmöglich! Gefühle können nicht verletzt werden, euer wahres Herz kann nicht brechen! Es ist einfach bloß euer illusionäres Selbstbild, das "verletzt" wird, wenn jemand eine Äußerung wagt, die nicht mit der beschränkten Idee übereinstimmt, die ihr gedanklich über euch selbst entworfen habt. Wenn ihr euch von Worten beleidigt fühlt und zum verbalen Gegenschlag ausholt, dann verteidigt ihr eine Illusion! Das einzig Wirkliche in euch ist das Leben. Und das ist absolut unangreifbar. Sobald dies klar gesehen wird, wirst du deine konditionierten Verhaltensmuster fortan gelassen belächeln – und ebenso verbale Angriffe wie meinen.

Sieh, wie Tiere und Pflanzen vollkommen sie selbst sind. Im Gegensatz zu Menschen spalten sie sich nicht in zwei auf. Da sie ihr Leben nicht aus einer mentalen Vorstellung von sich selbst schöpfen, brauchen sie sich auch nicht darum zu bemühen, diese Vorstellung zu schützen und zu bestärken. Alles in der Natur ist nicht nur eins mit sich selbst, sondern auch mit der Totalität. Es hat sich nicht aus dem Gefüge des Ganzen getrennt und behauptet nicht, für sich allein zu existieren: "Ich" und der "Rest" des Universums. Die Betrachtung der Natur kann dich vom ‚Ich' befreien, diesem großen Störenfried." (26)

„Wahre Worte!", stimme ich zutiefst beeindruckt zu.

„Darf ich dir eine Frage stellen, die sich auf deine Spezies bezieht? Es heißt, Elstern fühlen sich von glänzendem Schmuck angezogen. Stimmt das?", frage ich den hübschen Rabenvogel.

„Ja, da ist durchaus was dran. Aber wir Elstern sind nicht so wild darauf wie ihr Menschen. Wir würden nicht dafür morden. Wir erfreuen uns durchaus an den schönen Dingen dieser Welt, aber wir wissen – oder zumindest ich weiß –, dass der wahre Schatz woanders liegt."

„Wo denn?", stelle ich mich dumm, als hätte die glückselige Füchsin mich dahingehend nicht schon ausführlich belehrt. Die Elster bedient sich derselben Weisheit:

„In unserem gemeinsamen Ursprung. Er wartet sehnsüchtig darauf, gefunden zu werden. Die meisten Menschen suchen nie ernsthaft danach. Sie halten es für eine "Glaubenssache", weil es in Vergessenheit geriet, seitdem ihr eurem Verstand übermäßige Bedeutung beimesst. Wacht wieder auf und erkennt von neuem, dass ihr letztendlich nicht menschlich, sondern göttlich seid! Ich versichere euch… Es gibt eine Realität, die unteilbar ist, eins, die Quelle und das Sein von allem; kein Objekt, nicht einmal ein Verstand, sondern reiner Geist oder klares Bewusstsein; und wir alle sind das und nichts als das, denn das ist unsere wahre Natur; und der einzige Weg, es zu finden, ist, beständig nach innen zu schauen, wo äußerster Frieden, unvergängliche Freude und das ewige Leben selbst zu finden sind." (27)

Ich lasse ihre schönen Worte eine Weile in mich einsickern. Dann überwiegt wieder die Neugier bezüglich relativen Wissens...

„Bitte erzähle mir noch etwas über deine Spezies.", fordere ich meinen gefiederten Freund auf.

„Wir Elstern zählen zweifelsfrei zu den intelligentesten Vögeln, denn wir gehören zu den relativ wenigen Tieren, die sich selbst im Spiegel erkennen können. Mein Ego wollte, dass ich das sage, aber es stimmt. Das Problem des Menschen besteht darin, dass er zwar fähig ist, seinen Körper im Spiegel zu erkennen, aber dennoch unfähig, sich selbst zu erkennen. Die meisten Menschen leben wie Vögel, die vergessen haben, dass sie fliegen können."

„Wie heißt du eigentlich?"

„Spielt keine Rolle.", antwortet sie und fliegt ohne Ankündigung oder Abschied davon.

Mein Blick fällt nach links zum benachbarten Zaunpfahl. Dort sitzt ein weiterer, viel kleinerer Vogel – ein Zaunkönig. Wegen seiner geringen Größe kann ich nicht ausschließen, dass er schon länger dort sitzt und mir bisher nur nicht aufgefallen ist.

Der Zaunkönig ist einer der kleinsten Singvögel.

Dieser lebhafte Vogel wirkt nahezu ständig erregt und ist so flink unterwegs, dass man ihm mit den Augen kaum folgen kann. Mitunter ist die Lautstärke seines Gesangs recht erstaunlich. Der Zaunkönig singt auf die Minute genau jeden Tag zur selben Zeit.

Ich möchte von ihm wissen, warum seine Spezies immer so nervös wirkt... „Stehst du unter Stress?", frage ich den kleinen Flattermax. Er zögert kurz und antwortet dann:

„Hallo erstmal! Stress ist innen, nicht außen. Lasse dich nicht von meiner äußeren Erscheinung und ihren Bewegungen täuschen. Mein Inneres ist unbewegt. Ich ruhe in mir selbst, während mein Körper wild umherfliegt. Ich führe diese Bewegungen nicht aus, ich beobachte sie."

„Wie meinst du das?", frage ich völlig verwirrt.

„Ihr Menschen könnt das schwerlich verstehen, denn ihr haltet euch für die Handelnden. Wer glaubt, der Handelnde zu sein, der ist auch der Leidende. (28) Sag mir, Simon, bringst du dein Herz zum Schlagen? Verdaust du deine Nahrung? Atmest du?"

Das erscheint mir wie eine rhetorische Frage, also antworte ich mit einem Klang der Selbstverständlichkeit: „Aber natürlich!"

„Ah ja. Vielleicht wirst du deine Einschätzung dazu nach einem Gespräch mit einem anderen Tier auf einem anderen Kontinent noch ändern. Wir werden sehen."

„Warum erklärst du es mir nicht jetzt?"

„Mein Thema ist ein anderes."

„Welches?", will ich wissen.

„Ich knüpfe daran an, was meine Vorgänger dir gesagt haben. Hör genau zu."

„Ich bin ganz Ohr!", erkläre ich meine Bereitschaft.

Der Zaunkönig teilt mir seine Beobachtungen mit:

„Ihr seid nicht dazu erzogen worden, allein zu sein. Es ist aber sehr wichtig, allein auszugehen, sich unter einen Baum zu setzen und das Fallen eines Blattes zu beobachten, das Plätschern des Wassers zu hören, den Flug eines Vogels zu beobachten und deine eigenen Gedanken, wie sie sich gegenseitig durch den Raum deines Geistes jagen. Wenn du in der Lage bist, allein zu sein und diese Dinge zu beobachten, dann wirst du außergewöhnliche Reichtümer entdecken, die keine Regierung besteuern kann, die kein menschliches Handeln korrumpieren kann und die niemals zerstört werden können." (29)

„Klingt schön.", kommentiere ich ehrlich.

„Reflektiere das! In deinen Gesprächen mit uns Tieren hüpfst du viel zu schnell von Frage zu Frage. Erforsche tief, was wir dir sagen!"

„Woher weißt du eigentlich, was in den anderen Gesprächen gesagt wurde oder was anderswo geschehen ist?", frage ich verblüfft.

„Wir kennen Wege der Kommunikation, die nur wenige Menschen kennen. Außerdem sind wir alle stets dabei. Du sprichst nie mit nur einem einzigen von uns."

Kaum hat der Zaunkönig ausgesprochen, fliegt er davon.

„Warte!", rufe ich ihm verzweifelt hinterher…

„Lass mich nicht so verwirrt zurück.

Du bist mir eine Erklärung schuldig!"

Der fliegende Zwerg antwortet aus luftiger Höhe:

„Ich bin dir überhaupt nichts schuldig.

Aber ich wünsche dir alles Gute!"

Mit gemächlichen Schritten setze ich meine Reise fort, während ich die bisherigen Eindrücke in meinem Geist nochmals rekapituliere.

Über mir erstreckt sich die atemberaubende Pracht des Himmels. Neben wenigen kleinen Wolken sind mehrere große Vögel die einzigen Flecken in der blauen Weite. Ich kann leicht erkennen, dass sich ihr Flugbild voneinander unterscheidet und sie nicht derselben Art angehören. Plötzlich fliegen sie alle aufeinander zu – ich erwarte, Zeuge eines spektakulären Luftkampfes zwischen vier Raubvögeln zu werden. Doch sobald sie sich dort oben zusammengefunden haben, beginnen sie allesamt synchron zu sinken und steuern dem Boden entgegen.

Für einen Moment läuft mir beim Gedanken an Alfred Hitchcocks Thriller „Die Vögel" ein kalter Schauer über den Rücken. Doch die Tiere steuern zielstrebig auf einen am Boden liegenden Baumstamm statt auf mich zu und lassen sich schließlich auf diesem in meiner Nähe nieder.

Die Raubvogelversammlung

Ich traue meinen Augen nicht!
Nur wenige Meter von mir entfernt sitzen ein Rotmilan, ein Mäusebussard, ein Habicht und ein Uhu in gleichmäßigen Abständen friedlich nebeneinander und schauen mich allesamt an.
Bei diesem Anblick erschließt sich mir, weshalb die Elster und der Zaunkönig so plötzlich davonflogen. Dieser Versammlung, die sie bestimmt vorausahnten, wollten sie verständlicherweise nicht beiwohnen.

Liebe/r Leser/in, erlaube mir an dieser Stelle, Dir meine folgenden Gesprächspartner etwas genauer vorzustellen…
Greifvögel besitzen wohl die leistungsfähigsten Augen, die die Natur jemals hervorgebracht hat. Ein Mäusebussard kann eine Maus unter idealen Bedingungen aus einer Flughöhe von mehr als zwei Kilometern ausmachen. Der flinke Baumfalke – hier nicht anwesend – kann Großinsekten nachweislich aus einer Entfernung von mehreren hundert Metern registrieren.
Der Mäusebussard ist der häufigste Greifvogel Europas.
Mit 60-75 cm Körperlänge und einer Flügelspannweite von bis zu 1,8 Metern ist der Rotmilan größer als der Mäusebussard. Wegen seines gegabelten Schwanzes wird dieser schöne Vogel manchmal als Gabelweihe und auf-

grund seiner stattlich-prächtigen Erscheinung auch als Königsweihe bezeichnet.

Obwohl von vergleichbarer Größe, sind Habichte kraftvoller als Bussarde und können deutlich schwerere Beutetiere im Flug tragen. Was ihn ebenfalls vom Bussard unterscheidet: Der Habicht ist ein außerordentlich gewandter Flieger, der andere Vögel im Flug erbeuten kann. Sein Beutespektrum umfasst viele verschiedene Arten, darunter Singvögel wie Tauben oder Krähen und kleine Säugetiere wie Eichhörnchen oder Ratten. Der kräftige Greifvogel überwältigt auch ausgewachsene Feldhasen, die schwerer sind als er selbst (5 kg), und Vögel bis zur Größe eines Reihers. Ein natürlicher Feind des Habichts ist der Uhu, der ihn aufgrund seiner Wendigkeit jedoch nur selten erlegen kann.

Der eurasische Uhu ist die größte Eule der Welt.

Die Flügelspannweite beträgt bis zu 1,8 m und das Körpergewicht liegt bei bis zu über 4 kg, womit er kaum leichter ist als ein Steinadler. Das Beutespektrum dieses Raubvogels impliziert etwa 50 Säugetier- und 180 Vogelarten. Uhus erbeuten beispielsweise Mäuse, Ratten, Eichhörnchen, Kaninchen, Feldhasen, Igel, Enten, Tauben, Krähen, Bussarde, Graureiher, andere Eulen, Marder, Jungfüchse, Rehkitze und Frischlinge (junge Wildschweine), geben sich aber auch mit Regenwürmern und Schnecken vorübergehend zufrieden.

Der Flug einer Eule ist aufgrund der Beschaffenheit ihrer Federn vollkommen lautlos. Die riesigen Augen und das Gehör sind außerordentlich leistungsfähig. Eulen haben 14 Halswirbel (doppelt so viele wie andere Wirbeltiere) und können dadurch ihren Kopf um 270 Grad drehen.

Diese vier wundervollen Vögel sind nun also auf dem Stamm platziert und schauen mich erwartungsvoll an. Ich gehe auf sie zu, bis ich ihnen direkt gegenüberstehe. „Danke!", bricht es aus mir heraus... „Danke, dass ihr mir so sehr vertraut und mir gestattet, eure Schönheit aus nächster Nähe zu bewundern. Danke, dass ihr das Kriegsbeil untereinander begrabt, damit wir hier eine harmonische Zusammenkunft feiern können!"

Alle vier Vögel lachen... „Gern geschehen.", sagt der Mäusebussard. „Passt mir ganz gut, in dieser Ausnahme-situation mal furchtlos neben einem Uhu Platz nehmen zu können.", fügt der Habicht an und zwinkert der großen Eule zu, die sich zu seiner Linken befindet.

„Keiner von uns ist so weise wie diese Eule.", gibt der Milan zu... „Wenn du also Fragen hast, richte sie an den Uhu."

Der Uhu scheint hier sehr angesehen zu sein. Das wird seinen Grund haben, denke ich... „Bist du erleuchtet?" frage ich den prächtigen Vogel frei heraus.

Die Eule antwortet:

„Jetzt gerade scheint mir die Sonne ins Gesicht, also ja, wie du sehen kannst, bin ich erleuchtet."

Die drei anderen lachen laut.

„So meine ich das nicht. Ein besonders weiser Mensch wird von der Menschheit als erleuchtet bezeichnet. Was das wirklich bedeutet, weiß ich nicht. Vielleicht kannst du mir das beantworten. Was ist Erleuchtung?"

Der Uhu blickt mich mit seinen riesigen Augen an...

„Erleuchtung ist, wenn du erkennst, dass Simon nicht existiert, und wenn du mit dieser Erkenntnis lebst."

Ich gestehe: „Das verstehe ich nicht."

Der Uhu führt aus: „Es gibt keine erleuchtete Person. Es hat nie eine erleuchtete Person gegeben. Es wird nie eine erleuchtete Person geben. Erleuchtung ist die Abwesenheit der Person – das völlige und dauerhafte Fehlen des Glaubens daran, eine Person zu sein. Eine Person ist ein Fragment und so etwas gibt es nicht."

„Fällt bei der Erleuchtung also das ‚Ich' weg?", frage ich und bin mir dabei einer tiefen Existenzangst in mir bewusst. Die weise Eule wird mir diese Angst nehmen: „Die meisten Menschen haben das Empfinden, dass ihre Identität, ihr Selbstgefühl, etwas unglaublich Kostbares ist, das sie nicht verlieren dürfen. Deshalb haben sie solche Angst vor dem Tod. Es erscheint unvorstellbar und beängstigend, dass das "Ich" aufhören könnte zu existieren. Dabei wird jedoch das kostbare "Ich" mit einem Namen, einer Form und der damit verbundenen Geschichte verwechselt. Dieses "Ich" ist nichts weiter als eine zeitweilige Form im Bewusstsein. Solange diese Identität mit einer Form das Einzige ist, was du kennst, ist dir nicht bewusst, dass das Kostbare daran dein Wesen ist, dein innerstes Gefühl von "Ich bin" und damit das reine Bewusstsein. Dieses Bewusstsein ist das Unvergängliche in dir – und es ist das Einzige, was du nicht verlieren kannst. (30)

Um also deine Frage zu beantworten: Nein, das ‚Ich' fällt nicht weg, sondern seine Identifikationen und der damit einhergehende Glaube an Grenzen. Wenn man das Selbst erkennt, fällt das Gefühl von Grenzen weg und man sieht, dass man immer reines Bewusstsein ist, war und sein wird. Das "Ich" fällt nicht weg, es erkennt sich selbst als die ewige Ganzheit des Lebens. Ich bin Das. Du bist Das. Alles ist Das."

Diese Worte zaubern mir sofort ein freudvolles Lächeln ins Gesicht. Ich wünschte, diese Erkenntnis wäre unter uns Menschen keine Rarität und teile mein Bedauern dem Uhu mit: „Ich befürchte, wir Menschen haben zu viele Probleme, um diese Realität erkennen und genießen zu können!"

„Das ‚Ich', das sagt „Ich habe ein Problem", ist selbst das einzige Problem. Wenn dieses ‚Ich' verschwunden ist, gibt es kein Problem mehr. Es gibt keine persönlichen Probleme. Die Person ist das Problem. Alle Probleme kommen vom persönlichen 'Ich'. Lass dein 'Ich' reines Bewusstsein sein und erlebe das Leben als Freude, Frieden, Liebe und süße Harmonie." (31)

Mir kommen spontan die Tränen. Die Weisheit der Eule hat meine Gedanken zum Stillstand gebracht. Ich kann die Wahrheit unzweifelhaft spüren, auf die sie mich soeben liebevoll hingewiesen hat. Welch eine Befreiung!

Weinend schaue ich die vor mir sitzenden Vögel an. Ihre Schönheit allein genügt, um mir die Sprache zu verschlagen. Ich schluchze.

Der Bussard, der Habicht und der Milan verabschieden sich bei mir und erheben sich in die Luft. Nur der Uhu bleibt noch sitzen.

Langsam kehren meine Stimme und mein Sprechvermögen zurück. Ich wende mich wieder an den Uhu:

„Hast du zum Abschied einen Ratschlag für mich?"

Einige Sekunden schweigt das eindrucksvolle Tier und schaut unbewegt in die Ferne. Dann fällt sein intensiver Blick wieder auf mich und die Eule sagt:

„Verweile als Gewahrsein, ohne die Illusion einer Person. Du wirst augenblicklich frei und im Frieden sein." (32) Mir wollen wieder die Tränen kommen. Ich nicke ihr dankend zu, ohne etwas zu sagen. Das Wort „Danke" erscheint mir so lächerlich ungenügend.

Nun erhebt sich auch der Uhu in die Lüfte. Ich bin über-rascht vom lautlosen Flug dieses riesigen Vogels mit seinen mächtigen Schwingen.

Vorerst bleibe ich auf dem Feldweg vor den Zaunpfählen und dem liegenden Baumstamm stehen. Ich schließe die Augen und spüre in mich hinein.
Intuitiv kann ich fühlen, dass mein nächster Gesprächs-partner ein weiterer Vogel sein wird – hinzu einer, den ich in Bayern nicht erwartet hätte, weil er dort eher selten anzutreffen ist…

Ein Steinadler landet in einiger Entfernung am Ende des Weges in einem Baum. Zum ersten Mal auf meiner Reise kann ich es nicht abwarten und renne so schnell, wie ich kann, auf das Tier zu. Angekommen, ringe ich nach Luft und stoße ein mehr gekeuchtes als gesprochenes „Hallo!" aus mir heraus. Der Vogel sitzt in etwa drei Metern Höhe auf einem dicken Ast und schaut auf den schwer atmen-den Menschen herunter. „Grüß dich.", antwortet er ruhig.

Der Steinadler wird bis zu 7 kg schwer und erreicht eine Flügelspannweite von bis zu 2,3 Metern.
Er ist der am weitesten verbreitete Adler.
Die Krallen sind sehr lang und vermutlich kann der Steinadler mit seinen Fängen kräftiger zugreifen als ein erwachsener Mann mit seinen Händen. Er ist in der Lage, seine Klauen durch die Schädeldecke großer Beutetiere ins Gehirn zu schlagen und überwältigt auf diese Weise Tiere bis zur Größe von Gämsen und kleinen Hirschen. Trotz seiner Größe erweist sich der Steinadler als ge-schickter und wendiger Flieger, der andere Vögel wie bspw. Kolkraben in der Luft erbeuten kann. Im Sturzflug

erreicht er eine Geschwindigkeit von über 200 km/h und gehört damit zu den schnellsten Tieren der Welt.
Adler können in Extremfällen 70-80 Jahre alt werden.

Angesichts eines Krähenschwarms, der über uns hinwegzieht, taucht in meinem Inneren eine Frage auf, die ich sogleich an den prächtigen Vogel richte: „Lieber Adler, du bist ja ganz allein. Sag mir bitte, fühlst du dich nicht einsam?"
„Was hat Alleinsein mit Einsamkeit zu tun? Alleinsein kann es erst geben, wenn die Einsamkeit aufgehört hat."
(33), sagt der Steinadler.
Verwundert blicke ich mit großen Augen zu ihm herauf. Er kann mir meine Verwirrung wohl ansehen, denn sogleich erklärt er mir: „Wenn du bewusst mit der Realität in Berührung bist, dann wirst du dich nie wieder einsam fühlen. Die Einsamkeit lässt sich nicht durch menschliche Gesellschaft überwinden. Du kannst täglich 1.000 Menschen treffen und trotzdem einsam sein. Ich fliege manchmal über Städte hinweg und sehe Menschenmassen. Es ist leicht zu erkennen, dass es sich nur um eine Ansammlung vieler einsamer Wesen handelt. Nur wer sich für ein getrenntes Einzelwesen hält, kann sich einsam fühlen. Die Einsamkeit endet erst dann, wenn du dich selbst als die unendliche Weite kennst und weißt, dass alles und jeder darin enthalten ist. Es gibt keine Trennung, also ist Einsamkeit in jedem Fall eine Illusion. Verstehe das Wort ‚Alleinsein' lieber so: All-Ein-Sein!"
„Wow! Alles ist eins! Dann kann ich mich mit den anderen verbunden fühlen, auch wenn sie nicht körperlich anwesend sind.", juble ich in einem seltenen Moment der Einsicht. Dann verspüre ich den Wunsch, dem Adler eine seltsame Empfindung, die sich schon länger in mir regt,

mitzuteilen: „Ich verrate dir etwas, lieber Adler. Wenn ich ein Tier wäre, dann am liebsten ein Adler. Ihr habt kaum natürliche Feinde, müsst euch also nicht fürchten, ihr seid wunderschön, habt eine hohe Lebenserwartung und ihr könnt fliegen, und zwar besser und höher als die meisten anderen Vögel. Und was mir am allerbesten gefällt, ist euer Sehvermögen! Eure Sehschärfe ist unangefochten. Wie toll muss es sein, alles so gut und klar sehen zu können wie du!"

Der Steinadler lacht und antwortet:

„Ja, ich kann nicht klagen. Aber die Realität ist erheblich größer als das, was wir zurzeit mit unseren Augen sehen. Obwohl ich als Adler mit meinen Augen in der Tat besser und mehr sehen kann als du, gilt das auch für mich. Die absolute Realität kann aber allein schon deshalb nicht gesehen werden, weil sie der Sehende ist. Sie ist das ewige Subjekt, kein Objekt."

„Erkläre mir das genauer.", bitte ich den weisen Greifvogel. Er zögert nicht, meine Bitte zu erfüllen:

„Deine Fingerspitze kann alles berühren, nur nicht sich selbst. Deine Augen können alles sehen, nur nicht sich selbst, weil sie sich zu nahe sind. Ebenso kann das Bewusstsein als ewiges Subjekt niemals auf ein Objekt reduziert werden. Du bist so sehr an die Betrachtung von Objekten gewöhnt, dass du die Erkenntnis deines Selbst verloren hast, weil das Selbst nicht zum Objekt gemacht werden kann." (34)

„Kann Gott denn nicht gesehen werden?", wundere ich mich und drücke dabei das wohl größte religiöse Verlangen des Menschen aus.

Der Adler fixiert mich mit seinem Blick, als sei ich ein Beutetier, und spricht langsam: „Das Verlangen, nach einem Gott im Außen zu suchen, endet mit der unmittelbaren Erkenntnis und der unmittelbaren Erfahrung des Selbst. (35) Ist dir jemals in den Sinn gekommen, dass du Gott mit Seinen Augen suchst? (36) Gott ist kein Objekt, das gesehen werden kann. Gott ist das Subjekt. Er ist der Sehende. Kümmere dich nicht um die Objekte der Sinne. Finde heraus, wer der Sehende ist. Du kannst Gott nicht sehen, weil du Gott bist. (37)"

Stille. Diese Aussage haut mich beinahe aus den Latschen, die ich mir vorhin wegen des steinigen Feldweges wieder angezogen hatte. Ich halte inne.

Der Adler möchte ein fatales Missverständnis vermeiden und fügt hinzu: „Ich meine allerdings nicht Simon! Glaube bloß nicht, dass du als Person Gott bist. Gott ist alles. Also brauchst du dich nicht für etwas Besonderes zu halten oder jemandem überlegen zu fühlen. Ausgerechnet die Erkenntnis, dass du Gott bist, kann dich demütig machen, denn gleichzeitig erkennst du, dass es nichts anderes gibt. Wenn Gott omnipräsent und allumfassend ist, wie könnte es dann etwas geben, das nicht Gott ist? Alles ist Gott! Also wirst du alles als das göttliche Selbst lieben und verehren. Einzig und allein die eigene Person für Gott zu halten, das ist die größte Arroganz. Aber ausnahmslos alles als Gott zu erkennen und entsprechend zu behandeln, das ist die größte Liebe."

Auf der Stelle entlarvt sich der Steinadler in meiner Wahrnehmung als etwas Unaussprechliches. Ich liebe dieses Tier, aber nicht als Tier, sondern als göttliche Inkarnation. Gott hat diesen Adler nicht erschaffen, sondern seine Form angenommen. Deshalb ist er so wunderschön. Gott selbst sitzt dort oben *als* der Adler. Selbiges gilt für diesen Baum und das Gras unter meinen Schuhen, ebenso für die Blumen, die dort bei den Wurzeln des Baumes aus dem Boden hervorsprießen. Jede einzelne

Blume ist eine göttliche Form, ist Gott. Das Einheitsge-
fühl ist überwältigend, aber es endet mit dem nächsten
Gedanken. Dann bricht eine neue Frage aus mir heraus:
„Wie kann man die Macht Gottes erkennen?"
Ein letztes Mal öffnet der Steinadler seinen großen
Schnabel für mich: „Du sagst "Ich bin." Das ist es." (38)
Er stürzt sich vom Ast und fliegt zu mir herunter,
ich strecke reflexartig meinen rechten Arm aus. Er landet
auf meinem Unterarm. Erst jetzt fallen mir seine langen
Krallen auf, doch sie tun mir nicht weh. Ich halte ihn.
Er ist leichter, als er aussieht. Unsere Blicke treffen sich
aus nächster Nähe. Ich verliere mich in seinen Augen.
Ein heiliger Moment.

Dann fliegt er los. Als er seine Flügel ausbreitet, streift
eine seiner langen Schwungfedern mein Gesicht. Es kitzelt. Der durch seinen Start entstehende Windzug wirft
mich beinahe um.
Ich blicke dem majestätischen Vogel nach, während er in
die Höhe steigt und immer kleiner wird.

„Ist der Adler weg?", flüstert eine Stimme hinter mir.
Blitzartig drehe ich mich um, sehe aber niemanden.
Stattdessen sehe ich einen wunderschönen See, der mir
zuvor völlig entgangen war. Ist er mir einfach nur nicht
aufgefallen oder war der See eben noch gar nicht da? In
dieser wundersamen Welt ist alles möglich. Eine Frage,
die mich mehr interessiert: Wer hat da eben zu mir gesprochen? Ich gehe auf den See zu und sehe mich genauer um. Plötzlich ertönt das Flüstern erneut:
„Na, sag schon! Ist der Adler weg?"
Diesmal kann ich die Quelle der Stimme lokalisieren.
Direkt am Ufer des Sees ragt ein kleiner Kopf aus dem

Wasser empor und schaut zu mir herauf – der Kopf eines Bibers.

Bob, der Biber

„Ja, er ist weggeflogen, keine Angst."
Es vergeht keine Sekunde nach meiner Entwarnung – der Biber klettert sofort aus dem Wasser, überwindet das ziemlich steile Ufer und hält neben mir an. Ich setze mich hin, direkt neben ihn ins Gras. Wir schauen uns an.
Ich vermute, dass er zuvor noch keinen Menschen aus der Nähe gesehen hat, ebenso wenig wie ich einen wilden Biber. Er schaut mich staunend an.

Der Biber ist das größte Nagetier Europas und nach dem Capybara (alias Wasserschwein) aus Südamerika das zweitgrößte Nagetier weltweit. In Ausnahmefällen kann er bis zu 45 kg schwer werden.
Wie er seine Umwelt aktiv gestaltet, ist allgemein bekannt. Dass ein Tier von der Größe eines Bibers fähig ist, tonnenschwere Bäume zu fällen, ist allemal beeindruckend. Die Zähne dieses Pflanzenfressers wachsen (wie für Nagetiere üblich) ein Leben lang. Daher muss er regelmäßig nagen, um sie abzunutzen.

Nachdem wir uns lange genug gegenseitig neugierig beäugt haben, steigt eine Frage in mir auf, die ich sogleich an das Nagetier richte: „Sag mal, frierst du nicht? Du hältst dich ja sehr viel im Wasser auf und es ist sicher nicht immer so angenehm warm wie heute. Hält dein hübscher Pelz dich immer warm?"
„Wir Biber besitzen 23.000 Haare pro Quadratzentimeter – damit ist eine Körperfläche von mir, die etwa deiner

Daumenkuppe entspricht, mit einer vergleichbaren Menge an Haaren bespickt wie dein kompletter Kopf. Mit einem körpereigenen Sekret reibe ich meinen dichten Pelz zusätzlich regelmäßig ein, wodurch er wasserdicht ist und kälteisolierend wirkt. Unabhängig davon, wie oft ich mich ins Wasser begebe und wie lange ich mich dort aufhalte – meine Haut wird niemals nass."

„Oh mein Gott, 23.000! Habt ihr die meisten Haare im gesamten Tierreich?", lautet meine zweite Frage.

„Nein. Otter haben sogar eine noch größere Haardichte – 50.000 bis 100.000 Haare pro Quadratzentimeter.", gibt der Biber bescheiden zu.

„Unglaublich.", zeige ich mich beeindruckt.

Der Biber verabschiedet sich unerwartet früh:

„Ich muss jetzt schon wieder gehen, bekomme sonst Ärger mit meiner Frau. Soll dir aber sagen, dass hier am See auch dein nächstes Date stattfinden wird. Warte also eine Weile, dein nächster Lehrer wird sich bald zu dir gesellen. Danach sollst du da vorne wieder in den Wald hineingehen. Dort geht's für dich weiter. Mach's gut!"

„Alles klar. Schade! Danke für deine Zeit!", rufe ich ihm hinterher, nachdem er wieder ins Wasser geglitten ist. Er dreht sich schwimmend zu mir um und fragt: „Zeit? Was ist das denn?"

„Du weißt nicht, was Zeit ist?", frage ich verdutzt.

„Eine menschliche Erfindung." antwortet der Biber. „Wenn du selbst so grundsätzliche Dinge nicht begriffen hast, sollte ich mir vielleicht doch etwas mehr ‚Zeit' für dich nehmen. Haha.", sagt er und kriecht etwas schwerfällig und leicht genervt wieder aus dem Wasser heraus. Er nimmt denselben Platz wie zuvor ein und stellt sich vor: „Übrigens heiße ich Bob. Angenehm."

„Du hast einen Namen?!", reagiere ich überrascht.

„Ja, für dich heiße ich so. Meine Frau nennt mich nicht so."

„Wie nennt deine Frau dich denn?"

„Sie nennt mich ‚Du'. So nenne ich sie auch."

„Besteht ohne richtige Namen keine Verwechslungsgefahr? Wie unterscheidet ihr?", will ich wissen.

„Wozu unterscheiden?"… Der Biber schaut mich verdutzt an. Darauf fällt mir spontan keine überzeugende Antwort ein… „Jedenfalls freut es mich, dich kennenzulernen. Ich heiße Simon."

„Also Simon… Thema Zeit… Ich kenne nur das Jetzt."

„Und jetzt scheint deine Frau auf dich zu warten.", entgegne ich provozierend.

Der Biber lacht…

„Für dich gehe ich gerne das Risiko ein, zu spät nach Hause zu kommen und dafür angefaucht zu werden. Bin ohnehin dran gewöhnt. Wenn ich meiner Frau sage, dass ich einen unwissenden Menschen über etwas Wichtiges aufklären musste, wird sie schon Verständnis aufbringen. Also, hör zu: Das Jetzt ist nicht nur das, was jetzt geschieht, sondern vor allem der ‚Raum', in dem es geschieht. Das wird von euch Menschen häufig verwechselt und daraus resultieren Missverständnisse. Das Jetzt ist unendlich viel mehr als alles, was es je enthalten könnte. Es gibt nur das ewige Jetzt. Das Bewusstsein ist das Jetzt. Du bist das Jetzt!"

Ich antworte: „Theoretisch kann ich das verstehen, aber die Zeit beeinträchtigt mich doch sehr. Mein Körper altert durch die Zeit. Vieles, was in der Vergangenheit geschehen ist, hat körperliche und unsichtbare Spuren hinterlassen, die mich und die meisten meiner Mitmenschen einschränken."

Jetzt schenkt mir der Biber eine weise Empfehlung:

„Du sagst, dein Körper altert durch die Zeit. Du schließt also von den sichtbaren Prozessen und Veränderungen der phänomenalen Welt auf ein Phänomen namens Zeit. Du erlebst Zeit also nie direkt, sondern nur ihre Wirkung. Wende dich lieber dem zu, was du direkt erfahren kannst: Das Jetzt!

Zeit gibt es nur auf euren Uhren. Ohne Gedanken gibt es sie nicht. Im Tiefschlaf oder in der Narkose gibt es keine Gedanken und Wahrnehmungen, deshalb wachst du auf und hast keine Ahnung, wie viel Zeit vergangen ist, weil reines Bewusstsein zeitlos ist. Nach einer stundenlangen Operation unter Vollnarkose fragst du: „Wann geht es los?" Denn für dich ist keine Zeit vergangen. Verlasse dich auf deine eigene Erfahrung und nicht auf die Konzepte, auf die sich Menschen für praktische Zwecke allgemeingültig geeinigt haben. Im Alltag ist das Konzept der Zeit durchaus hilfreich und nützlich, denn wenn sich z. B. zwei Menschen miteinander verabreden, sollten beide pünktlich sein, weil Menschen so ungeduldig sind.

Du wirst aus der Zeit heraustreten, sobald du als bewusste Präsenz verweilst. Dann spielt auch die Vergangenheit keine Rolle und kann dich nicht mehr einschränken. Nichts, was je geschehen ist, kann uns beeinträchtigen, sobald wir zum zeitlosen Ursprung zurückkehren. Dieser wird von Ursache und Wirkung nicht berührt, weil er jenseits von Zeit und Raum ist."

„Und wer als Präsenz verweilt, hat keine Probleme mehr?", hake ich nach. Bob erklärt:

„Sorgen und Probleme gibt es nur im Konzept der Zeit, denn sie beziehen sich immer entweder auf eine nicht zufriedenstellende Vergangenheit oder auf eine besorgniserregende Zukunft. Vergangenheit und Zukunft sind lediglich gedankliche Konstrukte!

Sie sind menschliche Erfindungen!"

„Und ihr Tiere seid frei davon?", frage ich etwas neidisch. Das sympathische Nagetier bestätigt:

„Wilde Tiere fliehen vor Gefahren, die sie sehen. Sind sie entronnen, fühlen sie sich sicher. Ihr dagegen quält euch mit Zukünftigem und Vergangenem." (39)

„Wir müssen wohl erst lernen, die Vergangenheit zu begraben, um im Jetzt Frieden zu finden."

Bob lacht mich aus....

„Das ist nicht nötig. Die Vergangenheit ist bereits begraben. Und du musst ihr Grab nicht regelmäßig besuchen."

Ich schaue ihn nachdenklich an.

„Schön weiter drüber nachdenken, Mensch. So machst du es kaputt. Die perfekte Präsenz ist als dein eigenes Selbst hier und jetzt unleugbar anwesend. Du musst sie spüren und nicht darüber nachdenken. Wenn du sie durch Denken suchst, wirst du sie niemals finden. Sie ist ohnehin kein Objekt, das gefunden werden kann. Sie ist derjenige, der sucht. Über das Jetzt nachzudenken, heißt, es zu verpassen – und damit deine eigene wahre Größe. Deine zeitgebundene Identität ist nur ein Schatten. Das Licht, das du wirklich bist, ist zeitlos.", sagt er und klopft mir mit seiner kleinen Pfote ermutigend ans Bein.

„Jetzt muss ich aber wirklich los."

„Weil dir deine Frau sonst eine Standpauke hält? Ich dachte, Tiere sorgen sich nicht um die Zukunft?", sage ich, während ich dem Biber zuzwinkere.

„Wer hat gesagt, dass es mir immer gelingt, so zu leben? Ich bin kein Weiser. Wenn du gelebte Weisheit suchst, wende dich an meinen Freund, der gleich mit dir sprechen wird. Der ist ein großer Weiser."

„Um was für ein Tier handelt es sich?", frage ich voller Vorfreude. Doch der Biber verrät es mir nicht. Er gleitet ins Wasser, wirft mir schwimmend einen letzten Blick zu und taucht unter. Sein dunkler, platter Schwanz ist das Letzte, was ich von ihm an der Wasseroberfläche kurz zu sehen bekomme, bevor er spurlos verschwindet.

Mein Blick schweift über den gesamten See und wird von einem auffälligen weißen Punkt in der Nähe des anderen Ufers angezogen – ein Schwan!

Die Schönheit des Schwans

Mit einem Körpergewicht von bis zu 20 kg gehört der Höckerschwan zu den schwersten flugfähigen Vögeln der Welt. Die Spannweite seiner Flügel beträgt bis zu 2,4 Meter. Diese Spezies ist der bei weitem größte einheimische Wasservogel.

Schwäne werden als Symbol für lebenslange Treue herangezogen, weil sie als monogam gelten. Dass sie aber grundsätzlich nur einen Partner wählen und ausschließlich mit diesem Nachwuchs zeugen, wurde durch Untersuchungen als Irrglaube entlarvt.

Wenn er in die Enge getrieben wird, setzt sich der anmutige Vogel mit Bissen und heftigen Flügelschlägen zur Wehr. Letztere können Knochen brechen. Der Höckerschwan ist tatsächlich einer der drei einzigen Vögel (neben Kasuar und Strauß), die nachweislich in Ausnahmesituationen Menschen getötet haben.

Der Schwan schwimmt auf mich zu und kommt schnell näher...

Ich bekomme Gänsehaut bei diesem Anblick. Das Wasser des Sees reflektiert das Sonnenlicht und sorgt für ein Glitzern wie jenes von Millionen Brillanten. Mitten in diesem Diamantenmeer schwimmt ein wunderschöner Schwan auf mich zu. Nie wieder werde ich dieses Tier als etwas Geringeres betrachten können als das ultimative Symbol makelloser Reinheit und Würde.

Ungeduldig spreche ich den imposanten Vogel schon an, als er noch etwa zehn Meter entfernt von mir ist:

„Der Biber sagte, du bist weise. Kannst du mir direkt die tiefste Wahrheit mitteilen, die du kennst?"

Der schöne Schwan wartet mit seiner Antwort, bis er den Rand des Sees erreicht hat, nun treibt er direkt am Ufer nur wenige Meter entfernt von mir auf dem Wasser. Was jetzt geschieht, ist nichts anderes als ein spirituelles Spektakel, eine Kombination aus vollendeter Ästhetik und der maximalen Tiefe, die durch Worte erreicht werden kann. Er breitet seine mächtigen Schwingen aus, das Weiß seiner Federn wird direkt von der Sonne beschienen, sodass es mich geradezu blendet. Mit ausgebreiteten Flügeln streckt er seine muskulöse Brust in die Höhe und spricht mit grenzenloser Selbstsicherheit:

„Aus der Freude sind alle Wesen hervorgegangen. In der Freude werden alle Wesen aufrechterhalten. Zur Freude kehren alle Wesen zurück. Das ist die höchste Wahrheit." (40)

Ich bin so beeindruckt, dass ich mich nicht bewegen kann, am allerwenigsten meinen Mund.

Etwa eine Minute vergeht in völliger Stille. Sogar das Rauschen des Windes in den Blättern der nächsten Bäume und das leise Vogelgezwitscher in einiger Distanz, die bis eben noch hörbar waren, sind verstummt. Es kommt mir vor, als würde die gesamte Natur schweigen, um aufmerksam dabei zuzuhören, wie der weise Schwan den unwissenden Menschen mit Erkenntnis versorgt. Die weiße Schönheit spricht weiter:

„Wenn du dir dessen bewusst bist, was du bist, strömt das Glück aus jeder Pore deines Körpers. Es ist einfach wunderbar."

Eine spontane Frage wird ohne mein willentliches Zutun ausgesprochen: „Und was bist du?"

Wie aus der Pistole geschossen, antwortet der Schwan: „Ich bin die Liebe. Ich bin die Unsterblichkeit, ein schönes Leben, das kein Ende hat." (41)

„Und was bin ich?", fragt der ratlose Mensch.

„Es gibt nur das Eine, und das bist du. Dieses Wissen bringt dir sofort ewiges, unendliches Glück." (42), versichert mir der Vogel. „Aber was ist dieses Eine? Was ist das Selbst aller Lebewesen?", bohre ich nach.

„Das Selbst ist reines Sein. Da dieses Sein bewusst ist, wird es auch Bewusstsein genannt. Die direkte Erfahrung dieses Bewusstseins ist ein Zustand ununterbrochenen Glücks." (43)

„Man könnte aber sagen, dass wir uns stark voneinander unterscheiden. Mit deiner Schönheit kann ich mich nicht messen. Wie können wir dasselbe Selbst sein?", hinterfrage ich skeptisch.

„Ich bin das Leben, das kurzzeitig die Form eines Höckerschwans angenommen hat. Du bist dasselbe Leben, das sich vorübergehend als Mensch ausdrückt. Wir sind dieselbe Sonne, die zeitgleich durch zwei verschiedene Fenster hindurchscheint!"

Diese Erklärung befriedigt mein Herz sofort.

Mir fällt auf, wie losgelöst der Schwan sein muss. So wie er ziellos auf dem Wasser treibt, lässt er sich auch vom Leben treiben, ohne Ego-Wünsche und ohne Anhaftung, das spüre ich überdeutlich.

Daraus resultiert meine nächste Frage: „Hast du ein Nest in der Nähe? Oder bist du völlig besitzlos?"

„Wir alle sind besitzlos.", antwortet der Schwan…

„Was ihr Menschen euren Besitz nennt, sind nur Leihgaben. Das gilt sogar für deinen Körper. Es gibt keine Ausnahme."

„Wie kannst du dich denn ohne Besitz überhaupt sicher und erfüllt fühlen?"

Die Antwort des Höckerschwans werde ich niemals vergessen, sein Tonfall ist überaus authentisch, seine Worte kommen von Herzen:

„Machen Besitztümer reich? Diese Art von Reichtum habe ich nicht. Mein Reichtum ist das Leben, für immer." (44)

„Hast du denn nie irgendein Verlangen?", frage ich verwundert.

Seine darauffolgende Aussage steht der vorherigen in nichts nach: „Ich bin frei von Wünschen, weil ich in das Leben selbst verliebt bin." (45)

Wow. Ganz egal, welche Tiere mir noch begegnen und welche Weisheiten sie mit mir teilen werden, diese konkrete Botschaft ist in ihrem Wert und ihrer Tiefe nicht zu übertreffen, da bin ich sicher.

„Ist dein Leben so schön? Viele Wesen haben kein schönes Leben. Sie können sich nicht wie du in das Leben verlieben.", argumentiere ich. Der Schwan erklärt:

„Du sprichst vom Leben, das ich *habe* oder zu haben scheine, ich spreche vom Leben, das ich *bin*. Du sprichst von den Lebensumständen, ich spreche vom Leben!"

„Erkläre mir den Unterschied!", bitte ich den Schwan. Er zögert nicht:

„Der Mensch sagt „Mein Leben". Was er damit meint, sind seine persönlichen Gedanken, seine persönlichen Gefühle, der Zustand seines Körpers, seine privaten Beziehungen, seine berufliche Situation und vieles weiteres. Das ist der Lebensinhalt, nicht das Leben. Ihr seid so sehr vom Kinofilm eurer Lebensereignisse hypnotisiert, dass ihr die Kinoleinwand vollkommen überseht und vergesst. Ich spreche von der inneren Lebendigkeit, dem reinen Bewusstsein. Das ist das Leben! Es ist völlig unabhängig von den Lebensumständen und bleibt von allem, was dort geschieht, unberührt. Es ist vollkommen selbst-erfüllend, es ist von Natur aus in sich selbst verliebt. Was könnte jemals so kostbar sein wie diese pure Lebendigkeit? Gibt es irgendetwas, das du mehr liebst als dein eigenes Bewusstsein? Wie würdest du ohne Bewusstsein überhaupt irgendetwas oder irgendjemanden lieben können? Ausnahmslos alles, was du wahrnimmst, leitet sich davon ab. Du willst lebendig sein. Du willst sein. Dieses 'Ich bin' ist das, was du wirklich am meisten liebst, mehr als alles andere. Wenn du die tatsächliche Natur dieses ‚Ich bin' kennst, dann wirst du diese Welt nur als Späßchen sehen. (46) Warum den indirekten Weg beschreiten, wenn du auch direkt zur Quelle gehen kannst? Genieße dich selbst! Dann wirst du alles frei genießen, ohne dabei dem Irrglauben zu verfallen, eine vorübergehende Wahrnehmung könnte dem reinen Sein, das du bist, etwas hinzufügen. Du bist ewiglich vollkommen und nichts kann jemals etwas daran ändern."

Wie könnten diese Worte des Schwans spurlos an mir vorübergehen? Sie dringen tief in jede meiner Fasern ein. Ich fühle mich so berührt, als hätten sogar mein Herz und meine inneren Organe Gänsehaut.

Nach einer seligen Pause frage ich den Schwan: „Wie kann auch ich mich in das Leben verlieben? Wo finde ich es? Wie kann ich es immer spüren?"

„Suche es nicht außen und nicht in einer bestimmten Richtung. Du selbst bist es! Es ist das Licht, das alles erleuchtet. Du kannst es nicht sehen, weil es das ist, was sieht. Schließe die Augen, verliebe dich und bleib da. (47)"

Nach diesen Worten wendet sich der prachtvolle Wasservogel ohne Ankündigung und Abschied von mir ab und schwimmt langsam wieder auf den See hinaus.

Ich bin unfähig, mich verbal zu verabschieden.

Bisher hat mich kein Tier so nachhaltig beeindruckt wie dieser Höckerschwan. Ohne Zweifel wird er eines der bemerkenswertesten Wesen auf meiner Reise bleiben.

Ich schließe meine Augen und versuche zu erfahren, was mir der Schwan empfohlen hat. Doch ein Schrei vom Himmel zieht meine Aufmerksamkeit sofort wieder nach außen, ich öffne meine Augen und schaue hoch:

Über mir fliegt ein Seeadler!

Der Seeadler ist ein sehr großer Greifvogel. Er ist 70-95 cm lang, bis zu 7 kg schwer und erreicht eine Flügel-

spannweite von beinahe 2,5 Metern. Damit ist er der größte europäische Adler.
Der Seeadler ruft herab: „Das, was ist, ist für immer. Das, was ist, hört niemals auf zu sein." (48)

Dem Rat des Bibers folgend, gehe ich wieder zurück in den Wald. Kaum habe ich die ersten Bäume hinter mir gelassen, fühle ich einen plötzlichen, leichten Druck auf meiner linken Schulter, akustisch begleitet von einem „Platsch!" Ich erschrecke mich und blicke auf meine Schulter – ein überwiegend weißer Fleck lässt mich realisieren, dass mich ein Vogel an seinen Ausscheidungen teilhaben ließ. Absicht oder Versehen? Die Frage wird sofort beantwortet... „Haha!", ertönt es hinter mir.
Ich drehe mich um. Auf einem Ast sitzt eine Drossel.
Wacholderdrosseln verteidigen ihr Nest, indem sie aus der Luft gezielt ihren Kot auf Fressfeinde abwerfen. Diese Vorgehensweise wird als „gemeinschaftliches Bekacken" bezeichnet. Teilweise treffen diese Kotbomben ihr Ziel mit verblüffender Präzision und zeigen Wirkung.
„Wolltest du dein Nest vor mir verteidigen?", frage ich die Drossel.
„Nö. Ich wollte dich einfach ankacken.", antwortet sie stumpf und fliegt blitzschnell davon.

Wenige Meter weiter im dichten Wald entdecke ich den nächsten Vogel auf einem Ast... einen Kernbeißer.
Der Kernbeißer, der durch seinen massiven Schnabel unter allen Finken heraussticht, gilt im Falle der Gewöhnung an menschliche Nähe als recht zutraulich und wird nicht selten in Volieren gehalten. Wenn sich Kernbeißer in Gefangenschaft befinden, kann es vorkommen, dass sie die Stimmen anderer Vögel nachzuahmen versuchen.

Der Kernbeißer ist zwar mit 50 Gramm Gewicht und bis 18 cm Körperlänge nur etwas größer als ein Sperling, doch er kann einen Kieferdruck von über 700 Newton aufbringen. Damit ist seine Beißkraft jener eines Menschen mindestens ebenbürtig, was angesichts eines so kleinen Tieres extrem erstaunlich ist. Der Vogel kann mit Leichtigkeit Kirschkerne knacken.

Der Kernbeißer blickt zu mir rüber und spricht mich an:
„Du erreichst dein Ziel, indem du erkennst, dass du bereits dort bist." (49)
Bevor ich etwas darauf entgegnen kann, fliegt er davon.

Ich schaue mir den Baum, in dessen Ästen der Vogel saß, genauer an, und entdecke ein großes Loch im Stamm. Neugierig gehe ich darauf zu und blicke hinein…

Der wache Siebenschläfer

In der Baumhöhle liegt gemütlich zusammengerollt ein Siebenschläfer. Ich räuspere mich und flüstere:
„Grüß Gott, störe ich?"
„Wieso weckst du mich auf?!"
„Ich möchte dich etwas fragen."
Der Siebenschläfer kommt sofort heraus.
Ohne ‚Zeit zu verlieren', richte ich die erste Frage, die aus meinem Herzen emporsteigt, an das Nagetier:
„Was ist das Geheimnis des Glücks?"
„Das Geheimnis des Glücks besteht darin, nicht mit Idioten zu diskutieren.", antwortet der niedliche Nager.
„Das kann doch nicht alles sein!", entgegne ich wagemutig. „Ja, du hast Recht.", antwortet er, dreht sich um und kriecht in seine Baumhöhle zurück. Gemäß seiner Definition des Glücks muss er sehr glücklich sein, denn er hat

gerade bewiesen, dass er sich nicht auf eine Diskussion mit einem Idioten einlässt. Der Idiot bleibt aber hartnäckig... „Warte!", rufe ich ihm hinterher und bereue direkt, so frech widersprochen zu haben.

„Die Wahrheit braucht keinen Rechtsanwalt!", ruft er hinaus.

„Was soll das bedeuten?", rufe ich hinein.

Der Siebenschläfer kriecht wieder heraus und schaut mich etwas wütend an... „Was wahr ist, ist auch dann noch wahr, wenn ihr Menschen anderer Meinung seid. Die Wahrheit braucht keine Verteidigung durch mich. Sie hat auch ohne Rechtfertigung Bestand. Deshalb diskutiere ich nicht, schon gar nicht mit einem Menschen. Das wäre die reinste Energieverschwendung."

„Würdest du sagen, wir Menschen verschwenden nur Zeit und Energie, wenn wir miteinander diskutieren?"

„Zeit kann nicht verschwendet werden, denn in der Ewigkeit gibt es keine Zeitnot. Aber ihr vergeudet Energie, die ihr anders nutzen könntet. Über manches müsst ihr sprechen, um euch einig zu werden, aber meist geht es nur darum, Recht zu behalten und den anderen ins Unrecht zu setzen. Dabei geht es nicht mehr um das eigentliche Thema, sondern um euer Ego. Warum erheben Menschen in Diskussionen lautstark ihre Stimme? Glaubst du, sie verteidigen ihre Meinungen? Nein! Sie verteidigen sich selbst! Sie sind so sehr mit ihren Meinungen identifiziert, dass sie diese für einen wichtigen Teil von sich selbst halten. Wer es wagt, ihnen zu widersprechen, greift ihre Identität an. Jedenfalls glauben sie das."

Ich möchte sicherstellen, den klugen Zwerg richtig zu verstehen: „Also sollte man sich einfach beleidigen und alles gefallen lassen?"

„Worte sind harmlos. Sie sind nur Schallwellen, ausgesandt durch die Vibration der Stimmbänder. Warum musst du gegen substanzlose Schallwellen kämpfen?", lautet seine berechtigte Gegenfrage. Ich weiß nicht, was ich darauf antworten soll, also halte ich meinen Mund.

Siebenschläfer haben eine im Reich der Nagetiere überdurchschnittliche Lebenserwartung von bis zu 9 Jahren. Wie schon der Name verrät, hält der Siebenschläfer 7 Monate durchgängigen Winterschlaf, häufig auch länger. Innerhalb dieses Zeitraumes nimmt er keinerlei Nahrung zu sich. Um dies zu überstehen, fährt er seinen Stoffwechsel auf ein Minimum herunter. Seine Atemfrequenz reduziert er dabei auf 1-2 Atemzüge in der Minute. Das Herz, das im Normalzustand etwa 300 Mal pro Minute schlägt, wird auf nur noch fünf Schläge heruntergefahren. Besonders erstaunlich: Der Siebenschläfer kann seine Körpertemperatur auf knapp über 0 Grad Celsius absinken lassen.

Über die Besonderheiten der Spezies möchte ich gerne mehr erfahren, also frage ich meinen neuen Freund:

„Wenn ihr über ein halbes Jahr lang tief schlaft, wie könnt ihr euch danach überhaupt noch an etwas erinnern und euch zurechtfinden? Nach einem siebenmonatigen Schlaf wüsste ich wahrscheinlich gar nicht mehr, wer ich bin, dann wäre mit mir nichts mehr anzufangen. Wenn du so lange bewusstlos bist…"

„Bewusstlos? Was ist das denn?", unterbricht mich der Siebenschläfer.

„Wenn du schläfst, bist du doch bewusstlos, oder etwa nicht?" … Der menschliche Verstand ist empört über die Unwissenheit dieses Tieres.

Der Nager lädt mich zu einer Selbsterforschung ein:

„Hast du jemals die Erfahrung gemacht, bewusstlos zu sein? Du musst bewusst sein, um irgendetwas erfahren zu können. Wenn es also nicht auf Erfahrung beruht, ist es bloß ein menschliches Konzept – eine lupenreine Illusion. Der Irrglaube, welcher davon ausgeht, dass ihr das Bewusstsein verlieren und bewusstlos werden könnt, ist tief in euch verankert – obwohl in der gesamten Geschichte der Menschheit niemals jemand einen auf Erfahrung basierenden Beweis dafür geliefert hat, dass das Bewusstsein entstehen und verschwinden kann. Das Entstehen und Vergehen von allem, was kommt und geht, wird vom Bewusstsein bezeugt. Davon abgesehen, dass fehlende Erinnerungen niemals als ausreichender Beweis für fehlendes Bewusstsein gelten können, zumal ihr nachweislich in vielen Situationen bewusst wart, an die ihr euch überhaupt nicht erinnern könnt, kann man zu der zweifelsfreien Erkenntnis gelangen, dass es schlicht und ergreifend unmöglich ist, bewusstlos zu sein.

Das Bewusstsein ist wie eine Leinwand und die Wahrnehmungen sind wie Bilder, die auf der Leinwand erscheinen. Ohne Leinwand könnte es keine Bilder geben, aber die Leinwand ist selbstverständlich nicht auf Bilder angewiesen. Auch ohne jede Wahrnehmung ist Bewusstsein präsent. Wenn das Bewusstsein sich mit seinem eigenen Inhalt identifiziert, dann interpretiert es die Abwesenheit des Inhalts als seine eigene Abwesenheit. Beim Inhalt des Bewusstseins handelt es sich natürlich um Gedanken, Gefühle, körperliche Empfindungen, Sinneswahrnehmungen usw. Da diese während der vermeintlichen Bewusstlosigkeit allesamt unauffindbar sind und weil die meisten Menschen in der Regel ihr Identitätsgefühl allein aus ihnen beziehen, glauben sie, dass auch ihr Selbst derweil vorübergehend nicht existiert hat. Falsch!

Ihr lasst also bedeutende Tatsachen außer Acht, wenn ihr von einem Verlust des Bewusstseins sprecht. All dies dient dem verzweifelten Versuch, einen Zustand im Nachhinein zu erfassen, den der Verstand nicht einordnen kann, weil er selbst währenddessen abwesend war. Es gibt keine Bewusstlosigkeit! "Bewusstlos" ist ein Wort, das nur im erkenntnislosen Zustand ausgesprochen werden kann. Wir sind immer bewusst. Wir sind uns nur nicht immer dessen bewusst, dass wir bewusst sind."

Diese Erklärungen sind durchaus hilfreich, aber eine offene Frage bleibt…

„Wenn ich schlafe und dabei träume, weiß ich, dass ich nicht bewusstlos bin. Aber was ist mit dem Tiefschlaf?"

Der Siebenschläfer fährt mit seiner einleuchtenden Erläuterung fort:

„Der Tiefschlaf wird als erholsam empfunden, weil der ganze menschliche Müll abwesend ist, aber das Bewusstsein ist weiter anwesend und ruht in sich selbst. Der traumlose Schlaf ist nicht die Abwesenheit des Bewusstseins, sondern das Bewusstsein der Abwesenheit – du bist dir dessen bewusst, dass alle Wahrnehmungen abwesend sind. Deshalb sagst du nachher, da sei nichts gewesen. Trotzdem sehnen sich die Menschen nach tiefem, traumlosem Schlaf. Wieso? Es ist offensichtlich: Im Tiefschlaf genießt du deinen eigenen Frieden. Am nächsten Morgen wachst du auf und sagst: „Ich habe gut geschlafen!" Wie könntest du das sagen, wenn du im Schlaf gar nicht existiert hättest, wenn du wirklich bewusstlos gewesen wärst?

Wenn ihr lernt, dem Bewusstsein und damit dem Leben mehr Achtung zu schenken und nicht immer nur von allerlei Wahrnehmungen hypnotisiert zu sein, dann werdet ihr das zweifelsfrei erkennen. Ihr werdet im Tiefschlaf nicht mehr nur bewusst sein, sondern euch auch dessen bewusst sein, dass ihr bewusst seid."

Er lacht mich vergnügt an, wohl amüsiert von der menschliche Ausdrucksweise.

„So habe ich das noch nie gesehen.", gebe ich zu.

„Gar kein Widerspruch?", fragt der Siebenschläfer zwinkernd. Bevor ich antworten kann, fügt er hinzu: „Ich hätte mich ohnehin nicht auf eine Diskussion eingelassen. Es gibt nur zwei Möglichkeiten für dich: Entweder du untersuchst alle Aussagen von uns Tieren in deiner eigenen Erfahrung so tiefgehend wie möglich – dann wirst du sehen, dass es wahr ist und glücklich sein – oder du bleibst bei deinen Vorurteilen und leidest. Deine Entscheidung. Die Realität ist pure Freude. Wenn ihr Menschen nur einigermaßen zufrieden seid, solltet ihr wissen, dass ihr das Allesentscheidende und das höchste Potenzial – die Ekstase des reinen Lebens – nicht auskostet, obwohl sie euch überall und jederzeit zur Verfügung steht. Ich mache keine Witze! Gebt euch mit nichts Geringerem zufrieden als mit göttlicher Glückseligkeit! Sie ist euer Geburtsrecht, eure wahre Natur. Seid bewusst, und seid euch dessen bewusst, dass dieses Bewusstsein alles und die Ewigkeit selbst ist. Wenn ihr das einmal kristallklar erkannt habt, werdet ihr dem höchsten Glück nicht entkommen."

Aus einem nahegelegenen Busch schallt ein grunzendes Geräusch. Mein aktueller Gesprächspartner blickt in die Richtung, aus der das Geräusch drang, und scheint es als Signal des zeitnahen Abschieds von mir zu verstehen.

Der Siebenschläfer reicht mir seine winzige Pfote…

„Tschüssi.", sagt er, während er mich mit seinen dunklen Augen anblickt. Mein Herz schmilzt. Mit größter Vorsicht ergreife ich sein kleines Händchen mit meinem Zeigefinger und Daumen, und drücke so sanft zu, wie ich kann. „Autsch!", schreit das Nagetier. Der Schreck zieht mir durch Mark und Bein. Mein Magen verkrampft sich augenblicklich bei dem bloßen Gedanken, ich könnte diesem Tier Schaden oder auch nur Schmerzen zugefügt haben, während es mir sein Vertrauen erwies. „Es tut mir so unendlich leid! Geht es?", erkundige ich mich besorgt. „War nur ein Scherz. Alles bestens. So stark bist du nicht.", zwinkert mir der Zwerg zu… „Hat mich gefreut, deine zweibeinige Bekanntschaft zu machen, ich wünsche dir nur das Beste! Ich beneide dich um dein künftiges Treffen mit Siddhartha! Du Glückspilz!"

„Mit wem?" Ich bin verwirrt.

Meine Frage bleibt unbeantwortet. Der Siebenschläfer hat sich schon wieder in seine Höhle im Baumstamm zurückgezogen. Ich möchte ihn nicht weiter stören und schenke nun dem grunzenden Busch zu meiner Rechten meine ungeteilte Aufmerksamkeit.

Willi, das Wildschwein

Der Busch bewegt sich. Ich sehe ein dunkles Fell zwischen den Zweigen und Blättern. Das Tier tritt hervor und ist nun voll sichtbar. Ein großer Keiler!

Ich gehe ein paar Schritte zurück, ohne darüber nachzudenken. Das Shire Horse auf der Wiese war ein Gigant, aber kein wildes Tier, außerdem befand sich zwischen uns ein Zaun. Hier beim Anblick eines wilden Ebers herrscht jedoch zum ersten Mal auf meiner Reise zwischen Respekt und Angst ein schmaler Grad.

Europäische Keiler können bis zu 350 kg schwer werden. Ihre langen, scharfen Hauer sind gefährliche Waffen.

Ich fühle mich nicht besonders wohl und sage, um besondere Freundlichkeit bemüht, mit leicht zittriger Stimme: „Guten Tag. Wie geht's Ihnen? Ich heiße Simon. Freut mich, Sie kennenzulernen!"

„Servus, ich bin der Willi!", grunzt das Wildschwein. Seine Stimme klingt so entspannt und sympathisch, dass ich mich sofort beruhige. Ich wage mich ein paar Schritte vor und schaue mir den Keiler genauer an.

Jeder Mensch, der einmal ein Schwein aus der Nähe bewundert hat, weiß, dass Schweine ungewöhnlich große und ausdrucksstarke Augen haben.

„Keine Sorge, ich bin zwar ein Mensch, aber ich habe kein Gewehr. Ich komme in Frieden und bin nur an einem inspirierenden Austausch interessiert!", versichere ich meinem borstigen Gegenüber.

Der Keiler ʻverliert keine Zeitʻ, den von mir gewünschten inspirierenden Austausch einzuleiten:

„Dass du ein Mensch bist, ist nur eine relative, aber keine absolute Wahrheit, denn was ihr als Mensch klassifiziert, ist in erster Linie der physische Körper, der du nicht bist."

Auf eine so tiefgehende Antwort war ich nicht gefasst. Mein Verstand protestiert:

„Sollte ich also von nun an all meine menschlichen Eigenschaften und Bedürfnisse vernachlässigen und nur noch selig als Sein herumsitzen?"

Der Keiler klärt das Missverständnis auf:

„Euren menschlichen Aspekt vollständig zu verleugnen, das erscheint mir nicht notwendig und auch nicht erstrebenswert. Es spricht nichts dagegen, den Körper und den Verstand sowie alle weiteren, damit einhergehenden Möglichkeiten, die dir hier und jetzt zur Verfügung stehen, vollends auszuschöpfen. Aber pass auf, dass du das

Relative nicht für das Absolute hältst oder es damit verwechselst. Problematisch wird es erst dann, wenn du während des menschlichen Dramas deine göttliche Natur vergisst. Das ist bei den meisten Menschen geschehen. All ihre Sorgen betreffen ihre menschliche Natur. Die göttliche Natur liegt jenseits aller Sorgen. Sie weiß, dass ihr nichts passieren kann. Aber wenn sie sich selbst total vergessen hat und sich nur noch als Mensch kennt, dann ist es kein Wunder, wenn ihr von Sorgen zerfressen werdet! Wenn ihr wisst, wer ihr wirklich seid, werdet ihr euer Menschsein mit spielerischer Leichtigkeit zelebrieren, ohne euch darauf zu beschränken. Stell dir mal vor, ich würde mich selbst nur als Wildschwein kennen! Da würde ich ja vor lauter Sorgen verrückt werden! Eure menschlichen Sorgen sind Luxusprobleme, das kannst du mir glauben. Ihr steht morgens auf und fragt euch, was ihr anziehen sollt. Die meisten Wildtiere stehen morgens auf und wissen noch nicht einmal, wo sie ihre nächste Nahrung finden werden und ob sie überhaupt etwas finden! Im Winter ist es kalt, wir haben kein Dach über dem Kopf und müssen uns auf unser Fell verlassen. Viele Tiere müssen hinzu ständig auf der Hut vor Raubtieren sein. Ich nicht, denn mit mir legt sich hier keiner an."

„Das wundert mich nicht!", sage ich ehrfurchtsvoll, während ich gedanklich feststelle, dass der Keiler, verglichen mit so manch anderem Tier, wohl keinen Preis für Bescheidenheit gewinnen würde.

„Glücklicherweise sind wir nicht mit einem menschlichen Verstand belastet. Denn unsere sogenannten Probleme sind wesentlich ernsthafter als eure. Ein Menschenverstand würde dabei pausenlos verzweifeln."

„Wie gehst du denn mit deiner eigenen Identität um?"

„Ich spiele meine Rolle als Schwein, aber wende mich

innerlich stets Gott zu. Spiele deine Rolle als Mensch, aber erinnere dich immer an deinen Ursprung, dein wahres Selbst – Gott!

Menschliche Kinder sind mit Spielen beschäftigt. Menschliche Jugendliche sind mit Sex beschäftigt. Erwachsene Menschen sind hauptsächlich mit Sorgen beschäftigt. Wir Schweine sind hauptsächlich mit Fressen beschäftigt. Nur wenige Menschen und Schweine sind mit Gott beschäftigt. Sei mit Gott beschäftigt!" (50)

„Wie kann ich mich an Gott erinnern und mit Ihm beschäftigt sein? Ich erhoffe mir auf der Reise unter anderem auch herauszufinden, was Gott ist."

Die glückselige Füchsin war sehr weise, hielt sich aber mit konkreten Empfehlungen im Hinblick auf die spirituelle Praxis zurück. Hoffentlich hat Willi genauere Hinweise anzubieten. Meine Hoffnung wird erfüllt, er stellt sich als geeigneter Wegweiser heraus:

„Du hast bereits sehr wahrhaftige Hinweise erhalten. Ich kann mich denen nur anschließen. Gott wohnt in deinem Herzen. Lenke deine Aufmerksamkeit zurück zu ihrer eigenen Quelle. Sei dir des Bewusstseins bewusst.

Allerdings gibt es eine Alternative, die zwar eine indirekte Vorgehensweise ist, aber ebenso zum Ziel führt: Wenn der Drang nach außen noch zu stark ist, dann wähle eine beliebige Form oder Vorstellung Gottes aus, sei es ein Licht oder ein Lichtwesen, einen göttlichen Menschen wie Krishna, Buddha oder Jesus, und denke immerzu an ihn, konzentriere dich auf dieses mentale Bild, wiederhole seinen Namen. Gebe dich ihm vorbehaltlos hin und ordne dich ihm unter. Sag zu ihm: ‚Du bist alles und ich bin nichts.‘ Dieser Weg ist für viele Menschen einfacher zu beschreiten als direkte Selbsterforschung, weil ihr stark darauf konditioniert seid, außen zu suchen.

Die Konzentration auf eine bestimmte göttliche Form – auch wenn diese Gottheit letztlich nur eine Form deines eigenen Selbst ist – zieht die Aufmerksamkeit von deinen persönlichen Bagatellangelegenheiten ab. Du wirst dich wundern, wie reibungslos all das weiter funktioniert, wenn du als Person nur noch auf dem Beifahrersitz sitzt und nicht mehr am Steuer. Überlasse Gott das Steuer deines Lebens und entspanne dich. Dann bist du für immer in Sicherheit."

Der Keiler scheint sich gut mit Gott auszukennen, also frage ich weiter…

„Einige Menschen berichten sogar, dass Gott in Visionen oder Nahtoderfahrungen mit ihnen gesprochen hat, wie Menschen miteinander sprechen – mit menschlichen Worten. Wie kann das sein? Ist Gott ein Mensch?"

Willi lacht und lüftet das Geheimnis bereitwillig:

„Wenn Gott mit euch in menschlicher Sprache kommuniziert und euch Worte übermittelt, bedeutet dies nicht, dass Gott ein Mensch ist. Es bedeutet einfach, dass Er sich jeder beliebigen Sprache bedienen kann, um sich all seinen Kindern verständlich kenntlich zu machen."

„Woran kann ich erkennen, dass ich Gottes Gegenwart tatsächlich erfahre? Gibt es ein charakteristisches und unverwechselbares Merkmal für seine Präsenz?"

„Gott ist die Liebe und das Glück. Wenn du eine objektlose Liebe spürst und grundlos glücklich bist, dann ruhst du in Gott. Aber glaube niemals, dass du die tiefste Stille oder die süßeste Seligkeit bereits erfahren hast. Die Ewigkeit reicht kaum aus, um all die Reichtümer zu entdecken, die Gott für dich vorbereitet hat."

Ich schweige.

„Apropos süße Seligkeit… Dort vorne ist ein Bienennest. Wenn du sie höflich danach fragst, werden die Bienen dir vielleicht ein wenig von ihrem köstlichen Honig schenken. Ich mach' mich vom Acker. Es hat mich gefreut, mit dir zu quatschen, Kumpel.", grunzt Willi.

Ich lege meine Hände respektvoll zusammen und verneige mich vor dem kräftigen Vierbeiner im Namasté-Stil. Heimlich denke ich: ‚Sich vor einem Schwein zu verneigen, das ist die ultimative Erniedrigung für mein Ego – und damit bestimmt eine effektive spirituelle Übung.'

Der Keiler sagt: „Gute Idee! Weiter so! Verneige dich zumindest innerlich vor jedem Tier, das du triffst! Deine tiefe Verneigung vor der Ameise war uns allen eine außerordentliche Freude."

Innerhalb von Sekunden laufe ich rot an. Wie peinlich! Ich habe völlig verdrängt, dass offenbar alle Tiere meine Gedanken lesen können.

„Das war nicht abwertend gemeint! Es ist nur so, dass wir Menschen Schweine für schmutzige und niveaulose Tiere halten.", rechtfertige ich mich.

„Das ist mir bewusst. Und das ist schon in Ordnung. Du willst nicht wissen, für was wir Tiere euch Menschen halten."

„Sei ruhig schonungslos ehrlich."

„Ganz so schlimm ist es nicht. Wir lieben euch Menschen, aber wir hassen, wie ihr euch manchmal verhaltet. Hasse die Sünde, liebe den Sünder. Sobald wir uns daran erinnern, dass ihr die Bürde des Menschenverstandes mit euch herumschleppen müsst, empfinden wir keine Wut mehr, sondern Mitleid."

„Es ist doch auch ein Privileg, als Mensch geboren zu werden.", sage ich selbstbewusst.

„Ja, hat aber auch viele Nachteile. Ihr seid ziemliche Weicheier. Zum Beispiel bietet mein Körper den Bienen nur wenige Angriffspunkte, sie können mir nicht viel

anhaben, deine dünne Haut hingegen könnten sie überall leicht durchstechen. Aber keine Angst, das werden sie nicht tun. Jetzt geh' zu ihnen. Mach's gut!"
Während der Keiler davontrottet, kommt mir bereits eine Biene fliegend entgegen…

Nur die weiblichen Honigbienen verfügen über einen Stachel. Im Gegensatz zu einer Wespe kann eine Honigbiene nur ein einziges Mal zustechen. Weil ihr Wehrstachel mit Widerhaken versehen ist, bleibt er in der menschlichen Haut stecken, wenn die Biene nach dem Stich wieder davonfliegt, sodass ein Teil ihres Hinterleibs abreißt, was sie nicht überlebt. Über den Stachel wird noch weiterhin Gift in die Wunde gepumpt.
Ein weiterer Unterschied zur Wespe besteht darin, dass Wespen ihren Stachel auch bei der Jagd nach anderen Insekten einsetzen, um diese zu töten, während Honigbienen nur zum Zwecke der Verteidigung zustechen.
Bienengift ist wahrscheinlich stärker als Wespengift.
Bienen legen im Flug pro Tag durchschnittlich 85 Kilometer zurück.
Michael Nahm schreibt in seinem empfehlenswerten Buch „Wenn die Dunkelheit ein Ende findet":
„Als der Imker Sam Rogers 1961 starb, gingen seine Kinder um seine Bienenstöcke herum und erzählten den Bienen von seinem Tod (es ist ein alter Brauch, es den Bienen mitzuteilen, wenn der Imker gestorben ist). Kaum hatten sich die Verwandten an seinem Grab versammelt, waren Tausende Bienen aus seinen Stöcken, die fast 2 km weit weg standen, gekommen und hatten sich auf dem Sarg und darum herum niedergelassen. Die Blumen ließen sie dabei völlig außer Acht. Nach etwa einer halben Stunde flogen sie zurück in ihre Stöcke."

„Grüß Gott!", summt die Biene freundlich.

„Sei gegrüßt! Hast du Weisheit für mich?", komme ich direkt zur Sache.

„Nein, nur Worte. Weisheit lässt sich nur in der Stille vermitteln. Menschliche Worte können nur auf sie hinweisen. Auch die schönsten Worte können nichts bewirken, wenn der Empfänger blind für die Realität ist. Aber die anderen Tiere haben dich gut vorbereitet. Vielleicht wirst du verstehen können, was ich dir zu sagen habe. In jedem Fall bist du herzlich willkommen!", summt die Biene.

„Sag mir, warum seid ihr alle so freundlich zu mir? Ich bin doch ein Fremder hier in der Gegend, dazu noch ein Mensch."

„Warum sollte ich nicht höflich sein? Du bist kein Fremdling. Es gibt keine Trennung. Das ganze Universum ist meine wahre Persönlichkeit. Du bist mein eigenes Selbst. Ich liebe dich."

Ich bin begeistert. Was für ein nettes Insekt!

„Für einen Menschen wie mich ist es schwierig, das zu erkennen und diese Liebe anzunehmen, ohne sie sich verdient zu haben. Vor allem sind wir unfähig, selbst so zu lieben, weil wir nur schwer glauben können, dass unser Selbst bereits diese allumfassende Liebe ist."

„Ihr seid dazu erzogen worden, euch nur mit dem Ego zu identifizieren und so ignoriert ihr die weite, weite Ausdehnung eures Seins und seid euch dessen nicht bewusst. Menschen, die sich ihres Bewusstseins voll bewusst werden, entdecken, dass das wahre, tiefe Selbst – das, was du wirklich bist, grundlegend und für immer – das gesamte Sein ist. Alles, was es gibt, das bist du." (51)

Diese Aussage der Biene gehört zu denen, die ich besonders gründlich in mich einsickern und Wurzeln schlagen

lasse. Und ich möchte sie nicht für mich behalten...
„Was ich von dir und den anderen Tieren gelernt habe,
empfinde ich als sehr wertvoll. Am liebsten würde ich es
mit all meinen Mitmenschen teilen!"
Die Biene bremst meinen Enthusiasmus und warnt mich:
„Sei vorsichtig. Nicht jeder Mensch wird dafür empfäng-
lich sein. Die Menschen reagieren sehr empfindlich,
wenn man es wagt, ihre Illusionen zu zerstören. Weise
Menschen sind selten und einige von ihnen wurden sogar
umgebracht, weil sie es gewagt haben, öffentlich die
Wahrheit zu sagen. Wer sein Herz öffnet, den lasse an
der Weisheit der Tiere teilhaben. Wer noch nicht bereit
ist, den lass lieber in Ruhe. Diejenigen, die soweit sind,
werden früher oder später selbst erkennen, dass die gän-
gige Lebensweise des Menschen nicht zum Glück führt.
Biete die Weisheit an, aber verschwende deine Energie
nicht mit denen, die sich der Liebe verschlossen haben.
Wir Bienen verschwenden unsere Zeit nicht damit,
den Fliegen zu erklären, dass Honig besser schmeckt als
Kot."
Was für ein lustiger Vergleich! Einsichtig lächle ich den
liebenswürdigen Sechsbeiner an.
„Apropos... Du darfst dir gleich gern etwas Honig bei
uns abholen. Wir werden dich nicht stechen, Ehrenwort!
Da kommt eine Hornisse. Ich mach mich vom Acker.
Tschüss!"

Kaum ist die freundliche Biene zu ihrem Schwarm zu-
rückgeflogen, nimmt die von ihr angekündigte Hornisse
ihren Platz ein. Dicht vor mir bleibt sie in der Luft stehen. Ihr bedrohliches Summen löst bei mir leichtes Un-
behagen aus. Offenbar bleibt das der Hornisse nicht verborgen. Sie spricht mich an: „Wovor fürchtest du dich?

Doch nicht etwa vor mir, oder?! Ich spiele doch gar nicht in deiner Gewichtsklasse!"

Ich rechtfertige mich: „Ja, aber du könntest mich stechen. Sieben Hornissenstiche bringen ein Pferd um und drei töten einen Menschen!"

„Wer hat dir denn diesen Blödsinn erzählt?", fragt das große Insekt.

„Das behauptet der Volksmund."

Die Hornisse lacht:

„So ein Schmarrn! Merk dir eines: Wahrheit kommt zu keiner Stunde jemals aus des Volkes Munde!

Solange man nicht allergisch reagiert, ist der Stich einer Hornisse für euch Menschen harmlos, wenn auch sehr schmerzhaft. Selbst eine Maus kann meinen Stich überleben. Außerdem sind wir Hornissen nicht leicht reizbar und reagieren nur dann aggressiv, wenn wir uns wirklich bedroht fühlen. Andere Insekten hingegen haben durchaus gute Gründe, uns zu fürchten, denn wir sind räuberisch lebende Insekten. 30 Hornissen können binnen drei Stunden einen Schwarm von 30.000 Bienen vollständig ausrotten. Aber ich komme nicht mit kriegerischen Absichten. Ich bin nur hier, um dir eine Botschaft zu überbringen."

Ich bin erleichtert, dass die freundliche Honigbiene nicht in Gefahr ist.

„Wie lautet die Botschaft?", frage ich gespannt.

„Schließe die Augen und warte zehn Sekunden. Wenn du sie wieder öffnest, wirst du an einem anderen Ort sein. Verabschiede dich vom Bayerischen Wald, dein nächstes Ziel sind die Alpen, bevor du Europa verlässt, dann geht's nach Asien und Afrika. In Afrika wirst du einem großen Weisen begegnen. Sein Name ist Siddhartha."

„Siddhartha!", rufe ich aus. Ich erinnere mich, dass schon

der Siebenschläfer diesen Namen erwähnt hatte... „Bitte verrate mir, wer ist Siddhartha?!", frage ich aufgeregt. „Ich werde mich hüten, ihn zu beschreiben. Aber so viel sage ich dir: Es ist eine große Ehre für dich, ihm zu begegnen. Trinke in vollen Zügen von seiner göttlichen Präsenz, wenn du bei ihm bist. Jetzt tu, was ich dir gesagt habe. Schließe die Augen."
Ich verabschiede mich von der Hornisse und komme ihrer Aufforderung nach. Mit geschlossenen Augen zähle ich bis zehn.

Ich öffne die Augen und blicke mich um.
Tatsächlich stehe ich nicht mehr im Wald, sondern unter freiem Himmel. Nur in der Ferne sind in einer felsigen Landschaft einige relativ kleine Bäume zu sehen.
Der Horizont wird von riesigen Bergen eingenommen.
Die Alpen!

Zu meiner Linken befindet sich ein grasbewachsener Hügel. Meiner Intuition folgend, beschließe ich, ihn hinaufzugehen. Kaum habe ich die höchste Stelle erreicht, setze ich mich ins Gras und genieße die Aussicht.
Berge in allen Richtungen! Tief atme ich die Alpenluft ein. Sie erfrischt mich mehr, als ich sagen kann.

Plötzlich fällt mir ein, dass ich den Honig, den mir die Biene angeboten hat, vergessen habe! Ich will gerade anfangen, mich darüber zu ärgern, da höre ich in meinem Inneren einen Widerhall der Stimme der Füchsin: „... der unvergleichlich köstliche Nektar deines eigenen Seins..."
Ich erinnere mich an ihre diesbezügliche Aussage. Der Honig hätte sicher köstlich geschmeckt, doch das hätte nicht lange angehalten. Der 'Nektar' des Seins hingegen

bleibt. Mein Ärger wurde soeben im Keim erstickt. Ich wende meine Aufmerksamkeit wieder den Bergen zu.

„Wunderschön hier, stimmt's oder hab ich Recht?" Diese Worte dringen unerwartet an mein rechtes Ohr. Ich drehe meinen Kopf in die entsprechende Richtung und habe sogleich Augenkontakt mit einem Murmeltier!

Das nahtoderfahrene Murmeltier

Es kommt näher, bis es direkt neben mir steht, und stellt sich auf die Hinterbeine. So aufgerichtet, reicht es mir in meiner sitzenden Position etwa bis zur Brust.
„Du hast absolut Recht, kleiner Freund!", sage ich zur Begrüßung… „Dein Zuhause ist wundervoll!"
„Meine wahre Heimat ist sogar noch viel schöner. Aber ja, diese Gegend ist schon herrlich. Es gibt allerdings auch Gefahren für meinen kleinen Murmeltierkörper. Erst vor kurzem hatte ich eine Begegnung mit dem Tod, die mein Leben für immer verändert hat."
„Was ist passiert?!", frage ich wissbegierig.
„Ein Steinadler hatte offenbar Magenknurren. Das ist passiert.", lautet die trockene Antwort.
„Erzähl mir mehr!", fordere ich das Nagetier auf.
Da sitzen sie direkt nebeneinander auf einem schönen, saftig grünen Hügel – ein Mensch und ein Murmeltier. Während ich weiterhin das Alpenpanorama bestaune, von dem wir umgeben sind, lausche ich wie gebannt der Geschichte des Murmeltiers…
„Ich befand mich auf meinem Morgenspaziergang. Die Sonne schien, die Vögel zwitscherten, die Blumen blühten. Einen Moment lang war ich unaufmerksam und sah den großen Schatten zu spät. Als ich merkte, was los war,

94

hatte mich der Adler schon gepackt. Seine Krallen drangen in meinen Rücken ein. Ich war so schockiert, dass ich noch nicht einmal Schmerzen verspürte. Ich schrie laut auf, die Todesangst ging mir bis ins Blut. Er hatte mich fest im Griff und wir hoben gemeinsam ab. Als wir etwa baumhoch in der Luft waren, wagte ich einen verzweifelten Versuch, mich zu retten. Ich drehte mich um und biss dem Adler mit aller Kraft ins Bein. Tatsächlich ließ er mich sofort fallen. Zu meinem Glück oder Pech fiel ich sehr tief, mitten in eine Felsspalte hinein. Mein Glück war, dass der Adler mich so nicht mehr erreichen konnte. Er sah das schnell ein und flog davon. Mein Pech war aber, dass ich so nicht besonders weich gelandet bin. Ich schlug hart auf dem Boden auf. Vom Aufprall habe ich nichts mitbekommen. Ich sah den Boden auf mich zukommen und erwartete einen harten Aufschlag.

Plötzlich hörte alle Bewegung auf. Ich spürte meinen Körper nicht mehr. Alles war dunkel. Es war unglaublich ruhig und friedlich. Ich wusste nicht, wo ich mich befand oder was passiert war, aber das war mir ziemlich gleichgültig, weil ich mich in diesem Zustand so wohl fühlte. Plötzlich, als hätte jemand die Sonne angeschaltet, sah ich wieder etwas: meinen eigenen Körper. Ich befand mich über ihm und sah ihn unter mir regungslos auf dem Boden liegen. Ich konnte ihn ganz klar sehen! Tatsächlich hatte ich nie zuvor etwas so klar wahrgenommen. Ich konnte ihn so klar sehen, dass ich fähig gewesen wäre, jedes einzelne Haar zu zählen. Ich hatte in dem Moment Adleraugen! Ich sage das mit einer gewissen Ironie, denn es waren ja gerade Adleraugen gewesen, die mich kurz zuvor erspäht und in diese Situation gebracht hatten. Ich bin dem Adler unendlich dankbar! Meine Verwandten und Freunde halten mich für verrückt.

Naja, jedenfalls sah ich meinen eigenen Körper aus der Perspektive eines Vogels. ‚Das bin ja ich!', dachte ich. Ich hatte mich bis dahin immer für diesen Körper gehalten und glaubte, ein einfaches Murmeltier zu sein. Jetzt erkannte ich mit überwältigender Klarheit, dass ich mein ganzes Leben lang – immerhin mehrere Jahre – keine Ahnung hatte, wer ich wirklich bin. Mein Körper, der dort auf dem felsigen Boden lag, atmete nicht mehr. Aber ich fühlte mich lebendiger und freier als jemals zuvor! Ich schwebte! Ich fühlte keinerlei Schmerzen. Es war absolut großartig, einfach wundervoll, mit nichts zu vergleichen.

Dann bemerkte ich plötzlich über mir eine Präsenz, die mich von meinem Körper ablenkte. Die Energie war so stark, dass sie sofort meine volle Aufmerksamkeit auf sich zog. Ich blickte nach oben und sah einen winzig kleinen Lichtpunkt, viel kleiner als die Sonne. Aber dieses Licht wurde immer größer und heller. Ich weiß nicht, ob es sich auf mich zubewegte oder ob die Bewegung von mir ausging und ich mich darauf zubewegte. Jedenfalls kam es näher, bis es für mich viel größer und heller als die Sonne war! Es blendete mich aber überhaupt nicht. Es war so wunderschön und warm. Ich wollte nur noch zu diesem Licht! Kaum hatte ich diesen Wunsch gedanklich geäußert, schon bewegte ich mich besonders schnell darauf zu und tauchte in das Licht ein. Ich kann diese Ekstase nicht beschreiben. Es ist das Schönste, was ich je erlebt habe! Es war einfach unglaublich intensiv! Diese Liebe und diese Geborgenheit waren grenzenlos. Nicht nur die Schmerzen und die Angst, die mir der Adler kurz zuvor bereitet hatte, sondern alles Leid aus meinem ganzen Murmeltierleben verloren in diesem Licht innerhalb eines einzigen Augenblicks ihre gesamte Bedeutung. Alles war gut. Nein, diese Worte sind völlig unzureichend… Ich meine, alles war absolut perfekt! Ich wusste, dass ich unsterblich bin. Ich erkannte das nicht durch eine intellektuelle Herleitung, sondern wusste es einfach jenseits aller Zweifel. Ich weiß es immer noch, die Gewissheit hat sich unauslöschlich in mein kleines Hirn eingebrannt, aber sie ist jenseits davon gespeichert, in meinem Geist. Nichts und niemand kann mir dieses Wissen um meine Unsterblichkeit und die Unsterblichkeit aller Lebewesen jemals wieder nehmen.

Deshalb fürchte ich mich vor gar nichts mehr, auch nicht vor dem größten Adler.

Dort im Licht waren auch andere Lebewesen, obwohl sie keine anderen waren. Es gibt keine anderen, wir sind alle gleich, wir sind alle eins. Zuerst sah ich meine Oma und meinen Opa. Sie standen in dem Licht und winkten mir zu. Sie zeigten sich in ihrer Murmeltierform, es waren Murmeltierkörper aus Licht, aber ich wusste, dass sie sich nur mir zuliebe so zeigten, damit ich sie erkennen konnte. Die Murmeltierform war nicht mehr ihre wahre Existenz, tatsächlich ist sie es nie gewesen. Sie waren absolut lebendig, wie zu ihren besten Zeiten, sogar lebendiger, als ich sie je zuvor gesehen hatte. Die ganze Erfahrung war um ein Vielfaches realer und intensiver als alles, was ich auf dieser Erde jemals erlebt habe.

Ich erkannte in diesem Licht auch 'andere' Kreaturen, darunter den Steinadler, der Jahre zuvor meine Tante und meinen Bruder getötet hatte. Wir waren dort alle zusammen und vereint, in bedingungsloser Liebe.

Niemand hegte Groll, es gab keine Vorwürfe, da war nur pure Harmonie. Die Welt ist eine Bühne und wir sind bloße Spieler. (52) Hier spielt jede Seele ihre Rolle. Man kann einem Schauspieler nicht vorwerfen, wenn er einen bösartigen oder gefährlichen Charakter verkörpert hat. Der Mord findet nur im Spiel statt, im Film.

Niemand tötet und niemand wird getötet.

Dort in der lichterfüllten Realität waren alle friedvoll vereint. Diese Liebe kann ich weder in deinen menschlichen Worten noch mit meinen Murmeltier-Lauten ausdrücken. Man muss sie einfach erleben, um es zu verstehen. Wie gesagt nahmen all diese Wesen Lichtformen an, damit ich sie wiedererkennen konnte, aber ich wusste, dass sie eigentlich nicht diese Formen sind, sondern das große Licht!

Allmählich zogen sich die Wesen wieder in das Licht zurück. Ich wollte mitkommen, doch etwas zog mich zurück zur Erde und zu meinem Körper. Plötzlich sah ich das Licht nicht mehr und schwebte wieder über meinem Körper. Ich wollte auf keinen Fall wieder in ihn hinein, aber es geschah… Ich fiel herunter, direkt auf ihn zu und steckte plötzlich wieder in ihm drin. Ich öffnete die körperlichen Augen und rang nach Luft. Es fühlte sich alles so furchtbar begrenzt an. Selbst ein Steinbockkörper oder dein riesiger Körper hätte sich für mich zu eng angefühlt. Ich vermisste die Freiheit!"

Das Murmeltier stoppt seine Erzählung und blickt zum Horizont.

Zunächst bin ich sprachlos. Nachdem ich mich gefasst habe, frage ich: „Was war denn mit deinem Körper los? War er nur ohnmächtig oder klinisch tot? Und wie hat er das überlebt?"

Das Murmeltier antwortet:

„Ich weiß es nicht. Jedenfalls rappelte ich mich auf, kletterte aus der Felsspalte heraus und ging nach Hause. Dort habe ich mich allmählich erholt. Jetzt geht es mir wieder ganz gut, auch wenn ich hin und wieder noch Schmerzen habe und nicht mehr so belastbar bin wie vorher. Damit habe ich aber kein Problem. Ich habe mich damit abgefunden, noch eine Weile hier als Murmeltier zu leben. Ich werde das Beste daraus machen. Ich weiß, es kommt der Tag, an dem ich in die Freiheit zurückkehren und endgültig mit dem goldenen Licht der Ewigkeit verschmelzen darf. Dann werde ich in ewiger Glückseligkeit schwelgen. Ich habe alle Ängste verloren."

Eine Weile schweigen wir zusammen.
Dann rufe ich mein Vorwissen ab:
„Das erleben auch sehr viele Menschen! Auch sie sehen ihren eigenen Körper, verstorbene Verwandte und das Licht. Auch sie sind voller Lebensfreude und verlieren die Angst vor dem Tod. Wir bezeichnen ein solches Erlebnis als Nahtoderfahrung."
Das Murmeltier weist meinen Verstand in seine Schranken: „Aha, wieder so eine menschliche Klassifizierung. Glaubt ihr eigentlich, die Dinge besser zu verstehen, wenn ihr ihnen einen Stempel der Sprache aufdrückt?"
Ich rudere zurück:
„Du hast recht, entschuldige. Sicher wird kein Wort der Schönheit dieser Erfahrung gerecht. Kannst du mir sagen, warum die meisten Menschen nach einem Herzstillstand nicht von einer Nahtoderfahrung berichten? Sie können sich an nichts erinnern. Einige erinnern sich Jahre oder Jahrzehnte später plötzlich daran, doch etwas erlebt zu haben, aber viele scheinen einfach nichts wahrzunehmen. Nur jeder Fünfte berichtet von einem Nahtoderlebnis."
Das Murmeltier verdreht seine Augen und antwortet:
„Ist das nicht offensichtlich? Die meisten Menschen sind so stark mit dieser Welt und ihren Körpern identifiziert,

dass sie nach dem Tod erstmal ein Päuschen brauchen. Ein direkter Übergang zu völlig neuartigen Wahrnehmungen würde sie überfordern und ihnen einen Schock versetzen. Deshalb fallen sie zunächst in einen Schlaf, um sich von der menschlichen Erfahrung zu erholen. Ein Kinofilm endet, die Leinwand bleibt eine Zeit lang leer, dann fängt ein neuer Film an."

Ich bin schockiert über die Plausibilität dieser Erklärung.

„Wie ist es dir nach der unermesslichen Freiheit außerhalb des Körpers und der überwältigenden Schönheit des Lichts gelungen, diese begrenzte Existenz wieder anzunehmen?", möchte ich erfahren.

Das Murmeltier lächelt von Herzen und sagt:

„Ich habe realisiert, dass diese Freiheit meine wahre Natur ist und dass dieses Licht in mir selbst ist. Die Freiheit und das Licht stehen mir daher immer sofort zur Verfügung. Ich kann sie jederzeit spüren."

„Was ist Freiheit?", frage ich.

Das Nagetier schaut mich begeistert an:

„Eine fundamentale Frage! Ihr Menschen glaubt, Freiheit bestünde in einem Leben außerhalb von Gefängnismauern. Das hat nichts mit Freiheit oder Gefangensein zu tun. Wer glaubt, auf seinen Körper beschränkt zu sein, und mit dieser selbstauferlegten Grenze lebt, der ist gefangen, egal ob er eingesperrt ist oder nicht – gefangen in seinen eigenen Illusionen. Wer das Selbst kennt, ist frei, sowohl im Knast als auch außerhalb. Freiheit ist Unabhängigkeit. Du bist unabhängig von deinem Körper, von deinem Verstand, von der ganzen Welt! Genau in dieser totalen Unabhängigkeit des Bewusstseins gründet sein natürlicher Friede. Du brauchst nichts, um zu leben - noch nicht einmal Sauerstoff. Du brauchst auch nichts, um glücklich zu sein. Das ist die grenzenlose Freiheit des Seins!"

„Was hindert mich denn daran, zu erkennen, dass ich nichts brauche, um glücklich zu sein?", möchte ich ehrlich wissen.

Das Murmeltier entfaltet weiter seine tiefe Weisheit: „Allein dein Glaube, dass es anders sei, hindert dich. Du wurdest zu dem Glauben erzogen, dass du dieses und jenes brauchst und andernfalls nicht glücklich sein könntest. Dieser Glaube ist nichts anderes als menschliche Konditionierung und er ist tief in dir verwurzelt. Je länger du diese Glaubensgewohnheit pflegst, desto schwieriger ist es, sie loszuwerden. Du glaubst, dass du unvollständig und unerfüllt bist. Dementsprechend suchst du nach Objekten, Menschen, Beziehungen und Ereignissen, die dich vervollständigen und erfüllen. Du kannst nicht erfüllt werden, denn du bist bereits unendlich voll – voll von Licht, Liebe, Freude, Frieden, Freiheit, Glück, Seligkeit, Leben. Ihr seid die Fülle selbst, seht das aber nicht ein, weil ihr nie leidenschaftlich in euch hineinspürt. Ihr Menschen macht euer Glück von vergänglichen Dingen abhängig und wundert euch dann, wenn das Glück ebenso vergeht wie das, woran es geknüpft ist.

Eure Erfahrung lehrt euch immer und immer wieder mit unübersehbarer Deutlichkeit, dass ausnahmslos alles in der Außenwelt unzuverlässig ist, aber ihr verdrängt das aus Angst.

Ihr findet euch damit ab, weil ihr glaubt, beständiges Glück sei ohnehin ausgeschlossen. Einige wenige Menschen finden ihren unerschütterlichen inneren Frieden. Diese beispielhaften Geschichten könnten euch als Vorbilder dienen und euer eigenes Potenzial aufzeigen, aber viele Menschen halten sie für bloße Märchen und ignorieren sie. Sie leben unverändert auf der Oberfläche, ergründen nie ihr eigenes Inneres und leiden weiter.

Das muss nicht sein. Wahres, unvergängliches Glück ist möglich. Wir selbst sind Das und nichts als Das! Erkenne dich selbst und sei glücklich! Jetzt und für immer!"

Wow.
Dieses kleine Tier küsst mein Herz mit seiner so leidenschaftlich vorgetragenen Botschaft.
Seliges Schweigen.

„Mir wurde durch die Todeserfahrung etwas geschenkt und ich möchte dieses Geschenk gerne mit dir teilen. Wie könnte ich diesen Schatz für mich behalten? Deshalb habe ich dir so ausführlich meine Geschichte erzählt.", sagt das Murmeltier und lächelt mich fröhlich an, wobei seine großen Nagezähne zum Vorschein kommen.
„Ich danke dir von ganzem Herzen! Ich fühle mich wirklich reich von dir beschenkt!", erwidere ich.

„Schau nach oben!", fordert mich das große Nagetier auf. Ich gehorche und erblicke einen riesigen Vogel! Zugleich wundere ich mich, wie das Murmeltier bei einem solchen Anblick nach seiner Erfahrung mit dem hungrigen Steinadler so angstfrei bleiben kann. Nicht die Spur eines Traumas. Natürlich kennt es meine lautlosen Gedanken und beantwortet meine unausgesprochene Frage:
„Das ist ein Bartgeier, kein Steinadler.
Ein wunderschöner Vogel."
Gemeinsam bestaunen wir das fliegende Tier.

Dieser bemerkenswerte Greifvogel erreicht eine Flügelspannweite von bis zu 2,9 Metern. Damit ist er nicht nur der größte Greifvogel Europas, sondern auch einer der größten flugfähigen Vögel überhaupt.

Dieser Aasfresser hat sich auf Knochen spezialisiert – sie machen etwa 80 % seiner Nahrung aus. Um an das nahrhafte Knochenmark zu gelangen, haben Bartgeier eine verblüffende Methode entwickelt: Sie halten einen Knochen mit den Fängen fest, erheben sich mit ihm in die Höhe und lassen ihn mit erstaunlicher Präzision fallen, sodass er durch den Aufprall auf einem Felsen zerschmettert wird und das Mark freigibt. Wenn ein Knochen widerstandsfähiger ist als erwartet, stellen die Geier ihre Geduld unter Beweis und wiederholen das Schauspiel so oft, bis es gelingt. Auf diese Weise werden gelegentlich auch die Panzer von Schildkröten geknackt.

Geier wagen sich in größere Höhen vor als die meisten anderen Vögel. Einst ist ein Sperbergeier in ca. elf Kilometern Höhe mit einem Flugzeug zusammengestoßen.

Plötzlich stelle ich fest, dass das Murmeltier neben mir verschwunden ist. Hat es sich in Luft aufgelöst oder unbemerkt in ein Erdloch verkrochen?

Ich habe keine Zeit, das tiefer zu ergründen, denn der Bartgeier verringert seine Flughöhe, fliegt auf mich zu und landet direkt vor mir auf dem Boden – ein atemberaubender Moment.

Seine Flügelschläge bei der Landung haben großen Einfluss auf meine Frisur. Durch den Windstoß stehen mir die Haare zu Berge.

Gemächlich überwindet er durch einige Schritte die restliche Distanz zwischen uns, bis er unmittelbar vor mir steht. Ich habe meine Position nicht verändert und sitze immer noch im Gras. Wir befinden uns etwa auf Augenhöhe. Ich möchte ihn begrüßen, aber seine Erscheinung beeindruckt mich so sehr, dass ich unfähig bin, etwas zu sagen. Der Bartgeier kommt mir zuvor:

„Du wirst zu gegebener Zeit erkennen, dass deine Herrlichkeit dort beginnt, wo dein persönliches Sein endet." (53)

„Wow, was für eine Gesprächseinleitung!", bemerke ich.

Der Vogel entgegnet:

„Lange Erklärungen sind nicht mein Ding. Ich bin nur gekommen, um dir ein paar kraftvolle Hinweise zu geben. Lass sie einfach in dein Herz einsickern."

Ich erkläre meine Bereitschaft, indem ich nicke.

Ohne Kontext fordert der Geier: „Tropfen, gebe dich selbst ohne Bedauern auf und gewinne dafür den Ozean!" (54)

Ich kann mir einen Kommentar nicht verkneifen:

„Du meinst, ich soll Simon vergessen. Wenn ich etwas Bestimmtes loslasse, diese begrenzte Formidentität, dann 'bekomme' ich dafür das Große Ganze, die Gesamtheit der Existenz. So ist es gemeint, nicht wahr?"

Ich bin ein bisschen stolz auf diese tiefe Einsicht und die schöne Formulierung meinerseits, also erwarte ich anerkennende Lobesworte vom Geier. Er sieht aber nicht sonderlich beeindruckt aus und zeigt mir, dass man den Tieren nicht mit Worten imponieren kann… Er sagt nur:

„Ja. Sei still und hör genau zu! Ich habe keine Lust, hier noch länger mit dir rumzusitzen. Hier ist alles, was du wissen musst: Wir sind alle eins. Wir sind alle unsterblich. Diese unsterbliche Einheit ist Glückseligkeit. Das ist alles. Sämtliche Hinzufügungen sind unnützes 'Wissen'. Kapiert?"

„Jawohl, Sir."

Mit wenigen, aber extrem kräftigen Schlägen seiner gewaltigen Schwingen erhebt sich der Bartgeier wieder in die Luft. Ich spüre den Windzug, die frische Brise dringt tief in mich ein und gibt mir ein Gefühl totaler Freiheit.

Zu sehen, wie der mächtige Vogel davonschwebt, verstärkt dieses Gefühl.

„Du bist genauso frei!", sagt eine Stimme von rechts.
Ich drehe den Kopf und sehe einen Raben.
„Du weißt es nur noch nicht.", fügt er hinzu.
„Hast du meine Gedanken gelesen?", frage ich ihn.
Er nickt.
Ich habe mich langsam daran gewöhnt, dass die Tiere Zugriff auf mein Innenleben haben, also nehme ich es hin. Ich betrachte ihn eine Weile, ohne etwas zu sagen. Auch er schaut mich einfach an.

Der Kolkrabe ist der größte Singvogel. Große Exemplare sind größer als Mäusebussarde und können 2 kg schwer werden, womit sie so viel wiegen wie 1.000 Exemplare des kleinsten Singvogels (Kolibri). Der Kolkrabe ist ein Allesfresser, bevorzugt allerdings tierische Nahrung wie Aas und Kleintiere, die er selbst tötet.
Krähen und Raben sollen bis zu 90 Jahre alt werden.
Sie gehören zu den intelligentesten Tieren. Wissenschaftler konnten in einem Experiment herausfinden, dass Raben sich selbst im Spiegel erkennen können. Gelungen ist ihnen dies, indem sie dem Versuchstier einen roten Punkt auf die Stirn geklebt haben. Nachdem die Vögel sich selbst im Spiegel sahen und den Punkt entdeckten, versuchten sie, den Aufkleber zu entfernen.
Ein weiterer Beweis für ihre außerordentliche Intelligenz: Einige Raben in Tokio sind so erfinderisch, dass sie Nüsse bewusst auf die Straße werfen, um sie von Autos überfahren zu lassen, damit sie schließlich an den nahrhaften Inhalt gelangen können. Diesen sammeln sie erst dann auf, wenn die Ampel Rot zeigt und die Autos anhalten.

„Wie kann ich denn erkennen, dass ich genauso frei bin wie der Geier?", frage ich den Kolkraben.

Er schweigt eine Weile, dann krächzt er:

„Für dich ist er nur ein Geier. Er aber hat kein Selbstbild. Nicht deine Unfähigkeit zu fliegen steht deiner bewussten Freiheit im Wege, sondern dein Selbstbild als kleines Menschlein. Sobald du dich selbst als reines Sein erkennst, gehört die Ekstase der Freiheit dir." (55)

Diese Aussage des Raben dringt sofort in mein Wesen ein und erreicht mein Herz ohne Umwege. Es jubelt über diesen Weckruf.

Der Rabe spricht weiter:

„Die Tragik und Komik des menschlichen Daseins besteht darin, dass ihr die meiste Zeit eures Lebens damit verbringt, im Namen eines nicht existierenden Selbst zu denken, zu fühlen und zu handeln." (56)

„Etwas Ähnliches hat deine kleine Schwester, die Elster, schon angemerkt. Sie sagte, dass ich mich angegriffen fühle, obwohl es in mir niemanden gibt, der angegriffen werden kann.", bemerke ich.

„So ist es.", bestätigt der schöne Vogel…

„Was die meisten Menschen zu sein glauben, erscheint und vergeht in dem, was sie wirklich sind."

Wow! Kann man es schöner und prägnanter auf den Punkt bringen?

Vermutlich motiviert durch den Anblick der grenzenlosen Weite in allen Himmelsrichtungen um uns herum in diesen Bergen, möchte ich von dem Raben spontan mehr über die wahre Bedeutung des religiösen Begriffs ‚Himmel' erfahren…

„Vor zweitausend Jahren sprach ein weiser Mensch vom Himmelreich. Ich spüre eine große Sehnsucht danach, wenn ich euch Vögeln beim Fliegen zusehe."

„Jenes Himmelreich ist innen, nicht außen. Sicherlich meinte dieser Mensch, den du erwähnst, nicht die Erdatmosphäre, oder? Ich nehme an, er meinte den Zustand der Einheit. Diese Einheit ist Glückseligkeit."

„Dasselbe hat der Geier gesagt!", bemerke ich.

„Merk dir eins, Junge. Wenn sich zwei Weise widersprechen, dann kannst du sicher sein, dass einer von ihnen kein Weiser ist. Wir sind keine Philosophen – dann hätte jeder von uns seine eigene Philosophie. Es gibt nur eine Wahrheit und die ist für alle offensichtlich, die nicht durch einen Menschenverstand eingeschränkt werden. Ihr Menschen entwerft komplexe Gedankenkonstrukte und Philosophien über die Realität, die nichts mit der Wirklichkeit zu tun haben. Ihr wollt nicht wahrhaben, wie einfach es ist. Ihr zerstückelt die Einheit der Existenz mit euren selbstgeschaffenen Kategorien. Wenn du die kleinste Unterscheidung vornimmst, werden Himmel und Erde getrennt. (57)"

„Was soll das bedeuten?"

„Du kannst den Himmel auf Erden haben, wenn du nicht zwischen dir und allem anderen unterscheidest. Alles ist eins. Wenn du dich aber nur als Einzelperson kennst, dann verpasst du den Himmel und erschaffst deine eigene Hölle. Glaube mir – selbst wenn du fliegen könntest wie der Geier oder ich, würdest du dich nicht frei fühlen, solange du nicht weißt, wer du wirklich bist!"

„Und wer bin ich wirklich?"

Der Kolkrabe breitet die Flügel aus und verkündet lautstark:

„Du bist reines Gewahrsein, alles, was ist, für immer frei. Sei glücklich!" (58)

Ich schaue dem schwarzen Federtier konzentriert in die unergründlichen Augen.

„Tiefer kann ich mit Worten nicht gehen. Du musst es selbst erfahren. Dann sind alle Worte so überflüssig wie Hämorrhoiden.", sagt der Vogel.
„Woher kennt ein Rabe Hämorrhoiden?
Hast du welche?"
Der Rabe lacht krächzend und fliegt davon, ohne meine ziemlich dumme Frage mit einer Antwort zu würdigen.

Ich setze meine Reise fort und verlasse den Grashügel. Eine Wanderung durch die Berglandschaft kommt genau zum richtigen Zeitpunkt. Sie eignet sich wunderbar, um die bisherigen Eindrücke innerlich zu verarbeiten.

Ich bin nicht besonders weit gegangen, da erblicke ich aus einiger Entfernung einen anderen Vogel. Er sitzt ruhig auf dem tiefliegenden Ast eines verdorrten Baumes. Während ich auf ihn zusteuere, bewegt er sich nicht. Er wirkt wie ausgestopft. Jetzt stehe ich direkt vor ihm. Es ist ein Wanderfalke.

Der Wanderfalke ist der am weitesten verbreitete Vogel der Welt. Mit Ausnahme der Antarktis bewohnt er alle Kontinente der Erde.
Der erstaunliche Jäger erbeutet beinahe ausschließlich andere Vögel wie bspw. Tauben, die er durch spektakuläre Flugmanöver in der Luft schlägt.
Mit einer Spitzengeschwindigkeit (im Sturzflug) von ungefähr 400 km/h ist der Wanderfalke das schnellste Lebewesen der Welt.
Die Nasenlöcher des Greifvogels sind so angepasst, dass die eindringende Luft abgeleitet und die Lunge somit nicht durch den enormen Druck bei einem solchen Tempo zu sehr belastet wird.

Doch der Wanderfalke, der dort auf dem Ast hockt, wirkt nicht gerade explosiv. Seine schönen Augen sind geöffnet, aber er starrt unbewegt zum Horizont. Der Eindruck eines Tierpräparats erhärtet sich. Ich hege ernsthafte Zweifel daran, ob er lebt. Um das prüfen, spreche ich ihn an: „Hey! Warum gehst du nicht auf die Jagd? Ich würde gerne sehen, wie schnell du bist!"

Seine Antwort beweist seine Lebendigkeit:

„Ich bin immer zufrieden, weil ich weiß, dass all dies nur das Selbst ist." (59)

„Was genau meinst du damit?"

„Ich bin reines Bewusstsein. Indem ich dies ständig kontempliere, bleibe ich unerschütterlich. Dieser Körper und diese Welt sind nichts. Nur das reine, bewusste Selbst existiert. Was gibt es sonst zu wissen?" (60)

Ehrfürchtig schweige ich. Was sollte ich darauf antworten? Eine Weile schweigen wir gemeinsam, dann verbeuge ich mich vor dem weisen Falken und gehe weiter.

Nachdem ich einen riesigen Felsen passiert habe, eröffnet sich meinen Augen ein völlig unerwarteter Anblick. Mitten in der verwilderten, naturbelassenen Landschaft stehen zwischen zahlreichen Bäumen mehrere hölzerne Berghütten. Es sieht aus wie eine verlassene Alm. Zum ersten und einzigen Mal verlasse ich, streng betrachtet, die Natur und begebe mich in eine menschliche Siedlung, die allerdings einen sehr urtümlichen Eindruck macht. Sie scheint nicht mehr bewohnt zu sein, jedenfalls nicht von Menschen. Die Gebäude wirken wie Ruinen. Jetzt erkenne ich, dass nicht alle aus Holz gebaut sind. In den alten Gemäuern der hinteren Häuser nisten Mauersegler…

Mit einer Spitzengeschwindigkeit von über 200 Stunden-kilometern gehört der Mauersegler zu den schnellsten Vögeln. Er ist ein wahrer Langstreckenflieger, der in seinem Leben mehrere Millionen Kilometer zurücklegen kann. Bei einem Exemplar wurde eine Flugstrecke nach-gewiesen, die der 10-fachen Strecke zum Mond ent-spricht. Tatsächlich verbringen Mauersegler die meiste Zeit ihres Lebens in der Luft. Dabei fressen, trinken, paa-ren und schlafen sie im Flug. Es kommt vor, dass sie ein knappes Jahr lang überhaupt keinen Bodenkontakt haben. Ihre Beine sind dementsprechend verkümmert und sehr kurz.

Beim Anblick ihrer Flugmanöver und offensichtlichen Lebensfreude werde ich neidisch.
Ich spreche die flinken Vögel an:
„Ich würde auch gerne fliegen können – wie ihr!"
Einer von ihnen antwortet mir mit hoher Stimme:
„Das wundert mich nicht. Offenbar liegt es in der menschlichen Natur, sich immer das zu wünschen, was nicht gegeben ist, und die kostbaren Schätze zu ignorie-ren, an die man sich gewöhnt hat und deshalb als selbst-verständlich hinnimmt. Glaubst du, dass es dich dauer-haft glücklich machen würde, wenn du fliegen könntest?"
Ich erinnere mich, dass der Kolkrabe etwas Ähnliches angedeutet hat. Aber mein Wunsch bleibt bestehen…
„Es wäre auf jeden Fall unglaublich schön, den Wind im Flug zu spüren und dabei die herrliche Aussicht genießen zu können.", antworte ich dem kleinen Vogel.
„Der Mensch möchte zum Mond und zu den Sternen rei-sen, aber die Weite in ihm selbst ist viel großartiger."(61), lautet seine bemerkenswerte Entgegnung.

Zwischen den Gebäuden erscheint auf einem der verstaubten Wege ein vierbeiniges Tier... Ein Hund!

Der beste Freund des Menschen

Bekanntlich stammt der „beste Freund des Menschen" vom Wolf ab. Viele Rassen erinnern jedoch kaum mehr an den wilden Vorfahren.

Es gibt vermutlich eine halbe Milliarde Haushunde weltweit, doch nur ein Viertel lebt in menschlicher Obhut. Die beeindruckenden Fähigkeiten einer bestimmten Rasse verdienen Erwähnung: Der Husky ist möglicherweise unter allen Tieren der Welt der ausdauerndste Läufer. Gut trainierte Hunde sind fähig, an zehn aufeinanderfolgenden Tagen pro Tag 240 Kilometer zurückzulegen – bei einem Durchschnittstempo von circa 25 km/h und einer Umgebungstemperatur von minus 40 °C.

Ein besonders bemerkenswertes Individuum war ein Akita namens Hachiko, der vor etwa 100 Jahren lebte. Er entwickelte eine besondere Bindung zu einem Universitätsprofessor. Jeden Morgen begleitete der treue Hund sein „Herrchen" zum Bahnhof, wo er ihn abends nach dessen Ankunft auch wieder abholte. 1925 erlag der Professor einer tödlichen Hirnblutung. In den darauffolgenden neun Jahren wartete Hachiko täglich vergeblich zur üblichen Zeit am Bahnhof auf seinen verstorbenen Freund. Hachiko starb 1934. Ein bewegender Spielfilm mit Richard Gere erzählt die Geschichte des inspirierenden Tieres.

Der Hund, der hier vor mir steht und mich mit seinen dunklen Augen fixiert, sieht aus wie ein Mischling. Er ist von mittlerer Größe, rein weiß und hat Schlappohren.

„Hallo, lieber Hund!", begrüße ich den Vierbeiner betont freundlich.

„Was ist denn ein Hund?", lauten seine ersten Worte an mich.

„*Du* bist ein Hund!", antworte ich verwundert.

„Aha. Du willst mir also sagen, was ich bin? Glaubst du, dass du das besser weißt als ich selbst?"

„Willst du mir etwa sagen, du weißt nicht, dass du ein Hund bist? Wenn du kein Hund bist, was bist du dann?"

„Ich weiß nur, dass ich bin."

Sprachlos schaue ich ihn an.

Er versucht, mich aufzuklären:

„Der Hund ist ein menschliches Konzept. Ihr seht meinen Körper, schreibt ihm eine eigenständige, getrennte Identität zu und nennt diese illusorische Identität ‚Hund'. Das ist euer Problem, nicht meines."

Einsichtig bleibe ich still.

Nach einer gemeinsamen Schweigeminute erkundige ich mich neugierig nach seiner Wohnsituation:

„Wem gehörst du?"

„Ich gehöre niemandem. Wenn überhaupt, dann gehöre ich mir selbst."

„Hast du denn keinen Besitzer?"

„Bin ich denn eine Armbanduhr, die man besitzen kann?" fragt mich das schöne Tier empört und wirft mir einen verärgerten Blick zu.

Ich versuche ihm den menschlichen Unsinn begreiflich zu machen: „Wir Menschen drücken es so aus. Wenn sich ein Mensch einen Hund zulegt, nennen wir ihn ‚Hundebesitzer' und betrachten den Hund als sein Eigentum. Vor dem menschlichen Gesetz gelten Tiere zwar glücklicherweise nicht mehr als leblose Objekte, aber leider noch lange nicht als dem Menschen ebenbürtig."

Mit großen Augen starrt er mich an, ohne etwas zu entgegnen. Ich formuliere meine Frage um: „Hast du kein Herrchen oder Frauchen?"

„Herrchen… Meinst du das, was die Menschen in der Kirche anbeten?", fragt der Hund… „Sie nennen ihre Gottheit „Unser Herrchen", nicht wahr?"

„Nicht ganz.", antworte ich… „Sie nennen Gott den Herrn, nicht das Herrchen. Als Herrchen bezeichnen wir einen männlichen Hundebesitzer."

Er stoppt mich in meinem unnötigen Erklärungsversuch: „Das ist mir alles viel zu kompliziert und verwirrend. Ich sage dir, wie ich das sehe: Weder besitze ich den Menschen, mit dem ich zusammenlebe, noch besitzt er mich. Wir sind einfach gute Freunde, die füreinander da sind. Wenn er traurig ist, spüre ich das sofort. Dann gehe ich zu ihm, lege meinen Kopf auf sein Bein und schaue ihm tief in die Augen. Sofort kann ich spüren, dass es ihm besser geht. Wenn ich krank bin, bringt er mich zu einem anderen Menschen, der mir so'n komisches Zeug zu fressen gibt oder mir einen spitzen Gegenstand in den Po rammt. Komischerweise geht es mir danach meistens besser."

Ich unterbreche den Hund:

„Einen solchen Menschen nennt man einen Tierarzt. Das spitze Objekt ist eine Spritze und was er dir damit verabreicht, sind Medikamente."

Er bellt mich an: „Es ist mir egal, wie ihr das nennt! Zügle deine Erklärsucht! Eure Konzepte gehen mich nichts an. Lass mich gefälligst ausreden! Ihr Menschen geht uns Tieren mit eurem neunmalklugen Geschwätz gehörig auf den Keks! Ihr haltet euch für so schlau, nennt euch selbst „vernünftig" (Homo sapiens = „der vernünftige/weise Mensch"), beansprucht eine Sonderstellung und behauptet, dass ihr Könige auf Erden, die Ebenbilder Gottes seid. Wenn ich dich betrachte, muss ich sagen: Sehr schmeichelhaft für den lieben Gott ist das nicht. (62) Eure Arroganz ist für die meisten Tiere unerträglich, deshalb halten sie sich lieber von euch fern und wollen nichts mit euch zu tun haben. Zum Glück können wir ‚Hunde', wie du uns nennst, ein Auge zudrücken und auch eure positive Seite sehen.", knurrt er und fährt fort: „Also... Worauf ich hinaus wollte... Wie euer Gesetz das betrachtet, ist mir schnurzpiepegal. Dieses Gesetz ist menschengemacht. Ich halte mich an das Naturgesetz. Diesem Gesetz zufolge kann niemand irgendjemanden besitzen. Wir sind alle gleich. Vom kleinsten Grashalm bis zum größten Stern wird jeder gebraucht, und zwar gleichermaßen. Es gibt keine Hierarchie in der Existenz. Der Grashalm und der Stern haben keine Ungleichheit; sie sind gleich. Die Existenz unterstützt alles auf dieselbe Weise. Sie macht keine Unterschiede. Für die "Sünder" und für die "Heiligen" gilt dasselbe. Die Sonne scheint für alle, die Blumen blühen für alle, die Vögel singen für alle. Es ist unser aller Zuhause!" (63)

Ich stimme nickend zu. Nicht zum ersten Mal auf meiner Abenteuerreise kommt es mir vor, als würde meine sofortige Antwort die tiefgehende Aussage eines Tieres regelrecht herabwürdigen. Also sage ich eine Weile nichts und lasse dann meiner Wissbegier weiterhin freien Lauf: „Warum seid ihr Hunde so lebensfroh?"

Er antwortet so schnell und bestimmt, als habe er auf diese Frage nur gewartet...

„Einfach deshalb, weil wir lebendig sind. Die Freude des Seins ist die Freude, bewusst zu sein." (64)

„Auch wir Menschen sind lebendig und bewusst, aber nur die wenigsten Menschen sind wirklich glücklich."

Seine Erklärung ist eine wunderbare Ergänzung für den Hinweis des Murmeltiers:

„Weil ihr euch nicht die Zeit nehmt, eure Lebendigkeit oder euer Bewusstsein zu spüren! Ihr seid den ganzen Tag mit euren Gedanken beschäftigt. Diese Gedanken gaukeln euch vor, dass ihr dieses und jenes braucht, um glücklich zu sein. Ihr glaubt, dass euch eine bestimmte Situation, ein hübsches Objekt oder ein anderer Mensch glücklich machen kann.

Nichts kann dich glücklich machen. Das einzige Glück, das diesen Namen verdient, ist das natürliche Glück des bewussten Seins." (65)

Nach einer Pause macht der Hund mich auf etwas aufmerksam: „Ist dir noch nie aufgefallen, weshalb Menschen sagen, Vorfreude sei die schönste Freude? Weil nichts von alledem, was ihr euch wünscht, euch dauerhaft glücklich macht. Ihr wollt etwas unbedingt haben, diese Vorfreude ist schön, dann bekommt ihr es und stellt fest, dass es nicht so toll ist, wie ihr es euch vorher vorgestellt habt. Es war eben nur eine Vorstellung – die Vorstellung, dass etwas fehlt und dass dieses Objekt der Begierde die Lücke füllen wird. Dann kommt die Enttäuschung – das Ende der Täuschung. Die Freude, etwas zu haben und zu behalten, ist nicht so schön wie die Vorfreude, es zu bekommen, weil die Vorfreude euch noch erfolgreich vorgaukeln konnte, dass es euch glücklich machen wird. Wenn ihr es dann endlich habt, zerbröckelt die Vorstellung direkt vor euren Augen. Wie oft hast du dir schon etwas voller Vorfreude gewünscht, dann hast du es bekommen und es war vielleicht auch eine Weile schön, aber früher oder später langweilt es dich und du willst etwas Neues. So funktioniert der menschliche Verstand.

Seine Gier ist unstillbar. Es gibt eine wirkliche Freude jenseits von Vorfreude und jener schattenhaften Freude, die von etwas abhängt. Diese tiefere Freude hängt von nichts ab. Deshalb kann sie auch nicht verschwinden. Sie ist immer da. Sie ist das, was du wirklich bist!"

Ich lehne mich an einen Felsen. Ungefragt führt das liebevolle Tier seine Belehrung anhand eines Beispiels aus: „Wenn ich mit meinem menschlichen Gefährten zusammen spazieren gehe, dann merke ich jedes Mal, wie er die Schönheit der Welt und des einfachen Augenblicks verpasst, weil er über das Gestern und Morgen nachdenkt, während ich einfach die Tatsache, lebendig zu sein, mit jeder Faser meines Körpers feiere. Sein Geist ist mit tausend Dingen gefüllt, da ist kein Platz mehr für das Jetzt. Mein Geist ist leer. Ein leeres Gefäß kann mit den Kostbarkeiten der Gegenwart gefüllt werden.
Mein menschlicher Freund grübelt pausenlos darüber nach, was gestern hätte besser sein können und was morgen Schlimmes geschehen könnte, oder was es noch zu erledigen gibt, sobald wir wieder daheim sind. Er sieht die Berge nicht, er sieht die Wiesen nicht, er sieht die Sonne oder den Sternenhimmel nicht, er sieht mich nicht, er sieht das Glück nicht. Es kommt mir fast so vor, als würdet ihr euch selbst nicht erlauben, glücklich zu sein. Euer Verstand möchte unbedingt verhindern, dass ihr das Leben genießt. Lasst euch das nicht gefallen! Euer Verstand ist ein sehr hilfreicher Diener, aber ein furchtbarer Meister. Lasst euch nicht weiter von ihm tyrannisieren, sondern nutzt ihn als sinnvolles Werkzeug.
Wir Hunde werden von euch Menschen manchmal bemitleidet, weil wir so dumm, unwissend und kurzlebig zu sein scheinen. Wir bemitleiden euch wegen eurer Ver-

standesbesessenheit! Wir sind da, um euch vom Verstand zum Herzen zu führen!"

Ich lasse diese Worte auf mich wirken.
Dann bin ich wieder neugierig:
„Du lebst also mit einem Menschen zusammen. Du hast vorhin erwähnt, dass er dich sogar zu einem Tierarzt bringt. Wohnen hier also mehrere Menschen oder gibt es in der Nähe eine richtige Zivilisation?"
„Das ist nicht von Bedeutung. Der Mensch, mit dem ich zusammenlebe, ist mein Schüler, auch wenn er sich für meinen Lehrer hält. Du hast genug Zeit mit Menschen verbracht und sie haben dich schon genug verwirrt. Menschen sind Schlaftabletten. Wir wecken dich auf! Die Natur soll auf dieser Reise rückgängig machen, was die sogenannte Zivilisation oder Gesellschaft dir angetan hat. Du sollst Tieren begegnen, die dich wachrütteln. Jeder von uns leistet seinen bescheidenen Beitrag. Der Höhepunkt wird Siddhartha sein. Wenn er dich nicht wachrütteln kann, schafft es keiner."
Zum dritten Mal erklingt dieser geheimnisvolle Name!
„Wieso verratet ihr mir nicht endlich, wer dieser Siddhartha ist?", fordere ich.
„Du wirst ihn zu gegebener Zeit treffen.", lautet die ernüchternde Antwort.
„Eine letzte Frage zu einer Tatsache, die du eben schon nebenbei erwähnt hast: Warum habt ihr Hunde im Vergleich zu uns Menschen eine so kurze Lebensdauer?"
„Ganz einfach: Wir wissen schon, wie man bedingungslos liebt. Ihr müsst das erst noch lernen. Deshalb müsst ihr länger hier bleiben."

KAPITEL 2

ASIEN

Der indische Dschungel, die sibirische Tundra, das Himalaya-Gebirge, ein Bambuswald in China, die Inseln Borneo und Komodo, und anschließend der größte Tropenwald Australasiens in Neuguinea werden mir, in dieser Reihenfolge, von meiner Intuition als meine kommenden Ziele auf dem größten Kontinent angekündigt.

Der Austausch mit dem Hund nimmt ein abruptes Ende. Innerhalb eines Wimpernschlags verändert sich die gesamte Umgebung vor meinen Augen, der Hund und die Bergregion sind sofort verschwunden. Ich stehe nun mitten in einem exotischen Dschungel!
Allein der plötzliche Temperaturumschwung ist schwer zu verkraften. Mir bleibt keine andere Wahl, als die schlagartig veränderten Umstände zu akzeptieren, was mir durch die atemberaubende Schönheit dieses Regenwalds enorm erleichtert wird.
Saftiges, lebendiges Grün, soweit das Auge reicht! Riesige Bäume, überall Schlingpflanzen, dichte Büsche mit wunderschönen Blüten von erstaunlicher Größe und Vielfalt. Nichts Geringeres als ein Paradies.
Auch hier findet ein Vogelkonzert statt, doch es klingt völlig anders als im Bayerischen Wald. So ungewohnt. Es kommt mir nur aus Tierdokumentationen bekannt vor. Ich muss mich nicht durch das Dickicht kämpfen, denn vor mir liegt ein erdiger Weg, der wie vorbereitet wirkt und mir die Richtung vorgibt, welcher ich sogleich folge.

Ich komme trotz der Abwesenheit von Hindernissen auf dem Weg nur sehr langsam voran, denn wie könnte ich an diesen Wundern, die mich umgeben, achtlos vorübergehen, ohne sie genauestens zu begutachten?
Der Dschungel wirkt endlos. Ich höre viele Vögel und weitere Tiere, die ich nicht allein anhand ihrer Stimme identifizieren kann, noch bekomme ich keines von ihnen zu Gesicht. Doch plötzlich…

„Herzlich willkommen in Indien!", spricht eine Stimme. Ich blicke auf. Direkt über mir sitzt ein großer Vogel auf einem Ast, der sich horizontal über meinen Weg erstreckt. Ich mache zwei Schritte nach vorn und drehe mich zu ihm um. Ich möchte seinen herzlichen Gruß zunächst anständig erwidern, doch vorher bricht es schon unkontrolliert aus mir heraus… „Wow, bist du schön! Wahnsinn! Ich beneide dich."

Ein königlicher Vogel

Der Pfau (artspezifischer: der Blaue Pfau) gehört zu den Hühnervögeln und ist innerhalb dieser Ordnung ein Mitglied der Fasanenartigen.

Die Männchen dieser Federtiere fallen insbesondere durch ihre üppigen und farbenprächtigen Schwanzfedern auf. Diese können 1,5 Meter lang sein. Während der Balz stellen sie diese Federn auf und bilden so das arttypische Pfauenrad, für welches die Spezies bekannt ist. Es soll womöglich auch Fressfeinde abschrecken, die die Federzeichnung als Augen eines großen, bedrohlichen Tieres interpretieren könnten.

„Weshalb bist du neidisch auf mich? Ich bin glücklich, aber nicht wegen meiner körperlichen Schönheit.", entgegnet der Pfau.

„Warum dann?", möchte ich erfahren.

„Weil ich lebe! Das hat der Hund dir doch erklärt!"

„Richtig.", erwidere ich reumütig.

Der königliche Vogel kommt zügig zum Punkt:

„Hier ist meine Botschaft für dich, lieber Mensch:

Was nicht geschehen soll, wird niemals geschehen, wie sehr man sich auch anstrengt, es zu realisieren. Und was geschehen soll, wird geschehen, wie sehr man sich auch darum bemüht, es zu verhindern. Das ist gewiss. Am besten ist es daher, still zu sein." (1)

„Wie kann ich es akzeptieren, wenn etwas Unerfreuliches geschieht?", frage ich den Pfau um Rat.

Er nimmt meinen Verstand in die Mangel:

„Was ist denn unerfreulich? Sieh doch, wie beschränkt deine Vorstellungen und Erwartungen sind. Frei von bestimmten Vorstellungen davon, wie das Leben zu sein hat, entfaltet es sich ganz natürlich und unbeschwert, ohne inneren Widerstand. Wer nichts erwartet, kann auch nicht enttäuscht werden. Entdecke den wahren Schatz in dir selbst, als dein Selbst, dann wirst du alle für den Verstand unerfreulichen Ereignisse gelassen hinnehmen können, weil du wissen wirst, dass das Kostbarste absolut gesichert und unerschütterlich ist. Es kann dir niemals genommen werden. Selbst der Tod kann dir das Leben nicht nehmen. Dein Bewusstsein ist die Ewigkeit selbst.

Nur wer das Licht übersieht, klammert sich an die Schatten. Du suchst nur deshalb nach schönen Dingen, weil du dich selbst als das Schönste nicht kennst. Grenzenlose Schönheit ist deine eigene wahre Natur.

Und nimm dich in Acht vor einer negativen Einstellung: ‚Das Leben ist so unfair, das Leben spielt mir übel mit!' Dadurch wirst du nur weitere Negativität anziehen. Was auch immer geschieht, dein wahrer Schatz wird bei dir bleiben. Wie könntest du von etwas getrennt werden, das du selbst bist? Wenn also das nächste Mal etwas passiert, das deinem Verstand nicht gefällt, dann spüre in dich hinein und überprüfe, ob dadurch etwas von deiner innersten Lebendigkeit verloren gegangen ist. Du wirst feststellen, dass sie absolut unantastbar ist.

Alles, was jemals geschehen ist, alles, was geschieht, und alles, was noch geschehen wird, kann der unendlichen Weite, in der alles geschieht und die du bist, nichts anhaben. Ausnahmslos jedes Ereignis – inklusive des gesamten Universums – ist nur eine kurzlebige Seifenblase in der Unendlichkeit deines Seins. Viele Milliarden Jahre sind ein Wimpernschlag in der Ewigkeit des Selbst."

Wie angewurzelt stehe ich unter dem Pfau und schaue mit großen Augen zu ihm auf...

„Ich danke dir von ganzem Herzen!"

„Sehr gern. Geh nun weiter. Ich wünsche dir alles Gute.", lauten seine Abschiedsworte.

Wenige Kilometer weiter höre ich plötzlich ein lautes Geraschel im Unterholz... Ich verlasse den vorgezeichneten Weg und wage mich etwas in das Dickicht vor. Hinter den Büschen nehme ich eine Bewegung wahr. Ich möchte herausfinden, welches Tier sich dort verbirgt, also schiebe ich ein paar Zweige vorsichtig beiseite und blicke auf eine kleine Lichtung... Mir stockt der Atem. Dort steht ein wahres Ungetüm!

Der Gaur ist das größte Wildrind der Welt. Die Schulterhöhe der muskelbepackten Bullen beträgt bis zu 2,2 Meter und ihr Körpergewicht kann eine Tonne weit überschreiten – sie wiegen bis zu 1.200 kg.

„Guten Tag!", spreche ich den Giganten an. Er ignoriert mich. Der Bulle würdigt mich keines Blickes. Hat er mich überhaupt gehört? Da ich ihm lieber nicht auf die Nerven gehen möchte, grüße ich kein zweites Mal.

Auf derselben Lichtung steht ein weiterer Gigant, der mir erst jetzt auffällt, weil er sich im Hintergrund aufhält...

Das Panzernashorn erreicht ein Gewicht von bis zu 2,8 Tonnen. Mit 1,6 bis 1,9 Metern haben die Bullen die größte Schulterhöhe aller Nashörner. Nach dem Elefanten ist dieses Tier darüber hinaus das größte Landtier seines Kontinents.

Die großen Hautfalten, die optisch wie eine Panzerung wirken (daher der Name), lassen die gewaltigen Tiere wie Wesen aus einer längst vergangenen Epoche erscheinen. Die Haut des Panzernashorns ist bis zu 4 cm dick.

Ich winke dem lebenden Panzer zu: „Hallo, wie geht's?" Doch auch das Nashorn scheint nicht mit mir sprechen zu wollen und zeigt keine Reaktion.

Eine Weile schaue ich einfach dabei zu, wie die beiden großen Pflanzenfresser mit einigem Abstand zueinander friedlich auf der Lichtung grasen. In der Mitte der Wiese befindet sich ein kleiner See, oder wohl eher ein großer Teich. Dort können sie ihren Durst stillen. Sie haben hier alles, was sie brauchen und strahlen beide eine tiefe Zufriedenheit aus. Ein Leben ohne unnötiges Streben, frei von Ehrgeiz und Wettbewerbsgeist. Ein einfaches Leben. Als ich fühle, wie ein wenig Neid in mir entsteht, wende ich mich ab und schreite zurück in den dichten Dschungel.

Nach einigen hundert Metern höre ich laute Geräusche im Wald. Dort scheint sich ein großes Tier seinen Weg durch das Pflanzenlabyrinth zu bahnen. Die Lautstärke der Geräusche erhöht sich. Das Tier kommt näher.

Ich schaue genauer hin. Die kleineren Bäume bewegen sich, etwas schiebt sie beiseite. Ein riesiger Schatten kommt immer näher auf meinen Weg zu.

Ich bleibe stehen. Wenn das Tier weiter geradeaus geht, wird es meinen Weg höchstens 50 m vor mir passieren. Von Beginn an habe ich dem Versprechen der Unversehrtheit vertraut, aber jetzt fällt es mir doch schwer, gelassen zu bleiben oder gar Vorfreude zu empfinden. Ich ahne bereits, um welches Tier es sich handelt. Das bisher größte Tier unter all meinen Gesprächspartnern war das Shire Horse, doch im Vergleich zu diesem sich annähernden Koloss war das nur ein kleines Pony. Der letzte Pflanzenbewuchs, der uns voneinander trennt, wird zur Seite geschoben und… der riesige Kopf ist nun vollständig sichtbar. Dann folgt der mächtige Körper. Der Elefant verlässt das Dickicht und betritt den Pfad. Er hält mitten auf dem Weg, dreht sich zu mir und blickt mich interessiert an. Das gigantische Tier steht jetzt in einiger Entfernung direkt vor mir. Ich spüre und höre meinen Puls, mein Herz pumpt kräftig und schnell. Dann fällt das Licht der Sonne durch die Baumkronen auf den Rücken des Elefanten. Bei diesem atemberaubenden Anblick fällt mein Unterkiefer herunter. Nie habe ich etwas Vergleichbares gesehen. Keine meiner bisherigen Begegnungen hat einen solchen Eindruck auf mich gemacht. Dabei hat der Elefant noch kein Wort zu mir gesagt. Wir schauen uns weiter wortlos an. Keiner von uns bewegt sich. Es herrscht die Atmosphäre eines Revolverduells im wilden Westen, bei dem beide darauf warten, dass der jeweils andere den ersten Zug macht.

Der Asiatische Elefant bleibt zwar kleiner als sein afrikanischer Verwandter, erreicht mit max. 3,4 Metern Schulterhöhe und bis zu 6,5 Tonnen Gewicht dennoch ebenfalls beachtliche physische Ausmaße. Er ist das zweitgrößte Landtier der Erde.

Genetischen Untersuchungen zufolge sind Mammuts wahrscheinlich näher mit Asiatischen als mit Afrikanischen Elefanten verwandt.

Elefanten besitzen ein riesiges Gehirn – mit 4-5 kg ist es dreimal so schwer wie das menschliche – und sind sehr intelligent. Ein Exemplar aus Thailand konnte sogar mit seinem Rüssel einen Zeichenpinsel geschickt benutzen und mit Wasserfarbe z. B. das klar erkennbare Bild einer Pflanze und eines Elefanten zeichnen.

Elefanten können an einem einzigen Tag 200 kg Pflanzen vertilgen, 200 Liter Wasser trinken und bis zu 180 kg Kot hinterlassen. Ihre Lebenserwartung liegt bei 60-70 Jahren. Mit 22 Monaten haben sie außerdem die längste bekannte Tragzeit aller Tiere.

Ritt auf einem wilden Elefanten

Hoffentlich ist dieser Elefant gesprächiger als der Büffel und das Nashorn. Ich überwinde mich, gehe mutig auf ihn zu, bleibe etwa fünf Meter entfernt vor ihm stehen und spreche ihn an…

„Wie schön das Sonnenlicht durch das Blätterdach hindurchscheint! Ist das nicht ein fantastischer Anblick?" frage ich den Dickhäuter. Mit unerwartet hoher Stimme entlarvt sich der graue Riese als Elefantenkuh:

„Hallo, Zwerg! Du hast recht. Aber das geht vorüber. Bald werden Wolken die Sonne verdecken. Wende dich lieber dem Licht in dir selbst zu. Dieses Licht scheint ohne Unterbrechung. Das Gewahrsein leuchtet immer hell, unvermindert, unbefleckt, ungetrübt von jeglicher

Erfahrung des Körpers, des Verstandes oder der Welt, allein seine eigene Fülle kennend und ewig seiend." (2) Auch dieses Tier verweist mich unmittelbar auf die innere Klarheit des reinen Bewusstseins. Ich versuche, ihm die Perspektive eines Menschen begreiflich zu machen: „Die Herausforderungen des menschlichen Lebens sorgen in der Regel dafür, dass wir dieses Licht nicht sehen können. Sie sind wie Wolken, die die Sonne verdecken." Der Elefant lässt diese Ausrede nicht gelten: „Die Dunkelheit der Illusion berührt niemals den, der seine wahre Identität als reines Gewahrsein kennt, weiter als der Himmel, heller als die Sonne." (3) Ich gebe mich geschlagen und schweige.

Als würde sie mich für meine Bescheidenheit belohnen wollen, unterbreitet mir die Elefantenkuh ein unverhofftes Angebot: „Soll ich dich ein Stück mitnehmen?"

„Willst du mich mit deinem Rüssel tragen?"

„Nein. Du darfst auf meinem Rücken reiten, wenn du möchtest."

„Und wie komme ich da herauf?"

„Einfach springen oder klettern."

„Das ist mir zu hoch."

„Die anderen Affen würden das auch schaffen."

„Ich bin aber ein Mensch. Naja, jedenfalls mein Körper."

„Ach, deswegen siehst du so seltsam aus. Na gut, dann machen wir es so…" Der Elefant bückt sich langsam, bis sein Bauch den Boden berührt. Mühsam erklimme ich seinen Rücken. Wie schön sich seine Haut anfühlt! Trocken und etwas rau, aber dennoch angenehm.

„Tust du mir einen Gefallen? Kannst du mich bitte hinter meinem rechten Ohr kratzen? Es juckt dort dauernd."

„Kein Problem." Ich tue, worum ich gebeten wurde.

„Oh, herrlich!", stöhnt sie… „Ich danke dir!"

„Sitzt du stabil? Halte dich gut fest."
Langsam richtet sich das riesige Tier auf. Es bewegt sich wirklich sehr rücksichtsvoll, aber schon bei dieser Bewegung dreht sich mir der Magen um. Ich bin froh, dass er leer ist. Seltsamerweise werde ich nicht hungrig oder durstig, eine mysteriöse Energie scheint meinen Körper während der gesamten Reise unmerklich zu versorgen. Die Weisheit der Tiere nährt meine Seele, wovon in diesem Zustand offenbar auch mein Körper profitiert.
Los geht's. Der Elefant startet mit vorsichtigen Schritten und beschleunigt dann langsam. Manche Bewegungen sind etwas ruckartig, aber im Großen und Ganzen empfinde ich die Schaukeltour nun doch als sehr angenehm. Ich genieße die Aussicht. Von der Vielfalt des Dschungels kann ich nicht genug bekommen. Wir legen gemeinsam mehrere Kilometer zurück und kommen schließlich an einem auf dem Boden liegenden Baumstamm vorbei, auf dem eine riesige Schlange ruht.
Mein Reittier bleibt stehen und erzählt mir:

„Das ist ein Netzpython, die längste Schlange der Welt. Seine Art kann bis zu 10 Meter lang werden.
Schlangen, insbesondere Pythons und Boas, können Beutetiere verschlingen, die mehrmals so breit sind wie ihr Kopf. Um dies zu ermöglichen, renken sie vorübergehend ihren Unterkiefer aus. Außerdem ist die Haut extrem dehnbar. Die Magensäure der Riesenschlangen ist so aggressiv, dass sie Eisen zersetzen könnte. So kann der Körper eines Beutetiers restlos verdaut werden, gegebenenfalls samt Hufen und Hörnern. Reptilien verdauen sehr langsam und können ihren Stoffwechsel erstaunlich herunterfahren. Große Riesenschlangen können bis zu 2 Jahre lang ohne Nahrung auskommen. Mir fällt es schon

schwer, 2 Stunden ohne Nahrung auszukommen.", gibt die Elefantenkuh zu und lacht.

„Danke für die Infos! Ich fühle mich wie auf einer Besichtigungstour mit einem Elefanten als Reiseführer. Bemerkenswert.", drücke ich meine Begeisterung aus.

Ich muss gestehen, dass die Hautzeichnung des Netzpythons dort unten auf dem Baumstamm eine wahre Augenweide ist, verspüre aber kein Bedürfnis, ihn vom Rücken des Elefanten aus anzusprechen.

Der Ritt geht weiter…

Wir erreichen eine Lichtung und einen Fluss.

Ein intensiver innerer Impuls empfiehlt mir, mich auf den nächsten Lehrer einzustellen…

„Setz mich hier bitte ab."

„Warte.", sagt mein lebender Reisebus und geht ein paar Schritte in den Fluss hinein. Der Elefant schüttelt sich, ich falle ins Wasser.

Selbstverständlich werde ich klatschnass.

„Danke, sehr freundlich. Habe mich während der ganzen Reise noch nicht gewaschen. War dringend nötig."

„Siehst du, du hattest die Wahl. Du hättest auch wütend reagieren können, bleibst aber lieber entspannt. Niemand außer dir ist für deinen Geisteszustand verantwortlich. Ich kann dich nicht reizen, wenn du nicht reizbar bist. Hast schon einiges von uns Tieren gelernt.", stellt meine große Freundin frohlockend fest.

Schmunzelnd antworte ich ihr: „Ja! Sei froh, ich hätte dich auch verprügeln können. Aber ich schlage keine Frauen." Ich zwinkere der Riesin zu.

Sie hebt ihren mächtigen Kopf, streckt ihren Rüssel in die Höhe und lacht ohrenbetäubend.

Wir lachen gemeinsam.

Dann sagt sie:

„Es ist schön warm hier. Du wirst schnell trocknen. Hier trennen sich unsere Wege, aber wir werden niemals voneinander getrennt sein. Alle Lebewesen sind für immer in deiner eigenen Lebendigkeit enthalten. Das gilt auch für mich. Wenn du eines Tages wissen willst, ob ich noch lebe, spüre einfach in dich selbst hinein, und wenn du dich lebendig fühlst, bin ich es auch, denn es gibt nur ein Leben. Es war mir eine Freude, mit dir zu wandern und zu plaudern, kleiner Kumpel. Alles Gute für dich! Und bitte richte meinem afrikanischen Vetter mit den übergroßen Ohren liebe Grüße aus.“

„Die Freude ist ganz meinerseits! Danke für alles! Heißt das etwa, ich werde auch einem Afrikanischen Elefanten begegnen?“

„Na sicher, wir Elefanten sind so besonders und so toll, dass es sich lohnt, mehr als nur einen von uns zu treffen.“

Zum Abschied streckt die Elefantenkuh ihren Rüssel in die Höhe und winkt mir zu.

Nach der Verabschiedung gehen wir beide in entgegengesetzte Richtungen weiter.

In Gedanken an den Elefanten und meinen Ritt auf ihm versunken, übersehe ich beinahe ein Tier, das direkt am Waldrand sitzt.

Shunyata, der meditierende Affe

Ich kann zwar klar erkennen, dass es sich um einen Affen handelt, aber einen solchen Affen habe ich noch nie gesehen… Er ist von bescheidener Größe, etwas über einen halben Meter hoch. Ein Großteil seines Oberkörpers ist mit einem flauschig aussehenden Fell in verschiedenen

Grautönen überzogen. Seine weißen Unterarme ruhen auf dunkelroten Beinen. In einem gelblich-orangenen Gesicht werden seine Augen von hellblauen Augenlidern bedeckt. Ein Bart mit so langen, weißen Haaren, dass er beinahe wie eine Mähne wirkt, vervollständigt sein unverwechselbares Äußeres.

Wie ich soeben in Gedanken an die jüngste Vergangenheit versunken war, so scheint dieser Affe in die innere Seligkeit der Gegenwart versunken zu sein.

Ich betrachte ihn voller Bewunderung und Faszination. Er bewegt sich keinen Millimeter. Ich ahne ein Geduldsspiel voraus und setze mich auf einen ihm gegenüberliegenden Baumstumpf.

Plötzlich öffnet er seine Augen und blickt mich direkt an.

„Guten Tag! Bitte verrate mir, was für ein Affe du bist!",
beginne ich das Gespräch mit einer Aufforderung.
Mit freundlicher Stimme antwortet er:

„Hallo! In eurer menschlichen Sprache bin ich ein Rot-schenkliger Kleideraffe. Ein seltsamer Name. Ihr nackten Affen habt wirklich merkwürdige Einfälle. Meine Art lebt eigentlich in Vietnam und Laos, aber ich bin hierher gepilgert, weil ich allein sein wollte. Es war eine jahre-lange Wanderschaft mit vielen Abenteuern."

„Bitte erzähle mir von diesen Abenteuern!", sage ich aufgeregt.

„Nö." … Ich traue meinen Ohren nicht.

„Wie bitte? Wieso denn nicht?"

„Ich bin kein Entertainer. Ich bin ein ergebener Schüler des großen Meisters Siddhartha. Wie ich hörte, sollst du ihm auch noch begegnen und von seiner göttlichen Weisheit kosten, du Gesegneter."

Verblüfft frage ich: „Mir wurde gesagt, dass Siddhartha in Afrika lebt! Wie kannst du sein Schüler sein? Bist du etwa auch bis nach Afrika gewandert?!"

„Körperliche Anwesenheit ist nicht notwendig.", lautet seine einzige Erklärung.

Ich komme gar nicht dazu, diesem Mysterium weiter auf den Grund zu gehen, weil sich mir bereits die nächste Frage aufdrängt… „Wer oder was ist Siddhartha?"

„Du wirst es zu gegebener Zeit erfahren. Sabor lebt in seiner Nähe, er wird es dir kurz vor deinem Treffen mit Siddhartha verraten, damit du weißt, nach welchem Tier du Ausschau halten musst."

Sabor?! Ein weiterer unbekannter Name!

„Wer zum Kuckuck ist denn Sabor?"

„Er ist kein Kuckuck. Du wirst es sehen, wenn du ihm in Afrika begegnest. Er wird dort dein erster Lehrer sein."

„Warum verrätst du mir nicht einfach, welche Tiere Sid-dhartha und Sabor sind?", halte ich beharrlich an meiner Ungeduld fest.

„Weil du dir sonst ein Bild von ihnen machst, das ihnen nicht gerecht wird. Deine Vorstellung würde verhindern, sie wirklich zu erkennen. Sie sind, was auch du bist. Sie stecken nur in anderen Körpern. Der Raum in drei Gefäßen unterscheidet sich nicht voneinander, nur die Form, in welcher er eingeschlossen ist, ist verschieden."

„Wie lautet dein Name? Wenn du einen hast.", erkundige ich mich.

„Nenn mich Shunyata."

„Klingt schön…

Hat der Name eine bestimmte Bedeutung?"

„Es bedeutet Leere."

„Leere? Wie langweilig!", entgegne ich unüberlegt.

„Nichts ist weniger langweilig als die Leere, das versichere ich dir. Wenn ihr Menschen von etwas gelangweilt seid, dann stets nur von Objekten und objektiven Wahrnehmungen, die sich immerzu wiederholen und euch zum Halse raushängen. Ihr langweilt euch nur deshalb, weil ihr die unendliche Frische der Leere nicht mehr kennt!"

„Was ist Leere?"

Der Kleideraffe schaut mir tief in die Augen, beugt sich nach vorn und zeigt mit seinem dunkelhäutigen Zeigefinger auf mich: „DU bist die Leere."

Fragend schaue ich ihn an. Er geht auf meine unausgesprochene Bitte nach mehr Informationen ein: „Nenne es Sein, Bewusstsein, Gewahrsein, Leben, Lebendigkeit oder Leere. Es ist alles dasselbe."

„Und diese Leere hast du wahrgenommen, als du vorhin meditiert hast?", versuche ich zu verstehen.

„Die Leere wird nicht wahrgenommen, sie nimmt wahr. Und auch das ist nicht ganz richtig, weil sie jenseits von Subjekt und Objekt ist. Alles ist die Leere. Auch sämtliche Formen der Existenz sind essenziell leer. Sie haben keine wirkliche Substanz, was du daran erkennen kannst, dass sie sich früher oder später ohnehin auflösen. Auch vom größten Körper bleibt nichts als Staub übrig. Nur das Sein löst sich niemals auf, weil es bereits formlos und dimensionslos ist. Aus der Perspektive des Verstandes existiert es gar nicht, weil er nur an das glaubt, was er sehen kann. Der Verstand sollte sich fragen, ob das, was alles Sehen ermöglicht, gesehen werden kann. Er schaut in die falsche Richtung und verleugnet seine eigene Quelle. Ihr Menschen seid so vom Film hypnotisiert, dass ihr die Existenz des Bildschirms bestreitet, obwohl er allein den Film ermöglicht. Ihr seid wirklich bemerkenswert.", kichert Shunyata.

Der farbenfrohe Affe schüttelt schmunzelnd den Kopf und schaut mich fasziniert an.

„Die Leere ist also nichts, wovor wir uns fürchten müssen?", frage ich erleichtert.

„Musst du dein eigenes Selbst fürchten? Ich lade dich ein: Immer wenn etwas, woran du hängst, in deinem Leben wegfällt, spüre in die dadurch hinterlassene Leere hinein. Versuche nicht, die Lücke schnellstmöglich zu füllen. Nur wenige Menschen sind wirklich leidenschaftlich daran interessiert, die Wahrheit herauszufinden. Sie halten lieber an ihren Meinungen und Glaubensinhalten fest – selbst wenn sie im tiefsten Innern wissen, dass sie nicht real sind –, weil sie ihnen ein angenehmes Gefühl geben. Was sie nicht ahnen, ist, dass die Wirklichkeit noch unendlich viel schöner ist als ihre schönsten Wunschvorstellungen. Wann immer sich die Gelegenheit bietet, schaue dir die Leere genau an. Springe rücksichtslos in sie hinein! Lass dich fallen. Höre nicht auf deine Vorurteile. Die Leere ist deine Natur. Sie ist das Meer aller Möglichkeiten. Sie ist die wahre Fülle. Sie ist die unendliche Weite deines eigenen Bewusstseins! Sie ist absolut unbegrenzt, kristallklar, ekstatisch, frei, ewig-frisch, intensiv lebendig. Die Leere, die du bist, ist das wahre, brennende Leben. Sie ist das tanzende Licht der Ewigkeit."

Nach diesen Worten Shunyatas schließe ich spontan meine Augen. Keine Gedanken. Da ist nichts. Dieses Nichts ist pure Freiheit. Mein Herz jubelt still. Ein subtiles Lächeln huscht über meine Lippen. Dem Affen entgeht das nicht: „Genau das ist es.", flüstert er bestätigend.

„Und jetzt lass mich in Ruhe.", zwinkert er mir zu…

„Geh wieder tiefer in den Dschungel hinein."

Ich stehe auf, verneige und verabschiede mich.

Er lächelt und nickt mir zu.

Kaum bin ich wieder im dichteren Teil des Dschungels angelangt, höre ich ein lautes Zischen. Wie ein elektrischer Schlag zieht sich der daraus resultierende Schreck durch meinen ganzen Körper.

Ich schaue mich um, kann die Quelle des Zischens aber nicht sofort ausmachen.

Plötzlich nehme ich eine Bewegung im Erdgeschoss des Dschungels wahr. Eine große Schlange kriecht dort über den feuchten Blätterboden…

Mit bis zu beinahe 6 Metern Länge ist die Königskobra die mit Abstand größte Giftschlange der Welt. Wenn sie sich aufrichtet (wie für Kobras üblich), befindet sich ihr Kopf in einer Höhe von rund einem Meter, sodass sie selbst in einer zusammengerollten Position einem kleinen Kind direkt in die Augen blicken könnte. Entsprechend erschreckend ist die Reichweite für einen potentiellen Biss, bei dem eine enorme Giftmenge abgegeben wird.

Der Biss der Königskobra kann einen ausgewachsenen Elefanten töten.
Dementsprechend hält sich meine Motivation, die Distanz zu dem Reptil zu verringern, in Grenzen.

„Wieso kommst du nicht näher? Ich hab dir was zu sagen, Mensch.", flüstert die Kobra.
„Nein, danke. Hier fühle ich mich ganz wohl.", antworte ich betont höflich.
„Vertraue mir! Ich habe nicht vor, dich zu beißen. Du bist viel zu fett und kommst als Beutetier nicht in Frage, ich könnte dich niemals herunterschlucken."
Diese Zusicherung der Schlange vertreibt meine Sorgen nicht… „Aus menschlicher Perspektive gilt die Schlange als das Tier, dem man am wenigsten vertrauen sollte.", begründe ich meine Zurückhaltung.
„Ihr Menschen und eure seltsamen Vorstellungen…
Na gut, dann argumentiere ich anders: Wir Königskobras zeigen dem Menschen gegenüber normalerweise kein allzu aggressives Verhalten. Bis zum Jahre 1991 wurden insgesamt lediglich 35 Bisse bei Menschen dokumentiert. 25 Personen haben überlebt."
Auch das überzeugt mich nicht…
„Das bedeutet aber, 10 Menschen haben nicht überlebt! Das Risiko ist mir zu hoch."
„Jaja, auch wenn das Positive überwiegt, konzentrieren sich Menschen lieber auf das Negative. Das wundert mich nicht. Selbst wenn ich dich beiße, kann ich zwar deinen Körper töten, aber doch nicht dich. Wenn du schon nicht mir vertrauen willst, so vertraue doch wenigstens deiner eigenen Unsterblichkeit!"
Jetzt hat die Kobra mein Herz erreicht. Aber mein skeptischer Verstand mischt sich ein: „Ist die Unsterblichkeit

überhaupt real? Vielleicht ist sie bloßes Wunschdenken."
„Die Unsterblichkeit ist unendlich viel realer, bewusster
und glücklicher, als du dir vorstellen kannst." (4), versichert mir das schöne Reptil.

‚Wer so tiefgründig ist, kann keine bösartigen Absichten
haben.', denke ich mir und beschließe, der Kobra zu vertrauen. Sie weiß, dass sie gewonnen hat…

„Aber tu mir einen Gefallen…", sagt die Kobra, „Ich
komme zu dir ohne mich. Komm' zu mir ohne dich!" (5)

„Wie bitte?" Hat diese Schlange einen Sprung in der
Schüssel? „Wie kann ich ohne mich zu dir kommen?"

„Ich meine, lass Simon zurück. Komm ohne Selbstbild
zu mir. Das Selbst ist reines Bewusstsein. Im reinen Bewusstsein gibt es keine Dualität. Wenn du ohne gedankliche Vorurteile zu mir kommst, gibt es keine Trennung
zwischen uns. Dann bist du ich und ich bin du. Dann sind
da keine zwei Lebensformen namens Mensch und Kobra,
die aufeinandertreffen – eine Geschichte voller Konflikte
und Todesfälle. Dann ist da nur das Leben, das sich
selbst begegnet. Ihr Menschen nennt es Liebe."

Ihre Worte lassen mich an die Geschichten über spirituelle Meister in Indien denken, in deren Gegenwart sich
wilde Tiere (z.B. Kobras) friedvoll verhalten haben sollen.
Nach wenigen Schritten erreiche ich die Kobra.

Einem spontan von innen auftauchenden Impuls folgend,
führe ich meine rechte Hand langsam zu ihr und streichle
ihr über den Kopf.

„Siehst du.", sagt sie… „Liebe ist immer möglich."

Ich knie nieder, um mit ihr auf Augenhöhe zu sein.

Sie züngelt.

Ich bestaune ihre Schönheit.

Es kommt mir vor, als würde sie mir in dieser stillen Zusammenkunft ganz bewusst wortlos Weisheit vermitteln.

Aus einem Baum in der Nähe dringt ein Rascheln zu uns herunter. Ich richte mich auf und entdecke sofort eine Raubkatze auf einem dicken Ast...

Kein anderes Raubtier vergleichbarer Größe ist zu solch akrobatischen Kletterleistungen fähig wie der Nebelparder. Er jagt in den Bäumen u. a. Affen oder springt von einem Ast auf bodenbewohnende Säugetiere herunter. Ein weiteres Superlativ der südostasiatischen Schönheit: In Relation zur Körpergröße besitzt sie die längsten Eckzähne aller Katzen. Möglicherweise ist der Nebelparder der nächste lebende Verwandte der prähistorischen Säbelzahnkatzen. Auch die Krallen sind ungewöhnlich lang.

Dieser Nebelparder liegt gemütlich auf einem horizontalen Ast in etwa drei Metern Höhe. Er hat die Augen offen, schaut aber nicht in meine Richtung. Trotzdem bin ich sicher, dass er mich längst bemerkt hat. Ich möchte unbedingt mit dieser wundervollen Kreatur sprechen.

Ein Nebelparder erklärt mir Brahman

Als ich mich von der Königskobra verabschieden möchte und mich zu ihr umdrehe, ist sie spurlos verschwunden.
Mit bedächtigen Schritten nähere ich mich dem Nebelparder.
„Hallo, mein Freund. Ich habe eine Frage, die sich aus dem Gespräch mit der Königskobra ergeben hat und die ich ihr nicht mehr stellen konnte. Vielleicht kannst du sie mir beantworten. Sie sagte, wenn ich zu euch komme und mit euch spreche, solle ich mein Ego zurücklassen. Wie genau geht das?"

Der Nebelparder antwortet nicht. Darüber hinaus würdigt er mich weiterhin keines Blickes.

Ich bleibe hartnäckig und frage erneut bemüht respektvoll: „Sir, bitte, wie kann ich mein Ego loswerden?!"

Endlich schaut er mich an. Er öffnet das Maul, doch meine freudige Erwartung seiner ersten Aussage wird durch ein hemmungsloses Gähnen jäh enttäuscht. Was für Eckzähne! Wäre er größer, würde ich mich fürchten. Kaum hat er sein eindrucksvolles Maul wieder geschlossen, öffnet er es unverhofft wieder und spricht mit gemächlicher Stimmlage: „Wer will das Ego loswerden? Das Ego! Ihr Menschen glaubt, dass das Individuum ein Ego *hat*, während das Individuum selbst das Ego *ist* – oder eher der Glaube daran, ein Individuum zu sein. Lasse diesen Glauben los und du wirst fähig sein zu verstehen."

„Wenn die Individualität nicht die Realität ist, was ist es dann?", frage ich die Raubkatze.

„Die Menschen auf diesem Kontinent nennen es Brahman.", antwortet sie.

„Das Wort habe ich schon mal gehört. Was ist Brahman?"

„Das undifferenzierte, reine Bewusstsein ist Brahman, das Absolute."

„Wie kann ich es erfahren?"

„Du erfährst es in diesem Augenblick."

„Inwiefern?", will ich von dem Nebelparder wissen.

„Bist du bewusst?", fragt er mich zurück.

„Ja!"

„Siehst du? Du erfährst es."

„Ich merke nichts davon."

„Weil du etwas Spektakuläres erwartest, eine exotische Erfahrung. Jede Erfahrung kommt und geht. Es ist keine Erfahrung, sondern das Fundament und Substrat aller

Erfahrungen. Es ist nichts Besonderes, sondern ganz einfach. Es ist das Sein. Alles ‚andere‘ – mag es auch noch so spektakulär erscheinen – ist flüchtig und geht früher oder später vorüber. Halte dich an das, was sich niemals verändert. Wenn du ein Glück willst, das nicht verschwindet, dann halte dich an Das, was immer da ist, hier und jetzt.“

„Was ist das?“

„Ich habe es dir bereits verraten. Aber das sind nur Worte, die ohne eigene Erfahrung wertlos bleiben. Untersuche es.“

„Leite mich an.“, bitte ich den Nebelparder.

Sofort beginnt er, mich zu einer Untersuchung zu ermuntern…

„Haben sich deine Gedanken im Laufe deines Lebens verändert?“

„Zweifellos.“, gebe ich zu. Er fragt weiter…

„Gab es irgendeinen Gedanken, der ohne Unterbrechung Bestand hatte und nie zumindest vorübergehend verschwand?“

„Nein, alle Gedanken kommen und gehen.“

„Gut. Wie sieht’s mit deinen Gefühlen aus?“

„Für alle Gefühle und Emotionen gilt dasselbe.“

„Sehr gut. Und dein Körper? Der hat sich auch verändert, nicht wahr?“

„Oh ja, und wie!“, bestätige ich.

„Richtig. Seitdem wir dieses Gespräch vor wenigen Minuten begonnen haben, sind schon viele Veränderungen in deinem Körper geschehen. Täglich werden unzählige Zellen ausgetauscht. Über die Jahre ist die Verwandlung unübersehbar. Erst war da ein Kind, davon ist jetzt nichts mehr zu sehen, dann ein Jugendlicher, jetzt ein junger Erwachsener, von dem bald auch nichts mehr übrig sein wird. Im Grunde bewohnst du innerhalb eines einzigen Menschenlebens viele verschiedene Körper! Wie könnt ihr Menschen glauben, diese Körper zu sein? Ihr könnt doch spüren, dass ihr im tiefsten Inneren, in eurem Wesenskern, immer dieselben geblieben seid. Gleichzeitig wisst ihr, dass der gesamte Körper nie lange derselbe bleibt. Wie könnt ihr das Offensichtliche übersehen und euch weiter mit dem Körper identifizieren?", fragt mich der Nebelparder geradezu verzweifelnd.

Bevor ich darauf antworten kann, leitet er mich weiter in der Selbstbefragung an…

„Also, was hat sich nicht verändert?"

„Ich weiß nicht. Es scheint nichts gleich geblieben zu sein.", sage ich ratlos.

Nun folgt der entscheidende Hinweis…

„Hat sich der Beobachter, der sich all der Veränderungen bewusst ist, selbst auch verändert?"

„Ich bin mir nicht sicher."

Die Raubkatze konkretisiert die gemeinsame Erforschung… „Wenn du dich als kleines Kind auf dich selbst bezogen hast, sagtest du ‚Ich', nicht wahr?"

„Ja."

„Welches Wort verwendest du heute?"

„Immer noch ‚Ich'."

„Das weist bereits darauf hin, dass das ‚Ich', dein wahrer Wesenskern, keinerlei Veränderungen unterlag."

„Es gibt also zwei ‚Ichs'! Ein persönliches, das sich verändert, und ein unpersönliches, das sich nicht verändert. Ein kleines und ein höheres Selbst!", glaube ich zu erkennen. Das Raubtier schüttelt knurrend den Kopf…

„Bist du einer oder zwei? Der Irrglaube an mehrere ‚Selbste' ist Schizophrenie. Es gibt kein persönliches Selbst. Da ist ein individueller Körper, da sind individuelle Gedanken und Gefühle – und nur weil du dich damit identifizierst, scheint ein individuelles Ich zu entstehen. Das ist nur ein Gedanke. Es ist eine Fata Morgana. Das persönliche Ich ist eine Illusion. Wenn diese Erscheinung zu ihrer Quelle zurückverfolgt wird, offenbart sich das unpersönliche, reine Bewusstsein – Brahman. Atman – das scheinbar individuelle Selbst – offenbart sich als Brahman, das universelle und einzige Selbst. Nur Brahman ist wirklich."

Ich halte inne. Stille.

Der Nebelparder beobachtet mich weiterhin genauestens aus seiner erhöhten Position. Es kommt mir vor, als würde er nicht nur in meinem Gesicht lesen, ob ich ihn verstehe oder nicht, sondern auch direkten Einblick in mein Innenleben erhalten. Nichts bleibt ihm verborgen.

Er legt schonungslos nach:

„Ihr Menschen seid nicht konsequent. Viele von euch geben inzwischen zwar zu, dass es keine Trennung gibt, wollen aber weiter an dem Glauben an ihre getrennte, individuelle Existenz festhalten. Sie glauben an eine eigenständige Identität. Das ist pure Arroganz. Es gibt nur Eines und nichts kann getrennt davon existieren."

„Aber warum ist es so schwierig für uns Menschen, das zu erkennen? Nur wenige kommen je zu dieser Erkenntnis! Was hast du uns voraus?"

„Für euch Menschen ist der Verstand der Maßstab für die Wirklichkeit, während für mich die Wirklichkeit selbst der Maßstab für die Wirklichkeit ist. Diese Wirklichkeit des reinen Bewusstseins ist ewig." (6)

Beeindruckt schweige ich.

Nach einer seligen Pause, in der wir beide gemeinsam der Stille der Natur lauschen, bereitet mich die Raubkatze auf mein nächstes Abenteuer vor…

„Jetzt schließe deine Augen. Wenn du sie wieder öffnest, wirst du nicht mehr in diesem Regenwald stehen, sondern in Nordasien, in der arktischen Tundra. Dort wirst du meinem großen Bruder begegnen, einem Tiger!"

Ein Tiger! Ich kann es kaum erwarten! Aber bevor ich der Aufforderung des Nebelparders Folge leiste, blicke ich mich ein letztes Mal bewusst um und genieße das Dschungelpanorama.

„Keine Sorge, es wird nicht dein letzter Dschungel auf dieser Reise sein.", lautet die abschließende, vielversprechende Aussage der schönen Katze.

Die Zeit ist gekommen. Ich schließe meine Augen.

Nach wenigen Sekunden öffne ich sie wieder.

Der Kontrast könnte nicht stärker sein. Ich stehe mitten in einer völlig verschneiten Landschaft mit nur wenigen Tannen in Sicht. Ich bemerke die plötzliche Kälte zwar, doch etwas, vielleicht eine innere Wärme, scheint mich vor ihr zu schützen, denn ich empfinde sie keineswegs als quälend. Im Grunde spüre ich sie überhaupt nicht. Ich muss unweigerlich daran denken, was Albert Camus gesagt hat:

„Mitten im tiefsten Winter wurde mir endlich bewusst, dass in mir selbst ein unbesiegbarer Sommer wohnt."

Ein großer Vogel flitzt in geringer Flughöhe vorbei – so schnell, dass ich ihn kaum genau erkennen kann. Er war überwiegend weiß. Es muss ein Gerfalke gewesen sein. Dieser außergewöhnlich schöne Greifvogel ist die größte Falkenart. Trotz seiner Größe ist der Gerfalke ein flinker Flieger. Seine Geschwindigkeit im horizontalen Flug (also nicht im Sturzflug) übertrifft sogar die des Wanderfalken.

Das Treffen mit dem Tiger steht bevor.

Kaum eine andere Begegnung hat mich in eine solche Aufregung versetzt, wie ich sie jetzt empfinde.

Kein Wunder – schließlich befinde ich mich nun in der russischen Tundra und weiß, dass hier nur eine Unterart des Tigers in Frage kommt...

Der Sibirische Tiger

Die populärste Unterart ist der vor allem in Indien verbreitete Bengaltiger (alias Königstiger), der etwa die Größe eines Löwen erreicht. Von ihm gibt es auch eine weiße Variante. Die kleinste Unterart ist der Sumatratiger. Mit knapp über 2 Metern Länge und 120 kg Gewicht ist er „nur" etwa so groß wie ein Jaguar.

Ich werde es mit der größten Unterart zu tun bekommen – dem Sibirischen Tiger (oder Amurtiger). Mit bis zu 4 Metern Körperlänge und einem Höchstgewicht von 320 Kilogramm ist er die größte und mächtigste Katze der Welt. Nach den Großbären ist er das gewaltigste Landraubtier auf diesem Planeten.

Die Reißzähne der wunderschönen Raubkatze sind länger als die jedes anderen landlebenden Beutegreifers – bis zu 10 cm.

Tiger erbeuten hauptsächlich mittelgroße bis große Säugetiere. Auch für den Menschen kann diese Großkatze gefährlich werden. Einst ernährte sich eine Tigerin, die als der "Champawat-Menschenfresser" in die Geschichte einging, etwa 8 Jahre lang ausschließlich von Menschen. Sie tötete in Indien und Nepal 464 Personen, bevor sie vom Großwildjäger Jim Corbett aufgehalten werden konnte. Wahrscheinlich tötete kein Individuum aus der Tierwelt jemals zuvor oder danach so viele Menschen.

Auch wenn mir versichert wurde, dass ich nicht im Magen eines Tieres landen werde, kann ich meine Nervosität nicht verhindern. Trotz der Kälte laufen mir Schweißperlen über die Stirn.

Erwartungsvoll wandere ich durch das Schneemeer. Bald erreiche ich einen Wald. Hinter jedem Baum könnte das große Raubtier lauern. Von meiner anfänglich so stark ausgeprägten Vorfreude ist nichts mehr zu spüren. Ich fürchte mich sehr. Der Wald ist voller Felsen, die der Großkatze weitere Möglichkeiten bieten, zunächst verborgen zu bleiben. Es wäre mir lieber, das Treffen würde in der offenen Schneelandschaft stattfinden, wo ich den Tiger kommen sehe und mich mental vorbereiten kann. Aber meine Intuition hat mich in dieses Waldstück geführt.

Ich passiere einen Felsen und … da steht er …

Ein riesiger Tiger blickt mir direkt in die Augen! Mein Herz rutscht mir in die Hose, wie angewurzelt bleibe ich stehen. Selbst meine Atmung setzt augenblicklich aus. Das nennt man wohl Schockstarre!

„Nur Mut, mein Junge!", sagt das gewaltige Raubtier und lächelt mir zu… „Dein Besuch wurde mir bereits angekündigt. Ich verspreche dir, dass ich dir kein Haar krümmen werde. Ich habe erst gestern ein großes Wildschwein erlegt und bin jetzt nicht hungrig. Sei also unbesorgt und komm näher!"

Mir ist bewusst, dass eine einzige gezielte Bewegung des Körpers, der direkt vor mir im Schnee steht, meinen menschlichen Körper sofort tödlich verwunden würde. Obwohl ich darauf vertraue, dass ich unsterblich bin und mir letztendlich nichts passieren kann, kann ich doch den Urinstinkt nicht völlig unterdrücken, der uns Menschen durch die Angst daran erinnert, sich von großen Beutegreifern besser fernzuhalten. Außerdem bin ich unabhängig von der Unsterblichkeit nicht gerade erpicht auf die körperliche – wenn auch vergängliche – Erfahrung, von riesigen Zähnen und Klauen durchbohrt und aufgeschlitzt zu werden.

Aber tatsächlich haben seine Worte eine beruhigende Wirkung auf mich. Ich entscheide mich, dem Tiger zu vertrauen. Meine Atmung setzt wieder ein, ich überwinde mich, der Aufforderung des Tigers nachzukommen und trete näher. Aus der Nähe fällt mir sofort auf, dass eine seiner eindrucksvollen Vorderpfoten eine blutende Wunde aufweist…

„Was ist da passiert?", lauten meine ersten an den Tiger gerichteten Worte.

„Das Wildschwein hat mich verletzt. Ich nehm's ihm nicht übel."

Der Tiger leckt sich über die blutige Pfote. Ich frage ihn nach dem Grund. Seine Antwort befriedigt bereits meine Gier nach artspezifischen Informationen, um derentwillen ich viele Tiere ausfrage…

„Tigerspeichel enthält ein wirksames Antibiotikum. Es hat eine heilende Wirkung, wenn ich meine Wunden lecke. Deshalb entzünden sich die Wunden eines Tigers nur selten. Ich danke Gott dafür."

„Du nimmst es dem Wildschwein nicht übel, weil es sich bloß verteidigt hat, stimmt's? Das ist leicht zu verstehen und zu verzeihen."

„Ja, aber Vergebung geht tiefer. Sie wurzelt in der Erkenntnis, dass es eigentlich niemals wirklich etwas zu vergeben gibt.", antwortet die überdimensionale Katze.

„Wie meinst du das?", bohre ich nach.

„Kein Keiler-Zahn ist scharf und lang genug, um mein wahres Selbst zu erreichen und zu verletzen. Was auch immer wer auch immer meinem Körper antut, das tut er nicht mir an. Somit gibt es nichts zu verzeihen."

„Und umgekehrt trifft das genauso zu, nicht wahr? Ich weiß ja, dass dein Körper Fleisch braucht, aber wie sonst kannst du nach jedem Beutezug frei vom schlechten Gewissen sein?", versuche ich zu begreifen.

„Ich spiele nur meine Rolle. Wir Raubtiere sorgen durch die Jagd auf andere Tiere dafür, dass es nicht zur Überbevölkerung kommt. Kleine und eher wehrlose Tiere wie Mäuse, die unzählige natürliche Feinde fürchten müssen, haben eine sehr kurze Tragzeit und bringen mehrmals im Jahr etliche Junge zur Welt, die außerdem sehr schnell geschlechtsreif werden. Das gleicht die Verluste aus. Als zusätzlicher Faktor sorgt eine geringe Lebensdauer neben den vielen Fressfeinden dafür, dass sie sich nicht zu stark vermehren. Große und wehrhafte Tiere wie beispielsweise Elefanten und Nashörner, die normalerweise keine natürlichen Feinde haben, bekommen dagegen nach sehr langer Tragzeit in der Regel nur ein Junges, das eher langsam wächst, und sie haben eine relativ hohe

Lebenserwartung. Die perfekte Balance in der Natur und ihrer Bewohner bleibt – sofern der Mensch nicht eingreift – immer erhalten. Wer nur genau genug hinsieht, sieht überall einen allgegenwärtigen Ausdruck von Verbundenheit und Liebe in der Natur. Wenn ein Tier von einem anderen gefressen wird, werden die verdaulichen Teile des Körpers vom Fleischfresser verwertet und die unverdaulichen Reste durch den Kot wieder ausgeschieden – diese Exkremente düngen schließlich den Boden und legen damit den Grundstein für neue Lebensformen. Ist all das nicht ein großes Wunder?"

Diese schöne Erläuterung des Tigers bringt meinen Menschenverstand beinahe zum Schweigen.

Aber nur beinahe…

„Das ist wahr. Aber schließlich hast du ein Leben beendet, wenn du ein Beutetier getötet hast. Es würde mir an deiner Stelle schwerfallen, damit zu leben. Verzeih mir, wenn die Frage etwas provokant formuliert ist."

„Ich habe viele Tiere gefressen, aber ich habe noch nie ein Leben beendet! Selbst wenn ich das wollte, könnte ich es nicht. Nie wurde der Geist geboren. Nie wird dessen Sein enden. Nie gab es eine Zeit, in der er nicht war. Anfang und Ende sind ein Traum. Unsterblich, ohne Anfang, unveränderlich besteht der Geist alle Zeit. Der Geist wird nicht getötet, wenn der Körper getötet wird. Wer denkt, dass er tötet und wer denkt, dass er getötet werden kann, ist unwissend. Weder tötet er, noch wird er getötet. Der Geist ist kleiner als das Kleinste und größer als das Größte. Er lebt in allen Herzen. (7)"

„Wie kann ich das erkennen?", frage ich den Tiger, der mir eine klare Empfehlung ans Herz legt:

„Richte deine Aufmerksamkeit auf das Selbst. Wenn du das Selbst erkennst, kann dich nichts berühren. Du kannst den Körper zerstören, du kannst die Welt, in der wir leben, zerstören, aber du kannst das Bewusstsein nicht verändern. Das Verschwinden des gesamten Universums wird dich nicht beeinflussen, denn das Selbst ist unzerstörbar." (8)

„Manche Menschen behaupten, dass Katzen sieben Leben haben. Stimmt das?", frage ich den Tiger, obwohl ich die Antwort schon erahne. Die Raubkatze reißt ihr gewaltiges Maul auf und lacht herzhaft. „Nein, so ein Unsinn! Wir haben nur ein Leben. Und dieses Leben ist ewig, ohne Anfang und ohne Ende. Aber im Grunde HABEN wir gar kein Leben, wir SIND das Leben! Das gilt gleichermaßen für alle Wesen."

„Was ist mit Reinkarnation?", entgegne ich.

„Was soll damit sein?", faucht die gestreifte Schönheit…

„Siehst du da einen Widerspruch? Lebensformen entwickeln sich, nicht das Leben. Das Bewusstsein ist immer perfekt und kann sich nicht weiterentwickeln, es drückt durch die vielen verschiedenen Lebewesen lediglich seine Kreativität aus. Wenn das ewige Leben sich immer wieder durch neue Lebensformen zum Ausdruck bringt, ändert dies nichts an der Tatsache, dass es dasselbe eine Leben bleibt. Vielleicht war ich in meiner letzten Inkarnation ein Löwe. Jetzt bin ich – Gott sei Dank – ein Tiger. Wir sind viel schöner als Löwen, findest du nicht?"

„Ich habe Angst, zu widersprechen.", antworte ich schmunzelnd. „Aber ja, dein Fell ist in meinen Augen viel schöner. Ich hatte in meiner Kindheit eigentlich jeden Tag ein anderes Lieblingstier, aber besonders häufig war deine Art mein Favorit."

„Du schmeichelst mir.", knurrt der Tiger, „Aber lass mich fortfahren. Ihr Menschen tragt im Winter eine dicke Jacke und im Sommer ein T-Shirt. Beides sieht gleichermaßen lächerlich aus. Bei diesem Anblick vergeht jedem Raubtier sofort der Appetit. Wer hat schon Lust, auf Klamotten herumzukauen? Aber sagt ihr deswegen im Winter „Ich bin eine Winterjacke" und im Sommer „Ich bin ein T-Shirt"? Das wäre absurd, nicht wahr? Ebenso absurd wäre es, das Selbst mit dem Körper gleichzusetzen, den es gegenwärtig trägt wie ein vorübergehendes Kleidungsstück. Du bist keine Person namens Simon. Du bist das Leben, genau wie ich."

Ich halte inne. Meine Gedanken ruhen. Allmählich kann ich in mir selbst spüren, worauf seine Worte hinweisen. Lebendige Seligkeit. Einheit. Liebe.

„Und jetzt folge mir. Ich bringe dich zu deinem nächsten Lehrer."

Der Tiger dreht sich um und geht los. Ich folge ihm. Gemeinsam verlassen wir den Wald. Jetzt geht's bergab. Wir gehen nebeneinander einen verschneiten Hügel herunter. Hier ist der Schnee besonders hoch, sodass ich fast knietief darin versinke und nur schwerlich vorankomme, obwohl die Erdanziehungskraft mich unterstützt.

Am Fuße des Hügels angekommen, biegen wir nach rechts ab und laufen mehrere Kilometer geradeaus, bis wir an einen weiteren Abhang gelangen. Von oben kann ich mein nächstes Ziel bereits sehen:

Die Landschaft dort unten ist von schmalen Flüssen durchzogen. Auf der gegenüberliegenden Seite, am Ufer des von uns am weitesten entfernten Flusses, sitzt auf dem trockenen Überrest eines ‚toten' Baumes ein großer Vogel.

Der Tiger verweist mit einer Kopfbewegung nach unten und sagt: „Der Adler wartet bereits auf dich. Geh hinunter zu ihm."

Ich möchte ihn zum Abschied umarmen und frage ihn um Erlaubnis. Er erklärt sich liebevoll lächelnd einverstanden. Erst bei der Umarmung stelle ich fest, wie riesig sein Kopf wirklich ist. Er schließt seine schönen Augen und schnurrt. Die große Katze scheint diesen Moment ebenso zu genießen wie ich. Ihr Fell ist etwas feucht, fühlt sich aber wundervoll an. Nachdem ich die Umarmung gelöst habe, blicke ich ihr ein letztes Mal tief in die Augen und streichle über ihren Kopf.

„Danke, mein Freund.", sagt der Tiger.

„*Ich* habe zu danken!", sage ich, den Tränen nahe.

Schließlich folge ich seiner Aufforderung und steige den Abhang hinunter.

Mit bis zu 1,1 Metern Körperlänge, maximal 9 Kilogramm Gewicht und einer eindrucksvollen Flügelspannweite von bis zu 2,8 Metern – Rekord unter allen Adlern – ist der Riesenseeadler neben der Harpyie der größte Adler und einer der mächtigsten Greifvögel der Welt. Auffallend ist der riesige gelbe Schnabel.

Der Riesenseeadler erlegt Fische, die teilweise über einen Meter lang sind. Des Weiteren zählen Seevögel zu den Beutetieren dieser Spezies.

Nachdem ich die kleinen Flüsse einen nach dem anderen überwunden habe, erreiche ich den unglaublich schönen Vogel, der geduldig auf mich gewartet hat. Er erinnert mich an den regungslos auf einem Ast hockenden und in die Ferne starrenden Wanderfalken, dem ich in den Alpen begegnet bin.

Ich begrüße den Adler. Sein Schnabel bleibt geschlossen. Ich sage zu ihm: „Der Tiger hat mich zu dir geschickt. Ich bin bereit für deine Lehre.“

Sein Schweigen hält an.

„Bitte sag etwas. Irgendwas. Eine einzige Aussage reicht mir.“, fordere ich ihn ungeduldig auf.

Nichts. Kein Wort.

Ich setze mich auf den steinigen Boden und warte.

Vielleicht soll dies eine Prüfung sein. Womöglich muss ich mir die Weisheit des Adlers durch Geduld verdienen. Eine halbe Stunde vergeht. Ich verbringe diese Zeit in erster Linie damit, den Greifvogel zu beobachten und seine Schönheit zu bewundern. Sein Federkleid glänzt in der Sonne. Die weißen Federn wirken so rein, sein braunes Gefieder so kräftig und klar, und das Gelb seines Schnabels und seiner Beine vervollständigt die erstaunliche Ästhetik des farblichen Kontrasts. Noch eindrucksvoller ist seine Präsenz. So kraftvoll. Im Vergleich zu ihr ist jedes Wort entbehrlich. Genau in diesem Moment der

Erkenntnis öffnet der Riesenseeadler plötzlich seinen Schnabel und verkündet die Botschaft:
„Du bist kein Tropfen im Ozean.
Du bist der gesamte Ozean in einem Tropfen." (9)
Nach dem letzten Wort vergeht keine einzige Sekunde, sofort breitet das prächtige Tier seine Schwingen aus und hebt mit kräftigen Flügelschlägen ab. Ich schaue dem Riesenseeadler nach, bis er nicht mehr zu sehen ist.

Intuitiv spüre ich, dass meine Zeit in Sibirien vorüber ist. Sofort befiehlt mir ein wortloser, innerer Impuls, meine Augen zu schließen.

Als ich sie wieder öffne, hat sich die Umgebung verändert. Ich sitze auf einem niedrigen Felsen in einer Berglandschaft. Dieser Anblick erinnert mich an die Alpen, aber die Berge am Horizont sind zweifellos noch größer. Wo bin ich?

Kaum habe ich diese Frage gedanklich formuliert, wird sie mir beantwortet. Ein schwarzer Vogel fliegt vorbei und ruft mir zu: „Herzlich willkommen im Himalaya!"

Spontan laufe ich los und erkunde die Landschaft. Hier weht ein starker, kühler Wind.

Als ich einen hohen Felsen genauer betrachte, fällt mir ein großer Fleck auf, der sich optisch nur geringfügig vom Stein-Untergrund abhebt. Der Fleck bewegt sich. Ich lasse das unbekannte Tier nicht aus den Augen, während ich näher herangehe…

Eine große, gefleckte Katze!

Die Schneeleopardin

Der seltene Schneeleopard ist ein außergewöhnlich schönes Raubtier. Er kann über 2 Meter lang, 60 cm hoch und 75 kg schwer werden. In Ausnahmefällen sollen auch 100 kg Körpergewicht möglich sein.

Die Raubkatze verfolgt in Höhen von bis zu 6.000 Metern vor allem Wildschafe und -ziegen. Ein auffälliges Merkmal des Schneeleoparden ist der extrem lange, buschige Schwanz, der bei der Fortbewegung im felsigen Gelände wohl der Balance dienlich ist.

Wahrscheinlich ist kein anderes landlebendes Tier ein so guter Weitspringer wie der Schneeleopard. Mit einem einzigen Satz soll er bis zu 15 m zurücklegen können.

Die Raubkatze hat mich längst bemerkt, wir sehen uns an. Sie richtet sich auf und springt vom Felsen herunter.

Der Schneeleopard, der jetzt direkt vor mir steht und mich mit hypnotisierendem Blick fixiert, ist zwar deutlich kleiner als der Tiger, aber ich spüre, wie neue Angst in mir aufsteigt. Die ersten Worte des weißen Leoparden beruhigen mich sofort… Mit lieblicher Stimme sagt er: „Sei unbesorgt. Verweile im Herzen."

Das könnte die schönste Stimme sein, die ich je gehört habe. Sowohl akustisch als auch optisch ist diese Schneeleopardendame eine Manifestation höchster Anmut und Eleganz.

Ich setze mich in den Schnee. Nun befinden wir uns auf Augenhöhe. Ich bin gefesselt von ihren wundersamen Augen, dann schweift mein Blick umher und ich sage spontan: „Diese Berge gelten als heilig. Viele Menschen reisen auf der Suche nach Weisheit und Erleuchtung in den Himalaya, um in Höhlen zu meditieren."

Die Schneeleopardin lacht leise und antwortet: „Das ist nicht nötig. Es genügt ein kleines Zimmer, wo du die Tür hinter dir zuschließen und allein sein kannst. Das ist deine Höhle. Das ist dein heiliger Berg. Dort wirst du das Reich Gottes finden." (10)

„Aber gibt es nicht Orte, durch deren Energie es uns leichter fällt, glücklich zu sein?"

Die Leopardin schaut mich überrascht an und sagt: „Wenn du glücklich sein willst, dann sei es. Was hält dich davon ab? Die allernächste Sekunde enthält die Möglichkeit, dich von der Verwicklung mit deiner persönlichen Lebensgeschichte zu befreien und in das Reich des totalen Friedens einzutreten. Worauf wartest du?" (11)

„Aber gibt es nicht geistige Strukturen in mir, die erst mühevoll abgearbeitet oder aufgelöst werden wollen, bevor ich den Frieden in mir dauerhaft kosten kann?

Wird dieser Frieden nicht getrübt von geistigen Tenden-
zen, die erst entfernt werden müssen?"
Die Schneeleopardin schüttelt mit dem Kopf...
„Das sind bloß Ausreden des menschlichen Verstandes,
der süchtig nach Leid ist und alles auf morgen verschiebt.
Dein reines Gewahrsein ist ungetrübt, von Ewigkeit zu
Ewigkeit. Dies zu erkennen, ist die großartigste Erfah-
rung auf der Welt. (12)
Und sie ist noch nicht einmal von dieser Welt!
Der direkte Weg besteht in dieser Erkenntnis.
Trauma-Analysen sind Spielerei und bestätigen nur das
illusorische Ich und seine Leidensgeschichte. Die Opfer-
Identität ist sehr verführerisch, weil sie aus der Perspek-
tive des Egos immer noch besser als das blanke Nichts ist
und dir Mitgefühl von anderen beschert. So bist du je-
mand. Erkenne lieber, dass du in Wirklichkeit niemand
bist. Das ist Grenzenlosigkeit. Shunyata!
Es gibt 'Etwas' in dir, das niemals traumatisiert wurde.
Finde es. Dieses reine Bewusstsein ist immer im totalen
Frieden, hier und jetzt. Akzeptiere, dass du frei bist!"

Es fängt zu schneien an.
Große Schneeflocken schweben langsam vom Himmel
herab und steigern die mystische Atmosphäre.

„Schließe die Augen. Wenn du sie wieder öffnest, wirst
du in China sein.", fordert mich die Schneeleopardin auf.
Ich schenke der bezaubernden Raubkatze ein Lächeln
zum Abschied und komme ihrer liebevollen Aufforderung nach.
Noch bevor ich die Augen aufschlage, spüre ich einen
enormen Temperaturanstieg und einen akustischen Wan-
del: Die Stille des Himalaya wird ersetzt durch vielfälti-

ges Vogelgezwitscher. Ich sitze immer noch auf dem Boden, aber offensichtlich nicht mehr im Schnee, denn unter meinem Gesäß fühlt es sich härter, trockener und wesentlich wärmer an. Ich öffne die Augen und stelle fest, dass ich mich in einem Bambuswald befinde.

Plötzlich spüre ich einen leichten, sehr warmen Windstoß in meinem Nacken und höre ein Atmen.
Erschrocken drehe ich mich um.
Ein schwarz-weißer Bär sitzt auf dem Erdboden und schaut mich freundlich und erwartungsvoll an.

Der Große Panda ist ein außergewöhnliches Raubtier. Er frisst zwar nicht ausschließlich, aber hauptsächlich Bambus. Auch andere Pflanzen und kleine Wirbeltiere sind in seinem Speiseplan enthalten. Es ist allerdings nicht bekannt, dass Pandas auch größere Beutetiere angreifen. Obwohl er aufgrund seiner körperlichen Masse und äußerst kräftigen Kiefer sicherlich dazu in der Lage wäre, ist er wohl einfach zu behäbig.
Der Bär wird bis zu 160 kg schwer und kann eine Schulterhöhe von 90 Zentimetern erreichen. Trotz seiner Größe ist dieses Tier kein ungeschickter Kletterer.
Wenn männliche Exemplare ihr Revier markieren, zeigen sie ein merkwürdiges Verhalten: Sie schieben sich mit den Hinterbeinen einen Baumstamm hoch und besprühen ihn aus dieser „Handstand"-Position mit einem Sekret oder Urin.

Der Panda hat sich inzwischen auf den Rücken gelegt, seine breiten Pranken ruhen auf seinem üppigen Bauch – ein Bild der Gelassenheit.
Ich spreche ihn an:

„Deine Spezies ist akut vom Aussterben bedroht. Machst du dir darüber keine Sorgen?"

„Nö.", lautet die schlichte Antwort.

„Wie schaffst du es denn, so sorglos zu sein?", versuche ich zu ergründen.

„Ich hänge weder an diesem Körper noch an dieser Welt. Alle Arten werden eines Tages von der Bildfläche verschwinden. Warum sollte ich mir um das Unausweichliche Sorgen machen? Außerdem kenne ich das Wesentliche. Darum muss ich mich auch nicht sorgen, denn es ist die Sicherheit selbst."

„Wie kann auch ich mir dessen sicher sein und ein Leben frei von Zweifeln und Sorgen führen?", frage ich den Panda um Rat.

„Verweile als Gewahrsein und genieße das pure Leben, das du bist."

Ich bemerke, dass der Panda keine Lust auf große Ausführungen hat und bitte ihn um keine weiteren Erklärungen.

Ich muss daran denken, was C. R. Wright, der Sekretär von Paramahansa Yogananda, in dessen „Autobiographie eines Yogi" über einen weisen Mann namens Kara Patri geschrieben hat: „... frei von allen Kleidersorgen, frei von dem Verlangen nach abwechslungsreichen Speisen, frei von Geldsorgen, nie Geld berührend, keinen Besitz ansammelnd, immer auf Gott vertrauend."

Genau so lebt dieser Bär.

Ich stehe auf und lege mich direkt neben ihn auf ein großes Bett aus Bambusblättern. Mit geschlossenen Augen fühle ich die Wahrheit seiner Worte. Es fehlt nichts. Sein ist Erfüllung. Sein ist Fülle.

Ich schlafe nicht ein, aber döse stundenlang selig neben meinem pelzigen Freund.

Es überrascht mich, als der Panda sagt:

„Du kannst das Sein auch genießen, ohne zu faulenzen. Dieser Ort ist nicht deine Bestimmung. Deine Reise muss weitergehen. Dein Aufenthalt in diesem Wald neigt sich dem Ende. Es war schön, mit dir zu chillen."

Ich öffne die Augen, möchte ihn anschauen, ihm danken und mich von ihm verabschieden, aber er ist weg!

Auch die Umgebung hat sich verändert. Ich liege nicht mehr in einem Blätterbett, sondern zwischen Baumwurzeln auf feuchter Erde. Die Temperatur ist nochmals angestiegen und die Bäume über mir sehen anders aus.

„Du bist auf Borneo.", spricht eine weibliche Stimme über mir. Ich wundere mich, wer mich da gerade über meinen neuen Aufenthaltsort aufgeklärt hat.

Dann klettert ein großer, rötlicher Affe auf den Ast, der sich in etwa vier Metern Höhe direkt über mir befindet, und schaut zu mir herunter.

Der nur auf Sumatra und Borneo vorkommende Orang-Utan ist nach dem Gorilla der zweitgrößte Menschenaffe. Die deutlich größeren Männchen bringen bis zu 120 kg auf die Waage. Die Arme sind im Verhältnis zum Körper extrem lang, was eine Anpassung an die Lebensweise als Baumbewohner darstellen dürfte. Die Armspannweite – von Fingerspitze zu Fingerspitze – kann 2 Meter weit überschreiten.

Diese Primaten sind sehr intelligent und gelehrig. Einige Orang-Utans haben waschende Menschen mit großem Interesse beobachtet und es ihnen daraufhin unaufgefordert gleichgetan. Die Menschen säuberten am Fluss ihre Kleidung. Als sie die dafür verwendeten Gegenstände zurückließen, wurden diese von den Tieren in Anspruch genommen, die tatsächlich den gesamten Waschvorgang mit gekonnten Handgriffen imitierten. Warum die Individuen ein solch ungewöhnliches Verhalten an den Tag legen, ist nicht bekannt. Es zeugt aber von großer Aufmerksamkeit und Beobachtungsgabe. Im Berliner Zoo hat ein weiblicher Orang-Utan ähnliche Handlungen ausgeführt. Das Tier putzte fleißig sein Gehege, nachdem man ihm einen Eimer mit Wasser, Seife und einen Schwamm zur Verfügung gestellt hatte.

Die Orang-Utan-Dame klettert zu mir herunter und setzt sich neben mich. Ich lehne mich mit dem Rücken an den hinter mir befindlichen Baum.
„Es freut mich, dich kennenzulernen."
Ich reiche ihr die Hand.
Der Affe ergreift sie und drückt zu.
„Aua!", rufe ich aus. Er zerquetscht mir fast meine Hand.
Der Orang-Utan zuckt zusammen. Sein schlechtes Gewissen ist ihm anzusehen... „Es tut mir leid, aber ich kann nichts dafür. Ihr seid so verweichlichte Schwächlinge. Selbst die Stärksten von euch können sich nicht mit uns messen."
„Wie kann das sein? Du bist so viel kleiner und leichter als ich!", wundere ich mich.
„Ich klettere den ganzen Tag in den Bäumen herum, während du auf der Couch liegst."
Es bedarf keiner weiteren Erklärung.
Nach einer gemeinsamen Schweigeminute fragt mich die Affenfrau plötzlich:
„Möchtest du einem lebenden Dinosaurier begegnen?"
Ich glaube, ich habe mich verhört. Einem Dinosaurier?
Einerseits würde mich das begeistern, andererseits hat mir schon die Begegnung mit dem Tiger anfangs einen

gehörigen Schrecken eingejagt. Noch bevor ich antworten oder eine Gegenfrage stellen kann, klärt mich die Orang-Utan-Dame auf: „Kein echter Dino. Aber dieses Tier erinnert daran, oder an einen Drachen, finde ich. Schließe die Augen und sei bereit für die Insel Komodo."

Ich öffne die Augen und stehe am Strand. Zum ersten Mal auf meiner Reise sehe ich das Meer! Ein mehr als willkommener Anblick.
Zeit, mich wieder von den Schuhen und Socken zu befreien… Ich spüre den warmen, weichen Sand unter meinen Füßen und die Sonne auf meiner Haut. Ein wohliges Gefühl am und im ganzen Körper ist die Folge. Das Rauschen der Wellen sorgt für zusätzlichen Zauber.

Als ich meinen Blick nach einigen Minuten erstmals vom Meer abwende, erblicke ich in der Ferne ein Tier am Strand, das sich langsam, aber zielsicher auf mich zubewegt. Je näher es kommt, desto genauer kann ich seine körperlichen Konturen und Bewegungen erkennen. Es bewegt sich auf vier kurzen Beinen fast kriechend fort, ist nicht hoch, aber sehr lang.
Nun ist es so nahe, dass ich seine Zunge erkennen kann, die immer wieder aus dem in der Tat dinosaurierähnlichen Maul hervorschnellt.

Mit bis zu 3 m Länge und einem Höchstgewicht von 170 kg ist der Komodowaran die größte Echse des Planeten. Sein bakterienverseuchter Speichel sorgt nach einem Biss für eine schwere Infektion. Darüber hinaus produziert er in im Unterkiefer befindlichen Drüsen ein Gift. Somit ist er das bei weitem größte Gifttier der Welt.
Der Komodowaran wurde erst 1912 entdeckt.

Und er hat nicht lange auf sich warten lassen. Inzwischen steht der Waran direkt vor mir. Er sieht in der Tat aus wie ein Wesen aus längst vergangenen Zeiten.

Um mein leichtes Unwohlsein zu beseitigen, leite ich die Konversation schnellstmöglich ein.

„Ich grüße dich, mein Freund. Wie geht es dir?"

„Momentan gehe ich gar nicht. Ich stehe hier.", lautet die stumpfe Antwort. Er wirkt optisch durchaus wie eine Bestie, scheint aber keine Intelligenzbestie zu sein.

Ich wage einen Neuversuch… „Fühlst du dich wohl?"

„Ja, sehr. Nett, dass du fragst.", lautet die überraschend freundliche Antwort.

Ich bemühe mich um Worte der Anerkennung und äußere ein Kompliment: „Du bist respekteinflößend! Neben dir fühle ich mich als Mensch wie eine Eintagsfliege."

Der Komodowaran hebt den Kopf an: „Wieso das?"

„Deine Art ist sehr urtümlich. Dich gibt es als Spezies und bestimmt auch als Individuum schon viel länger als mich.", begründe ich meine vorherige Aussage.

„So ein Unsinn.", faucht mich das Reptil an… „Ich bin nicht älter als du. Wir beide sind zeitlos. Kein Anfang, kein Ende. Wir wurden nicht geboren und wir werden niemals sterben. Diese Körper sind zweitrangig."

Ich schäme mich für meine vorschnelle Schlussfolgerung zu Beginn des Gesprächs, als ich nur aufgrund einer einzigen Aussage davon ausging, die Echse sei geistig umnachtet.

Der Waran kündigt das schnelle Ende unseres Treffens an… „Dein nächstes Ziel ist Neuguinea. Augen zu!"

„Ich würde gerne noch länger an diesem schönen Strand bleiben!", protestiere ich.

„Du wirst noch ähnliche Orte besuchen. Jetzt mach die Augen zu – oder ich werde selbst dafür sorgen, dass du sie schließt." Diese Aufforderung ist sehr überzeugend. Ich komme seiner überaus freundlichen Bitte nach.

Jetzt stehe ich mal wieder mitten in einem Dschungel. Laut der Prognose des Komodowarans befinde ich mich nun also in Neuguinea.

Hier gibt es ein Tier, dem ich eher ungern begegnen würde. Der Kasuar gilt als gefährlichster Vogel der Welt. Er scheut keinesfalls davor zurück, seine 10 bis 12 cm langen, dolchartigen Klauen zur Verteidigung einzusetzen. Wenn er in die Enge getrieben wird, reagiert er aggressiv und führt mit beiden Beinen gleichzeitig Tritte aus, die einen Gegner tödlich verwunden können.

Dieser Laufvogel, der in drei Arten unterteilt wird (Helmkasuar, Rothalskasuar, Bennettkasuar), ist das größte Landtier Neuguineas. Helmkasuare können bis zu 1,7 Meter groß und 70 Kilogramm schwer werden, womit sie die drittgrößten und zweitschwersten Vögel der Erde sind (kleiner, aber schwerer als die australischen Emus).

Ich gehe an einem großen Busch vorbei. Die Blätter wehen im Wind. Als der Windzug vorüber ist, bewegt sich eines der Blätter weiter. Wie kann das sein? Ich gehe hin, um einen genaueren Blick darauf zu werfen…

Ein Wandelndes Blatt!

Dieses erstaunliche Insekt ist ein Angehöriger der Gespenstschrecken. Der Körper sieht einem Blatt bzw. Blättern zum Verwechseln ähnlich. Er ist nicht nur gleichartig gefärbt, sondern weist auch einen identischen anatomischen Aufbau auf. Beispiele für eine ähnliche Anpassung sind das Indische Blatt (ein Schmetterling) und die Blattschwanzgeckos. Wenn die Tarnung fehlschlägt, können die männlichen Exemplare der Wandelnden Blätter mancher Arten ihre Beine abwerfen, um potenzielle Fressfeinde zu irritieren und abzulenken. Zwei Arten (Phyllium celebicum & Phyllium bilobatum) haben als weitere Alternative ein ätzendes, übelriechendes Sekret entwickelt, das sie bei Bedarf verspritzen können. Dieses Ereignis möchte ich nicht herausfordern und gehe weiter, ohne das kleine Geschöpf anzusprechen.

Als ich einen See inmitten des Urwaldes erreiche, erblicke ich schon aus der Ferne das nächste ungewöhnliche Phänomen. Aus dem See schießt ein Wasserstrahl nach oben wie aus einem kleinen Springbrunnen. Das scheint mir mit der Erdanziehungskraft nicht vereinbar zu sein. Vielleicht war die Richtung nur eine optische Täuschung und in Wirklichkeit fielen Regentropfen von den Bäumen herunter in den See. Aber nein, wieder sehe ich, wie ein Wasserstrahl von der Oberfläche geradewegs nach oben schießt, mit erstaunlicher Geschwindigkeit und Geradlinigkeit. Als ich das Ufer erreiche und genauer hinsehe, löst sich das Rätsel…

Der Schützenfisch ernährt sich hauptsächlich von Insekten, die ins Wasser gefallen sind. Doch gelegentlich wendet er eine verblüffende Jagdtechnik an:

Dabei streckt er seinen Kopf aus dem Wasser und schießt bzw. spuckt sein anvisiertes Opfer – teilweise aus weit über einem Meter Entfernung! – mit einem präzisen Wasserstrahl von Pflanzen herunter, sodass es ins Wasser stürzt und gefressen werden kann.

Vom Ufer aus rufe ich dem knapp unter der Wasseroberfläche schwimmenden Fisch zu:

„Guten Tag, mein Freund! Wie genau machst du das?"

Er streckt seinen Kopf aus dem Wasser und antwortet:

„Das wüsstest du gern, damit du andere grundlos anspu-

cken kannst, was? Ihr Menschen würdet unser Wissen nur missbrauchen."
Sofort verschwindet er wieder in der Tiefe und gerät außer Sichtweite. ‚Manche Geheimnisse dürfen die Tiere gern für sich behalten.', denke ich mir und gehe weiter...

Nach einigen Kilometern Wanderung höre ich plötzlich das Meer. Voller Vorfreude steuere ich darauf zu, indem ich dem Geräusch des Wassers folge und erreiche bald eine traumhaft schöne Küste...

„Hey, komm her!", ruft eine Stimme aus Richtung des Wassers zwischen den Felsen. Ich kann kein Tier erkennen. Als ich näherkomme, ruft die Stimme erneut:
„Hier bin ich!"
Auf einem Stein, der aus dem Wasser ragt, erblicke ich ein kleines Schalentier. Ich bücke mich zu ihm herunter:
„Hast du mich gerufen?"
„Ja. Hallo, Mensch! Ich bin ein Pistolenkrebs."

Der Pistolenkrebs erzeugt mit seiner "Knallschere" ein Geräusch, welches so laut ist, dass es Sonargeräte von Schiffen in die Irre leiten kann. Mit 150-250 Dezibel ist es möglicherweise das lauteste von einem Tier erzeugte Geräusch. Die Schmerzgrenze des menschlichen Ohrs liegt im Normalfall bei etwa 160 Dezibel. Die verursachte Schockwelle tötet ein Beutetier auf der Stelle. In unmittelbarer Nähe des einzigartigen Werkzeugs wurden ca. 5.000 Grad Celsius gemessen. Das entspricht der Oberflächentemperatur der Sonne.
An dieser Stelle ebenfalls erwähnenswert sind die Fangschreckenkrebse. Diese Tiere besitzen extrem hochentwickelte Augen. Fangschreckenkrebse ernähren sich von

kleinen Fischen, Krabben und Schnecken. Man unterscheidet zwischen „Schmetterern" und „Speerern": Erstere erschlagen ein Beutetier mit einem Schlagbein, das explosionsartig nach vorne schnellt. Die „Speerer" hingegen durchbohren das Opfer mit spitzen Endgliedern ihrer Beine. Die Beschleunigung des Schlagbeins entspricht dem bis zu 8.000-Fachen der Erdbeschleunigung und ist damit 40 Mal so schnell wie ein menschlicher Wimpernschlag. Das ist eine der schnellsten Bewegungen, die das Tierreich zu bieten hat. Die Aufprallwucht ist mit der einer Pistolenkugel vergleichbar.

Der Pistolenkrebs sagt:
„Ich wurde damit beauftragt, dir etwas auszurichten: Du darfst dich eine Weile hier aufhalten und diese Küste genießen. Das wird deine letzte Erfahrung in Asien sein. Wenn du genug genossen hast, schließe die Augen; du wirst sie auf einem anderen Kontinent wieder öffnen."
„Ist Australien mein nächstes Ziel?", frage ich ungeduldig.
„Siehst du, du stehst hier an einem wunderschönen Strand und willst schon wissen, was als Nächstes kommt. Genau so funktioniert der menschliche Mechanismus! Solange ihr glaubt, dass das Beste in der Zukunft liegt, werdet ihr für immer vergeblich warten. Aber um deine Frage zu beantworten: Nein, Afrika."
„Aber Australien ist von hier aus doch schon so nahe!", argumentiere ich.
Der Pistolenkrebs streckt wutentbrannt seine kleinen Scheren in die Höhe. Glücklicherweise reißt er sich zusammen und macht keinen Gebrauch von seiner "Knallschere", stattdessen brüllt er zu mir herauf: „Dass ihr Menschen auch immer widersprechen und alles besser

wissen müsst! Hast du noch nicht bemerkt, dass deine Reise jenseits von Zeit und Raum stattfindet? Entfernungen spielen hier keine Rolle. Nähe und Distanz sind Illusionen. Du sollst nicht länger auf die wichtigste Begegnung warten. In Afrika wirst du Siddhartha treffen. Kein Tier ist mit ihm vergleichbar. Seine Weisheit ist unerreicht. Dein nächstes Ziel ist also Afrika. Basta."

Siddhartha. Nun erklingt dieser Name bereits zum fünften Mal aus dem 'Mund' eines tierischen Gesprächspartners. „Wer ist Siddhartha?", frage ich den Pistolenkrebs gespannt, in der Hoffnung, es endlich zu erfahren.

„Keines meiner Worte könnte ihm gerecht werden. Deswegen halte ich lieber mein Maul. Lerne ihn einfach selbst kennen."

Da meine Vorfreude auf den geheimnisvollen Siddhartha und auf die afrikanische Savanne gewaltig ist, erhebe ich bezüglich meines nächsten Reiseziels keinen weiteren Einspruch.

KAPITEL 3

AFRIKA

Afrika! Ich bin in Afrika!
Sehr bald wird das Rätsel um den mysteriösen Weisen,
der mir bereits von mehreren Tieren angekündigt wurde,
aufgelöst sein, dann werde ich endlich herausfinden,
wer Siddhartha ist.

Ich stehe mitten in der Savanne.
In der Ferne stehen einige Affenbrotbäume, die das Bild
dieser Landschaft so typisch prägen.
Die Sonne brennt, die Luft flimmert durch die Hitze,
doch wieder scheine ich von einem unsichtbaren Schutz-
schild umgeben zu sein, jedenfalls ertrage ich die hohe
Temperatur problemlos.
Einer der Bäume übt eine seltsame Anziehung auf mich
aus, also mache ich mich wie fremdgesteuert auf den
Weg dorthin. Bis auf einige große Vögel – ich nehme an,
es sind Geier –, die in mehreren Kilometern Höhe am
Himmel ihre Kreise ziehen, kann ich noch keine Tiere
ausfindig machen.
Am Baum angekommen, lasse ich mich in seinem Schatten nieder und ruhe mich eine Weile aus. Dieser Körper
ist eine exakte Kopie des Körpers, der daheim auf der
Couch sitzt und meditiert, aber eine Besonderheit besteht
darin, dass er nicht ermüdet. Mein Geist hingegen kann
diesen Augenblick der Ruhe gut gebrauchen, um all die
vielfältigen Eindrücke zu verarbeiten – so viele faszinierende Tiere, so viel Weisheit, die mir bereits angeboten
wurde.

Plötzlich schallt ein Gebrüll aus nächster Nähe an meine Ohren! Ohne zu überlegen, springe ich panisch auf und laufe los, stolpere und lande mit dem Gesicht zuerst auf dem staubigen Boden. „HAHAHAHAHA", ertönt ein herzhaftes Lachen aus dem Baum. Ich richte mich auf, wische mir den Staub aus dem Gesicht und blicke hoch. Auf einem der höchsten Äste liegt ein Leopard.

Sabor, der Leopard

Der Leopard kommt in Asien und Afrika vor.
Obwohl große Exemplare respektable physische Ausmaße erreichen können – max. 80 cm Schulterhöhe, bis zu 3 Meter Körperlänge und ein Höchstgewicht von 90 kg –, ist der Leopard die durchschnittlich kleinste Großkatze.
Viele Menschen verwechseln Gepard und Leopard miteinander, obwohl sie sich leicht voneinander unterscheiden lassen. Der Leopard ist kurzbeiniger, wesentlich massiger und hat in Relation zum Körper einen viel größeren

Kopf. Während das Gepardenfell mit einfachen Punkten versehen ist, sind Leopardenflecken größer und nicht ausgefüllt.

Der Leopard ist ein hervorragender Kletterer und sehr kraftvoll. Er kann ein erlegtes Beutetier auf einen Baum tragen, das mehr wiegt als er selbst. Diese Vorgehensweise soll verhindern, dass konkurrierende Raubtiere wie Löwen oder Hyänen, die hohe Bäume nicht erklimmen können, ihm die Beute streitig machen.

Der Leopard gehört zu den gefährlichsten Raubtieren der Welt. Möglicherweise ist diese Katze der perfekteste Killer, den die Natur hervorgebracht hat. Einst gelang es einem Exemplar in Asien, in einem Schlafsaal eine Person zu töten und davonzutragen, ohne die anderen Menschen im Raum zu wecken. Es gibt einen Bericht über einen Leoparden, der, nachdem ihn eine Gewehrkugel ins Herz getroffen hatte, noch einen 150-m-Sprint hinlegte und den Mann, der den Schuss abgefeuert hatte, tötete, bevor er selbst verendete. Ein Exemplar in Indien tötete 400 Menschen.

Übrigens ist der Panther entgegen der landläufigen Einschätzung keine eigene Art. Panther sind schwarze Leoparden oder Jaguare. Unter günstigen Lichtverhältnissen erkennt man bei genauerem Hinsehen in den meisten Fällen die Flecken.

„Es freut mich, deine Bekanntschaft zu machen! Mein Name ist Sabor, angenehm!", ruft der Leopard zu mir herunter.

Immer noch etwas gekränkt von dem Schreck, der mir das Herz in die Hose rutschen ließ, antworte ich nicht und schaue ihn vorwurfsvoll an. Mit einem einzigen Satz springt die elegante Katze zu mir herunter.

Sie steht nun direkt vor mir.

Hätte ich nicht ohnehin beschlossen, vorerst beleidigt zu schweigen, würde mir die Schönheit dieses Tieres die Sprache verschlagen. Ich möchte diesen Leoparden nicht mit meiner Aufmerksamkeit für seinen Scherz belohnen, kann meinen Blick aber nicht von ihm abwenden.

Das Raubtier versucht mich zu besänftigen:

„Alles gut, mein Freund. Verzeih mir den kleinen Streich. Du weißt doch, dass kein Tier dir etwas zuleide tun wird. Ich dachte mir, wenn du einen Tiger umarmst, wird ein kleiner Leopard dich nicht schockieren."

„Das hat damit nichts zu tun.", rechtfertige ich meinen Panikausbruch... „Es ist eine normale menschliche Reaktion. Ich wusste ja gar nicht, wer da so brüllt. Mein Instinkt hat das Steuer übernommen und wollte diesen Körper schnellstmöglich in Sicherheit bringen. Und dann lachst du mich auch noch so frech aus, als ich gestürzt bin."

„Schon in Ordnung. Nun siehst du ja, dass ich dich nicht angreife."

Sabor geht langsam auf mich zu, richtet sich vor mir auf, sodass er nur noch auf den Hinterbeinen steht, und legt mir seine Pranken vorsichtig und sanft auf die Schultern. Seine scharfen Krallen bleiben als Vertrauensbeweis eingefahren, die dort auf meinen Schultern ruhenden Pfoten fühlen sich sehr leicht und angenehm an. Er blickt mir aus nächster Nähe direkt in die Augen.

Wie könnte ich diesen Augen widerstehen?

„Na gut, ich nehme die Entschuldigung an. Aber bitte mach das nicht noch einmal."

Als würde er meine Bitte wortlos anerkennen wollen, schleckt mir der Leopard durchs Gesicht – seine raue Zunge fühlt sich nicht so schön an wie die weichen Pfoten. Krampfhaft schließe ich die Augen und verziehe das Gesicht. Sabor kichert und nimmt wieder seine natürliche Haltung auf allen vieren ein.

Durch meinen kurzen Sprint hatte ich den Schatten des Baumes verlassen. Sabor dreht sich um und geht zurück unter das kühle Blätterdach. Ich folge ihm. Wir setzen uns beim dicken Stamm nebeneinander.

„Ein Affe in Asien hat mir gesagt, dass du mich endlich darüber aufklären wirst, wer Siddhartha ist. Also, was für ein Tier ist Siddhartha?", frage ich Sabor, der das Geheimnis ohne Umschweife endlich lüftet:

„Ein Mandrill."

„Ein Mandrill?", frage ich etwas enttäuscht…

„Irgendwie hatte ich etwas Größeres erwartet, vielleicht einen Löwen oder Elefanten."

Sabor lacht laut…

„Die Größe des Körpers sagt nichts über die Größe des Geistes aus. Aber du wirst sehen, dass er auch physisch eine eindrucksvolle Erscheinung ist. Ich würde mich nicht mit ihm anlegen. Unabhängig davon käme er als Beute niemals in Frage. Siddhartha ist unter den Tieren in dieser Gegend hoch angesehen. Selbst die Löwen greifen ihn nicht an. Sein überragender Geisteszustand entzieht sich jeder menschlichen Vorstellungskraft. Sein transzendentes Wesen kann vom beschränkten Verstand der Menschen nicht erfasst werden. Jeder Versuch, sich auch nur ein ungefähres Bild von seinen hohen geistigen Errungenschaften zu machen, wäre vergeblich; denn sie sind unvorstellbar." (1)

„Bist du ihm begegnet?", frage ich gespannt.

„Ja, das hat mein Leben verändert. Damals war ich völlig ausgehungert und im Wald auf der Suche nach Beute.

Ich entdeckte ihn, wie er ruhig auf einem Felsen saß. Normalerweise würde ich ein so wehrhaftes Tier wie einen männlichen Mandrill nicht angreifen, aber mein Magen knurrte unerträglich und ich war wirklich verzweifelt. Ich rannte auf ihn zu und wollte ihn töten. Eine unsichtbare Kraft stoppte mich unmittelbar vor ihm. Er sah mir tief in die Augen, ich war wie paralysiert und konnte keine einzige Kralle bewegen."

Auch ich fühle mich paralysiert von dieser spannenden Erzählung... Als Sabor einen Moment lang pausiert, frage ich ungeduldig nach: „Was ist dann passiert?!"

„Er berührte mich mit einem Finger an der Stirn, genau zwischen meinen Augen. Was dann geschah, kann ich nicht mit menschlichen Worten ausdrücken, dir zuliebe will ich es trotzdem versuchen:

Mein Verstand fiel in die unermessliche Weite des Bewusstseins. Als ich einen Tropfen davon berührte, schmolz ich dahin und wurde eins mit dem Absoluten. Nun weiß ich, dass sich nichts von mir unterscheidet." (2)

Sabor ist sichtlich bewegt. Er schließt die Augen.

Ich wage nicht zu sprechen.

Minuten vergehen in völliger Stille.

Dann öffnet er seine wunderschönen Augen und sagt:

„Selbsterkenntnis ist das höchste Glück und die höchste Wissenschaft."

„Was ist Selbsterkenntnis?", frage ich.

„Es ist die klare Erkenntnis: Ich bin Brahman. Ich bin ewig. Ich bin fest verankert. Ich bin die Glückseligkeit, die höchste Glückseligkeit. Ich bin rein und ewig unveränderlich." (3)

Sofort kann ich in der Tiefe meines Herzens die Wahrheit dessen spüren, worauf er hinweist. Mir kommen die Tränen. Freudentränen. Sabor schaut mich liebevoll an und sagt: „Es ist so wunderbar, dass du zu verstehen beginnst, dass du alles bist, was existiert. Es gibt nichts zu bekämpfen, nichts zu befürchten. Vergiss das niemals!" (4)

Mit diesen Worten verabschiedet sich einer meiner bisher bemerkenswertesten Gesprächspartner. Mit wenigen Sätzen erklimmt er den Baum und verschwindet im Blätterdach. Nur seine Augen und einige Flecken seines Fells scheinen durch die Vegetation hindurch, sodass ich ihn noch sehen kann. Es fällt mir schwer, mich von diesem bezaubernden Anblick zu lösen.
„Nun geh schon. Geh dort vorne in den Wald hinein!"
Ich drehe mich um. Ein riesiger Wald nimmt hinter mir in wenigen Kilometern Entfernung den ganzen Horizont ein! War er vorhin noch gar nicht da oder hatte ich einfach nicht in die Richtung geblickt? Mein diesbezügliches Gegrübel wird von Sabor unterbrochen…
„Ich bekomme langsam Hunger. Führe mich nicht in Versuchung. Geh weiter und dann immer tiefer in den Wald hinein.", ruft die schöne Katze vom Baum herunter. Das lasse ich mir nicht zweimal sagen und ziehe weiter.

Auf dem Weg zum Wald werde ich von meiner Vorfreude überwältigt. Dort wohnt bestimmt Siddhartha!
Endlich ist es soweit!
Die Aufregung lässt mich meinen Gang beschleunigen. Als ich den Waldrand erreiche, bin ich völlig außer Atem. Auch dieser Körper kennt Grenzen. Ich drehe mich um und betrachte ein letztes Mal die Savanne.

„Keine Sorge, du wirst diesen Wald nur einmal durchqueren und am anderen Ende wieder in die Savanne zurückkehren.", ruft eine Stimme aus dem Wald zu mir heraus. ‚Siddhartha?!' Dieser Gedanke lässt meinen Puls wieder in die Höhe schnellen. Sofort schreite ich an den ersten Bäumen vorbei und betrete ein wahres Paradies aus den verschiedensten, dicht nebeneinander wachsenden Pflanzen.

„Wer hat da gesprochen?", schicke ich eine Frage zwischen die Zweige, ohne das genaue Ziel zu kennen.

„Dein Echo.", lacht die Stimme. Ich blicke mich um und kann niemanden sehen. Nach ein paar Schritten ertönt die Stimme erneut: „Du guckst zu weit weg und übersiehst das Offensichtliche. Typisch Mensch!"

Das Tier klingt jetzt sehr nahe.

Plötzlich nehme ich in meinem Augenwinkel eine Bewegung wie in Zeitlupe wahr. Dort sitzt auf einem dünnen Ast nur etwa einen halben Meter vor meiner Nase ein Chamäleon!

Das Comedian-Chamäleon

Die Fähigkeit vieler Chamäleon-Arten, die Farbe der Umgebung anzunehmen, um sich zu tarnen, ist allgemein bekannt. Außerdem sind die riesigen Augen des Reptils erstaunlich: Sie ragen aus dem Kopf heraus und sind extrem beweglich, was ein Sichtfeld von ca. 340 Grad ermöglicht. So kann das Chamäleon seine Beute erspähen und anvisieren… Bei der Jagd schießt die lange, klebrige Zunge innerhalb einer Zehntelsekunde aus dem Maul auf ein Beutetier zu. Sie beschleunigt mehr als 40 Mal so schnell wie ein Körper im freien Fall. Es handelt sich um eine der schnellsten Bewegungen im Tierreich.

„Grüß dich, kleiner Kamerad!"

„Hi, Kumpel.", grüßt das Chamäleon zurück…

„Willkommen in meinem hübschen Heim."

„'Hübsch' ist gar kein Ausdruck! Wenn ich daran denke, dass dieser schöne Baum dein Zuhause ist, aber viele Menschen ihn nur als Brennholz oder als Quelle für die Papierherstellung betrachten würden, dann schäme ich mich."

„Ich weiß. Sie töten gute Bäume, um schlechte Zeitungen herauszubringen." (5)

Diese Antwort bringt mich zum Lachen… „Tut mir leid, eigentlich ist es traurig, aber ich konnte gerade nicht anders."

„Bitte entschuldige dich niemals für ein Lachen!", wendet das Chamäleon ein… „Du folgst nur deiner Natur, wenn du lachst. Unser wahres Leben ist ewiges Lachen, ohne Anfang und ohne Ende. Lachen hat seinen Ursprung nicht im Verstand. Es ist überwältigend. Und ich kann mir Gott gar nicht anders als lachend vorstellen. Er muss sicher 24 Stunden lachen angesichts des Kasperletheaters der Menschheit."

„Was oder wer ist Gott?", frage ich das Schuppentier.

Seine Antwort ist so erheiternd wie treffend:

„Gott ist ein Komödiant, der vor einem Publikum spielt, das zu ängstlich zum Lachen ist." (6)

„Ja, wir Menschen nehmen das Leben und uns selbst sehr ernst. Wie können wir das ändern?", frage ich das kleine Reptil um Rat.

„Gott macht immer Späße! Schau dir dein eigenes Leben an – es ist ein Witz. Schau dir das Leben anderer Menschen an und du findest Witze und Witze und Witze. Ernsthaftigkeit ist eine Krankheit. Ernsthaftigkeit hat nichts Spirituelles an sich. Spiritualität ist Lachen. Spiritualität ist Freude. Spiritualität ist Spaß." (7)

Diese Aussage verzückt mich.

„Du scheinst dir nicht viele Sorgen zu machen.", bemerke ich. Die Antwort des Chamäleons werde ich nie vergessen können:

„Ich habe mein Leben noch nie geplant. Und ich liebe die Kunst des ungeplanten Lebens. Diese Lebensweise hat mir enorme Seligkeit eingebracht, denn nichts enttäuscht mich und jeder Tag sorgt für sich selbst. Ich habe mich in die Hände der Existenz übergeben. Wenn sie sich um Millionen von Planeten, Sternen und Sonnensystemen kümmern kann, dann kann sie sich auch um mich kümmern, denn ich bin nur ein einfaches Chamäleon." (8)

„Ich kann nicht so einfach vertrauen. Wie gelingt es dir?"

„Die Existenz hat überdeutlich unter Beweis gestellt, dass sie sich um mich kümmert! Ich besitze die Fähigkeit, die Farben meiner Umgebung anzunehmen, um mich perfekt zu tarnen. Das habe ich mir nicht verdient, es wurde mir von unserer Quelle aus Liebe mitgegeben! Schaut genau hin, dann werdet auch ihr Menschen vieles erkennen, das Dankbarkeit und Vertrauen zur Folge haben wird. Und je dankbarer und vertrauensvoller du bist, desto stärker wirst du Wünschenswertes anziehen. Ich habe die Feststellung gemacht: Je mehr ich das Universum küsse, desto mehr küsst es mich zurück. (9)"

„Darf ich dich küssen?", frage ich das Chamäleon in einem spontanen Anflug tiefer Liebe und Dankbarkeit.

„Meinetwegen. Aber ohne Zunge! Und glaube bloß nicht, dass ich mich in eine schöne Prinzessin verwandeln werde. Schließlich bin ich kein Frosch."

Langsam und sanft drücke ich meine Lippen auf das winzige Köpfchen. Seine Haut ist trocken und rau. Plötzlich, als ich mich wieder distanziere, öffnet es sein Maul. Seine Zunge schnellt heraus. Ich schrecke zurück, aber viel zu langsam – die feuchte Zunge klatscht auf meine Nase.

Das Chamäleon bekommt einen lauten Lachanfall.
Erstaunlich, wie laut so eine kleine Kreatur lachen kann!
Leicht angewidert sage ich:
„Soso, du sagst zu mir, ich solle dich ohne Zunge küssen
und benutzt dann deine eigene."
„Ich kippe gleich vom Ast!", schreit es lachend.
Mehrere Minuten vergehen, bis es sich beruhigt.
Dann richte ich eine letzte ernsthafte Frage an den klei-
nen Witzbold: „Weshalb ist es so schwierig für Men-
schen, Gott zu finden?"
Die Antwort kommt wie aus der Pistole geschossen:
„Weil sie nach etwas suchen, das sie nie verloren haben!"

Ich verabschiede mich, indem ich meinem neuen Freund
zärtlich mit dem Zeigefinger über den Rücken streichle.
„Oh, das fühlt sich herrlich an. Du darfst gerne hierblei-
ben, als mein persönlicher Masseur.", lobt mich das Rep-
til, dessen charmanter Humor grenzenlos scheint.
„Nein, danke. Ich muss das großzügige Angebot leider
ablehnen, denn ich möchte mich mit Siddhartha treffen."
„Der Meister wartet bereits auf dich.", sagt der kleine
Komiker mit ausnahmsweise ernster Stimmlage.
„Kennst du ihn?! Wo ist er?!", frage ich aufgeregt.
„Gehe dorthin, wohin dein Herz dich führt. Du wirst ihn
finden. Genieße die Zeit des vorübergehenden Beisam-
menseins von Mensch und Mandrill, solange es dauert.
Und danach genieße die Ewigkeit des Seins für immer."
Kein Wort kommt mehr aus mir heraus. Ich verneige
mich vor dem lustigen und mindestens ebenso weisen
Knirps und setze meine Reise fort.

Der afrikanische Regenwald ist auch die Heimat der Roten Stummelaffen. Eine Gruppe dieser Primaten begegnet

mir auf der Suche nach Siddhartha. Sie sitzen in einem Baum, ihre wachsamen Augen verfolgen jede meiner Bewegungen, als ich an ihnen vorbeigehe.

Diese Tiere vertilgen hochgiftige Früchte. Die an einem einzigen Tag aufgenommene Nahrungsmenge eines einzelnen der kleinen Affen würde genügen, um mehrere Menschen zu töten. Für die Affen jedoch tritt kein Problem auf. Denn ihre Mägen produzieren ein Enzym, das die giftigen Substanzen mit sofortiger Wirkung neutralisiert. Dabei muss ich an die Aussage des Chamäleons bezüglich der wunderbaren Gaben denken, mit denen uns die göttliche Natur so reich beschenkt.

Ich weiß nicht, woher ich es weiß, aber ich weiß, dass ich in einem zentralafrikanischen Regenwald stehe und dass nun endlich das Treffen mit Siddhartha, dem Mandrill, bevorsteht. Angesichts dessen, was mir über ihn berichtet wurde, kann ich es kaum erwarten, ihn kennenzulernen und von seiner Weisheit zu zehren.

Doch völlig unerwartet entdecke ich auf dem Waldboden zunächst ein ganz anderes Tier... dort vor mir im Laub liegt eine Gabunviper! Durch ihre wundervolle Hautzeichnung verschmilzt sie optisch perfekt mit ihrer Umgebung, zum Glück habe ich sie trotzdem rechtzeitig bemerkt. Was für ein Anblick! Die Haut-, Feder- und Fellzeichnung vieler Tiere ist wunderschön und auffallend gleichmäßig. Bei einer zufälligen, geistlosen Entwicklung in einer leblosen Natur würde man eher ein wirres Durcheinander vermuten. Die Natur selbst ist offensichtlich lebendig und überaus intelligent.

Das Reptil ist so dick wie mein Arm. Mit maximal 2 Metern Länge und bis zu 10 Kilogramm Gewicht ist die

Gabunviper eine der größten Vipern und eine der schwersten Giftschlangen überhaupt. Sie ist eine eher träge Schlange, die nicht als aggressiv eingestuft werden kann. Wenn es jedoch zu einem Biss kommt, sind die Folgen zweifellos verheerend…

Unter allen Schlangen besitzt diese Spezies die längsten Giftzähne. Sie sind bis zu 5 cm lang! Ein Biss wird mit großer Wucht ausgeführt, sodass selbst Schuhe problemlos durchdrungen werden können. Durch die einzigartige Länge der Giftzähne wird das Toxin besonders tief ins Gewebe des Opfers injiziert. Die abgegebene Giftmenge ist enorm, das Gift überaus wirkungsvoll.

Ohne die sofortige und richtige Behandlung verläuft der Biss der Gabunviper ausnahmslos tödlich.

Ich nehme mir Zeit, das regungslose Reptil aus sicherem Abstand zu bestaunen, bevor ich meine Suche nach dem weisen Mandrill fortsetze.

Kein anderes Säugetier ist so farbenprächtig wie der Mandrill, der mit den Pavianen verwandt ist. Mit einem Körpergewicht von bis zu über 50 Kilogramm ist er der größte Pavianartige und – abgesehen von den Menschenaffen – zudem der größte Primat überhaupt.

Überwiegend sind Mandrills Vegetarier und ernähren sich bevorzugt von Früchten und Samen. Obwohl der fleischliche Anteil ihres Nahrungsspektrums vor allem aus kleinen Wirbeltieren und Insekten besteht, ist das größte potentielle Beutetier dieser Affen der Ducker, eine kleine Antilope.

Ich schreite weiter aufmerksam durch den Wald und…

Plötzlich gehen alle auf dem Boden liegenden Blätter in meiner Wahrnehmung unterschiedslos ineinander über. Ich sehe keine einzelnen Blätter und Zweige mehr, nur noch ein farbenfrohes, einheitliches Bild der untrennbaren Ganzheit. Vielleicht beginnt mein Geist, sich zu weiten, um sich auf die bevorstehende Begegnung mit dem größten Weisheitslehrer der Tiere vorzubereiten.

Die Sonne geht unter.
Es wird schnell dunkler.

In der fortschreitenden Dämmerung erreiche ich eine Lichtung und erspähe schließlich im seichten Mondlicht einen Körper auf einem Felsen…

Siddhartha

Das muss Siddhartha sein!
Ich gehe schnurstracks auf ihn zu und stelle fest, dass er mit aufgerichtetem Körper und geschlossenen Augen regungslos auf diesem Felsen hockt.
Ich möchte es nicht wagen, seine Meditation zu stören, also spreche ich ihn nicht an.
Obwohl es inzwischen fast völlig dunkel ist – nur das Mondlicht erhellt die Umgebung ein wenig –, erstrahlt sein Gesicht in blauroter Helligkeit.

Da stehe ich nun, etwa zwei Meter entfernt von einem eindrucksvollen Tier, auf dessen großen Kopf mein Blick fest fixiert ist. Ich gehe noch näher heran und bemerke, dass er nicht atmet, aber zweifellos lebendig ist. Er sieht aus wie das blühende Leben. Von ihm geht eine Energie aus, die ich nicht beschreiben kann. Kraftvoll, elektrisierend, völlig frei von Angst, Kummer, Leid.

Es passiert nichts.

Ich lasse ihn weiterhin nicht aus den Augen. Es fällt mir schwer, meine Geduld beizubehalten. Ich wünsche mir, dass er endlich seine Augen öffnet und mich durch verbalisierte Erkenntnisse an seinem einzigartigen Zustand der geistigen Versunkenheit teilhaben lässt.

Er sitzt einfach nur da – versunken in göttlicher Glückseligkeit. Sein Körper bewegt sich nicht mehr als der Stein, auf dem er sitzt. Beide sind vollkommen still.

So geht es weiter.

Stunden vergehen.

Inzwischen habe ich mich vor ihm auf dem Waldboden niedergelassen. ‚Hoffentlich werde ich hier nicht von einer Schlange gebissen oder einem Skorpion gestochen.‘ Der darauffolgende Gedanke setzt den vorausgehenden sofort außer Kraft: ‚In seiner Gegenwart bin ich sicher.‘

Plötzlich fliegt ein kleiner Vogel herbei, landet auf einem Ast im nächsten Baum und ruft mir zu:

„Der Meister hat sich seit Wochen keinen Millimeter bewegt. Ich glaube nicht, dass er mit dir sprechen wird."

„Das kann nicht sein. Mehrere Wochen ohne Bewegung und Wasser, das ist unmöglich.", entgegne ich spontan.

„Ach ja? Welchem dir bekannten Naturgesetz widerspricht das denn?", prüft mich der Vogel.

Diese Frage kann ich nicht beantworten.

Er setzt nach: „Ihr Menschen habt nicht zu bestimmen, was möglich und unmöglich ist. Das bestimmt die Natur. Ihr werdet akzeptieren müssen, dass die Realität keine Rücksicht auf euren kleinen Menschenverstand und seine selbstgezogenen Grenzen nimmt."

„Auch wenn er sich weiter nicht rührt und ich nur in seiner stillen Präsenz sein darf, werde ich mir diese einmalige Gelegenheit nicht entgehen lassen!", erwidere ich.

Der Vogel zwitschert fröhlich, offensichtlich zufrieden mit meiner Aussage, und fliegt schnell davon.

Wie er sich in der Dunkelheit orientieren kann, ist mir ein Rätsel.

Inzwischen bin ich noch näher herangerutscht und hocke nun auf einem tiefergelegenen Felsen direkt zu Siddharthas Füßen.

Ich bemerke, wie diese Glückseligkeit allmählich überschwappt und seine Umgebung – mich eingeschlossen – in denselben Zustand versetzt. Ich vergieße einmal mehr Freudentränen. Doch diese Intensität ist mir neu. Es ist mit nichts zu vergleichen, was ich je zuvor erfahren habe. Die Ungeduld ist vorüber. Das gilt ebenso für meine Erwartungen. Ich erwarte gar nicht mehr, dass der Mandrill seine Augen öffnet und mit mir spricht. Stattdessen fühle und genieße ich einfach das Privileg, mich hier an diesem wunderschönen Ort in seiner lichtvollen Präsenz aufhalten zu dürfen. Ich fühle mich beinahe wie Paramahansa Yogananda beim erstmaligen Anblick seines Meisters Yukteswar Giri: „Mit unumstößlicher Gewissheit spürte ich, dass mein Guru mit Gott vereint war und mich zu Ihm führen werde."

Ich lasse dieses leuchtende Gesicht nicht aus den Augen. Die gesamte Umgebung ist in Dunkelheit gehüllt, doch sein Gesicht leuchtet hell. Ich weiß nicht, wie das möglich ist, aber so ist es.

Alles ist still. Ich lausche aufmerksam.
Plötzlich höre ich seinen Atem!
Bedeutet das, er ist in seinen Körper zurückgekehrt?
Es geschieht das nicht mehr für möglich Gehaltene…
Siddhartha öffnet seine Augen und blickt mich direkt an. Ich fühle mich wie geblendet und weiche seinem Blick aus. Ich habe keine Angst vor ihm, aber die Intensität unseres kurzen Augenkontakts ist fast unerträglich. Seine Augen sind so hell wie die Sonne und so tief wie der Ozean. Nichts bleibt ihnen verborgen. Ich spüre mit Gewissheit, dass sie all meine menschlichen Abgründe innerhalb eines Sekundenbruchteils durchschauen. Sein Blick macht es mir unmöglich, meine Augen offenzuhalten. Es ist, als ob eine unsichtbare Kraft in mich eindringt und sich ihren Weg zum Kern meines Wesens bahnt - und dort ist nichts als das glückselige Gewahrsein des Selbst. (10) Das ist die für meinen Verstand unerträgliche Leichtigkeit des Seins.

Vorsichtig blicke ich wieder zu ihm hin.
Seine Augen sind wieder geschlossen.
Ich nehme allen Mut zusammen und spreche ihn an:
„Verehrter Meister, es ist mir eine Ehre, euer Gast sein und zu euren Füßen sitzen zu dürfen! Bitte vergebt mir, dass ich eurem Blick nicht standhalten konnte und segnet mich erneut mit dem Licht in euren Augen!"
Er reagiert nicht.
Wieder vergehen Stunden.

Ich bereue es, die womöglich einmalige Gelegenheit verpasst zu haben.

Ich wünsche mir einfach nur von Herzen, dass er irgendetwas Gehaltvolles zu mir sagt – ein ermutigender Ratschlag … oder auch nur ein paar freundliche Worte.

Plötzlich, aus dem Nichts, öffnet er seine Augen erneut.
Ein subtiles Lächeln huscht über seine roten Lippen, offensichtlich hat er meine Gedanken gelesen.
Doch er bleibt still.
Ich stelle fest, dass er wohl niemals sprechen wird, wenn ich ihn nicht abermalig dazu ermuntere. Also sage ich zu ihm: „Ich bin gekommen, um von dir zu lernen!"
Er schließt seine Augen wieder. Ich warte weiter geduldig. Mein Hinterteil schmerzt vom langen Sitzen, davon abgesehen ertrage ich die Geduldsprobe erstaunlich gut.

Dann ist es tatsächlich soweit…
Er öffnet die Augen und den Mund – eine verhältnismäßig explosive Bewegung – und spricht zu mir:
„Dann bist du am falschen Ort. Geh woanders hin.
Wenn du etwas lernen willst, kann ich dir nicht helfen.
Dafür gibt es menschliche Universitäten. Wenn du bereit bist, alles zu *ver*lernen, was man dir beigebracht hat, dann bleib hier."

Ich verstehe die Welt nicht mehr und schaue ihn völlig verwirrt an.
Dieser Anblick scheint ihn köstlich zu amüsieren…
Sein schallendes Lachen – das mich unwiderstehlich ansteckt, sodass auch ich grundlos loslache – offenbart seine dolchartigen Eckzähne, die keinen Vergleich mit den Reißzähnen eines Tigers oder Löwen scheuen müssten.

Bei diesem Anblick vergeht mir mein eigenes Lachen schnell wieder. Ich hege keinen Zweifel daran, dass Siddhartha keiner Fliege je etwas zuleide tun würde, doch spätestens jetzt bin ich mir darüber im Klaren, dass ich – obwohl ich größer und schwerer bin als der Weise – in einem Zweikampf sicher den Kürzeren ziehen würde.

Zum zweiten Mal spricht Siddhartha zu mir:

„Was hat dein Lachen so abrupt beendet, mein Sohn? Macht es nicht umso mehr Spaß, wenn man gemeinsam lacht? Lasse dich nicht von dem täuschen, was deine Sinne und Instinkte dir vermitteln. Auch die eindrucksvollsten Zähne sind harmlos, wenn sie im Kiefer eines Wesens stecken, dem jede Art von Gewalt fernliegt. Diese Zähne werden dir keinen Schaden zufügen. Im Gegenteil. Sie zerschneiden nicht dein Fleisch, sondern deine Illusionen. Das ist nur zu deinem Besten."

Natürlich ist ihm die Ursache meines plötzlichen Humorverlusts nicht entgangen. All meine Gedanken und Gefühle, mein gesamtes Gemütsleben, sind für dieses bemerkenswerte Wesen ein offenes Buch.

„Tut mir leid. Ich lache ungern auf Knopfdruck. Magst du dich für den Moment mit einem bescheidenen Lächeln begnügen?", frage ich ihn, während ich ihn erwartungsvoll anlächle.

Seine Antwort kann sich mit jeder menschlichen Poesie messen: „In Ordnung. Wir werden gemeinsam lächeln, solange sich unsere beiden Formen noch im Traum Gottes voneinander unterscheiden. Einst aber werden wir beide mit dem Kosmischen Geliebten verschmelzen. Dann wird unser Lächeln zu Seinem Lächeln werden und unser vereinter Freudengesang wird in der Ewigkeit widerhallen und alle Seelen erreichen." (11)

„Wer ist der Kosmische Geliebte? Gott?", frage ich.

Siddhartha bestätigt:

„Ja. Die meisten Menschen brauchen dualistische Wirklichkeitsmodelle, bis sie für die Wirklichkeit bereit sind. Daher spreche ich zu dir über Gott und Seelen, bis du bereit bist, all diese Konzepte fallenzulassen."

Da Siddhartha wohl der größte Weise ist, nutze ich die Gelegenheit, ihm eine Frage zu stellen, die mir schon lange auf der Seele brennt: „Gibt es einen persönlichen Gott?"

Seine Antwort ist aufrüttelnd...

„Das ist nicht die entscheidende Frage. Die entscheidende Frage für dich sollte sein: Gibt es einen persönlichen Simon? Die meisten Menschen stellen sich Gott als Wesen vor, weil sie glauben, selbst Wesen zu sein. Finde heraus, was du bist. Dann wirst du wissen, was Gott ist."

Ich muss gestehen, dass ich seinen Ausführungen nur eingeschränkt folgen kann. Dennoch fühle ich mich in seiner göttlichen Gegenwart unaussprechlich wohl...

„Hättest du etwas dagegen, wenn ich die kommende Nacht hier bei dir verbringe?"

„Ich habe nichts gegen irgendetwas, das geschieht.
Du bist herzlich willkommen.
Bleibe so lange, wie du möchtest."

„Führe mich lieber nicht in Versuchung. Ich fühle mich sehr wohl in deiner Gegenwart. Wenn du mich nicht vertreibst, bleibe ich womöglich für immer.", warne ich ihn lachend.

Auch Siddhartha lacht erneut ausgelassen. Dabei schlägt er mit seiner rechten Hand wiederholt auf sein Knie, während er sich mit seiner linken Hand den Bauch hält.

„Glück gibt es nicht an bestimmten Orten, mein Sohn. Es ist nicht auf diesen Dschungel und meine körperliche Gesellschaft beschränkt. Das Glück ist immer da, wo du bist. Denn du allein bist dessen unerschöpfliche Quelle."

„Vielleicht bleibe ich trotzdem bei dir."

„Ich werde aber nicht immer so gesprächig sein wie heute. Ich mache eine Ausnahme für dich und bediene mich der menschlichen Sprache, weil du meine Stille noch nicht verstehen kannst."

Mein Verstand hungert nach Mystik...

„Ich bin vorhin dort drüben einer Gabunviper begegnet. Angenommen, ich hätte sie zu spät gesehen, wäre auf sie getreten und sie hätte mich gebissen – hättest du mich dann heilen können?"

„Nein, ich besitze keine Heilkräfte.", lautet die sofortige, ernüchternde Antwort des prächtigen Primaten…

„Meine Aufgabe besteht nicht darin, dich zu heilen, sondern dich daran zu erinnern, dass du nicht geheilt werden musst, weil dein wahres Wesen niemals erkrankt ist. Du bist ewige Gesundheit."

Mein Verstand sucht weiterhin nach einer Bestätigung für den Ausnahmestatus, der ihm von den anderen Tieren zugeschrieben wird, also erwähne ich:

„Der Leopard Sabor sagte, dass dein Geisteszustand jenseits jeder Vorstellungskraft liegt. Kannst du versuchen, mir deine erhöhten Wahrnehmungen zu beschreiben?"

Abermals schallt sein Lachen durch den Wald…

„Ich bin nicht höher entwickelt als irgendein anderes Lebewesen. Im Gegenteil. Ich habe mich zurückentwickelt. Ich bin einfach zum Ursprung zurückgekehrt. Ich habe alles Unwesentliche fallengelassen.

Weil das für die meisten Wesen unvorstellbar scheint, beschreiben sie mich wie eine überirdische Kreatur aus einer höheren Welt. Sie glauben an Unterschiede. Das Einzige, was den sogenannten Erleuchteten vom sogenannten Unerleuchteten unterscheidet, ist das Wissen, dass sie nichts voneinander unterscheidet.

Die Reinheit deines Seins übertrifft in der Tat die schönsten Vorstellungen deines kleinen Menschenverstandes. Lass diesen Verstand fallen und du wirst überall nichts als Vollkommenheit erblicken. Dieser kleine, unbedeutende Mandrill besitzt kein alleiniges Anrecht auf jene Vollkommenheit. Suche also nicht in mir, was auch in dir selbst zu finden ist. Weshalb willst du Umwege gehen, wenn du selbst der Bestimmungsort bist? Warum weiterreisen, wenn du selbst das Ziel bist?"

„Wenn es keine Unterschiede gibt, warum fühle ich mich in deiner Gegenwart dann so viel wohler als bei jedem Menschen?"

„Weil hier die Rollladen oben sind."

„Wie bitte?"

Siddhartha beseitigt meine Verwirrung:

„Wir alle sind dasselbe Licht, dasselbe Bewusstsein. Es scheint zeitgleich durch viele verschiedene Körper, wie die Sonne gleichzeitig durch viele unterschiedliche Fenster scheint. Manche Fenster sind sehr rein, durch sie dringt das Licht ungehindert. Andere Fenster werden mehr oder weniger von Rollladen oder einem Vorhang verdeckt, sodass nur wenig oder kein Licht durch sie hindurchscheinen kann. Ihr Menschen seid so auf das Äußere, die Oberfläche, den Körper, das Fenster fixiert, dass euch die Sonne entgeht. Sonst würdet ihr niemals jemanden verurteilen. Wenn das Fenster undurchlässig ist, hat das nichts mit persönlichem Versagen zu tun! Und wenn es lichtdurchlässig ist, so ist das kein persönlicher Verdienst oder die besondere Leistung eines Individuums. Du glaubst, hier ein Individuum namens Siddhartha zu sehen, das etwas Besonderes vollbracht hat. Deshalb bewunderst du mich. Dein eigenes Selbst ist unendlich viel größer als Siddhartha! Er ist nur eine flüchtige Erscheinung in dem ewigen Bewusstsein, das du bist. Siddhartha existiert überhaupt nicht. Hier ist nur dein eigenes Selbst in einer ‚anderen' Form. Du schaust in einen Spiegel! Weil dieser Spiegel sehr sauber und rein ist, frei von persönlichem Kram, spiegelt er dich selbst uneingeschränkt wider, sodass du deinen eigenen Frieden deutlicher als üblich spüren kannst. Fälschlicherweise glaubst du, den Frieden eines anderen Wesens zu spüren. Du projizierst es auf mich, doch es kommt alles aus dir selbst.

Genauso geschieht es bei allen Wesen, mit denen du interagierst. Du schaust auf einen sogenannten Sünder und siehst nur den Vorhang, dann schaust du auf einen sogenannten Heiligen und siehst nur das geöffnete Fenster. Schau tiefer und du wirst in beiden Fällen dieselbe Sonne in all ihrer Pracht und Herrlichkeit sehen."

Für einen Moment ist mein Verstand geschlagen.

Was für eine schöne Erklärung!

Dann will ich es genauer verstehen... „Aber was ist mit weisen Menschen? So wie die Tiere über dich gesprochen haben, so sprechen viele Menschen über die Größten von uns... Ramana Maharshi, Buddha oder Jesus."

Siddhartha antwortet schmunzelnd, als hätte ihm ein unwissendes Kind eine ulkige Frage gestellt...

„Das ist dieselbe Projektion. Diese Menschen sind nicht anders als du. Sie sind nicht göttlicher oder heiliger als diejenigen, von denen sie angebetet werden.

Als euer Jesus das "Himmelreich" erwähnte, sprach er über das Bewusstsein. "Himmel" bezieht sich auf ein Gefühl der Weite.

Die Essenz von Buddhas Lehre ist Leere – Gewahrsein! Jesus hatte die gleiche Botschaft.

Er sagte euch, dass das Himmelreich nicht mit äußeren Zeichen kommt, um wahrgenommen zu werden. Darauf warten die Menschen und sie werden ewig weiter warten, wenn sie nicht endlich in die richtige Richtung schauen. Sie warten auf ein Sinnesobjekt, das ohnehin wertlos wäre. Man wird über das Himmelreich niemals sagen können: ‚Oh, da ist es!'"

„Warum nicht?", frage ich gespannt.

Siddhartha sieht mich eindringlich an und antwortet:
„Weil du es bist! Es kann niemals ein Objekt im Bewusstsein werden, weil es das Bewusstsein selbst ist. Das ist das Geheimnis des Lebens! Und es ist so einfach!" (12)

Mein Herz lächelt.

„Und dieses Bewusstsein garantiert mir wirklich ewige Seligkeit?", fragt meine Skepsis.

„Du sprichst immer noch davon, als sei es ein von dir getrenntes Objekt. Du selbst bist es. Es ist die ewige Seligkeit selbst. Alle Universen, Menschen, Objekte, Gedanken und Ereignisse sind nur Bilder, die auf der Leinwand des reinen Bewusstseins erscheinen, das allein real ist. Formen und Phänomene vergehen, aber das Bewusstsein bleibt für immer. (13)", verspricht der einzigartige Mandrill.

Nachdenklich schaue ich auf den Boden.

Siddhartha legt nach…

„Die Menschen sind so unglücklich, weil sie nicht wissen, wer sie wirklich sind. Unsere wahre Natur ist Glück. Die Suche des Menschen nach Glück ist eine unbewusste Suche nach seinem wahren Selbst. Das wahre Selbst ist unsterblich. Deshalb findet der Mensch – wenn er es findet – ein Glück, das niemals endet." (14)

Siddhartha sieht mich durchdringend an. Ich muss seinem Blick nicht mehr ausweichen. Wir sind eins. Der Mensch und der Mandrill lächeln sich verständnisvoll zu. In diesem Lächeln verschwinden beide.

Nur Gott bleibt übrig.

Die Gedanken stehen völlig still.

Der Verstand würde sagen, dass sich hier zwei Lebensformen gegenseitig betrachten und lieben.

Die Wahrheit ist, dass sich hier das eine Leben selbst betrachtet. Wir lieben uns nicht. Hier ist kein Liebender und kein Geliebter. Hier ist nur Liebe. Wir sind einander, ich bin Er, Er ist ich.

Ich spüre, dass der scheinbare Abschied nahe ist. Flehend sehe ich Siddhartha an und sage: „Es fällt mir schwer, dich zu verlassen." Siddhartha lacht abermals ohrenbetäubend laut. „Selbst wenn du es wolltest, könntest du mich niemals verlassen, mein Kind. Denke nicht, dass ich dieser Körper bin. Ich leuchte in dir selbst als dein eigenes 'Ich'. Klammere dich nicht an diese Form, denn sie wird vergehen. Der wahre Meister wohnt in deinem Herzen als dein eigenes Selbst. Das ist es, was ich wirklich bin." (15)

Das Licht seiner Präsenz – oder meiner eigenen, die er so makellos widerspiegelt – leuchtet so hell, dass mir kaum aufgefallen ist, wie die Sonne aufgeht. Habe ich tatsächlich die gesamte Nacht bei Siddhartha verbracht? Dieses Tier hat mir unmissverständlich demonstriert, dass es keine Zeit gibt.

Er erhöht nochmals die Präzision seiner Unterweisung: „Du sagst „Ich". Halte dich an dieses „Ich". Wenn du das 'tust', wird sich das ewige Sein offenbaren." (16)

Der weise Mandrill schließt seine unvergesslichen Augen und schweigt.

Ich bin unsagbar dankbar dafür, dass er seine selige Stille 'verließ', um so lange mit mir zu sprechen. Ich schaue zum Mond auf und empfinde auch für diesen Anblick

tiefe Dankbarkeit. Dann senke ich meinen Blick, um ein letztes Mal den Segen seines mystischen Antlitzes zu empfangen – aber der Felsen ist leer, er ist spurlos verschwunden! Das habe ich schon mit mehreren Tieren erlebt. Hat er sich in Luft aufgelöst? Ich blicke mich um, wohlwissend, dass ich ihn nicht mehr finden werde.
War er überhaupt je materiell anwesend?

Nach der Begegnung mit Siddhartha fühle ich mich wie Wolter Keers, der über sein Zusammenleben mit Ramana Maharshi berichtete: „Seine Anwesenheit offenbarte mir, wie dumm ich mein ganzes Leben lang gewesen war. Ich kam zu ihm und bat um Hilfe, um einen Berg zu besteigen, aber er zeigte mir, dass der Berg nicht existierte. Ich betrachtete mich als einen armen Mann, der Hilfe braucht. Er offenbarte mir, dass ich mehr bin als ein Millionär. Er zeigte mir, dass ich die Quelle aller Dinge bin. Er befähigte mich, das zeitlose „Ich bin" zu erkennen."

Ich setze meine Reise fort.
Zum ersten Mal kann ich völlig unzweifelhaft spüren, dass ich nicht durch diese Welt reise, sondern dass die Reise in mir selbst stattfindet. Diese Welt ist in mir.

Das Chamäleon sagte, ich werde am anderen Ende des Regenwalds wieder die Savanne erreichen. Aber ich sehe nur Bäume und nichts als Bäume. Unterwegs muss ich immer wieder an Siddhartha und unser Gespräch denken. Es war so viel mehr als ein Gespräch und hat mich tief beeindruckt.

Nichts ist mehr wie zuvor. Und doch ist alles, wie es immer war und immer sein wird.

Ich fühle mich leicht und schwebe regelrecht über den Waldboden, als hätte Siddharthas Einfluss die Dichte meines Körpers verringert. Er hat mich nicht berührt. Seltsamerweise hatte ich kein Bedürfnis, ihn anzufassen, wie das bei manch anderem Tier aufgetreten war.

Meine Gedanken werden von einem unüberhörbaren Geschrei unterbrochen, das seitlich an mein Ohr dringt. Eine wilde Horde Schimpansen zieht durch den Wald. Es sieht aus, als würden sich dort zwei konkurrierende Gruppen einen heftigen Kampf liefern. Äste und Blätter fliegen durch die Gegend. Lautstark teilen sich die Affen mit, was sie voneinander halten.

Zum ersten Mal auf meiner Reise erlebe ich eine Atmosphäre des Unfriedens in der Natur und Tierwelt, ausgerechnet nach dem makellosen Zustand der Harmonie bei Siddhartha. Jedoch kann ich unterschwellig die allesdurchdringende Harmonie spüren, die allem zugrunde liegt, auch diesem Schimpansenkrieg.

Ich bin nicht von dieser Harmonie getrennt.

Ich bin die Harmonie. Unerschütterlich.

> *„Glücklich ist der Mensch,*
> *der die Harmonie des Lebens gefunden hat."*
> *(Jiddu Krishnamurti)*

Ein männlicher Schimpanse kann aufrecht stehend bis zu 1,7 Meter hoch und 70 Kilogramm schwer werden. Obwohl durchschnittlich kleiner, sind Schimpansen ohne Zweifel wesentlich kraftvoller als Menschen. Hinsichtlich ihrer physischen Erscheinungsform wirken Schimpansen weniger bedrohlich als Gorillas, sind im Gegensatz zu diesen aber alles andere als bevorzugte Pflanzenfresser. Sie fressen nicht nur regelmäßig Kleintiere, sondern begeben sich auf die Jagd nach anderen Affen. Darüber hinaus sind Schimpansen neben dem Menschen die einzigen Tiere, bei denen organisierte Kriegsführung beobachtet werden konnte. Rivalisierende Gruppen greifen einander mit schockierender Brutalität an.

Die Menschenaffen sind für ihre Intelligenz bekannt. Schimpansen verfügen nachweislich über ein wesentlich besseres Kurzzeitgedächtnis als Menschen. Sie besitzen ein fotografisches Gedächtnis. Ein Exemplar besiegte sogar einen englischen Gedächtnischampion, als es sich innerhalb von Sekundenbruchteilen eine vermischte Zahlenreihenfolge mit den Ziffern von 1 bis 9 einprägte und korrekt wiedergab, was ihm der menschliche Gedächtnisathlet nicht gleichtun konnte.

Der Zwergschimpanse alias Bonobo ist unter allen Tieren der Gegenwart am nächsten mit dem Menschen verwandt. Die genetische Übereinstimmung liegt bei 98-99 %! Schimpansen und Bonobos sind – genetisch gesehen – näher mit dem Menschen verwandt als mit dem Gorilla. Der Bonobo ist hinsichtlich seines physischen Erscheinungsbildes etwas kleiner, zierlicher, im Gesicht oft dunkler und bezüglich seines Wesens bei weitem friedfertiger als der Schimpanse. Die Bezeichnung „Zwergschimpanse" kann in die Irre führen, denn die Tiere können immerhin bis zu 60 kg schwer werden und gehören damit zu den größten Primaten.

Wie der Gemeine Schimpanse ist auch der Bonobo ein Allesfresser, zieht im Gegensatz zur erstgenannten Spezies aber pflanzliche Nahrung vor.

Bonobos sind für ihren ausschweifenden Umgang mit Sexualität bekannt. Sie praktizieren den Geschlechtsakt nicht nur zum Zwecke der Fortpflanzung, sondern bspw. auch mit dem Ziel des Aggressions- und Stressabbaus, zur Versöhnung und offenbar sogar aus Dankbarkeit (bei Nahrungsabgabe). Der Koitus wird generationenübergreifend und auch zwischen Familienmitgliedern vollzogen. Durchschnittlich dauert der sexuelle Kontakt nur 13 Sekunden. Im Allgemeinen verläuft er entspannt, Vergewaltigungen sind eher selten.

Die Schimpansengruppe scheint nicht in der geeigneten Stimmung für ein Gespräch mit mir zu sein. Ich bin auch noch völlig gesättigt vom vorherigen Austausch und verspüre nicht das geringste Bedürfnis, diese Affen bei ihrem Schauspiel zu stören. Ich lasse sie zurück.

Nach einigen Kilometern Waldwanderung, die sich wesentlich ruhiger gestalten, entdecke ich im dichten Dickicht einen großen, schwarzen Fleck. Bei näherem Hinsehen fällt mir auf, dass er sich langsam bewegt.
Zweifellos ein Tier, hinzu ein großes!

Kerchak, der Gorilla

„Guten Morgen, kleiner Bruder!", ruft eine tiefe Stimme aus dem Blätterwerk zu mir heraus. Offensichtlich hat das Tier mich längst bemerkt, bevor ich mir seiner Anwesenheit bewusst wurde, was mich nicht überrascht. Ich zwänge mich mühsam zwischen den dichten Zweigen hindurch. Jetzt kann ich ihn sehen: ein riesiger Gorilla! Ich möchte seine freundliche Begrüßung erwidern, bringe zunächst aber kein Wort über die Lippen, weil mich dieser Anblick so beeindruckt.
Er sitzt wenige Meter vor mir auf dem Boden, den Rücken gemütlich an einen Baumstamm gelehnt, und stopft sich genüsslich mit Pflanzen voll.
„Guten Morgen, großer Bruder!", antworte ich nach der effektbedingten Verzögerung.

Die Unterarten des Gorillas (Flachlandgorilla & Berggorilla) sind die größten Primaten der Welt.

Die männlichen Exemplare wiegen bis zu 275 kg.

Trotz ihrer verhältnismäßig kurzen Beine erreichen sie eine Standhöhe von bis zu 1,9 Metern.

Ein Gorillamann übertrifft die Körperkraft eines Menschen um das 20-Fache. Er könnte eine Mittelklasselimousine umwerfen, ein Gewehr zerbrechen oder mit einer Hand eine Kokosnuss zerquetschen. Darüber hinaus ist die Beißkraft seines mit bedrohlichen Eckzähnen ausgestatteten Kiefers wohl mit jener eines Löwen oder Tigers vergleichbar.

Davon abgesehen sind Gorillas friedfertige Pflanzenfresser, nur selten verspeisen sie tierische Nahrung wie bspw. Termiten.

Die Silberrücken, wie die dominanten Männchen aufgrund ihrer grauen Rückenhaare genannt werden, reagieren nur aggressiv, wenn ihre Familie bedroht wird.

Im August 1996 stürzte ein dreijähriger Junge im Zoo von Chicago 5 bis 6 Meter tief auf den Betonboden eines Gorillageheges. Daraufhin nahm ein weiblicher Gorilla das ohnmächtige und blutende Kind in den Arm und trug es behutsam zu einer Pforte des Geheges, wo die Zootierpfleger den Jungen problemlos übernehmen konnten.

Ein ähnlicher Vorfall ereignete sich zehn Jahre zuvor im Zoo von Jersey, wo ebenfalls ein Junge (5) in ein Gorillagehege fiel und auch nicht mehr ansprechbar war. Ein Silberrücken behütete das Kind.

Als es aufwachte und zu weinen begann, zog sich der Gorillamann samt seiner Familie zurück, sodass die Bergung des Jungen möglich war.

„Warum bist du allein?", frage ich den Muskelberg…
„Ich hätte gedacht, ein stattlicher Gorilla wie du lebt mit seinem Harem zusammen."

Er kaut entspannt zu Ende, schluckt die Nahrung herunter und antwortet dann:

„In der Tat war ich in meiner Generation das kräftigste Mitglied meiner Gruppe. Eigentlich war es meine Bestimmung, der dominante Silberrücken zu werden. Aber daran hatte ich kein Interesse. Als ich ein junger Gorillamann war, habe ich meine Familie verlassen. Ich hätte über einen großen Teil des Dschungels herrschen können. Aber ich habe all das hinter mir gelassen und bin allein auf Wanderschaft gegangen. Schließlich habe ich mich in diesem ruhigen Waldstück niedergelassen. Hier habe ich meine Ruhe."

„Warum hast du dein Zuhause verlassen? Sicher haben dich die anderen Gorillas darum beneidet, dass du das Erbe eines so schönen Königreiches antreten könntest, tausende Bäume und viele Gorillas, die dir Untertan gewesen wären. Warum hast du auf dein Reich verzichtet?"

„Es steht in Flammen!"

„Wie bitte?!", frage ich mit Unverständnis…

„Hat es einen Waldbrand gegeben?"

„Nein. Aber auch *dieser* Wald steht *jetzt* in Flammen."

„Wovon sprichst du? Ich sehe kein Feuer.", frage ich äußerst verwirrt. Hat dieser Gorilla Halluzinationen? Leidet er unter Wahnvorstellungen?

„Schau genau hin und du wirst sehen, dass es in Flammen steht. Es ist im Prozess des Vergehens.", sagt er.

„Ach, so meinst du das.", reagiere ich erleichtert.

„Ja, alles steht in Flammen. Ist es nicht so? Alles, was wir in dieser Welt sehen können, liegt bereits im Sterben. Selbst der größte Baum oder das größte Gebäude der

Menschen, mögen sie auch noch tausend Jahre währen, sind nicht für immer. Tausend Jahre gehen schnell vorüber. Ich war an nichts Geringerem als dem Ewigen interessiert. Ich fand es nicht an meinem Geburtsort, also zog ich los und fand es auch sonst nirgends, bis ich bemerkte, dass ich selbst es bin, schon immer war und immer sein werde. Der darauffolgende Lachanfall hätte diesen Körper beinahe getötet, denn ich konnte einfach nicht aufhören zu lachen, sodass ich keine Zeit zu essen und zu trinken hatte. Irgendwann war ich vom Lachen völlig erschöpft und entkräftet, aber je schwächer mein Körper wurde, desto mehr nahm meine Ekstase zu."

„Offensichtlich hast du irgendwann wieder mit dem Essen angefangen.", sage ich mit provokantem Unterton, während ich seinen üppigen Bauch betrachte.

Der Silberrücken zwinkert mir zu: „Bin trotzdem noch sportlicher als der sportlichste Mensch." Daraufhin streckt er mir die Zunge raus und stößt einen Furzton aus.

„Was hat bei dir zum plötzlichen Erkennen geführt?" frage ich den Gorillamann.

„Das Alleinsein. Insofern war es notwendig, die Gorillagesellschaft zu verlassen. Ich war von allen Anhaftungen befreit und durch nichts mehr gebunden oder abgelenkt. Naja, anfangs fand ich die Wanderschaft ganz aufregend und erkundete verschiedene Gegenden. Aber sie alle fingen an, mich zu langweilen. Irgendwann erreichte ich den Höhepunkt der Frustration, setzte mich hin und wusste nicht mehr, was ich noch tun könnte. Ich erwartete nichts mehr von dieser Welt, weil ich alles gesehen hatte und nichts mir etwas Bleibendes geben konnte. Ich schloss damals die Augen in tiefer Verzweiflung. Mein Verstand war so erschöpft, dass er einfach zusammenbrach. Alles, was zurückblieb, war Erfüllung."

Ich lächle ihn an.

„Siddhartha.", fügt er hinzu.

„Ja! Ich war bei ihm!", sage ich begeistert und mit einem Anflug der Angeberei.

„Nein.", sagt der Gorilla...

„'Siddhartha' bedeutet 'Erfüllung'."

„Jetzt geht mir ein Licht auf. Was für ein passender Name für den Mandrill!"

„Es ist unser aller wahrer Name! Wir alle sind die Fülle selbst. Auch wenn meine Mutter mich Kerchak genannt hat."

„Freut mich, Kerchak! Ich heiße Simon."

„Ich weiß. Namen sind Schall und Rauch. Wir sind alle namenlos."

„Du sagtest doch eben, unser wahrer Name sei Siddhartha.", werfe ich ein.

„Was stört mich mein Geschwafel von vor einer Minute?", kontert Kerchak... „Die Wahrheit ist, dass das Sein keinen Namen hat. Kein Wort könnte dieser ewigen, unendlichen Perfektion gerecht werden."

Ich wünsche mir eine praxisorientierte Empfehlung von Kerchak... „Würdest du mir raten, ebenfalls alles hinter mir zu lassen?"

„Nicht unbedingt. Du musst kein Einsiedler werden. Bleibe ruhig bei deiner menschlichen Familie und deinen Freunden. Allerdings ist Alleinsein schon wichtig, zumindest vorübergehend. Du musst von all dem Wahnsinn wegkommen, denn sonst wirst du selbst wahnsinnig. Ihr verwechselt eure Rollen mit dem, was ihr wirklich seid. Der Mensch ist nicht seine Rolle. Der Mensch ist tiefer als das. Finde heraus, wer du wirklich bist! Und wenn du dich nicht mehr mit deinem bestimmten, vorübergehenden Körper verwechselst, sondern dich mit dem gesamten Prozess der Natur und dem gesamten Kosmos identifizierst, dann wird etwas Lustiges passieren, wenn der Tod kommt: Der Tod kommt und findet niemanden, den er töten kann." (17)

„Das verstehe ich nicht so richtig.", sage ich unzufrieden.

Kerchak erklärt: „Der Tod tötet nicht dich. Er tötet noch nicht einmal wirklich den Körper, denn der Körper hat nie gelebt. Er war immer nur ein Stück Fleisch, das durch dich belebt wurde. Der Körper wird seine Form verlieren, aber alles, was ihn wirklich ausgemacht hat, seine gesamte Energie, wird erhalten bleiben. Also auch der Körper verschwindet nicht, die Atome fallen nur auseinander und werden sich später neu organisieren, um neue Formen zu bilden. Das Einzige, was mit dem Tod wirklich verschwindet, ist die Idee „Ich bin der Körper."

Nichts anderes kann der Tod töten. Wenn du diese irrsinnige Idee schon vorher selbst tötest, wird der Tod nichts mehr finden, das er töten kann. Also mache den Tod arbeitslos! Hast du es jetzt kapiert?"

Mit seinen dunklen Augen schaut er mich fragend an.

Ich lächle und nicke.

„Wie kann man die Illusion am schnellsten überwinden?"

„Es gibt verschiedene Methoden. Keine von ihnen ist für alle gleichermaßen gut geeignet. Finde deinen eigenen Weg und dann gehe ihn mit ganzem Herzen konsequent bis zum Ende. Welchen Weg du auch wählst – sei nicht halbherzig! Mein Weg war keine langwierige innere Versenkung oder Selbsterforschung. Ich habe die Welt leidenschaftlich ausgekostet, bis sie mich gelangweilt hat. Ich erlebte auf meiner Reise allerlei Abenteuer und erkannte sie alle als flüchtige Träume. Ich erkannte die Lüge, die hinter allen Wünschen steckt. Die Suche nach dem Glück verschleiert das Glück, das immer da ist.

Als ich aufhörte zu suchen und einfach aufmerksam innehielt, offenbarte es sich von selbst.

Die falschen sinnlichen Wünsche sind eure ärgsten Widersacher, die euch daran hindern, wahres Glück zu finden. Schreitet wie Löwen der Selbstbeherrschung durch diese Welt und lasst euch nicht auf ein Katz-und-Maus-Spiel mit den trügerischen Sinnen ein! (18) Immer, wenn du an etwas haftest, erinnere dich: Es steht in Flammen!"

Wir schweigen uns eine Weile an. Dann fügt er hinzu: „Apropos Löwen: Geh zurück in die Savanne, dort warten Löwen auf dich."

„Löwen?", frage ich erschrocken…

„Und gleich mehrere?!"

„Nur zwei.", versichert mir Kerchak.

„Ach, nur zwei. Wie beruhigend.", entgegne ich mit einem gequälten Lächeln und in sarkastischem Ton.

Ich reiche dem Gorilla zum Abschied die Hand…

„Aber bitte vorsichtig, die Orang-Utan-Frau hätte mir schon beinahe die Hand gebrochen."

„Dann gebe ich dir lieber nur einen Finger von mir."

Ich ergreife seinen Finger, den er mir ausgestreckt anbietet. Er kommt mir so dick vor wie das Handgelenk einer menschlichen Frau.

„Danke für deinen Besuch und deine Offenheit.", sagt Kerchak lächelnd. Dabei kommt sein beachtenswertes Gebiss zum Vorschein.

Wenige hundert Meter weiter endet der Dschungel.

Ein letztes Mal drehe ich mich um und blicke hinein.

Nie werde ich diesen schicksalshaften Ort vergessen, an dem ich zunächst Humorunterricht von dem Chamäleon-Comedian erhielt, woraufhin mir eine höchst inspirierende Begegnung mit dem weisen Mandrill Siddhartha geschenkt wurde, gefolgt und abgerundet von dem Treffen mit Kerchak, dem Gorilla, der erkannte und mich daran erinnerte, dass alles in Flammen steht.

Jetzt wende ich mich der Savanne zu. Die Landschaft sieht etwas anders aus als die Heimat des Leoparden auf der anderen Seite des Waldes, hier gibt es mehr Bäume und Sträucher.

Unter einem Baum im Schatten liegen zwei große Objekte. Vermutlich Felsen oder Holz-Überreste eines anderen Baumes. Ich schaue genauer hin.

Doch keine 'leblosen' Objekte! Sie bewegen sich ganz leicht. Die Löwenbäuche heben sich regelmäßig, im Gegensatz zu Siddhartha kann ich hier schon von weitem feststellen, dass sie atmen. Sie schlafen tief und fest.

Wenn Kerchak mir nicht gesagt hätte, dass sie als meine nächsten Lehrer vorgesehen sind, würde ich mich lieber von ihnen fernhalten und heimlich vorüberziehen.

Es kostet mich einige Überwindung, auf die Löwen zuzugehen. Sie wachen nicht auf.

Ich lehne mich stehend an den Baumstamm und betrachte sie staunend aus nächster Nähe.

Was für beeindruckende Tiere!

Der Sibirische Tiger kam mir zwar etwas größer vor, aber eine solche Begegnung ist auch nicht gerade alltäglich.

Die Löwen Mufasa und Yukteswar

„Wenn die Präsenz die Person als Illusion erkennt, wird die Person verschwinden. Das geschieht völlig mühelos. Wenn ein Löwe einen Raum betritt, dann wird er diejenigen darin nicht bitten müssen, den Raum zu verlassen. Es bleibt auch ohne seine Aufforderung nur Leere zurück. Das ist die Kraft wahren Verstehens." (Ramana Maharshi)

Mit einem Gewicht von bis zu 275 kg, einer maximalen Körperlänge von 3,5 Metern und einer Schulterhöhe von 1,2 Metern ist der Löwe das größte Landraubtier Afrikas und nach dem Tiger die zweitgrößte Katze der Welt.

Auch in Indien sind noch Löwen beheimatet.

Löwen jagen im Rudel, was unter Katzen sehr ungewöhnlich ist. Wenn sich eine der Raubkatzen die Kehle eines Opfers vornimmt, während die anderen Rudelmitglieder den Körper am Boden fixieren, dringen die Eckzähne manchmal gar nicht in das Fleisch ein, sondern drücken lediglich mit erstaunlicher Präzision die Halsschlagader ab, sodass die Blutzufuhr zum Gehirn unterbunden und das Beutetier ohnmächtig wird, weil keine Sauerstoffversorgung mehr stattfindet.

(Diese Beschreibung gilt nicht nur für Löwen.)

Teilweise bricht ein Löwe seiner Beute aber auch einfach mit einem Biss das Genick. Die Eckzähne haben sich in Länge und Abstand so entwickelt, dass sie akkurat zwischen die Halswirbel der bevorzugten Beutetiere (Zebras & Gnus) passen.

Das Gebrüll eines Löwen ist unter günstigen Bedingungen in einem Umkreis von 10 Kilometern hörbar.

Je dunkler die Mähne eines Löwen, desto attraktiver wirkt er auf die Löwinnen.

Die größte Unterart des Löwen, der Berberlöwe mit seiner besonders üppigen, dunklen Mähne und einem Höchstgewicht von 295 kg, ist seit Beginn des 20. Jahrhunderts in freier Wildbahn ausgestorben.

Ich wage nicht, die Löwen zu wecken.

Plötzlich spricht einer von ihnen, ohne sich aufzurichten oder die Augen zu öffnen: „Du hast mich vergessen. Du hast vergessen, wer du bist – und somit auch mich.

Hör auf dein Herz! Vergiss niemals, wer du bist! Erinnere dich!" (19)

Ich bin irritiert. Spricht er im Schlaf oder war diese Aussage an mich gerichtet? Zaghaft sage ich:

„Das kommt mir sehr bekannt vor."

Jetzt hebt der Löwe, der soeben sprach, seine Augenlider und seinen mächtigen Kopf. Er sieht mich direkt an und sagt zu mir: „Nur weil du vergessen hast, wer du wirklich bist und wer wir sind, fürchtest du dich."

Er richtet sich langsam auf, streckt sich und gähnt. Erst jetzt wird seine volle Größe ersichtlich. Durch seine Mähne ist er eine wahrhaft majestätische Erscheinung. Mit seiner Tatze stupst er den anderen Löwen an, der sofort aufwacht und leicht genervt knurrt.

„Steh auf, der Mensch ist da.", sagt sein Freund.

„Frühstück?", fragt der zweite Löwe und leckt sich über die Lippen.

Augenblicklich rutscht mein Herz mal wieder in die Hose. Ich zittere am ganzen Körper, bin aber unfähig, wegzurennen.

Der erste Löwe lacht. Nun richtet sich auch die zweite Raubkatze auf und schaut mich an. Ich bin immer noch bewegungsunfähig.

„Keine Sorge, das war nur ein Witz. Der Scherz des Leoparden war doch schlimmer, oder nicht?"

Ich versuche meine Angst zu überspielen, übergehe die Frage und frage selbst: „Wie heißt ihr?"

„Wir haben keine Namen.", grollt einer der Löwen.

„Darf ich euch Namen geben?", frage ich.

„Wir brauchen keine Namen. Wir wissen auch so, dass wir existieren. Ein Gefühl der Einzigartigkeit haben wir nicht nötig. Minderwertigkeitskomplexe sind dem Menschen vorbehalten."

Sie zwinkern mir synchron zu.

„Darf ich euch trotzdem Namen geben?", bleibe ich beharrlich. Beide nicken.

„Dich nenne ich Mufasa. Denn in einer von Menschen erzählten Geschichte sagte ein Löwe namens Mufasa zu seinem Sohn Simba genau das, was du eben zuallererst gesagt hast.", teile ich dem etwas größeren Löwen mit.

„Einverstanden.", antwortet er.

Dann wende ich mich seinem kleineren Bruder zu: „Und dich möchte ich Yukteswar nennen. So hieß ein weiser Mensch aus Indien, der wegen seines majestätischen Aussehens „Der Löwe von Bengalen" genannt wurde."

„Damit kann ich leben.", antwortet der frisch getaufte Kater.

„Setz dich, Simon.", lädt mich Mufasa ein.

Ich lasse mich vertrauensvoll nieder.

Zu meiner eigenen Überraschung ist die Angst vorüber.

„Unser Thema ist Konditionierung.", kündigt Yukteswar an. „Konditionierung?", frage ich verdutzt. „Ja, und die Notwendigkeit ihrer Überwindung.", so Mufasa.

„Ein großes Thema für den Menschen.", gebe ich zu.

Yukteswar erklärt:

„Es gibt auch durchaus sinnvolle Konditionierung. Dass ihr Kleidung tragt, ist ebenfalls konditioniert, aber daran muss nichts geändert werden. Wir Tiere haben kein Bestreben danach, euch nackt zu sehen. Es würde uns aber freuen, euch glücklich zu sehen!

Die Art von Konditionierung, die überwunden werden muss, ist jene, die eurem Glück im Weg steht, eure Freiheit einschränkt und euch daran hindert, lebensfroh und im Frieden zu sein. Es ist jedem Menschen möglich, glücklich zu sein, wenn er nur bereit ist, ein wenig Aufmerksamkeit darauf zu richten, wie der menschliche Mechanismus funktioniert, und darüber hinauszugehen. Sobald ihr eure Konditionierung abschüttelt und euch jenseits der Beschränkungen von Körper und Verstand erfahrt, besiegt ihr eure Angst und leidet nicht mehr. Wenn ihr wieder wisst, wer ihr wirklich seid, dann könnt ihr auch dem Tod entspannt entgegenblicken."

„Es ist für uns Menschen nicht leicht, aus dem Sorgenkarussell herauszukommen!", wende ich ein.

Mufasa entgegnet:

„Wer sich Sorgen wegen eines Problems macht, hat nicht mehr nur ein Problem, sondern zwei. Denn eure Sorgen fügen der Situation weiteres Leid hinzu."

„Wie kann ich Sorgenfreiheit erreichen?"

„Überhaupt nicht. Sie ist nicht zu erreichen. Sie ist schon da. Das Bewusstsein ist immer sorglos und vollkommen entspannt. Wenn du mit einer für den Verstand belastenden Situation konfrontiert wirst, frage das reine Bewusstsein, was es davon hält. Es wird sich nicht dazu äußern. Es nimmt einfach nur wahr, ohne zu urteilen, zu kommentieren und zu interpretieren.", sagt Yukteswar und nennt mir ein naheliegendes Beispiel: „Betrachte deine Reaktion, als du uns vorhin gesehen hast: Im allerersten Moment hast du uns einfach wahrgenommen, da war keine Angst. Du wusstest noch nicht einmal, dass die Objekte, die du siehst, 'Löwen' sind. Die unverfälschte Realität wurde allerdings schnell getrübt, denn der Verstand hat sich so schnell eingeschaltet, dass du seine Deutung für die Realität gehalten hast. Die Zeitspanne zwischen Wahrnehmung und Interpretation ist im menschlichen Normalzustand zu gering, ihr haltet sie für identisch. Deshalb seht ihr nicht, dass eure Gedanken meist nichts mit der Realität zu tun haben! Dein Denken deutet die ursprünglich reine Wahrnehmung gemäß seiner Konditionierung: ‚Oh nein, das sind Löwen! Sie könnten mich töten!' So entstand die Angst durch eine Idee des Verstandes, dass wir Menschenfresser sein könnten und dass du sterblich zu sein scheinst, in Kombination mit einer uralten, automatischen Reaktion des menschlichen Körpers, dessen Vorfahren von Raubtieren gejagt wurden. Diese Reaktion entspringt der körpereigenen Intelligenz und ist eine durchaus sinnvolle Einrichtung, damit der Körper bestmöglich geschützt wird. Aber die psychologische Angst ist unnatürlich. Ihr bildet euch im menschlichen Alltag viele Löwen ein, die nicht wirklich existieren. 99 % aller Gefahren entspringen eurer Fantasie. All das wurzelt in dem tiefsitzenden Glauben daran, nichts als kleine, zerbrechliche Körper zu sein. Dieser Glaube, der ein Produkt der Konditionierung ist, wird von den meisten Menschen mit völliger Selbstverständlichkeit für wahr gehalten, sodass sie ihn nie in Frage stellen. Deshalb lebt ihr wie Kaninchen. Nur wenige Menschen erkennen sich selbst und leben furchtlos wie Löwen. So soll es sein! Ihr haltet diese Ausnahmemenschen für verrückt und glaubt, dass sie den 'Ernst des Lebens', den ihr euch einbildet, noch nicht begriffen haben. Weil die Angsthasen unter euch weit zahlreicher sind, haltet ihr diesen Zustand für natürlich, normal und erstrebenswert. Jeder Mensch verfügt über das Potenzial, über die Ängste hinauszugehen. Die Voraussetzung ist nur eine einfache Erkenntnis: Es ist die Lebensform, die Schutz braucht, nicht das Leben. Ihr seid das Leben!

Im allerersten Moment waren da vorhin in deiner Wahrnehmung keine Löwen, keine instinktive biologische Reaktion und kein Glaube an Sterblichkeit. Da war nur das Gewahrsein ohne Gedanken und seine Wahrnehmung im ursprünglichen Zustand. Du kannst in jeder Situation erkennen, dass du als Bewusstsein niemals auf etwas reagierst, sondern immer nur unbeteiligt und angstfrei beobachtest, bevor sich der Verstand einmischt. In dieser Nicht-Reaktion liegt das Wissen: Alles ist gut. Das Bewusstsein verweilt stets in der Stille der Ewigkeit. Es kennt keinen Tod. Es verspürt keinerlei Motivation, Widerstand zu leisten, weil es weiß, dass es unsterblich ist. Präziser ausgedrückt: Das Bewusstsein weiß nichts von Sterblichkeit und Unsterblichkeit. Letztere ist nur hilfreich, um Erstere zu negieren. Das Bewusstsein ist einfach mit völliger Selbstverständlichkeit das ewige Leben. Du bist das ewige Leben!"

„Warum kann ich das nicht pausenlos spüren?"
„Weil dein konditionierter Verstand dir etwas anderes erzählt. Das an sich ist kein Problem. Das Problem ist: Du glaubst ihm! Es sind noch nicht einmal deine eigenen Gedanken, die dir erzählen, du seist begrenzt und sterblich. Es sind die Gedanken der dich umgebenden Gesellschaft, die sie dir erfolgreich eingeimpft hat. Löse dich von dieser Prägung und sei frei!", sagt Mufasa.
Noch bevor ich mir eine Antwort überlegen kann, schließt sich Yukteswar an:
„Wenn du das nicht ohne äußere Hilfe kannst, dann folge den Menschen, die sich von der Konditionierung gelöst haben. Sie sind gewissermaßen zur Natur zurückgekehrt. Man könnte sagen, sie haben sich wieder uns Tieren angeschlossen. Die Buddhas versuchen, euch eine Ahnung davon zu geben, dass es eine Welt der Entspannung gibt, die schon existierte, ehe die menschliche Welt mit all ihren Problemen begann. Jeden Augenblick ist es möglich, einfach zur Seite zu treten. Wenn du aus dem Strom aussteigst, fängst du plötzlich zu lachen an. (20)

Und dann ist es ganz schön schwierig, wieder mit dem Lachen aufzuhören!"

„Wir Menschen sind sehr unterschiedlich. Vielleicht ist das, was ihr Tiere sagt und was auch die menschlichen Buddhas lehren, zu stark verallgemeinert.", werfe ich vorsichtig ein.

„Ihr seid nicht so unterschiedlich, wie ihr denkt! Hindus, Buddhisten, Muslime, Christen und Juden – sie schmecken alle gleich.", antwortet Yukteswar.

Ich bemerke, wie sich mein Puls erhöht und eine Schweißperle auf meiner Stirn bildet. Mufasa lacht: „Spaß beiseite!"

Sein Lachen macht es nicht besser, denn durch das dabei geöffnete Maul zeigen sich seine langen Reißzähne.

„Bevor du noch eine Panikattacke bekommst, setze deine Reise fort. Wir gehen jetzt frühstücken.", so Mufasa.

Kurzzeitig ist meine Neugierde größer als meine Furcht, denn ich wage zu fragen: „Was gibt's denn zum Frühstück?"

„Kommt drauf an, was unsere Weiber erlegt haben."

Die Löwen Mufasa und Yukteswar wenden sich ab und schlendern davon, in Richtung offene Savanne.

Ich gehe in die andere Richtung weiter.

Bald darauf erreiche ich einen Fluss.
Am Ufer liegen zahlreiche Krokodile!

Sobald das Nilkrokodil das Wasser verlässt, verliert der Löwe seinen Titel als Afrikas größtes Landraubtier. Mit Maximalwerten von 7 Metern Länge und ca. 1.000 kg Gewicht ist es das zweitgrößte Reptil der Welt. Den Hauptbestandteil seiner Nahrung machen Fische aus, doch auch Säugetiere wie Antilopen und Zebras begeben sich in Lebensgefahr, wenn sie am Flussufer ihren Durst stillen. Falls die kraftvollen Kiefer des Krokodils ein Tier umfasst und ins Wasser gezogen haben, gibt es normalerweise kein Entrinnen mehr. Inoffiziellen Angaben zufolge fordern Nilkrokodile jährlich bis zu 1.000 Menschenleben. Trotz allem handelt es sich nicht um rein instinktgesteuerte Killermaschinen… Krokodile sind gesellig und zeigen sozial kompetente Verhaltensweisen. Teilweise teilen sie in einer größeren Gruppe die Beute untereinander, d. h. fressen friedfertig und einander duldend, sofern der Kadaver groß genug ist.

Mein Bedürfnis, erneut wagemutig auf große Fleischfresser zuzugehen, hält sich in Grenzen. Ich betrachte die Panzerechsen fasziniert aus sicherer Entfernung und lasse sie zurück…

Nachdem ich ziemlich lange geradeaus gegangen bin, stehe ich mitten in einer wüstenartigen Steppe. Weit und breit ist kein Baum zu sehen.

Plötzlich stelle ich fest, dass ich hier nicht der einzige Zweibeiner bin!
Wenige Meter neben mir steht ein Strauß, dessen Blick fest auf mir ruht.
Ich habe keine Ahnung, woher der große Vogel so schnell gekommen ist, denn ich glaubte eigentlich, die Steppenlandschaft sorgsam im Auge behalten zu haben.

„Guten Tag, mein Lieber. Ich habe dich gar nicht kommen sehen. Woher kommst du denn so plötzlich?"
Keine Antwort.

Der stille Strauß

„Die Mitteilungsmöglichkeit des Menschen ist gewaltig, doch das meiste, was er sagt, ist hohl und falsch. Die Sprache der Tiere ist begrenzt, aber was sie damit zum Ausdruck bringen, ist wichtig und nützlich. Jede kleine Ehrlichkeit ist besser als eine große Lüge."
(Leonardo da Vinci)

Mit einer maximalen Standhöhe von fast 3 Metern und einem Gewicht von bis zu 150 Kilogramm ist der Strauß der größte Vogel der Welt.

Die meisten Vögel und auch viele Reptilien verfügen im ungeborenen Zustand über einen sogenannten Eizahn. Dabei handelt es sich um eine harte und spitze Ausbuchtung auf dem Schnabel bzw. Maul, die ihnen dazu verhilft, die Eierschale von innen aufzubrechen. Ohne diese Eigenschaft – die später nutzlos wird und sich automatisch zurückbildet – wäre es ihnen vermutlich schlicht unmöglich, aus dem Ei zu schlüpfen. Ausgerechnet die Straußenküken sind nicht mit einem Eizahn ausgestattet… Das Straußenei entspricht hinsichtlich des inhaltlichen Volumens mindestens 20 Hühnereiern. Die Schale ist außerordentlich widerstandsfähig: Sie hält völlig problemlos dem Gewicht eines erwachsenen Menschen stand. Versuche sollen gezeigt haben, dass die Belastungsgrenze erst bei mehr als 800 kg erreicht ist! Doch dieser Schutz für die ungeborenen Küken stellt gleichermaßen eine große Herausforderung für sie dar. Dies trägt sogar bereits zur Selektion bei, denn nur die kräftigsten Jungvögel schaffen den Ausbruch aus ihrem Ei. Straußenküken verfügen an ihrer weichen Schnabelspitze über eine schützende Schwiele und ihre Nackenmuskulatur ist von

Anfang an speziell ausgeprägt, sodass sie sich möglichst kraftvoll von innen gegen die Eischale stemmen können. Es lässt sich aber trotz der hilfreichen Ausstattungen feststellen, dass der erste Schritt dieses Tieres in sein weltliches Leben bereits eine sehr erstaunliche Leistung voraussetzt.

Früher waren Strauße auch in Asien verbreitet, wurden dort aber vom Menschen ausgerottet, ebenso wie in vielen Regionen Afrikas.

Die flugunfähigen Vögel sind ausdauernde und sehr schnelle Läufer (rund 70 km/h).

Nicht nur antwortet mir der Strauß nicht, er bewegt sich auch keinen Zentimeter. Ich versuche es erneut, diesmal umso respektvoller:

„Guten Tag, Sir. Haben Sie eine Botschaft für mich?"

Erwartungsvoll schaue ich zu ihm herauf, vergebens.

Der Strauß bleibt still und unbewegt.

Ich lasse nicht locker:

„Du musst dich nicht auf ein Gespräch mit mir einlassen. Verrate mir nur eines: Was ist dein größtes Geheimnis?"

Der schweigsame Strauß öffnet den Schnabel und spricht:

„Nichts stört das Bewusstsein."

Sofort verstehe ich, dass er an die Botschaft der Löwen bezüglich der unkonditionierten Tiefe anknüpft.

Sein Blick ruht noch ein paar weitere Sekunden auf mir, dann dreht er sich um und sprintet davon. Seine so plötzliche Dynamik, auf die ich nicht gefasst war, und die Geschwindigkeit beeindrucken mich ebenso sehr wie seine profunde Aussage. Ich blicke ihm gedankenlos nach. Ein Bild der Freiheit. Er wird immer kleiner, bis ich ihn nicht mehr sehen kann.

Mein Blick wird wie von einem Magneten in die entgegengesetzte Richtung gezogen. Ich drehe den Kopf und sehe eine schöne Antilope mit langen, spitzen Hörnern, die in etwa 20 Metern Entfernung gemächlich an mir vorüberzieht.

Die Oryxantilope hat sich an extreme Trockengebiete angepasst und ist eines jener Säugetiere, die am längsten ohne Flüssigkeitszufuhr auskommen. Diese Art kann einige Wochen überleben, ohne einen einzigen Tropfen zu trinken.
Im Sprint liegt die Höchstgeschwindigkeit dieser bis zu 300 kg schweren Tiere bei ca. 80 km/h. Damit sind sie schneller als Rennpferde (70 km/h).
Die spitzen Hörner können 1,5 Meter lang sein und als gefährliche Verteidigungswaffen zum Einsatz kommen. Sie werden von afrikanischen Ureinwohnern als Speerspitzen verwendet.

„Ist der Strauß vor dir davongerannt?", frage ich den Oryx mit Verwunderung. Mit lieblicher, weiblicher Stimme antwortet der anmutige Vierbeiner: „Nein. Er hatte einfach keine Lust auf die niemals endenden Fragen des menschlichen Verstandes. Ich übrigens auch nicht. Aber ich wünsche dir alles Gute! Mach's gut!", antwortet die Antilope, ohne dabei anzuhalten.
Ich blicke auch ihr hinterher.

Kurz darauf kreuzt eine weitere Antilope meinen Weg…
Sie ist eine imposante Erscheinung…

Die Elenantilope ist mit einer Schulterhöhe von bis zu 1,8 m und einem Maximalgewicht von 1.000 kg die mit

Abstand größte Antilope der Welt. Insbesondere der muskulöse Hals der Bullen ist beeindruckend.

Elenantilopen leben in Herden, die in Ausnahmefällen mehrere 100 Tiere umfassen können.

Diese Huftiere haben ein friedvolles Gemüt. Trotz ihrer physischen Kraft ziehen sie die Flucht vor, wenn sie sich bedroht fühlen. Auch Elenantilopen erreichen eine überraschend hohe Spitzengeschwindigkeit von 70 km/h.

„Guten Tag!", grüße ich das große Huftier.

„Guten Tag!", erwidert die Elenantilope freundlich und ist schnell außer Reichweite.

Jetzt beschließe auch ich, weiterzugehen.

Nach vielen Kilometern – ich weiß nicht, wie viel Zeit vergeht und es interessiert mich auch nicht – wird die Landschaft allmählich sichtlich grüner. Hier wachsen auch wieder Bäume. Schließlich befinde ich mich auf einer endlosen Grasfläche. Keine einzige Wolke am Himmel. Saftiges Grün am Boden, reines Hellblau am Firmament. Diese Lebendigkeit. Diese Weite. Unten wie oben. Wundervoll. Jenseits aller Worte. Ich spüre im Herzen, dass mich diese Grenzenlosigkeit von Himmel und Erde an die unendliche Weite meines eigenen Bewusstseins erinnert und dass ich sie deshalb so genieße. Glückseligkeit.

Eine Herde kleinerer Antilopen grast friedlich in etwa zweihundert Metern Entfernung. Auch über diese Art gibt es etwas Besonderes zu berichten:

Die Jungtiere der Impala-Antilope kommen zum Beginn der Regenzeit zur Welt. Sie haben so die besten Überlebenschancen, da ihr Lebensraum in dieser Zeit erblüht.

Falls sich die Regenzeit verspätet, können die Impala-Mütter ihre Wehen bis zu 2 Wochen hinauszögern.

Einige Mitglieder der Impala-Herde heben ihre Köpfe und blicken neugierig zu mir herüber. Ich winke ihnen zu. Sie winken nicht zurück.

‚Mögt ihr alle glücklich sein!' schicke ich einen zutiefst wohlwollenden Gedanken zu den Antilopen herüber.

„Mögen *alle* Wesen glücklich sein!", sagt plötzlich eine Stimme aus der anderen Richtung... Ein Zebra!

Das zweifelnde Zebra

Riesige Herden von Gnus und Zebras durchstreifen am Horizont die Savanne, soweit mein Auge reicht – ein unglaublicher Anblick! Das Zebra, das mich ansprach, hat sich offenkundig aus der Herde gelöst, um mit mir zu sprechen. Es steht nur etwa zehn Meter entfernt von mir. Jetzt kommt es noch näher...

Zebras sind die größten wildlebenden Pferde. Sie erreichen eine Schulterhöhe von 1,6 Metern und werden bis zu 450 kg schwer.

Entgegen seines Aussehens gehört das Gnu übrigens nicht zu den Wildrindern, sondern zu den Antilopen. Diese Huftiere sind bekannt dafür, zusammen mit Zebras in riesigen Herden das Bild der afrikanischen Savanne zu prägen. Ein besonders eindrucksvolles Ereignis ist die alljährliche Tierwanderung, die über eine Million Individuen dieser beiden Arten vereint.

Als das Zebra unmittelbar vor mir stehen bleibt und mich freudig ansieht, lautet meine spontane Reaktion:

„Vorsicht! Ich habe eine Pferdehaarallergie."

Das Zebra lacht wiehernd und erwidert:

„Nicht in diesem Zustand. Außerdem habe ich eine Menschenverstand-Allergie und interagiere trotzdem mit dir."

„Okay, also in diesem Zustand kann ich dich ruhig streicheln, ohne einen Niesanfall zu bekommen?"

„So ist es.", versichert das Wildpferd.

Erleichtert lege ich meine Hand auf die Zebrastirn. Mein gestreifter Freund schließt die Augen. Ich tue es ihm gleich. Da stehen wir nun, mehr als nur verbunden, eins.

Zeitgleich öffnen wir unsere Augen. Das Zebra dreht seinen Kopf etwas zur Seite, um mich besser begutachten zu können. Ich streichle seinen Kopf und Hals.

Dabei fällt mir eine Frage ein:

„Diese ganze Reise kommt mir so real vor. Aber hier ist alles so anders als in der Welt, die ich kenne. Welche Welt ist denn nun real und welche ist eine Täuschung?"

„Beide sind gleichermaßen real und gleichermaßen illusionär.", antwortet der Vierbeiner.

Mit großen Augen schaue ich das Zebra an.

Es empfiehlt mir: „Wenn du die absolute Realität entdecken willst und nichts als die absolute Realität, dann verlasse dich nicht auf deine Wahrnehmungen. Geh tiefer. Die absolute Wahrheit, in der es keine Zweifel gibt, liegt jenseits aller Sinneswahrnehmungen. So schön es hier ist, auch das hier könnte nur ein Traum sein, so wie alle Wesen und alle Welten."

„Du zweifelst also die Realität dieser jetzigen Wahrnehmungen an?", frage ich verblüfft.

„Ich zweifle alles an!", wiehert das Zebra.

„Wie kannst du dann so glücklich sein?", wundere ich mich, denn mir ist längst aufgefallen, dass jede seiner

Bewegungen und jedes seiner Worte eine ungetrübte Lebensfreude zum Ausdruck bringt. Frohlockend sagt es:
„Ich bin."
„Ich habe gefragt, warum du glücklich bist!"
„Ich habe dir soeben den Grund genannt."
Ich verstehe.
„Du zweifelst also alles an?"
„*Fast* alles."
„Was zweifelst du denn nicht an?"
„Es gibt etwas, das nicht angezweifelt werden kann. Genau deswegen ist es das Wertvollste und Zuverlässigste überhaupt."
„Was ist das?"
„Finde es selbst heraus.", zwinkert mir das Zebra zu, wobei mir seine schönen, langen Wimpern auffallen.
„Bitte hilf mir dabei."
„Nun gut… Dann sag mir… Was weißt du mit absoluter Sicherheit?"
„Vieles.", antworte ich selbstsicher.
„Oh ja, ihr Menschen glaubt, so vieles zu wissen. Ihr seid so stolz auf euer vermeintliches Wissen."
„Naja… Ich weiß zum Beispiel ganz sicher, dass ich Simon heiße."
„Ist das eine absolute Wahrheit oder Wirklichkeit? Das ist doch bloß eine gedankliche Vereinbarung zwischen Menschen, ohne einen Funken Realität. Deine Eltern haben sich für diesen Namen entschieden und es durch ein Dokument besiegelt. Wenn ich ein anderes Dokument erstelle und den Namen Frederik für dich dort hineinschreibe, hat er nur deshalb keine Gültigkeit, weil ihr Menschen es nicht anerkennt. Beides sind Namen, beides sind Buchstaben, die auf ein Blatt Papier gedruckt sind. Das hat doch nichts mit dir zu tun!"

„Na gut, dafür weiß ich mit Sicherheit, dass du mir gegenüberstehst und mit mir sprichst."

„Achtung! Das kann eine Sinnestäuschung sein!", warnt das Zebra.

„Aber was kann denn keine Einbildung sein?"

„Das Sein."

„Und warum nicht?"

„Weil jede Einbildung ein Bewusstsein voraussetzt, das sich etwas einbildet. Somit kann es selbst keine Einbildung sein. Das Bewusstsein geht den Sinnen, die getäuscht werden können, voraus. Es weiß um sich selbst durch sich selbst, unmittelbar. Das ist direktes Wissen. Wenn du etwas siehst, können deine Augen dir etwas vorgaukeln. Du gebrauchst sie als Vermittler zwischen dem Sehenden und dem Gesehenen. Das ist immer nur indirektes und damit zweifelhaftes Wissen. Diese Subjekt-Objekt-Beziehung ist relativ, nicht absolut. Das Bewusstsein braucht keinen Vermittler, um sich seiner eigenen Präsenz bewusst zu sein. Es ist das Licht puren Wissens und erleuchtet sich selbst. Du kannst alles bestreiten und anzweifeln, aber das Gewahrsein ist absolut unleugbar. Selbst das Leugnen würde seine Tatsächlichkeit bestätigen, weil es genau darin stattfindet. Der Gedanke, der seine eigene Quelle in Zweifel ziehen möchte, bestätigt sie gerade dadurch, dass er genau in ihr und nur durch sie auftaucht. Du kannst alles bezweifeln, aber nicht dein eigenes Sein."

Lächelnd stimme ich zu.

„Ihr alle versucht so liebevoll, mich darauf hinzuweisen, dass ich selbst dieses unzweifelhafte Bewusstsein bin. Ich spüre es immer wieder, das ist die größte Freude! Aber immer wieder verliere ich es 'aus den Augen'.", sage ich mit einem Hauch von Verzweiflung.

„Du kannst jetzt spüren: Ich bin. Du spürst das Sein, die innewohnende Lebendigkeit. Erst danach erscheint das „Ich bin *dies* oder *das*" in Form von Gedanken, mit denen du dich selbst einschränkst. Typisch Mensch!

Bleibe einfach bei der reinen Erfahrung des ‚Ich bin‘, ohne dich zu verstricken. Dann brauchst du dir nicht darüber den Kopf zu zerbrechen, was real ist und was nicht, denn du hast dich selbst als die Realität schlechthin erkannt. Bleib immer bei dir. Genieße alles mit Leichtigkeit, ohne daran zu haften.“

Mit diesen Worten wendet sich das Zebra von mir ab und macht sich auf den Weg zurück zu seiner Herde.

„Musst du schon gehen? Schade!“, rufe ich ihm enttäuscht nach. Im Gehen schaut es sich zu mir um und ruft zurück: „Was habe ich gerade gesagt?! Bleib bei dir und hafte an niemandem.“ Es zwinkert mir mit seinen schönen, großen Augen zu und distanziert sich immer mehr, bis es sich wieder seiner Herde angeschlossen hat.

Ich blicke mich um. Während unseres Gesprächs scheint sich die Umgebung verändert zu haben. Sie erscheint mir jetzt noch grüner. Und in jeder Richtung sind viele verschiedene Tiere zu sehen! Ein farbenfrohes Bild endloser Lebendigkeit.

In der Nähe entdecke ich eine Herde Wildrinder…

Kaffernbüffel! Beeindruckende Tiere!

Ausgewachsene Kaffernbüffel erreichen eine Schulterhöhe von 1,7 m, eine Gesamtkörperlänge von 3,4 m und ein Gewicht von bis zu einer Tonne. Charakteristisch für diese Wildrinder ist, dass die eindrucksvollen Hörner der Bullen durch einen Knochenschild miteinander verbunden sind, sodass ihr Kopfschmuck wie ein Helm wirkt.

Die massigen Geschöpfe werden von Winzlingen belästigt... Eine Mücke landet auch auf meiner Haut, doch sie sticht nicht zu. An das pazifistische Versprechen seitens der göttlichen Stimme, die mich auf diese großartige Reise vorbereitet hat, halten sich offenbar sogar die Insekten. Männliche Mücken sind keine Blutsauger. Sie ernähren sich in erster Linie von Pflanzennektar. Die weibliche Anophelesmücke gilt – aus menschlicher Perspektive – trotz ihrer geringen Größe von einigen Millimetern als das gefährlichste Tier der Welt. Denn sie überträgt die gefürchtete Infektionskrankheit Malaria, an der jährlich weltweit 400.000 bis über eine Million Menschen sterben. Die Krankheitserreger befinden sich im Speichel der Mücke. Bei einer Mahlzeit kann eine Mücke so viel Blut aufnehmen, dass sie ihr Gewicht verdoppelt. Der Speichel der Mücke enthält einen Hemmstoff, der die Blutgerinnung verhindert.

Die ersten Mücken traten vermutlich vor etwa 80 Millionen Jahren auf.

Die Malariamücke fliegt davon, ohne mich zu stechen.

Aus einem nahegelegenen Busch ertönt ein Zischen.

Eine Schlange kriecht hervor, richtet ihren Vorderkörper auf und präsentiert ihren gespreizten Nackenschild, wodurch sie sich als Kobra verrät.

Die unterschiedlichen Speikobra-Arten, die hier lieben, haben die Fähigkeit entwickelt, ihr Gift mit erstaunlicher Präzision zu spucken. Aus einer Distanz von 2 Metern treffen sie genau die Augen eines Feindes. Diese Fähigkeit beherrschen auch schon die frischgeschlüpften Jungtiere. Wenn das Gift nicht sofort ausgewaschen wird, kann es zur Erblindung führen. Ich halte lieber einen Sicherheitsabstand von etwa fünf Metern ein.

Doch es gibt hier eine Schlange, vor der ich mich unter normalen Umständen noch mehr in Acht nehmen müsste. Sie lässt nicht lange auf sich warten…

Kaum bin ich einige hundert Meter weiter gegangen, vernehme ich ein Rasseln und bleibe sofort stehen.

Unter einem Busch liegt gut getarnt eine kleine Schlange, die mir nur deshalb nicht entgeht, weil sie mich akustisch über ihre Anwesenheit informiert hat.

Die Sandrasselotter aus Asien und Afrika reagiert außerordentlich aggressiv auf Störungen. Sie besitzt das stärkste Viperngift, es ist effizienter als das gefürchtete Toxin der Schwarzen Mamba. Außerdem erfolgt ihr Biss schneller als der jeder anderen Schlange. Giftschlangen bauen vor einem Biss kurz Spannung auf, schnellen dann hervor, schlagen ihre Giftzähne in den anvisierten Körper, injizieren das Gift, ziehen die Zähne heraus und nehmen schließlich wieder ihre ursprüngliche Position ein. Dieser Bewegungsablauf nimmt bei einer Sandrasselotter nur ein Zwanzigstel einer Sekunde in Anspruch und ist damit um einiges schneller als ein menschlicher Wimpernschlag. Die Sandrasselotter ist die gefährlichste Schlange der Welt. Schätzungen zufolge tötet sie jährlich 20.000 Menschen. Damit ist sie wahrscheinlich für mehr menschliche Todesfälle verantwortlich als ausnahmslos jedes andere Wirbeltier der Welt.

Ein Warzenschwein kommt vorbei und sagt zu mir:
„Lass die Sandrasselotter lieber in Ruhe! Ich weiß nicht, ob sie sich an die Abmachung hält!"

„Das hatte ich vor. Trotzdem vielen Dank für die Warnung!", antworte ich. „Gern geschehen. Ich wünsche dir einen schönen Tag!", grunzt es und zieht weiter.

Hier in der afrikanischen Savanne hat sich eine ungewöhnliche Symbiose herausgebildet: Warzenschweine suchen manchmal Zebramangusten auf und lassen die kleinen Raubtiere sogar auf sich herumklettern, damit diese sie von ihren Zecken befreien.

Das Erdmännchen – ebenfalls hier heimisch und eines der zahlreichen Tiere auf dieser endlosen Grünfläche – gehört zu den Mangusten und ist mit dem Mungo verwandt. Die Raubtiere richten sich häufig auf zwei Beinen auf, um die Umgebung zu erkunden und Ausschau nach Fressfeinden zu halten. Meist wird einem bestimmten Individuum diese Aufgabe zugewiesen.

Erdmännchen töten und fressen Skorpione, nachdem sie gezielt den giftigen Stachel entfernt haben. Junge Erdmännchen lernen das schon früh von den erwachsenen Artgenossen, die gemeinsam mit ihnen erst an bereits toten Skorpionen üben.

Als ich an der Erdmännchen-Familie vorbeigehe, grüße ich betont freundlich: „Schönen guten Tag, Freunde!"

Alle Erdmännchen richten sich in einer kollektiven Synchronbewegung auf und schauen mich verwundert an. Offenbar wurde ich ihnen nicht angekündigt. Mehr noch, meine Vermutung, dass sie noch nie einen Menschen zu Gesicht bekommen haben, erhärtet sich, denn ich höre, wie eines der Erdmännchen-Kinder seine Mutter fragt „Mama, was ist das?" und die Mutter ihm antwortet „Ich weiß nicht, Schätzchen. So einen seltsamen Affen habe ich auch noch nie gesehen."

Als ich längst an den putzigen Raubtierchen vorbei bin, drehe ich mich zu ihnen um und stelle fest, dass sie mir immer noch erstaunt hinterherblicken.

Einen ebenso neugierigen Blick wirft mir ein Tier aus einer Erdhöhle zu – ein Stachelschwein.

Die unterschiedlichen Arten der Stachelschweine sind Mitglieder der Nagetiere und gehören mit bis zu über einem Meter Körperlänge und einem Maximalgewicht von 24 kg zu deren größten Mitgliedern. Die kleinsten Arten bringen allerdings nur 1,5 kg auf die Waage.

Stachelschweine sind in Afrika und Asien beheimatet. Eine Art, das Gewöhnliche Stachelschwein, kommt auch in Europa (Italien und Sizilien) vor.

Die namensgebenden, bis zu 40 cm langen Stacheln des Stachelschweins sind nichts anderes als umgewandelte Haare. Wenn es sich durch ein Raubtier bedroht fühlt, stellt das Stachelschwein seine Stacheln auf und läuft rückwärts auf den Angreifer zu. Interessant ist, dass Tiger in Asien sich bei dem Versuch, ein Stachelschwein zu erbeuten, häufig schmerzhafte Verletzungen zuziehen (umso unangenehmer, weil die Stacheln oft steckenbleiben und sich die Wunden leicht entzünden können), während dies bei Leoparden die Ausnahme ist, da sie gelernt haben, das Stachelschwein am Kopf zu packen und so seine Bewaffnung zu umgehen.

Als ich das Stachelschwein grüße, verschwindet sein Kopf im Erdloch. Es lässt sich nicht mehr blicken.

Inzwischen bin ich wieder mehrere Kilometer durch die Grassavanne gewandert.

Als eine Maus von einem Busch zum nächsten huscht und dabei meinen Weg überquert, fühle ich mich an die kurze Sichtung der Spitzmaus in Europa erinnert.

Das kleine Nagetier, das sich mir hier kurz zeigte, ist eine Afrikanische Stachelmaus. Um Fressfeinden zu entkommen, werfen Eidechsen bekanntlich ihren Schwanz ab.

Die Wunden eines Reptils heilen wesentlich besser und schneller als die eines Säugetiers. Eine Ausnahme ist die Afrikanische Stachelmaus. Sie kann 60 % ihrer Hautoberfläche entbehren. Um zu entkommen, wirft sie große Teile der Haut und des Fells ab. So entstehen zwangsläufig großflächige Wunden. Das Regenerationsvermögen ihres Organismus ist ungewöhnlich, sodass sie – ähnlich wie Reptilien – Verletzungen überlebt, an denen die meisten Säuger sterben würden.

Auch das nächste Tier, das mir über den Weg läuft, ist ungewöhnlich widerstandsfähig… Ein Honigdachs!

Ein weiser Rowdy

Der Honigdachs ist geringfügig kleiner als sein europäischer Verwandter. Er wiegt 5-16 kg. Umso erstaunlicher ist sein Selbstbewusstsein – der Honigdachs gilt als das mutigste Säugetier überhaupt. Er greift sogar körperlich deutlich überlegene Tiere wie Leoparden oder Oryxantilopen völlig hemmungslos an – und zwar nicht, um sie zu erbeuten, sondern aus reiner Aggression, um sie zu vertreiben. Da sie sehr robust und unempfindlich sind, bezahlen die Marderartigen ihr übersteigertes Selbstbild selten mit Verletzungen oder dem Tod. Schon junge Honigdachse tollen vollkommen furchtlos zwischen den Hufen ausgewachsener Giraffen herum. Auch bei der Auswahl ihrer Nahrung zeigen sie keine Furcht: Hin und wieder fressen diese Dachse auch Giftschlangen.

Jetzt hat der Honigdachs meine Anwesenheit bemerkt und wirft mir einen skeptischen Blick zu.
„Was guckst du?!", brüllt er zu mir rüber…

„Willst du dich mit mir anlegen?"

„Nein, danke. Ich gehe hier einfach nur entlang.", versuche ich ihn zu besänftigen.

„Weise Entscheidung. Ich bin das gefährlichste Lebewesen des Universums. Pass bloß auf!"

Nur mit Mühe kann ich verhindern, dass die Aussage des kleinen Tieres einen Lachanfall bei mir auslöst. Unauffällig schmunzelnd wünsche ich dem Dachs noch einen schönen Tag und gehe weiter.

„Komm bloß nicht wieder!", ruft er mir hinterher. Nun muss ich doch über mein ganzes Gesicht grinsen, zum Glück außerhalb der visuellen Reichweite des offenbar an leichtem Realitätsverlust leidenden Raubtiers.

Plötzlich steigt Neugier in mir auf. Ich möchte wissen, aus welchem Grund der Honigdachs so furchtlos ist. Mir wurde versprochen, dass mich kein Tier angreifen wird, also drehe ich um und spreche den Kampfzwerg an.

„Entschuldige bitte, ich habe eine Frage. Warum ist deine Spezies so frei von Angst? Gibt es denn gar nichts, wovor du dich fürchtest? Ich möchte nicht unhöflich sein, aber es gibt viele Tiere, die größer und stärker sind als du, sie könnten dich leicht überwältigen und töten."

Sofort bereue ich meine Frage, denn der Honigdachs, den meine Frage offenbar wenig begeistert, rennt zähnefletschend auf mich zu.

Ich zeige mich unbeeindruckt, bleibe einfach stehen und warte auf seine Ankunft. Etwa einen halben Meter vor meinen Füßen macht der Honigdachs eine Vollbremsung.

„Scharf auf Ärger, was?!", ruft er zu mir herauf.

„Bitte, ich möchte es wirklich verstehen.", flehe ich den Dachs an. Er zeigt sich kooperativ:

„Ausnahmsweise werde ich dich nicht zerfleischen. Du kannst froh sein, dass ich heute so gut gelaunt bin!"

Wieder huscht mir ein Schmunzeln über meine Lippen, das dem Dachs glücklicherweise entgeht...

„Ich werde dir erklären, wie ich so furchtlos geworden bin. Danach lässt du mich in Ruhe, einverstanden?"

„Jawohl.", verspreche ich ihm und setze mich hin.

Er setzt sich ebenfalls und beginnt kontextlos zu erzählen:

„Die Anwesenheit ist still und unendlich sanft. Mit ihr verschwindet alle Angst. Freude stellt sich auf einer ruhigen Ebene unerklärlicher Ekstase ein. Die Quelle der Freude ist endlos und immer da. Ohne Anfang und ohne Ende gibt es weder Verlust noch Trauer oder Schmerz oder Begehren. Es braucht nichts getan zu werden. Alles ist schon vollkommen und vollständig. Wenn der Geist still wird, scheint das reine Gewahrsein durch und erleuchtet, was man ist, war und immer sein wird, über alle Welten und Universen hinaus, jenseits der Zeit und deshalb ohne Anfang und ohne Ende." (21)

Schöne Worte, aber ich will es genauer wissen...

„Wunderbar. Aber wie erreicht man diesen Zustand?"

„Ich kann nur meine eigene Erfahrung mitteilen und bemerken, dass wenige Menschen diesen Schritten folgen, weil sie so einfach sind. Es begann mit der Selbsterziehung, in allem Handeln beständig und umfassend Vergebung, Freundlichkeit und Mitgefühl walten zu lassen, ohne jede Ausnahme." (22)

Ungläubig schaue ich ihn an.

Meine Skepsis entgeht ihm nicht...

„Naja, jedenfalls gegenüber meinen Artgenossen. Mit anderen Tieren habe ich sowieso nichts zu tun. Da fällt mir Freundlichkeit noch schwer, das gebe ich zu."

Wieder muss ich mir mein Lachen verkneifen.

Der Honigdachs fährt fort:

„Die Aufgabe, die Aufmerksamkeit beständig und unnachgiebig aufrechtzuerhalten und auch nicht einen einzigen Augenblick der Ablenkung von der Meditation zuzulassen, setzte sich bis in die alltäglichen Aktivitäten fort. Zuerst schien dies sehr schwierig zu sein, aber im Laufe der Zeit kostete es immer weniger Anstrengung und wurde schließlich mühelos.

Plötzlich und ohne Warnung war die Anwesenheit da, unverkennbar, allumfassend. Als das Ego starb, gab es einige Augenblicke der Angst und dann verursachte die Absolutheit der Anwesenheit einen Blitzschlag der Ehrfurcht. Dieser Durchbruch war spektakulär und intensiver als alles, was ich je erlebt hatte. In der gewöhnlichen Erfahrung gibt es nichts, was sich damit vergleichen ließe. Es folgte ein Moment des Schreckens, als das Ego sich an seine Existenz klammerte und fürchtete, es würde sich in nichts auflösen. Stattdessen wurde es durch das SELBST als das ALLES-SEIN ersetzt. Mit dem Nichtgebundensein an einen Ort kam das Gewahrsein, dass man selbst alles ist, was es je gab und je geben wird. Man ist allumfassend und vollständig, reicht über jede Identität, das Geschlecht und sogar die Spezies hinaus. Man braucht nie wieder Angst vor dem Leid oder dem Tod zu haben." (23)

„Und diese Anwesenheit, von der du sprichst, ist das Selbst?", vergewissere ich mich.

„Natürlich. Bewusstsein."

„Du sagtest, das Ego sei gestorben. Wer hat mich denn da eben so angebrüllt?", wage ich eine provokante Frage.

„Das entspricht einfach meiner Honigdachsnatur. Urteile nicht über den Kern, wenn die äußere Schale stinkt."

„Ich bin überwältigt von deiner Weisheit! Ich habe dich vollkommen falsch eingeschätzt, weil du so wütend warst. Das tut mir leid.", zeige ich mich reumütig. Dabei muss ich an den Komodowaran zurückdenken, bei dem ich ebenfalls vorschnell urteilte und anfangs dachte, er sei schlicht im Geiste, woraufhin er sich als sehr klug erwies.

„Unter allen Emotionen ruht das Sein in seiner Unerschütterlichkeit.", sagt der Dachs mit ruhigem Tonfall.

Nach diesen bemerkenswerten Worten läuft er ohne Ankündigung davon und verschwindet in einem riesigen Dornenbusch.

„Danke!", rufe ich ihm nach.

„Jaja, jetzt hau ab!", schallt es aus dem Busch heraus.

Erstaunlich, wie schnell die Honigdachsnatur wieder das Steuer übernommen hat.

Die nächsten Tiere, denen ich ungefähr einen Kilometer weiter begegne, verhalten sich mir gegenüber wesentlich freundlicher... Ich treffe auf ein Rudel Afrikanischer Wildhunde...

Wildhunde zeigen ein ausgeprägtes Sozialverhalten. Jungtiere und verwundete oder kranke Individuen werden von ihren Artgenossen versorgt und teilweise bevorzugt behandelt. So dürfen die jüngsten und schwächsten Rudelmitglieder in vielen Fällen zuerst von einem erlegten Beutetier fressen und ihren Hunger stillen. Die ausdauernden Läufer erreichen – wenn sie Beutetiere wie Antilopen verfolgen – eine Spitzengeschwindigkeit von 70 km/h. Mit einer Erfolgsquote von 90 % bei der Jagd (d. h. 9 von 10 Jagdzüge enden mit dem Tod des verfolgten Tieres; bei Löwen sind es unter 40 %) sind Hyänenhunde, wie sie auch genannt werden, die wohl zuverlässigsten Beutegreifer im gesamten Tierreich.

Plötzlich kommt einer der Wildhunde auf mich zu. Ohne dass ich ihn angesprochen oder etwas gefragt habe, hält das schöne Tier direkt vor mir an, wedelt freudig mit dem Schwanz, schaut mir tief in die Augen und sagt:

„Es ist nie etwas passiert, also mach dir keine Sorgen. Es ist alles nur ein Traum. Alles ist Ekstase, im Inneren. Unsere wahre, glückselige Essenz weiß, dass alles für immer und ewig in Ordnung ist. Ihr wisst es nur nicht wegen eures ständig denkenden Verstandes. Schließe deine Augen, lausche der Stille und du wirst dich erinnern. Ich nenne es die goldene Ewigkeit. Sie ist vollkommen. Wir wurden nie geboren, wir werden nie sterben. Es gibt nichts, wovor man sich fürchten muss." (24)

Er dreht sich mit dem letzten Wort um und rennt zurück zu seinem Rudel. Aus der Entfernung schenken sie mir ein gemeinschaftliches, freundliches Bellen. Ich bin so gerührt, dass ich weder winken noch etwas sagen kann. Ich nehme mir die Empfehlung des Wildhunds zu Herzen und mache meine Augen zu. Sofort kann ich die Wahrheit spüren, auf die das schöne Tier so eindringlich hingewiesen hat. Was genau ich spüre, kann ich nicht in Worte fassen. Shunyata, der meditierende Affe, nannte es einfach *Leere*. Es ist nichts Bestimmtes. Es *ist* einfach. *Ich bin* einfach. Nichts muss geschehen, nichts muss sich verändern. Nichts Essenzielles *kann* sich verändern. Alles ist gut, in bester Ordnung, jetzt und für immer.

Ein herzhaftes Lachen unterbricht meine Meditation.
Sofort schlage ich die Augen auf.
Die Wildhunde sind nicht mehr zu sehen.
Stattdessen fällt mir sofort ein anderes Raubtier auf, das in der Nähe auf dem Rücken liegt und hysterisch lacht.

Die hier ebenfalls heimischen Hyänen erscheinen zwar wie Wildhunde, werden aber nicht den Hundeartigen zugeordnet und bilden eine eigene Familie. Die bis zu 90 kg schwere Tüpfelhyäne ist die größte Hyänenart.

Man sagt diesen Tieren zwar nach, dass sie feige und spezialisierte Aasfresser seien, doch in Wirklichkeit handelt es sich um erfolgreiche Jäger, die im Rudel große Säugetiere überwältigen können.

Diese Raubtiere haben eine ungeheure Beißkraft. Ein erwachsenes Tier kann den Oberschenkelknochen eines Zebras mit einem einzigen Biss knacken. Die Kiefer sind kraftvoller als die eines Löwen. Die lederartige Mundschleimhaut und der Rachen einer Hyäne sind so widerstandsfähig, dass sie ohne Folgen Glas zerkauen und schlucken könnte.

Von den 2 oder 3 Jungtieren pro Wurf überlebt selten mehr als eines. Dies liegt auch daran, dass die Jungtiere nicht so harmlos miteinander spielen wie der Nachwuchs anderer Tiere, sondern sich teilweise schon blutige Auseinandersetzungen liefern.

Die Weibchen sind größer und kräftiger als ihre männlichen Artgenossen. Ihre Klitoris ist stark vergrößert und nach außen verlagert, sodass sie eher wie ein Penis wirkt (wird auch als Pseudo- oder Scheinpenis bezeichnet).

Mir ist bewusst, dass Hyänen nicht wirklich lachen, auch wenn es ihnen nachgesagt wird. Aber diese Hyäne lacht wirklich! Jetzt entdecke ich ihre Artgenossen in einiger Entfernung. Ich kann sehen, wie sie sich offenbar von der lachenden Hyäne abwenden. Bestimmt halten sie sie für verrückt.

Ich möchte den Grund für ihr Amüsement erfahren und gehe auf sie zu.

Jetzt direkt neben ihr stehend und fasziniert auf sie herunterschauend, frage ich: „Hallo! Warum lachst du?"
Für einen Moment unterbricht sie ihr Gelächter und antwortet:
„Ich lache, weil ich jetzt die Absurdität meiner Suche begriffen habe. Ich habe viele Leben lang nach der Wahrheit gesucht und sie war immer in mir. Ich habe überall danach gesucht, bin hierhin und dorthin gerannt, und es bestand überhaupt keine Notwendigkeit, irgendwo hinzugehen. Ich hätte mich einfach beruhigen können und schon wäre es meins gewesen. Es hat schon immer mir gehört. Es ist mein eigenes Sein. Das Gesuchte ist der Suchende. Deswegen lache ich! Ich kann nicht glauben, wie ich so lange in der Täuschung leben konnte, wie ich so lange ein solcher Idiot sein konnte. Und ich lache auch, weil ich Millionen Wesen sehe, die auf dieselbe Weise suchen – nach Seligkeit, nach Gott – und alles, was sie suchen, kann in ihnen selbst gefunden werden. Es gibt keinen Grund, irgendwo hinzugehen. Es gibt keinen Grund, irgendetwas zu tun. Schließe einfach die Augen, schau nach innen, und das Königreich Gottes gehört dir. Deswegen kann ich nicht aufhören zu lachen." (25)

Kaum hat sie zu Ende gesprochen, lacht sie weiter.
Das ist ansteckend, aber ich reiße mich zusammen und kichere bloß leise. Die Hyäne blickt zu mir auf und sagt:
„Auch du wirst irgendwann einmal darüber lachen, dass du versucht hast, das Selbst zu entdecken, das so offensichtlich ist. Wenn man erkennt, ist man bewusst Das, was allein ist und was allein immer war. Man kann diesen Zustand nicht beschreiben; man kann Das nur sein. Wer im Selbst lebt, in der Schönheit bar allen Denkens, der hat nichts, woran er denken müsste. In diesem höchs-

ten Zustand gibt es nichts, was man erreichen könnte, außer sich selbst. Jede andere Erkenntnis ist trivial und unbedeutend." (26)

Ich setze mich zu der Hyäne auf den sandigen Boden und schaue sie mit meinem ganzen Wesen an. Meine Augen drücken tiefen Respekt aus, den ich in der Tat empfinde. Die Hyäne hat mir noch mehr zu sagen:

„Es ist so lustig. Es ist alles nur ein Scherz. Du bist freies, reines Bewusstsein in diesem Moment. Aber du musst das fühlen. Es ist wundervoll. Du bist in diesem Augenblick absolut frei. Du wurdest nie geboren und du kannst nie sterben. Du bist das Eine! Genau jetzt! Fühle es!" (27)

Ein seliges Lächeln legt sich über mein Gesicht, ohne dass ich es bewusst steuere. Ich sage nichts, aber bestimmt ist mein Gesichtsausdruck Zustimmung genug. Die Tüpfelhyäne steht auf und kommt näher. Etwa dreißig Zentimeter vor meinem Gesicht hält sie an, schaut mir tief in die Augen und sagt mit großer Bestimmtheit:

„Höre nie auf zu lachen, mein Kind. Ihr Menschen habt das verlernt. Es hängt direkt damit zusammen, dass ihr vergessen habt, wer ihr wirklich seid! Humor ist eine göttliche Erinnerung daran, dass uns nichts passieren kann und dass das Leben keinesfalls und keineswegs eine ernste Angelegenheit ist. Es geht nicht darum, sich mühsam weiterzuentwickeln, sondern darum, die bereits bedingungslos präsente Perfektion des Selbst zu entdecken, um fortan die Schönheit des Seins ununterbrochen zu genießen."

Wieder lächle ich diese weise Hyäne mit ganzem Herzen an. Ich werde es nicht wagen, diese wundervollen Worte durch eine Hinzufügung meinerseits oder eine Frage zu entwürdigen. Also schweige ich. Ich kann dem humorvollen Raubtier ansehen, dass es mein stilles Lächeln richtig interpretiert. Zufrieden schaut mich die Hyäne an, kommt noch ein Stück näher und schnuppert an meiner Stirn. ‚Was für ein Gestank!‘, muss ich gedanklich feststellen. Sie riecht wirklich übel. „Selber.“, sagt die Hyäne. Natürlich ist ihr mein Gedanke nicht entgangen. Noch während ich mich bei ihr entschuldige, wendet sie sich lachend ab und läuft davon. Ich weiß, dass sie mir verzeiht. Alles ist gut. Hier ist nur Liebe. Harmonie.

Ich sitze immer noch. Plötzlich fällt mir direkt neben mir ein Loch im Sandboden auf.
Ein kleines, haarloses und dadurch sehr merkwürdig aussehendes Tier schaut neugierig heraus. Es hat winzige Knopfaugen und riesige Nagezähne.
Der Nacktmull, dessen Körper 5-15 cm lang ist, gilt als eines der hässlichsten Tiere überhaupt.
Wissenschaftler gehen davon aus, dass dieses Nagetier keinerlei Schmerzempfinden hat. Außerdem erkranken Nacktmulle niemals an Krebs.
„Guten Tag!“, grüße ich den Nacktmull.
„Hallo und tschüss.“, antwortet er schüchtern und verschwindet wieder unter der Erde.

„Hey, komm lieber zu mir! Ich bin gesprächiger und ohnehin viel klüger als der nackte Zwerg.“, ruft eine kratzige Stimme von einem nahegelegenen Affenbrotbaum zu mir herunter. Ein Graupapagei.

Der Graupapagei kann nachweislich über 70 Jahre alt werden.
Papageien sind dafür bekannt, verschiedene Geräusche und darunter auch die menschliche Sprache imitieren zu können. Hinsichtlich des Wortschatzes und der Klarheit

der Aussprache ist der Graupapagei die begabteste Art. Lange ging man davon aus, dass Papageien nachgeahmte Laute gedankenlos wiedergeben, ohne den Sinn zu verstehen. Heute wissen Forscher, dass sie durchaus die Bedeutung der gesprochenen Wörter nachvollziehen und sie situationsbedingt anwenden können.

Die letzten Worte eines Graupapageis namens Alex waren an seine ‚Besitzerin' gerichtet und lauteten: „Ich liebe dich. Du warst gut zu mir."

(Im englischen Original: „I love you. You be good.")

Tatsächlich sind diese Tiere, so die Einschätzung der Wissenschaftler, hinsichtlich der Komplexität ihres Denkens nicht weniger intelligent als 3- bis 6-jährige Kinder.

Der Biologe Rupert Sheldrake erwähnt in seinem Buch „Der siebte Sinn der Tiere" die darüber hinausgehenden Fähigkeiten der Vögel:

„Ein sprachbegabter Graupapagei namens N'kisi hält mit einem Wortschatz von 1.500 Wörtern einen Weltrekord. Er fiel zunehmend dadurch auf, dass er Dinge sagte, die sich auf die Gedanken und unausgesprochenen Absichten seiner Besitzerin Aimee bezogen. Aimee hat über 10 Jahre lang Tagebuch über die telepathischen Vorfälle geführt. Beispiele:

„Ich dachte gerade daran, meinen Freund Rob anzurufen und griff zum Telefon, und N'kisi sagte: „Hi, Rob!", noch bevor ich das Telefon in der Hand und die Nummer gewählt hatte."

„Wir sahen uns gerade einen Jackie-Chan-Film an. Da erschien ein Bild von Chan, der hoch oben auf einem riesigen Wolkenkratzer lag. Es war beängstigend wegen der Höhe und N'kisi rief: „Fall nicht runter." Dann gab es einen Schnitt zu einem Werbespot und als das Bild eines Autos erschien, sagte N'kisi: „Da ist ein Auto."

Sein Käfig stand am anderen Ende des Raumes hinter dem Fernseher. Er konnte weder den Bildschirm noch irgendwelche Spiegelungen sehen."

„Ich war in einem Zimmer auf einer anderen Etage, aber ich konnte ihn hören. Ich sah mir gerade ein Kartenspiel an und hielt bei dem Bild eines violetten Autos inne. Mir kam der Gedanke, was für ein erstaunlicher Lilaton das doch war. In diesem Augenblick rief er von oben: „Oh wow, schau dir das tolle Lila an."

Rupert Sheldrake besuchte Aimee zu Hause, um vor Ort Tests mit dem Papagei durchzuführen. Er berichtet:

„Aimee und ich gingen in ein anderes Zimmer, wo N'kisi nicht sehen konnte, was wir gerade taten und ich sorgte dafür, dass Aimee mehrere verschiedene Bilder betrachtete. Als sie sich auf ein Bild mit einem Mädchen konzentrierte, hörten wir N'kisi mit unmissverständlicher Deutlichkeit sagen: „Das ist ein Mädchen."

Sie schaute sich ein Bild mit Blumen an und er sagte: „Das ist ein Bild mit Blumen." Dann sah sie sich ein Bild von jemandem an, der mit einem Handy telefonierte und N'kisi sagte „Was machst'n am Telefon?" und gab Geräusche von sich wie beim Wählen.

Betrachtete sie ein Bild von Menschen an einem Strand, die nur spärliche Badeanzüge trugen, sagte er: „Schau dir meinen hübschen nackten Körper an."

Insgesamt äußerte er sich treffend zu 23 verschiedenen Bildern."

Ich gehe auf den Graupapagei, der dort im Baum hockt und mich soeben angesprochen hat, zu.

„Guten Tag! Kannst du mir eine spontan auftauchende Frage beantworten?"

„Jede!", antwortet der Papagei selbstbewusst.

„Wieso beherrschen wir Menschen keine Telepathie?“, frage ich ihn. Seine Antwort ist verblüffend einleuchtend: „Wie willst du die Gedanken eines anderen empfangen, wenn du pausenlos mit deinen eigenen Gedanken beschäftigt bist? Wenn du Kopfhörer trägst und laut Musik hörst, überhörst du alle anderen Geräusche.“

„Warum sitzt du hier so allein?“, wundere ich mich… „Deine Art ist doch eigentlich sehr gesellig und lebt in Schwärmen oder zumindest paarweise.“

„Ich habe meinen Schwarm verlassen, weil meine Zeit gekommen ist. Ich bin 64 Jahre alt und möchte hier in Ruhe sterben.“

Schockiert halte ich inne.

„Hast du denn gar keine Angst?“

„Angst? Wovor?“

„Vor dem Tod.“

„Es gibt keinen Tod. Das Leben geht weiter. Schau dich doch mal in der Natur um. Es gibt keine ewige Nacht. Auf jede Nacht folgt ein neuer Tag. Es gibt keinen ewigen Winter. Auf jeden Winter folgt ein neuer Frühling. Alles erblüht von neuem. So gibt es nach dem Zerfall des Körpers keine ewige Dunkelheit. Ich freue mich auf den neuen Zustand. Afrika ist schön und das Dasein als Papagei ist auch ganz nett, aber nach 64 Jahren habe ich mal Lust auf etwas Neues. Ich freue mich auf die Befreiung vom Körper und bin schon ganz gespannt, wie es weitergeht. Ich weiß bisher nur, *dass* es weitergeht, aber *wie* es weitergeht, da lasse ich mich überraschen.“

„Woher weißt du, dass es weitergeht?“

„Ich sagte ja bereits, dass schon ein wenig Aufmerksamkeit bezüglich der Prozesse unserer natürlichen Umgebung dir die Erkenntnis bescheren kann, dass nichts endgültig vergeht. Außerdem habe ich schon oft meinen

Körper verlassen und klar erkannt, dass ich auch ohne ihn leben kann."

Unweigerlich muss ich an das nahtoderfahrene Murmeltier zurückdenken.

Plötzlich erreicht uns aus dem nahegelegenen Wald ein lautes Knistern und Knacken. Es klingt, als würden Äste abbrechen. Vielleicht kann mir der Graupapagei Auskunft darüber geben, wer diese Geräusche verursacht…

„Was ist das?", frage ich ihn.

„Ich weiß nicht. Aber ich kann ja mal nachschauen."

Der Graupapagei schließt die Augen, bleibt aber ruhig auf seinem Ast sitzen.

Wollte er nicht nachschauen? Warum fliegt er nicht los? Nach wenigen Sekunden öffnet der Vogel seine Augen wieder und sagt zu mir: „Es ist ein Elefant."

„Woher weißt du das?", frage ich verdutzt.

„Ich habe gerade nachgesehen."

„Aber du bist doch gar nicht losgeflogen.", werfe ich ein.

„Fliegen kostet mich viel Kraft, meine Flügel sind alt und ziemlich schwach. Also habe ich einfach meinen Körper verlassen und mich geistig dorthin begeben.", sagt der Papagei, als sei es das Normalste auf der Welt.

„Du kannst bewusst und kontrolliert deinen Körper verlassen?"

„Ist nichts Besonderes. Können viele. Sogar einige Menschen.", antwortet er mit überraschender Bescheidenheit.

Ich bin sprachlos. Will der Papagei mich verschaukeln?

„Sieh selbst nach, wenn du mir nicht glaubst."

„Das werde ich tun. Es hat mich gefreut, mit dir zu plaudern. Ich wünsche dir alles Gute, ein schönes Leben, dann einen schönen Tod und dann ein schönes weiteres Leben!"

„Du hast es geschnallt.", zwinkert er mir zu.

Ich mache mich auf den Weg in den Wald, immer dem Geräusch nach, um dessen Quelle zu finden.

Nach etwa zwanzig Minuten Fußmarsch kann ich erkennen, wer diesen Krach verursacht: Ein Elefant, der mit seinem Rüssel Zweige von den Bäumen abbricht und Blätter abreißt, um seinen Hunger zu stillen.

Der Graupapagei hatte also tatsächlich Recht.

Gerade, als ich ihn erblicke, unterbricht der Elefant sein Mahl für ein seltsames Schauspiel: Er hat jetzt seine Augen geschlossen und drückt seine Stirn an einen Baum. Es sieht aus, als würden das Tier und die Pflanze, von der es zehrt, für einen heiligen Moment ineinander übergehen, miteinander verschmelzen, eins werden. Die Dualität offenbart sich in diesem Moment als nichtexistent. Diese stille Kommunion zwischen Elefant und Baum erinnert mich unmissverständlich an die Einheit allen Lebens.

Der Elefantenbulle ist riesig, wesentlich größer als die Elefantenkuh in Asien, auf deren Rücken ich geritten bin.

Tayo, der Afrikanische Elefant

Die Bullen des Afrikanischen Elefanten sind mit einer Körperlänge von 5 bis 7,5 Metern (ohne Rüssel), einer maximalen Schulterhöhe von 4 Metern und einem Gewicht von bis zu 8 Tonnen (der Weltrekord liegt sogar bei 12 t) die größten und mächtigsten Landtiere des Planeten. Allein die Stoßzähne können über 3 Meter lang und jeweils 100 kg schwer sein! Im Gegensatz zu seinem asiatischen Verwandten sind beim Afrikanischen Elefanten beide Geschlechter mit Stoßzähnen ausgestattet. Weitere Unterscheidungsmerkmale: Die Ohren der afrikanischen Art sind wesentlich größer und der Asiatische Elefant hat im Gegensatz zu seinem Verwandten eine bucklige Stirn und einen abgerundeten Rücken.

Elefanten sind hochintelligente und sehr soziale Tiere, die offenbar um verstorbene Artgenossen trauern: Es konnte häufig beobachtet werden, dass die Dickhäuter verstorbene Herdenmitglieder bewachen oder auch deren Knochen stundenlang berühren. Dabei demonstrieren sie Emotionen. Gelegentlich kommt es sogar vor, dass ein Elefant nach dem Tod eines Artgenossen die Nahrungsaufnahme verweigert und verhungert. Elefanten haben ein hervorragendes Erinnerungsvermögen, das möglicherweise weitreichender und präziser ist als das menschliche Gedächtnis. Wenn ein Elefant einen Ort passiert, an dem einst ein geliebter Artgenosse gestorben ist, hält er inne und legt geradezu eine Schweigeminute ein. Elefanten kommunizieren mit niederfrequenten Tönen (Schallsignalen), die für das menschliche Ohr nicht hörbar sind, aber von anderen Elefanten noch in mehreren Kilometern Entfernung wahrgenommen werden können.

Der Rüssel eines Elefanten ist ein hochspezialisiertes und sehr vielseitig einsetzbares Greifwerkzeug. Er besteht aus etwa 40.000 Muskeln.

In der „Musth" erhöht sich der Testosteronspiegel der Bullen um das 40- bis 60-Fache. Dann können sie sehr aggressiv werden (insbesondere die Afrikaner). Nicht wenige Tierfilmer fürchten Elefanten im „Hormonrausch" mehr als jedes andere Tier.

Ich beobachte den Elefantenbullen aus einer Entfernung von etwa dreißig Metern – unentschlossen, ob ich ihn ansprechen sollte. Die Elefantenkuh in Asien hat mir aufgetragen, ihn zu grüßen. Also überwinde ich mich schließlich und gehe zielstrebig auf den grauen Giganten zu. Mit seinem Rüssel reißt er jetzt wieder Blätter und Äste von den Bäumen. Als er mich sieht, hört er damit auf und blickt mich bewegungslos an. Ich bleibe auf der Stelle stehen. Zwischen uns stehen wenige Bäume, die ihm den Weg versperren würden, sollte er sich entschließen, mich anzugreifen. Aber die würde er sicherlich problemlos aus dem Weg räumen. Erstmals seit meiner Begegnung mit den Löwen fürchte ich mich.

„Komm ruhig näher!", sagt er mit freundlicher Stimme. Sofort ist ein Großteil meiner Angst verflogen. Ich gehe weiter auf ihn zu und stehe ihm jetzt in einem Abstand von höchstens drei Metern gegenüber. Seine Beine wirken wie Säulen und der riesige Körper stellt alles in den Schatten, womit ich mich bis jetzt unterhalten habe.

Er bemerkt meine Bewunderung und reagiert darauf: „Kein Grund, nervös zu sein. Dieser Körper ist auch nur ein Staubkorn mit Rüssel. Nenn mich Tayo."

„Ist das dein Name?"

„Solange ich mit einem Menschen spreche, ja. Tayo ist ein afrikanischer Name und bedeutet „Geboren zum Glücklichsein" oder „Der Glückliche"."

„Ich kann mir keinen schöneren Namen vorstellen!", rufe ich begeistert aus.

Der Elefant streckt seinen Rüssel in die Höhe und stößt einen trompetenähnlichen Freudenschrei aus, der mein Trommelfell aufs Äußerste strapaziert.

Als ich mir mit schmerzverzerrtem Gesicht die Ohren zuhalte, sehe ich, wie sich die Lippen des Elefanten bewegen. Ich entferne meine Hände von meinen Ohren…

Er wiederholt seine Worte: „Entschuldige bitte! Das war wohl zu viel Freude für einen Menschen."

Schon verziehen. Der Tinnitus wird bestimmt schnell vorübergehen. Jetzt möchte ich mehr über seine bescheidene Aussage erfahren…

„Du hast gesagt, dein Körper sei nur ein Staubkorn. Wie meinst du das? Er ist so groß und stark! Warum fühlst du dich den anderen Tieren nicht überlegen?"

Er lacht und antwortet:

„Weil es eine Illusion ist. Ich weiß, dass ihr Menschen das nicht akzeptieren wollt, aber Überlegenheit ist eine Illusion. Niemand ist jemandem überlegen und niemand ist irgendwem unterlegen. Es gibt keine Überlegenheit und es gibt keine Unterlegenheit.

Welche Rolle spielt es, dass mein Elefantenkörper größer und stärker ist als deiner?

Selbst wenn ich dich in einem Kampf zu Brei zerstampfen würde, würde mein vermeintlich siegreicher Körper sich spätestens einige Jahre später ebenso auflösen. Von beiden Körpern bleibt letztendlich nur Staub übrig. Wo ist da die Überlegenheit?"

„Das stimmt. Körperlich sind wir alle räumlich und zeit-
lich begrenzt, aber was ist mit unseren Seelen, gibt es da
keine Unterschiede in der Entwicklung?"

Tayo warnt mich:

„Hüte dich vor jedem Gefühl der Überlegenheit! Auch
spirituell – und Spiritualität ist letztlich auch nur ein
menschliches Konzept – gibt es keine wirkliche Überlegenheit. Ihr mögt zwischen Körpern und Seelen unterscheiden, aber es gibt etwas Tieferes und das ist in ausnahmslos jedem Fall dasselbe."

„Aber sind wir nicht alle einzigartig?"

„Ja, unsere Erscheinungsformen, aber die Quelle ist dieselbe. Diese Quelle ist das wahre Selbst.

Und was die Individualität betrifft... Jeder ist etwas Besonderes. Aber niemand ist etwas besonders Besonderes.
Niemand ist wertvoller oder weniger wert. Es gibt keinen
Grund, sich irgendetwas darauf einzubilden, dass ich
körperlich vorübergehend ein Elefant bin."

Diese ehrliche, authentische Bescheidenheit berührt mich
zutiefst. Der weise Riese würde zweifellos selbst dem
kleinsten Insekt mit unvermindertem Respekt begegnen.

Eine Weile verharre ich an Ort und Stelle.

Ich kann meinen Blick nicht von diesem graubraunen
Ungetüm abwenden, dessen äußere Hülle eine solche
Sanftmut beherbergt.

„Kannst du mir zum Abschied etwas auf den Weg mitge-
ben, eine Weisheit für mein Herz?", bitte ich ihn.

Tayo zögert nicht, mir einen der schönsten und bemerkenswertesten Hinweise, die ich auf meiner Reise erhalte,
zu schenken...

„Ich möchte dich in ein kleines Geheimnis einweihen: Es
gibt keine Probleme. Es gab nie Probleme, es gibt heute
keine Probleme und es wird auch nie Probleme geben.

Die Realität im Hintergrund des Universums ist reines Gewahrsein. Es hat keine Probleme. Und Du bist Das. Erinnere dich immer tief in deinem Herzen daran, dass alles gut ist und sich alles so entfaltet, wie es sein sollte. Es gibt keine Fehler, nirgendwo und zu keiner Zeit. Was falsch zu sein scheint, ist lediglich deine eigene falsche Vorstellung. Das ist alles.
Du bist das vollkommene, unsterbliche Selbst. Nichts anderes existiert. Nichts anderes hat jemals existiert. Nichts anderes wird jemals existieren. Es gibt nur Eines – und Das bist Du. Freu dich!
Erinnere dich immer daran, dass alles gut ist. Alles ist gut. Alles ist vollkommen in Ordnung. Vergiss das nie. Denke nicht darüber nach. Versuche nicht, es zu analysieren. Akzeptiere es einfach in deinem Herzen. Alles ist gut, Punkt, Ende." (28)

Kein Wort kommt über meine Lippen. Selbst ein verbaler Abschied wäre zu viel und würde die Wirkung dieser letzten Worte des lieben Riesen nachträglich schwächen. Mit seinem Rüssel zeigt mir der Elefant die Richtung an, in die ich weitergehen sollte – tiefer in den Wald hinein. Ich lege meine Handflächen aneinander und verneige mich ehrfurchtsvoll vor der körperlichen und geistigen Größe und Kraft, der ich hier in diesem schönen Wald begegnen durfte.
Dann geschieht etwas Bemerkenswertes:
Auch der Elefant verneigt sich. Er senkt seinen mächtigen Kopf und stützt sich mit seinen Knien auf dem Boden ab. Ich traue meinen Augen kaum und verneige mich nochmals, diesmal wesentlich tiefer als beim ersten Mal. Auch ich gehe in die Knie, beuge mich nach vorn und lege meine Handflächen und meine Stirn auf den Boden.

Auf dieselbe Weise verneigte ich mich zu Beginn meiner Reise vor der liebestrunkenen Ameise im Bayerischen Wald. Eine Ameise und ein Elefant: Der körperliche Kontrast könnte kaum größer sein. Doch in beiden wohnt dasselbe göttliche Leben, daher ist der gleiche Respekt nur folgerichtig.

Ich habe meine Augen geschlossen, doch vor meinem geistigen Auge sehe ich dieses Bild aus einer anderen Perspektive – ein Elefant und ein Mensch, der neben dem Dickhäuter eher wie ein Hobbit wirkt, verneigen sich voreinander. Wir verweilen einige Minuten in dieser Position. Dann richten wir uns zeitgleich auf.

Keiner von uns sagt ein Wort.

Der Elefant setzt sein Mahl fort, als sei nichts geschehen – in der Tat, es ist nicht wirklich etwas geschehen – und der Mensch geht weiter, ohne sich umzudrehen.

Einen knappen Kilometer weiter erreiche ich eine große Lichtung im Wald. Ein Großteil der freien Fläche wird von einem riesigen See eingenommen, der von Wiesen umgeben und mit einem kleinen Wasserfall verziert ist. Ein Bild reinster Idylle. Auf der vorderen Wiese grasen drei Flusspferde, im Wasser befinden sich viele weitere. Eines von ihnen nimmt eine Dusche unter dem Wasserfall und genießt es sichtlich.

Diese gewaltigen Säugetiere sind entgegen ihres Namens nicht näher mit Pferden verwandt. Wissenschaftler gehen davon aus, dass Wale die nächsten lebenden Verwandten der Flusspferde sind. Nach dem Elefanten ist das Flusspferd das schwerste Landtier der Welt. Die Körperlänge der massigen Tiere liegt bei 3 bis 5 Metern. Die mächtigen Bullen sind äußerst territorial und reagieren auf Re-

viereindringlinge außerordentlich aggressiv und angriffs-
lustig. Durch Flusspferde sollen in Afrika deutlich mehr
Menschen ums Leben kommen als durch alle anderen
großen Säugetiere. Mit seinen max. 70 cm langen Hauern
und dem bis zu 4,5 Tonnen schweren Körper stellt ein
Flusspferdbulle selbst für Afrikas größte Raubtiere –
Löwen und Krokodile – ein unüberwindbares Hindernis
dar.
Flusspferde sind normalerweise reine Vegetarier.
Doch es wurden auch Ausnahmefälle dokumentiert:
Gelegentlich verschmähen sie tatsächlich auch Aas nicht.

Ein Nilpferd im Nirwana

Eines der Flusspferde bemerkt den Menschen, der dort
am Waldrand steht. Es kommt langsam auf mich zu.
Angesichts dessen, was über Flusspferde berichtet wird,
wird mir etwas mulmig, aber ich bleibe im Vertrauen.
Als der massige Körper bei mir angekommen ist, begrüßt
mich eine weibliche, geradezu zärtliche Stimme:
„Herzlich willkommen in unserem abgelegenen Paradies!
Gibt es offene Fragen, die wir dir beantworten können?"
Ich grüße zurück und überlege.
Dann möchte mein Verstand etwas verstehen…
„Ihr Flusspferde habt eine dünne, kaum behaarte Haut,
die sicher sehr sonnenempfindlich ist und ihr lebt ausge-
rechnet in diesem heißen und sonnenintensiven Klima.
Wie kommt ihr damit klar?"
Die Flusspferdkuh strahlt über das ganze Gesicht:
„Glücklicherweise hat der liebe Gott dafür gesorgt, dass
unsere Haut eine Flüssigkeit absondert, die wie ein Son-
nenschutzmittel wirkt! Dafür gibt es in der Natur ver-
gleichbare Beispiele: Damit junge Zierschildkröten wäh-

rend der Winterstarre nicht erfrieren, befindet sich in ihren Adern ein natürliches Frostschutzmittel, welches dafür sorgt, dass das Blut ständig in Bewegung bleibt und den Tierkörper somit warmhält."

„Hat der liebe Gott dafür gesorgt oder die Natur?"

„Wo ist der Unterschied? Zwei Worte, eine Bedeutung."

„Du scheinst dich gut mit Tieren auszukennen. Hast du auch eine weise Botschaft für mich?", frage ich den sympathischen Paarhufer.

„Dort hinten im Schlammloch liegt ein alter Bulle. Er ist der Weiseste von uns. Er ist ständig im Nirwana. Frage ihn, er wird dir weiterhelfen."

„Super! Ich habe mich schon immer gefragt, was Nirwana eigentlich bedeutet!"

„Dann geh hin und frag ihn."

Gemeinsam gehen wir über die Wiese. Bei den anderen grasenden Flusspferden bleibt meine freundliche Gesprächspartnerin stehen und frisst weiter. Ich gehe die restlichen Meter allein, bis ich das Schlammloch erreicht habe, in dem der gewaltige Körper des Bullen liegt. Er hat die Augen geschlossen und wirkt tiefenentspannt. Vorsichtig leite ich das Gespräch ein:

„Guten Tag, Sir. Ihr fühlt euch im Wasser oder Schlamm wohler als auf dem trockenen Land, nicht wahr?"

„Ich fühle mich überall gleichermaßen wohl.", lautet die prompte Antwort.

„Wie ist das möglich?"

„Wer in den klaren, warmen, stets erfrischenden Wassern des Bewusstseins badet, die überall, hier und jetzt, verfügbar sind, braucht nicht an besonderen Orten und zu besonderen Zeiten zu suchen." (29)

Ich stelle die Frage, um derentwillen ich gekommen bin:

„Was ist Nirwana?"

„Dafür gibt es keine Worte. Im Nirwana gibt es nichts als das glückselige, reine Bewusstsein *Ich bin.*" (30)
Ich bin. Das ist es. So einfach.

„In der spirituellen Ekstase der Erfahrung des "Ich Bin", in der es keine Person gab, nur das reine Bewusstsein "Ich Bin", rannte ich zu Ramana Maharshi und fragte ihn:
„Meister, ist es DAS?"
Er schenkte mir das herrlichste Lächeln und bestätigte:
„Ja, DIES ist DAS!"
Ich fragte ihn: „Meister, ist es so einfach?"
Er antwortete: „Ja, es ist so einfach."
Seitdem hatte ich nie wieder einen Zweifel."   *(Major Chadwick)*

Ramana Maharshi

Ich verlasse den Wald und betrete wieder die Savanne. In der Ferne erblicke ich schon die nächsten großen Tiere. Im hohen Gras stehen mehrere Nashörner und stillen sorglos ihren Hunger. Man merkt, dass sie keine Raubtiere zu fürchten haben. Die meisten Pflanzenfresser sind ständig wachsam und behalten ihre Umgebung im Auge, aber diese Nashörner grasen völlig entspannt.

Als größte Nashornart ist das Breitmaulnashorn neben dem Flusspferd und nach dem Elefanten das größte Landtier des Planeten. Das durchschnittliche Körpergewicht der Bullen beträgt etwa 2,3 Tonnen, im Falle der Weibchen liegt es bei ca. 1,7 Tonnen. Die größten Exemplare bringen aber bis zu 3.600 kg auf die Waage und sind damit ungefähr so schwer wie eine Elefantenkuh. Die maximale Körperlänge dieser gigantischen Säugetiere liegt bei 5 Metern.

Imposant ist der aus Muskulatur bestehende Nackenbuckel. Hier ist die Haut bis zu 4,5 Zentimeter dick.

Nashörner sind kraftvoll genug, um kleine Lastwagen umzuwerfen.

Das Spitzmaulnashorn ist ebenfalls ein Bewohner der afrikanischen Savanne. Es kann 4,2 Meter lang, 1,6 Meter hoch und bis zu 2,5 Tonnen schwer werden (im Normalfall 800-1.400 kg).

Die unterschiedlich geformten Lippen von Breit- und Spitzmaulnashörnern sind auf die Anpassung an verschiedene Ernährungsweisen zurückzuführen: Während das Breitmaulnashorn in erster Linie ein Grasfresser ist, bevorzugt das Spitzmaulnashorn Blätter und Zweige, die es mit seinen schmalen Lippen sehr gut abreißen kann. Weil seine Haut durchschnittlich etwas dunkler gefärbt ist, wird das Spitzmaulnashorn auch als "Schwarzes Nashorn" bezeichnet, wohingegen das Breitmaulnashorn den Zunamen "Weißes Nashorn" erhielt.

Das vordere Horn des Breitmaulnashorns kann bis zu 1,6 Meter lang werden und als tödliche Verteidigungswaffe dienen. Ein angreifendes Nashorn kann damit problemlos eine Autotür durchstoßen. Doch ich vertraue darauf, dass es bei mir nicht zum Einsatz kommen wird.

Weil die Hörner als Heil- und Potenzmittel gelten, wurden Nashörner ihretwegen verfolgt und in ihrem Bestand beträchtlich dezimiert. Dies zeigt, welch fatale Folgen ein menschlicher Irrglaube für eine andere Art haben kann. Da die Hörner wie unsere Haare und Fingernägel aus Keratin bestehen, dürfte es für diejenigen, die an derartigen Illusionen festhalten wollen, stattdessen ausreichen, regelmäßig an Fingernägeln zu kauen, um die Potenz zu steigern. So bleiben immerhin die unschuldigen Kreaturen unversehrt, die andernfalls den Konsequenzen des menschlichen Wahnsinns ausgesetzt sind.

Im Falle einer Bedrohung reagiert das Breitmaulnashorn in der Regel weniger aggressiv als sein kleinerer Verwandter. Spitzmaulnashörner gelten als relativ leicht reizbar. Weil sie schlechte Augen haben und extrem kurzsichtig sind, soll es tatsächlich vorkommen, dass sie Felsen, Bäume oder Tierkadaver mit lebenden Tieren verwechseln und diese angreifen, weil sie sich dadurch bedroht fühlen – oder um überschüssige Aggressionen abzubauen.

Dementsprechend bin ich trotz der Größe froh darüber, dass es sich bei den dort grasenden Exemplaren um Breitmaulnashörner handelt.

Meine Intuition verrät mir aber, dass sie nicht als meine nächsten Lehrer vorgesehen sind.

Also beobachte ich sie eine Weile und ziehe dann weiter.

Durch die Savanne zu wandern, diese einmalige Kulisse in mich aufnehmen zu können und dabei von Erschöpfung und Sonnenstich verschont zu bleiben, löst in meinem Herzen eine tiefe Dankbarkeit und Freude aus. Ich fühle mich unglaublich reich beschenkt. Aus der Ferne entdecke ich auf einem kleinen Hügel unter einem vertrockneten Baum das nächste Tier – dort sitzt ein Gepard!

Der Gepard erreicht eine Schulterhöhe von maximal 95 cm und ein Gewicht von bis zu 70 kg. Er gilt allgemein eigentlich als Kleinkatze, wird von manchen Wissenschaftlern aber weder den Groß- noch den Kleinkatzen zugeordnet, sondern bildet nach deren Einschätzung eine unabhängige Gattung. Als einzige Katze kann er seine Klauen nicht einziehen – eine von vielen Eigenschaften, die eher denen von Hunden als jenen von Katzen ähneln. Tatsächlich hat er auch einen stärker ausgeprägten Geruchssinn als andere Katzen, sodass er sich wie Hundeartige ausschließlich mit dessen Hilfe orientieren kann. Der elegante Körper dieser Raubkatze weist Anpassungen an sein Dasein als spezialisierter Sprintjäger auf. Die Wirbelsäule ist extrem elastisch und der Körper von wesentlich schlankerer Gestalt als beispielsweise jener eines Leoparden. Die dünnen Beine wirken geradezu stelzenartig. Dafür hat der Gepard erheblich an Körperkraft eingebüßt, sodass er den anderen großen Beutegreifern seines Lebensraumes – Löwe, Leopard, Hyäne – physisch klar unterlegen ist und erlegte Beute häufig an diese verliert.
Ein Gepard beschleunigt, vergleichbar mit einem Formel-1-Auto, von 0 auf 100 km/h in drei Sekunden.
Mit einer Spitzengeschwindigkeit von 120 km/h ist er das schnellste Landtier der Welt.

Inzwischen bin ich bei der Katze angekommen. Sie schaut zum Horizont und würdigt mich keines Blickes. Das ändert sich auch nicht, als ich sie liebevoll grüße: „Guten Tag, schöner Freund!"

Vielleicht war diese Begrüßung etwas zu kitschig. Ich möchte nicht den Eindruck eines Schleimers erwecken, also versuche ich es anders: „Hallo, Kumpel!"

Jetzt dreht der Gepard seinen Kopf zu mir und schaut mich mit seinen großen Augen an. Es fühlt sich an, als würde er mir direkt in die Seele blicken.

Er bleibt stumm.

Dann wendet er sein Gesicht wieder ab und schließt seine Augen. Sein Körper sitzt stolz aufrecht, doch seine geschlossenen Augen und der selige Gesichtsausdruck drücken jetzt völlige Weltentrücktheit aus.

Minuten vergehen in völliger Stille.

Ich wage einen dritten Versuch: „Lieber Gepard, entschuldige die Störung. Ich bin gekommen, um deine Botschaft zu empfangen. Eine einzige Aussage genügt mir."

Ohne die Augen zu öffnen, sagt die Raubkatze:

„Wenn man im Herzen die eigene wahre Natur erkennt, findet man heraus, dass sie Glückseligkeit ohne Anfang und ohne Ende ist." (31)

Daraufhin verfällt der Gepard wieder in tiefes Schweigen. Ich bedanke mich. Auch wenn seine Augen geschlossen sind und er mich vermutlich nicht sehen kann (Wer weiß?), möchte ich mich vor ihm verbeugen und tue es. Dann bewundere ich die gefleckte Schönheit noch eine Weile mit voller Aufmerksamkeit und ziehe weiter.

Unterwegs begegnet mir eine weitere Katze…

Der Karakal ist ein Mitglied der Kleinkatzen und – wenn auch deutlich kleiner als der Gepard – ein überdurchschnittlich großer Vertreter dieser Tierfamilie. Ein artspezifisches Merkmal dieser Katzen sind die langen Haare an den Ohrenspitzen (Pinsel genannt), deren Funktion unbekannt ist – menschlichen Interpretationen zufolge könnte es sich um Schallfänger oder Windsensoren handeln. Dasselbe gilt für den Luchs.

Die Sprungkraft des Karakals ist so groß, dass er Vögel im Flug fangen kann.

Einer der nächsten lebenden Verwandten des Karakals ist der ebenfalls hier beheimatete Serval, der von ähnlicher Größe und Statur ist, aber ein geflecktes Fell hat.

Kaum ist der Karakal außer Sichtweite, macht mich das nächste Tier auf sich aufmerksam. Vom Himmel ertönt der Ruf eines Vogels. Ich blicke auf, das endlose Blau ist mit einem dunklen Fleck verziert – ein schwarzer Adler!

Der Kaffernadler ist einer der größten Adler Afrikas. Die Flügel des 80-90 cm großen und bis zu 6,5 Kilogramm schweren Vogels spannen im Maximum mehr als 2,1 m. Der nahezu vollständig schwarze Greifvogel (lediglich ein Teil der Rückenfedern ist weiß) erbeutet bevorzugt Klippschliefer. Es wurde auch schon beobachtet, dass Kaffernadler kleine Antilopen und sogar Schakale überwältigen. Eine Besonderheit unter Adlern ist, dass Individuen dieser Art manchmal gemeinsam jagen.

Nicht weit entfernt kreist ein zweiter Vogel von vergleichbarer Größe am Himmel. Er ist braun-weiß gescheckt… ein Kampfadler. Dieser beeindruckende Vogel zählt zu den größten Adlern der Erde (ca. 80-100 cm). Die Flügelspannweite kann 2,3 Meter überschreiten. Der Kampfadler ist sehr kraftvoll und imstande, bis zu 30 kg schwere Tiere zu töten. Zwar ist jene Verhaltensweise nicht einzigartig unter Greifvögeln, doch der Tatsache, dass sich die wunderschönen Tiere manchmal im Flug spektakuläre Luftkämpfe mit Artgenossen liefern, verdankt diese Spezies ihren Namen.

Jetzt fällt mir ein etwas seltsames Wesen am Boden auf. Eine Antilope mit ungewöhnlich langem Hals kreuzt meinen Weg. Beim Vorbeigehen grüßt sie mich freundlich: „Wunderschönen guten Tag, Simon!"
Die noch relativ unerforschte Giraffengazelle deckt ihren Flüssigkeitsbedarf allein über ihre Nahrung: Sie trinkt nicht. Eine weitere Besonderheit ist ihr Fressverhalten...
Häufig richten sich diese außergewöhnlichen Antilopen auf den Hinterbeinen auf, um die Reichweite ihres langen Halses zu maximieren und so Pflanzen zu erreichen, die für andere Pflanzenfresser unzugänglich sind.
Die 30 bis 50 kg schweren Tiere erreichen eine Schulterhöhe von etwa einem Meter.
Ich erwidere den Gruß. Sie kennt zwar meinen Namen, möchte aber offenbar nicht mit mir sprechen. Wir setzen unsere Reisen in unterschiedlichen Richtungen fort.

Eine Viertelstunde später kommt ein geflecktes Tier geradewegs auf mich zu – eine riesige Giraffe!

Die dankbare Giraffe

Sie bleibt vor mir stehen und schaut zu mir herunter. Beim ersten Blickkontakt fallen mir sofort ihre schönen, großen Augen und langen Wimpern auf. ... „Wie ist die Luft da unten?", fragt sie mich zur Begrüßung.

Mit einer Scheitelhöhe von bis zu 6 Metern sind Giraffenbullen die höchsten Tiere der Erde.

Giraffenkühe bleiben kleiner und sind durchschnittlich 800 kg schwer, während die Bullen etwa 1.200 kg wiegen (bis zu 1.900 kg). Es gibt verschiedene Unterarten, die sich in erster Linie anhand der Fleckenform und Fellfärbung identifizieren lassen.

Obwohl der Hals einer Giraffe allein zwei Meter lang sein kann, haben Giraffen wie Menschen lediglich sieben Halswirbel. Da diese mit bis zu 40 cm Länge aber besonders groß sind, weist der Hals eine erstaunlich hohe Stabilität auf und kann – unterstützt durch die enorme Halsmuskulatur – sogar als Waffe eingesetzt werden. Kämpfende Bullen schlagen ihre Hälse mit großer Wucht aneinander und können beim Gegner im Falle eines Kopftreffers einen schweren Knockout verursachen.

Die Giraffe besitzt ein besonders großes, 12 kg schweres Herz. Dies ist eine Notwendigkeit, da das Blut den langen Hals hinauf zum Kopf gepumpt werden muss. Ebenso bedeutsam ist dadurch auch die ausgesprochen widerstandsfähige, lederartige Haut der Huftiere. Diese verhindert, dass der durch das leistungsfähige Herz im Innern des Körpers entstehende Druck Hautrisse oder Ausbeulungen verursacht.

Giraffen fliehen bei Gefahr, wissen sich allerdings – wenn in die Enge getrieben – mit kräftigen Huftritten durchaus zu verteidigen. Ein Volltreffer kann einem ausgewachsenen Löwen den Schädel zerschmettern.

„Die Luft hier unten ist gut, kann nicht klagen. Wie groß bist du?", frage ich die Giraffe.

„Keine Ahnung.", antwortet sie.

„Ach stimmt, ihr habt ja auch keine Möglichkeit, euch zu messen.", fällt mir ein.

„Was spielt das für eine Rolle?", fragt sie mich.

„Wenn du deine Größe kennen würdest, könntest du dich mit deinen Artgenossen vergleichen. Das wäre doch interessant, oder?"

„Wozu vergleichen?"

Darauf fällt mir weder eine sinnvolle Antwort noch eine kluge Gegenfrage ein.

„Magst du mich eine Weile begleiten?", bietet sie mir an. Voller Begeisterung nehme ich das Angebot an:

„Sehr gerne! Lass uns zusammen spazieren gehen!"

Ein Spaziergang mit einer wilden Giraffe in der afrikanischen Savanne – meine Reise durch die göttliche Tierwelt ist um ein magisches Erlebnis reicher.

Während wir im Gleichschritt durch die Steppe marschieren, muss ich sie mehrmals darum bitten, auf mich zu warten, da ich mit ihren großen Schritten nicht mithalten kann. Geduldig und rücksichtsvoll erfüllt sie meine Bitte. Jetzt bleiben wir zwischen einigen Bäumen stehen und betrachten gemeinsam die Landschaft. Während wir zusammen den Ausblick genießen, stehe ich direkt neben ihr und reiche ihr nur bis knapp unter die Brust.

Das Konzert der Serengeti verzückt meine Ohren. In der Ferne hört man einige Affen kreischen. In den nahegelegenen Bäumen nisten viele Vögel, die uns mit ihrem Gesang betören. Der Wind rauscht durch das Blätterwerk. Wieder fühle ich mich an die unendliche Weite erinnert, die ich bin. Dann bemerke ich ein weiteres Geräusch, das ich zunächst nicht zuordnen kann. Als ich zu meiner langhalsigen Freundin aufblicke, stelle ich fest, dass sich ihre Lippen bewegen. Leise murmelt sie etwas vor sich hin. Vielleicht liegt es an der Höhe, aber ich kann es nicht entziffern. Also frage ich einfach nach:

„Was murmelst du da?"

„Gott, ich danke dir für den Überfluss."

Verständnisvoll lächle ich zu ihr herauf.

„Schau dich um, Simon. Wie könnte ich dafür nicht dankbar sein? Die Sonne spendet uns Licht, die Bäume erlauben mir, ihre saftigen Blätter zu fressen, die Luft ist so herrlich süßlich, in der Nähe gibt es ein großes Wasserloch, ich habe schon drei gesunde Kinder aufgezogen, die jetzt ihre eigenen Abenteuer erleben. Mir wurde so viel geschenkt. Ich habe Augen, mit denen ich das Wunder, von dem wir umgeben sind, genießen kann. Sie sind kostbarer als alle Juwelen dieser Welt. Ich habe Ohren, mit denen ich das Vogelgezwitscher und alle weiteren Musikstücke der Natur genießen kann. Und wenn es Herausforderungen gibt, kann ich mich auf die Eigenschaften meines Körpers verlassen, der gut gewappnet ist. Nichts davon habe ich mir verdient. Alles ist ein Geschenk.

Ihr Menschen werdet es noch leichter haben, Dinge zu finden, für die ihr dankbar sein könnt. Ein Dach über dem Kopf ist nicht selbstverständlich. Genug Nahrung, sauberes Wasser und Kleidung sind nicht selbstverständlich. Ich sage dir jetzt etwas, das du in dieser Welt von deinesgleichen bestimmt nicht häufig zu hören bekommst: Gebe das Gefühl auf, irgendwelche Rechte zu haben. Hör auf zu glauben, dass das Leben dir etwas schuldet. Nichts ist selbstverständlich. Das Leben schuldet dir noch nicht einmal deinen nächsten Herzschlag und Atemzug. Alles ist ein göttliches Geschenk!"

Aufmerksam höre ich zu. Die Giraffe fährt fort:

„Menschen, die nicht an Gott glauben, müssen nicht Gott dankbar sein, sie können einfach dankbar sein. Dankbarkeit braucht kein Objekt, genau wie Liebe. Und Dankbarkeit und Liebe gehen Hand in Hand!

Sei dankbar für dein Leben, jedes Detail davon. Dann wird dein Gesicht scheinen wie die Sonne und jeder, der es sieht, wird davon berührt werden. Bleibe dankbar und du wirst eins werden mit der Sonne der Liebe, und die Liebe wird durch dich scheinen und ihre all-heilende Freude verbreiten." (32)

Sie schaut zu mir herunter und schenkt mir ein unbeschreiblich warmes Lächeln. Ihr Gesicht strahlt in der Tat wie die Sonne. Ich würde ihr gerne meine Dankbarkeit erweisen und sie umarmen. Das Einzige, was sich dafür anbietet, sind ihre Beine. Also lege ich meine Arme um eines ihrer Vorderbeine und drücke mein Gesicht gegen den Oberschenkel. Ihr Fell fühlt sich ganz wunderbar an. Es ist weicher, als ich dachte. Jetzt bemerke ich erst den angenehmen Geruch, den es verströmt. Sie riecht einfach nach Afrika. Ohne zu überlegen, folge ich dem nächsten Impuls aus meinem Herzen... Ich beuge mich nach unten und küsse einen Huf der Giraffe. Nun streckt sie ihren Kopf zu mir herunter, den ich ebenfalls umarme. Ich drücke ihr einen Kuss auf die Stirn. Mit ihrer langen Zunge schleckt sie mir einmal längs durch das ganze Gesicht. Feucht und klebrig. Aber gar nicht so ekelhaft, wie ich erwartet hätte. Jedenfalls habe ich die raue und nach rohem Fleisch riechende Zunge des Leoparden in meinem Gesicht als unangenehmer empfunden.

Ich streichle den Kopf der Giraffe und ihre fellüberzogenen Hörner. Zeit zu gehen. Wortlos verabschieden wir uns. Mit großen Schritten zieht die Giraffe davon.

Ich werde sie niemals vergessen.

Ich bleibe zunächst an Ort und Stelle stehen.

Dann möchte ich mir einen der Bäume in der Nähe genauer anschauen. In seinem Schatten lasse ich mich für einen Moment nieder. Einige Vögel über mir zwitschern plötzlich panisch und fliegen weg. Ich blicke hoch...

Einer der Äste bewegt sich... eine Schlange!
Mit bis zu 4,5 Metern ist die Schwarze Mamba die längste Giftschlange Afrikas. Mit einer Höchstgeschwindigkeit von über 20 km/h – so schnell wie ein durchschnittlicher junger Mensch im Sprint – ist sie außerdem die schnellste Schlange der Welt. Im Gegensatz zu vielen anderen Schlangen sind Mambas keine passiven Lauerjäger, sondern schleichen sich an ihre Beute (meist kleine Säugetiere) heran. Dass die Schwarze Mamba gezielt Menschen verfolgt, sollte aber als Mythos betrachtet werden. Sie verdankt ihren Namen entgegen des Volksglaubens nicht ihrer Hautfarbe, sondern dem schwarzen Maulinnenraum, den sie im Falle einer Drohgebärde zur Schau stellt. Während die Grüne Mamba als Baumbewohner im Regenwald zu finden ist, zieht die Schwarze Mamba relativ offene Landschaften wie Savannen vor. Sie bewegt sich zwar auch in den Bäumen gewandt fort, bevorzugt im Allgemeinen aber eine bodenbewohnende Lebensweise. Zwei Tropfen ihres Neurotoxins genügen, um einen Menschen zu töten.
Ich erhebe mich und betrachte sie genauer.
Nicht die Spur von Angst steigt in mir auf, was mich selbst überrascht.

Innerlich spüre ich, dass sich mein unvergesslicher Afrika-Aufenthalt dem Ende neigt. Es wird mir schwerfallen, die Savanne zu verlassen. Ich kann mir keinen schöneren Ort vorstellen.

Dort drüben am Waldrand bewegt sich etwas. Ein Rudel Paviane! Sofort fühle ich mich an Siddhartha erinnert. Viel zu lange habe ich nicht an ihn gedacht.

Meine Intuition verrät mir, dass die Paviane meine letzten Gefährten in der Serengeti sein sollen. Also mache ich mich auf den Weg zu ihnen.

Wie im Grunde alle Primaten sind auch Bärenpaviane intelligente Tiere. Sie zeigen komplexes Sozialverhalten und vielseitige Kommunikationswege unter Artgenossen. Paviane sind sehr wehrhaft. Die Männchen scheuen in der Regel keinen offenen Kampf. Nur vor Löwen fliehen sie. Ihre stark ausgeprägten Eckzähne, die ich bei Siddhartha schon aus der Nähe bewundern durfte, sind eindrucksvolle Verteidigungswaffen. In Relation zur Körpergröße sind sie wesentlich länger als die der meisten Raubtiere. Dank dieser Ausstattung können männliche Paviane sogar den Angriff eines Leoparden erfolgreich abwehren und der Raubkatze im Falle einer Auseinandersetzung schwere Verletzungen zufügen.

Die Pavianpredigt

Die Paviane versammeln sich. Auf einem Felsen neben einem Affenbrotbaum mit weit ausladenden Ästen sitzt in erhöhter Position ein großer, majestätischer Pavian, der Alter, Würde und Weisheit ausstrahlt. Offenbar wird er eine Rede halten, denn schätzungsweise 30 Paviane sitzen still vor ihm auf dem Boden und blicken erwartungsvoll zu ihm auf.
Ich gehe auf die Paviangruppe zu und spreche einen der Affen an: „Findet hier eine Predigt statt?"
„Ja.", antwortet er… „Unser Anführer lässt uns jeden Tag an seinen Erfahrungen und Erkenntnissen teilhaben. Er war ein Schüler von Siddhartha!"
Gespannt warte ich auf seine ersten Worte.

Aus der Ferne betrachte ich den Anführer, sein starrer Blick scheint auf den Horizont gerichtet zu sein. Er wirkt auf mich wie eine Manifestation unendlicher Geduld und Kraft. Plötzlich sehe ich, wie ein kleiner Vogel angeflogen kommt, sich auf einen Ast neben den großen Pavian setzt und beginnt, aus vollem Herzen zu singen.

Die Serengeti ist völlig still, man hört nur das Lied dieses Vogels. Alle Paviane lauschen achtsam. Auch ich bin wie verzaubert.

Inzwischen hat der Patriarch seine Augen geschlossen. Offenbar ist er völlig in den Genuss der akustischen Darbietung versunken. Ebenso plötzlich, wie er kam und zu singen begann, hört der Vogel wieder auf und fliegt weg. Daraufhin vergeht etwa eine Minute in kollektiver Schweigsamkeit. Dann richtet sich der große Pavian auf und sagt mit eindrucksvoller Stimme:

„Das genügt. Die heutige Predigt ist vorbei.“

Alle Paviane erheben und zerstreuen sich.

Ich befinde mich jetzt mitten unter ihnen, aber sie beachten mich gar nicht, als sei ich für sie völlig unsichtbar. Ich folge dem Pavian, der sich für mich bereits als kommunikativ erwiesen hat. Er setzt sich unter einen Baum. Ich setze mich daneben. Wir schweigen.

Die anderen Affen gehen den unterschiedlichsten Aktivitäten nach, es herrscht reges Treiben. Die Jungtiere spielen miteinander. Einige Paviane sind in die Bäume geklettert. Nicht weit von mir sitzen zwei Affen, die sich gegenseitig lausen. Mein Sitznachbar hat inzwischen eine Frucht ergriffen und frisst sie genüsslich.

Nach dem letzten Bissen schaut er mich an und fragt:

„Gefällt es dir bei uns?“

Ich muss nicht lange überlegen… „Ja, und wie!“

Zufrieden nickt er und widmet sich der nächsten Frucht. Eine tiefe Zuneigung steigt in meinem Herzen auf. Am liebsten würde ich ihn küssen, wie die Giraffe. Als er sein Maul öffnet, um in die Frucht zu beißen, sehe ich aus nächster Nähe seine langen Eckzähne. Plötzlich ist der Wunsch, ihn zu küssen, verschwunden.

Wenigstens möchte ich mit ihm über etwas sprechen, das mir spontan in den Sinn kommt…

„Mein Vater war Jäger. Er hat viele Tiere erlegt, aber er brachte es in Namibia nicht übers Herz, einen Pavian zu erschießen, als sich ihm die Gelegenheit bot."

Der Pavian kaut zu Ende, schluckt den Bissen herunter und sagt:

„Kein Wunder! Wir Paviane sind euch Menschen viel ähnlicher als die meisten anderen Tiere. Je stärker ihr davon überzeugt seid, dass sich ein Lebewesen grundlegend von euch unterscheidet, desto eher seid ihr fähig, diesem Lebewesen Schaden zuzufügen. Und je eher euch bewusst ist, dass Unterschiede nur der oberflächlichen Ebene angehören und dass darunter alles Leben eins ist, desto weniger seid ihr dazu in der Lage, einem Lebewesen zu schaden. Viele Menschen können ohne Weiteres eine Fliege erschlagen oder beim Angeln Fische töten. Aber verhältnismäßig wenige Menschen sind imstande, einer Katze oder einem Hund Leid zuzufügen. Denn Hunde und Katzen sind als hochentwickelte Säugetiere dem Menschen, der ihr zu sein glaubt, viel ähnlicher. Alle menschlichen Gräueltaten sind letztlich darauf zurückzuführen, dass die Einheit des Lebens in Vergessenheit geraten ist oder ignoriert wird. Daher ist es so wichtig, euch immer wieder daran zu erinnern, dass die Gemeinsamkeiten grundsätzlich zahlreicher und essenzieller sind als die Unterschiede."

Von ganzem Herzen stimme ich dem gesprächigen Pavian zu: „Schön gesagt, so ist es. Aber wie können wir über die Unterschiede hinwegsehen und uns wieder auf das Gemeinsame besinnen?"

„Schau nach innen, nicht nach außen. Außen gibt es viele offensichtliche Unterschiede. Ich bin schön, du bist hässlich. Aber innen sind wir gleich. Untersuche es und du wirst mit absoluter Klarheit erkennen: Das Bewusstsein hat keine objektiven Eigenschaften, anhand derer es sich von einem sogenannten anderen Bewusstsein unterscheiden könnte. Es gibt nur ein Bewusstsein. Ich spreche nicht von den Gedanken und Gefühlen, auch die unterscheiden sich. Ich spreche von der einfachen, grundlegenden Tatsache, bewusst zu sein."

„Aber das menschliche Bewusstsein unterscheidet sich doch vom Bewusstsein eines Tieres oder einer Pflanze!"

„Nein, nur der Inhalt unterscheidet sich, nicht die Essenz. Es gibt kein menschliches Bewusstsein. Es mag einen menschlichen Verstand und menschliche Wahrnehmungen geben. Dies ist artspezifisch. Das menschliche Gehirn ist keine Voraussetzung für Erfahrungen, aber durchaus eine Voraussetzung für *bestimmte* Erfahrungen. Wird das Gewahrsein durch das Gehirn einer Eidechse gefiltert, resultieren daraus andere Wahrnehmungen, das Gehirn eines Schimpansen ermöglicht andere Gedanken usw. Der einfache Fakt des bewussten Seins ist bei allen gleich. Das reine Bewusstsein geht allen Formen und den verschiedenen Arten voraus. Es ist in jedem Fall identisch, nur der Inhalt unterscheidet sich, je nach Ausdrucksform. Wenn du vom menschlichen Bewusstsein sprichst, dann gehst du von eurem Irrglauben aus, da sei zuerst ein menschlicher Körper, der später sein eigenes Bewusstsein entwickelt. Das Bewusstsein ist schon vorher da. Kein Körper ist bewusst. Kein Mensch ist bewusst. Kein Tier ist bewusst. Keine Pflanze ist bewusst. Nur das Bewusstsein ist bewusst."

Der Pavian hat recht. Es ist wahr. Mein Verstand will erneut widersprechen, aber mein Herz stimmt zu und bringt ihn zum Schweigen, bevor seine Gedanken verbalisiert werden können.

Der Pavian klettert den Baum herauf, am Ast hängend wirft er mir einen letzten Blick zu und ruft herunter: „Mach's gut, mein Freund! Vergesse niemals, was du wirklich bist und sei glücklich!"

Bevor ich den Kontinent verlasse, stehen mir zwei Ziele außerhalb der Savanne bevor…

Am Pavianbaum sitzend, schließe ich die Augen. Als ich sie wieder öffne, befinde ich mich inmitten einer Wüste. Vielleicht ist es die Sahara. Das Meer aus Sand wirkt endlos. Abgesehen von einigen Hügeln ist die Landschaft eintönig, geradezu öde. Keine Pflanze und kein Tier in Sicht. Erstaunlicherweise fühle ich mich aber nicht einsam. Die Sonne brennt. Hier werde ich es nicht lange aushalten.

„Musst du auch nicht.", sagt jemand hinter mir. Ich drehe mich um. In fünf Metern Entfernung steht ein Kamel und grinst mich an.

Das Trampeltier – alias Zweihöckriges Kamel – erreicht eine Schulterhöhe von bis zu 2,3 Metern und wiegt bis zu 900 kg. Es ist damit das größte Mitglied der Kamele.

Die ersten Kamele wurden vermutlich schon vor 5.000 Jahren domestiziert. Seither dienen diese Pflanzenfresser dem Menschen als vielseitig einsetzbare Nutztiere.

Wegen ihrer erheblichen Körperkraft sind Trampeltiere beliebte Lasttiere. Sie können 500 kg auf ihrem Rücken transportieren.

Das Dromedar – auch Einhöckriges Kamel genannt – ist sehr nahe mit dem Trampeltier verwandt. Hinsichtlich der Schulterhöhe gehört das Dromedar mit einem Maximum von 2,3 Metern ebenfalls zu den größten Landtieren. Sein Körpergewicht liegt bei 300 bis 700 kg.

Dromedare haben interessante Eigenschaften entwickelt, um sich an ihre bis zu 60 °C heiße Umgebung anzupassen... Seine Körpertemperatur kann das große Säugetier gezielt von 34 auf 42 °C erhöhen, ohne dass gesundheitliche Konsequenzen drohen. Da seine roten Blutkörperchen nicht rund, sondern oval sind (einzigartig), überlebt es auch bei einem Wasserverlust von 40 % des Körpergewichts. Das Dromedar und das Trampeltier können 120 Liter Wasser auf einmal trinken und als Vorrat im Körper speichern. Die bekannten Höcker sind jedoch keine Wasser-, sondern Fettspeicher.

Obwohl Kamele reine Pflanzenfresser sind, verfügen sie über ein ziemlich eindrucksvolles Gebiss. Die Eckzähne sind relativ lang, gebogen, spitz und erinnern damit beinahe an jene eines Raubtiers. Wenn sie gereizt sind, können diese Tiere durchaus gefährlich werden.

Dieses Kamel wirkt aber ganz und gar nicht gereizt. Es trottet gemächlich auf mich zu und spricht zu mir mit einer Stimme, die mich an Peter Lustig erinnert:

„Wir wollten dir nur einmal kurz die Wüste zeigen, damit du möglichst jede Landschaftsform kennenlernst. Ich habe dir nichts Essenzielles zu sagen, meine Aufgabe besteht darin, dich über dein nächstes Abenteuer zu informieren. Dein nächstes Ziel wird Südafrika sein.

Dort wird der ultimative Vertrauenstest stattfinden."
Sofort erhöht sich mein Puls.
„Was für ein Vertrauenstest?", frage ich gespannt.
Das Kamel klärt mich auf: „Es steht dir frei, entweder am Strand zu bleiben oder aufs Meer hinauszuschwimmen, um dort die Lehre eines Weißen Hais zu empfangen."
„Wie bitte?"
Ich höre wohl nicht richtig.
Ich habe es gewagt, zwei schlafende Löwen zu wecken, bin auf einer wilden Elefantenkuh geritten und habe erst vor kurzem im dichten Wald todesmutig das Mahl eines besonders großen Elefantenbullen gestört. Ich habe mit einem Tiger gekuschelt, eine Königskobra gestreichelt und mich mitten unter Flusspferde begeben. Immer wieder habe ich meine Angst überwunden. Aber das ist zu viel verlangt. Diese Tiere habe ich wenigstens kommen sehen. Im Wasser fühle ich mich hilflos ausgeliefert und daher weitaus weniger wohl.
„Vertraue!", sagt das Kamel…
„Um dorthin zu gelangen, musst du nicht die Augen schließen. Schnips' einfach mit den Fingern."
„So?", frage ich und schnipse mit den Fingern…

Innerhalb eines Wimpernschlags verändert sich die gesamte Umgebung. Plötzlich finde ich mich an einer wunderschönen Küste wieder…

Ich blicke auf das Meer hinaus und zögere. Nach der Wüste wäre das kühle Nass sicherlich eine willkommene Erfrischung, aber wenn dort draußen in den unbekannten Tiefen ein Weißer Hai auf mich wartet, hält sich meine Vorfreude in Grenzen. Es ist eine Horrorvorstellung, aber eben nur eine Vorstellung. Was soll schon passieren?

Bisher habe ich mein bedingungsloses Vertrauen keinesfalls bereut. Ich schließe die Augen und sehe Siddharthas rot-blaues Gesicht. Ein Blick, der wortlos aussagt: „Es wird dir nichts geschehen. Du bist immer und überall in Sicherheit."

Ich ziehe meine Schuhe aus, lasse sie am Strand zurück und gehe ein paar Schritte ins Wasser. Wieder zögere ich. Dann gehe ich weiter, jetzt reicht mir das Wasser bis zu den Knien. Noch weiter. Die Wellen sind stark, die nächste wirft mich beinahe um. Meine gesamten Beine sind nun unter Wasser. Jetzt beginne ich zu schwimmen. Wenige Meter weiter ist das Wasser so tief, dass ich den Boden unter meinen Füßen nicht mehr finden kann. Mein Instinkt befiehlt mir, nicht weiter aufs offene Meer hinauszuschwimmen, sondern die Sicherheit des Strands in Anspruch zu nehmen oder zumindest in dessen Nähe zu bleiben. Ich ignoriere diesen Instinkt und schwimme weiter. Bald befinde ich mich etwa 150 Meter weit auf dem Ozean. Ich habe keine Ahnung, wie tief das Wasser unter mir ist, wahrscheinlich zig Meter. Ich schwimme nicht weiter, sorge lediglich durch rhythmische Bewegungen meiner Arme und Beine dafür, dass ich nicht untergehe. Das angekündigte Tier lässt nicht lange auf sich warten, obwohl mir das lieber wäre.

In etwa zwanzig Metern Entfernung taucht an der Meeresoberfläche eine dreieckige Rückenflosse auf.

Ich glaube, mein Herz springt mir gleich aus der Brust! ‚Bitte komm nicht näher!', denke ich.

Die Bitte wird nicht erfüllt, der Hai schwimmt weiter auf mich zu, bis er sich etwa vier oder fünf Meter vor mir befindet. Dann biegt er ab und beginnt, mich zu umkreisen. Ich folge seinen Bewegungen und drehe mich schwimmend um meine eigene Achse, um ihn auf keinen

Fall aus den Augen zu verlieren. Noch gefährlicher als ein Hai, den ich sehe, ist ein Hai, den ich nicht sehe. Nachdem er mich fünfmal umkreist hat, schwimmt er weiter auf mich zu. Etwa einen Meter vor mir streckt er seinen Kopf aus dem Wasser. Jetzt erkenne ich seine volle Größe. Er muss wohl vier bis fünf Meter lang sein. Das halte ich nicht aus!

Er hat angehalten. Jetzt öffnet er sein Maul. Seine Zähne kommen zum Vorschein. Ich glaube, ich werde ohnmächtig. Wenn ich in jüngster Vergangenheit etwas gegessen hätte, würde sich das Wasser jetzt mit Sicherheit braun färben. Zum Glück bin ich vollkommen leer.

Dann spricht der Weiße Hai zu mir:

„Test bestanden."

Am ganzen Körper zitternd und mit weinerlicher Stimme antworte ich: „Was soll das bedeuten? Was geschieht jetzt? Bitte friss mich nicht auf!"

Der Hai lacht und antwortet:

„Schau dort vorn, schwimme zu dem Felsen und setze dich darauf. So können wir uns besser unterhalten. Du sollst es möglichst bequem haben. Die Todesangst würde verhindern, dass du mir vernünftig zuhörst."

Ich schaue nach rechts und erblicke tatsächlich einen aus dem Wasser ragenden, flachen Felsen, der mir zuvor völlig entgangen sein muss. Sofort schwimme ich los, so schnell ich kann, ohne mich nach dem Raubfisch umzusehen. Nach zehn Sekunden erreiche ich den Felsen und klettere hinauf. Die Steinfläche wäre groß genug für mindestens drei Menschen. Ich setze mich hin.

Erst jetzt drehe ich mich um.

Der Hai umkreist den Felsen.

Ich sehe nur seine Rückenflosse.

Mit einer maximalen Körperlänge von 8 Metern und einem Höchstgewicht von 3,5 Tonnen ist der Weiße Hai der größte Raubfisch der Welt.

Womöglich handelt es sich aus der Perspektive des Menschen um das meistgefürchtete Tier – wozu die Medien allerdings erheblich beigetragen haben, indem sie ihn als menschenfressendes Monster darstellten. Das ist offensichtlich auch an mir nicht spurlos vorübergegangen, wie ich spätestens jetzt bemerkt habe.

Statistiken zufolge gibt es aber viele Raubtiere, die häufiger Menschen töten. Es ist wirklich möglich, sich ohne Konsequenzen zu einem Weißen Hai ins Wasser zu begeben und in seiner unmittelbaren Nähe zu schwimmen, was mutige Taucher vor mir unter Beweis gestellt haben. Wenn es doch zu einem Angriff auf einen Menschen kommt, vermuten Wissenschaftler, dass diesem Vorfall eine Verwechslung zugrunde liegt. Wegen der vergleichbaren Größe könnte der Hai einen schwimmenden Menschen für eine Robbe (seine bevorzugte Beute) halten. Sofern die Statistik eine hohe Aussagekraft hat, geht er tatsächlich bei Angriffen auf Menschen nicht sonderlich energisch vor:

Bis einschließlich 2004 wurden 394 Attacken von Weißen Haien registriert, nur 61 Menschen überlebten den Angriff nicht.

Dennoch handelt es sich zweifellos um ein beeindruckendes Tier. Große Exemplare können ihren mit fast 300 je 4 bis 6 cm langen, messerscharfen Zähnen besetzten Kiefer etwa einen Meter weit aufsperren – sicher ein Anblick, den man lieber aus der Ferne „genießt", was mir nicht vergönnt war. Ein einzelner Weißer Hai kann während seines Lebens (vermutlich bis mindestens 70 Jahre) 50.000 Zähne verbrauchen.

Die ersten Haie traten vor über 400 Millionen Jahren auf. Damit existierten sie bereits vor den ersten Bäumen und Dinosauriern. Sie gehören zu den ältesten Wirbeltieren. Haie haben einen außergewöhnlichen Geruchssinn. Sie können 1 ml Blut in 1.000 Litern Wasser wahrnehmen. Sie werden auch durch den schnellen Herzschlag eines Opfers angelockt (dies ist ein Angstsignal), den sie ebenfalls registrieren können. So dürfte es meinem Weißen Hai nicht schwergefallen sein, mich zu orten.

Ein freundlicher Weißer Hai

Der Hai schwimmt zu meinem Sitzplatz und streckt seinen Kopf aus dem Wasser…
„Können wir jetzt anfangen?"
„Womit?", frage ich, immer noch ängstlich.
„Mit unserem Gespräch."
„Worüber wollen wir sprechen?"
„Ich weiß nicht. Das soll sich spontan ergeben."
Na toll. Da habe ich nun die größte Angst überwunden und erhalte noch nicht einmal eine bestimmte Botschaft. Vielleicht bestand die hauptsächliche Lehre gerade in der Überwindung der Angst.
Es ergibt sich eine verhältnismäßig oberflächliche Frage: „Kannst du mir vielleicht ein paar spannende Dinge über euch Haie erzählen?"
Der Weiße Hai erfüllt meine Bitte bereitwillig…
„Na gut, gerne will ich dir vier andere Arten vorstellen…
Der Tigerhai ist mit einer Länge von bis zu 7 Metern nach mir der zweitgrößte Raubhai. Ich muss zugeben, dass seine Zähne weiter entwickelt und vielseitiger als die jeder anderen Haiart sind… Es handelt sich um eine Kombination aus Schneide- und Sägewerkzeug.

Ich bin ein wenig neidisch auf eine solche Ausstattung!
Im Mutterleib eines trächtigen Tiger- oder Sandhais befinden sich durchschnittlich 40 Hai-Babys. Die Embryos töten sich gegenseitig schon vor der Geburt, sodass nur wenige Jungfische zur Welt kommen.

Der Große Hammerhai erreicht eine Länge von 6 Metern. Charakteristisch und namensgebend ist die ungewöhnliche Kopfform dieses Tieres. Durch die Anordnung ihrer Augen haben Hammerhaie eine Rundumsicht von beinahe 360 Grad. Das erlaubt es ihnen, ihre Umgebung unter Wasser bestmöglich zu überblicken, wenn sie sich auf Nahrungssuche befinden.

Auch der bis zu 5,5 m lange Fuchshai hat eine einzigartige Form: Der obere Schwanzflossenteil ist fast so lang wie der restliche Körper. Der Hai benutzt ihn, um Fische mit einem Schwanzschlag zu betäuben. Der Schwanz wird auch zur Verteidigung eingesetzt. Exemplare, die von menschlichen Fischern gefangen werden, schlagen wild mit ihrem Schwanz um sich, wodurch tatsächlich einst ein Mensch enthauptet worden sein soll. Bei einem Hieb mit der Schwanzflosse sollen Kräfte entwickelt werden, die Wassermoleküle auseinanderbrechen lassen und in ihre Hauptkomponenten Wasserstoff und Sauerstoff zerlegen. Dies zeugt von einer unglaublichen Energiefreisetzung.

Last but not least… Der Grönlandhai kann ein Alter von 500 Jahren erreichen und ist damit wahrscheinlich das langlebigste Wirbeltier der Welt. Darum beneide ich ihn nicht. Ein halbes Jahrtausend in demselben Körper eingesperrt zu sein, das ist ja furchtbar.", sagt der Weiße Hai.

Inzwischen ist mein Puls auf unter 200 gesunken.

„Ich glaube, die Menschheit fürchtet dich mehr als jedes andere Tier. Das bedeutet also, selbst das meistgefürchtete Wesen überhaupt hat Angst vor dir. Bist du darauf nicht ein bisschen stolz?"

Der Weiße Hai lacht…

„Ach, das ist alles relativ… Ein besonders eindrucksvoller Hai war der prähistorische Megalodon, der zwar ein Verwandter, jedoch entgegen früherer menschlicher Schätzungen kein direkter Vorfahre von mir war. Dieser größte Hai der Erdgeschichte starb wahrscheinlich vor 2 bis 3 Millionen Jahren aus. Er war jüngsten Schätzungen zufolge bis zu über 20 Meter lang, 50 bis 100 Tonnen schwer und ist sicher einer der gewaltigsten Beutegreifer aller Zeiten. Er hätte mit einem Biss 8 Personen auf einmal oder einen Kleinwagen verschlingen können.

Aber auch die Macht des Megalodon war begrenzt. Er ist schließlich ausgestorben. Arroganz ist nie gerechtfertigt. Ihr Menschen solltet euch daran erinnern, wenn ihr euch etwas auf eure Körper oder euren Verstand einbildet."

Kein Wort und keine nickende Kopfbewegung genügt, um auszudrücken, wie sehr ich diesem klugen Fisch zustimme.

„Und eines möchte ich noch grundsätzlich über uns Haie klarstellen!", fügt der Weiße Hai hinzu…

„Wir sind intelligenter, als ihr annehmt!"

„Ich merk's. Du sprichst ja mit mir. Und wie! Das reicht mir als Beweis.", bestätige ich.

„Ach, die Fähigkeit zu denken und zu sprechen hat nicht das Geringste mit Intelligenz zu tun. Dazu sind ja sogar Menschen fähig!", lacht er mich an…

„Intelligenz ist die Fähigkeit, sich selbst urteilsfrei zu beobachten, seine Konditionierung zu erkennen, sie zu hinterfragen und schließlich darüber hinauszugehen, um in Freiheit zu leben. Aber es gibt noch eine andere Intelligenz, ein Wissen ohne einen vorausgehenden Lernprozess, einen siebten Sinn, den ihr Menschen wohl als hellseherische Fähigkeit einordnen würdet. Es ist eine ursprüngliche, natürliche Kraft, die in der Regel von euren Gedanken und den Grenzen, die allein sie euch setzen, überlagert wird. Wir Tiere sind mit dieser Kraft meist viel stärker verbunden, was man u. a. daran erkennen kann, dass wir Erdbeben und Tsunamis oft vorausahnen. Diese und ähnliche Naturkatastrophen fordern meist deutlich mehr menschliche Todesopfer, weil Menschen von ihren natürlichen Instinkten abgeschnitten sind.

Die wahre Intelligenz ist größer als der Intellekt mit seinen logischen Schlussfolgerungen. Im Gegensatz zu ihm ist diese Intelligenz nicht auf die Informationen beschränkt, die sie von den Sinnen mitgeteilt bekommt. Sie reicht tiefer. Hier ein Beispiel: In einem Aquarium in Neuseeland biss ein männlicher Hai einem Weibchen plötzlich ohne Vorwarnung in den Bauch. Vor den Augen der völlig verdutzten menschlichen Zoobesucher kamen drei Babyhaie hervor. Der männliche Hai führte durch den präzise gesetzten, sehr tiefen Biss offenbar einen natürlichen Kaiserschnitt durch. Neben den Jungtieren überlebte auch das verletzte Muttertier."

Nach einer Pause sagt der Weiße Hai:

„Es tut mir leid, dir mitzuteilen, …"

Ich halte den Atem an.

„… dass dein Afrika-Aufenthalt vorüber ist.", spricht der Raubfisch aus und kichert.

„Meine Schuhe sind noch am Strand. Ich muss also zurückschwimmen.", sage ich wenig erfreut.

„Nicht unbedingt."

„Was ist die Alternative?"

„Ich kann dich bringen."

Ich ahne, worauf er hinaus will.

„Klettere auf meinen Rücken."

Zu meiner eigenen Überraschung zögere ich nicht.

Der Weiße Hai positioniert sich seitlich zum Felsen, vorsichtig steige ich auf. Es fühlt sich nicht so an, als würde ich es selbst tun, eher beobachte ich ungläubig, wie sich mein Körper auf seinen Rücken setzt.

Ich schätze, er ist knapp einen Meter breit.

Seine Haut ist sehr hart.

Er schwimmt los, schnurstracks in Richtung Strand.

Eigentlich wollte ich es nur schnell hinter mich bringen und habe deshalb nicht gezögert, aber jetzt genieße ich diesen ungewöhnlichen Ritt. Er schwimmt so nahe wie möglich an der Wasseroberfläche – wie rücksichtsvoll!

„Ab hier kann ich nicht weiter.", sagt er etwa fünfzehn bis zwanzig Meter vom Strand entfernt…

„Das Wasser wird zu niedrig."

Ich steige ab.

„Vielen Dank für das inspirierende Gespräch, lieber Hai! Vor allem danke ich dir von ganzem Herzen dafür, dass du mich zurückgebracht hast, sogar an einem Stück!"

Der große Fisch lacht laut…

„Du bist im Vergleich zu deinen Artgenossen zwar nicht gerade ein Strich in der Landschaft, aber auch du bist mir zu knochig. Ich bevorzuge fettere Beute."

Zum Abschied streichle ich seine Flanke.

Dann schwimme ich zurück zum Strand, während der Weiße Hai wieder in der Meerestiefe verschwindet.

Ich habe es überstanden. Meine Angst war unbegründet.

Am Strand angekommen, ziehe ich meine Schuhe an und setze mich in den Sand, mit Blick aufs Meer. Gedanklich schicke ich ein weiteres „Dankeschön!" zum Hai.

Ich bin sicher, es kommt bei ihm an.

Dann schließe ich die Augen.

KAPITEL 4

AUSTRALIEN

„Wir sind alle Besucher dieser Zeit, dieses Ortes. Wir sind nur auf der Durchreise. Unsere Aufgabe hier ist, zu beobachten, zu lernen, zu wachsen, zu lieben ... und dann kehren wir nach Hause zurück. "
(Weisheit der Aborigines)

„Die Aborigines besitzen das Land nicht. Es ist wie ihre Mutter. Die Felsen werden immer noch da sein, wenn wir schon längst weg sind. Sich darüber streiten, wem sie gehören, das ist, als ob sich zwei Flöhe darüber streiten, wem der Hund gehört, auf dem sie leben. "
(Paul Hogan, 'Crocodile Dundee')

Ein Schwarm Prachtrosellas – was für eine Begrüßung! Der erste Anblick nach dem Öffnen meiner Augen ist ein bunter Baum.

Auf jedem seiner Äste sitzen zahlreiche Rosellas, wodurch er so farbenfroh wirkt, dass ihn kein Künstler mit der größten Begabung und Fantasie so hätte zeichnen können.

Der Rosellasittich ist hinsichtlich der Farbgebung seines Gefieders eine außergewöhnlich schöne Erscheinung. Dieser Vogel gehört zu den Papageien.

In der Wildnis leben die temperamentvollen Vögel zu zweit oder in einer relativ kleinen Gruppe, treten manchmal aber auch in Schwärmen auf, sodass sie im kollektiven Flug den Himmel in ein buntes Farbenmeer verwandeln.

Australien!

Riesige Kakteen prägen das Bild einer wüstenartigen Landschaft, die aber nicht mit der kargen afrikanischen Wüste zu vergleichen ist, in der ich mich kurz aufhielt und das Kamel traf.

Diese Gegend vermittelt auf den ersten Blick ihre unübersehbare Lebendigkeit. Das Geschrei der Rosellas ist nicht gerade eine Trommelfellmassage, aber so teilt mir die Natur ihr sprühendes Leben mit.

In der Ferne entdecke ich mehrere Vierbeiner:

Ein Rudel Dingos streift durch das Outback.

Der in Asien und Australien verbreitete Dingo gehört zu den Wildhunden. Eigentlich ist der Dingo keine natürliche Art und existiert nur durch den Eingriff des Menschen. Es handelt sich um verwilderte Haushunde, die sich vor langer Zeit von der Abhängigkeit des Menschen gelöst und in der Natur etabliert haben.

Zur Beute dieser Raubtiere zählen Kängurus.

Der Dingo ist das größte Landraubtier dieses Kontinents. Zwar gibt es hier keine besonders großen Fleischfresser, dafür müsste ich mich aber eigentlich vor den Gifttieren in Acht nehmen... Ein Großteil der weltweit giftigsten Schlangen und Tiere überhaupt lebt hier.

Intuitiv wissend, dass mein nächster Gesprächspartner ein anderes Tier sein soll, lasse ich das Dingo-Rudel vorüberziehen, ohne die Distanz zu ihnen zu verringern und sie anzusprechen.

„Die blöden Kläffer haben dir sowieso nichts Wertvolles zu sagen."

Diese Worte dringen an mein linkes Ohr.

Ein großes Känguru!

Es steht nur wenige Meter entfernt von mir. Angesichts seiner Größe bin ich erstaunt, dass es sich so lautlos und meinerseits unbemerkt nähern konnte.

Es ist fast so hoch wie ich.

Das Rote Riesenkänguru ist die größte von über 60 verschiedenen Arten dieser springfreudigen Beuteltiere. Die Männchen erreichen eine Höhe von 1,8 Metern und ein Gewicht von bis zu 90 Kilogramm.

Sie sind kräftige und wehrhafte Tiere. Wenn sie kämpfen, schlagen sie mit ihren krallenbewehrten Pfoten und treten mit beiden Beinen gleichzeitig zu, wobei sie sich mit ihrem Schwanz abstützen. Kängurus können bis zu 13,5 m weit und 2-3 m hoch springen.

Ali, das Känguru

„Moin, ich heiße Ali.", stellt sich das Känguru vor.

„Dein Name ist Ali? Kängurus sollen recht gute Boxer sein. Das heißt wohl, du wurdest nach dem menschlichen Boxer Muhammad Ali benannt!"

Voller Empörung antwortet der rotbraune Zweibeiner: „Von wegen! Pustekuchen! Wenn überhaupt, dann wurde Muhammad Ali nach mir benannt! Und er kann froh sein, dass wir Kängurus an menschlichen Boxkämpfen nicht teilnehmen dürfen und dass er nie gegen mich antreten musste!"

Diese Aussage bringt mich heftig zum Lachen.

Ich kann mich kaum auf den Beinen halten.

„Oh, entschuldige, da kam wohl gerade mein Ego durch.", wirft Ali hinterher.

„Immerhin fällt es dir auf.", lobe ich meinen neuen Kumpel.

Er kommt näher.

Sein Kopf ähnelt dem eines zarten Rehs, aber der Oberkörper ist sehr muskulös. Einen entsprechenden Kommentar kann ich mir nicht verkneifen: „Du siehst aus wie ein Reh, das zu oft ins Fitnessstudio gegangen ist."

Jetzt ist Ali derjenige, der laut lacht.

Stolz lässt er mich wissen: „Ich bin seit Jahren in Kämpfen unbesiegt. Kein Känguru in dieser Gegend kann mir das Wasser reichen."

Eine Steilvorlage für mich…

„Ich sehe hier auch weit und breit keinen Tümpel, also scheint es kein Wasser zu geben, das man jemandem reichen könnte."

Ich zwinkere Ali zu. Er zwinkert zurück.

Wir verstehen uns.

„Es ist sowieso falsch zu sagen, dass *ich* die Kämpfe gewinne. Auch menschliche Boxer sind grundlos stolz auf Siege."

Ich frage, wie er das meint. Seine Erklärung leuchtet mir ein: „Die Energie, die sich ein Boxer zunutze macht, um einen Knockout beim Gegner zu verursachen, kommt nicht von seinem Körper, sondern fließt durch ihn hindurch. Wir erzeugen die Energie nicht, wir nehmen sie auf und geben sie wieder ab. Auch die besten Kämpfer der Welt sind – wie alle Phänomene im Kosmos – nur Instrumente dieser Energie, die niemandes Eigentum ist. Wenn jeder menschliche Kampfsportler das wüsste, dann würde niemand mehr nach einem Sieg die Arme triumphierend in die Höhe strecken, nicht wahr?"

„Ja, das stimmt wohl.", gebe ich zu.

Ali kommt gerade erst in Fahrt:

„Viele Handlungen des Menschen werden zum Zwecke der Identitätserweiterung ausgeführt, dienen also der Ego-Illusion. Was Tiere tun, dient entweder dem Überleben oder ist Ausdruck unschuldiger Lebensfreude. Na gut, manchmal kommt auch bei uns das Ego durch, wie du eben erlebt hast."

Ich muss mich zusammenreißen, um nicht wieder loszulachen. „Nicht schlimm, das ist menschlich.", beruhige ich das Känguru...

„Ich meine – känguruisch. Kann jedenfalls passieren."

Ali fährt fort: „Aber wir Tiere können euch beibringen, dass das Konzept einer persönlichen Leistung eine Illusion ist."

„Wie erinnert ihr uns daran?", frage ich.

„Ist ein Elefant stolz auf seine Größe?", stellt Ali mir als Gegenfrage.

„Wahrscheinlich nicht.", antworte ich und muss dabei an Tayo denken.

„Ganz recht. Weil er nichts dafür kann. Es liegt einfach in seiner Natur, zum größten Landtier der Welt heranzuwachsen. Ist ein Gepard stolz auf seine Schnelligkeit? Ist ein Delfin stolz auf seine Intelligenz? Ist ein Schwan stolz auf seine Schönheit?"

„Wahrscheinlich nicht.", wiederhole ich.

„Und weshalb nicht?", prüft mich Ali.

„Ganz einfach – weil es nicht sein Verdienst ist!", antworte ich spontan.

Ali ist begeistert:

„Du hast es kapiert! Nur der Mensch glaubt, der "Täter" oder "Macher" zu sein. Er entwirft die Idee eines Handelnden und ist stolz auf seine Intelligenz – also auf ein komplexes Gehirn, das er nicht selbst erschaffen hat! – oder bspw. auf körperliche Leistungsfähigkeit, während diese erst ermöglicht wird durch physische Mechanismen, über die er selbst keine Kontrolle hat. Drei Beispiele sind der Herzschlag, die Atmung und die Verdauung.

Nichts fällt dem Menschen so schwer wie sich einzugestehen, dass er keine Kontrolle hat.

Menschen bilden sich ein, alles kontrollieren zu können, dabei habt ihr noch nicht einmal Kontrolle über euren eigenen Körper. Verdaust du deine Nahrung selbst? Es geschieht ohne deine willentliche Steuerung, nicht wahr? Dein Körper atmet, verdaut Nahrung und lässt das Blut zirkulieren, auch wenn du schläfst und diesen Abläufen überhaupt keine Beachtung schenkst. Hast du je darüber nachgedacht, wer oder was dein Herz zum Schlagen bringt? Ist es nicht ein großes Wunder, dass dein Herz all die Jahre Blut durch deinen Körper pumpt, ohne auch nur ein einziges Mal für mehr als maximal eine Sekunde zu pausieren? Dahinter steckt offensichtlich eine lebendige, intelligente Kraft. Es ist sicherlich nicht deine eigene Willenskraft. Andernfalls würde dein Herzschlag stoppen, sobald du ihm keine Aufmerksamkeit mehr schenkst. Auf diese Weise würde kein Körper lange überleben. Wenn du es genauer betrachtest, wirst du bemerken, dass du noch nicht einmal selbst atmest. Verblüffend, aber wahr! Die Atmung geschieht ganz natürlich, ohne dein Zutun. Wenn die Atmung bei euch Menschen versagt und ihr im Krankenhaus an bestimmte Geräte angeschlossen werdet, dann sprecht ihr von Beatmung. Streng genommen werden wir alle aber immer beatmet… Jeder Atemzug ist ein Kuss von Gott!"

Diese schönen Worte halten mich nicht davon ab, sofort gedanklich in die Vergangenheit zu reisen und mich an den Zaunkönig in Europa zu erinnern. Er hatte bereits angedeutet, was Ali nun ausführt, und vorausgesagt, dass ich meine „Einschätzung dazu nach einem Gespräch mit einem anderen Tier auf einem anderen Kontinent noch ändern" werde. Der kleine Vogel sollte Recht behalten.

Aber so leicht gibt sich mein Verstand doch nicht geschlagen… „Das vegetative Nervensystem steuert die Atmung, den Herzschlag und den Stoffwechsel.", führe ich als Erklärung an.

Ali lacht laut und klatscht dabei mit den Pfoten...

„Und was treibt das vegetative Nervensystem an? Ihr Menschen geht nie bis zum Urgrund der Phänomene. Ihr gebt ihnen einfach einen Namen und glaubt dann, sie verstanden zu haben. Wie töricht. Ihr versteht gar nichts, solange ihr nicht bis zur Quelle zurückgeht!"

„Das stimmt.", muss ich demütig gestehen.

Ali redet sich in Rage:

„Es wird unter euch Menschen allgemein angenommen, dass die Phänomene, die ihr jetzt ohne weiteres hinnehmt, euch deshalb nicht in Erstaunen versetzen, weil ihr sie versteht. Doch das ist nicht der Fall. Wenn ihr euch nicht mehr über sie wundert, so nicht etwa deshalb, weil ihr sie versteht, sondern weil ihr euch an sie gewöhnt habt. Denn wenn euch das, was ihr nicht versteht, verwundern sollte, so müsste euch alles verwundern. Ihr seid bereits von den erstaunlichen Wahrheiten, die eure Nachkommen entdecken werden, umgeben; sie starren euch sozusagen ins Gesicht, und dennoch seht ihr sie nicht. Doch nicht genug damit, dass ihr sie nicht seht: Ihr wollt sie nicht sehen, denn sobald eine unerwartete und ungewöhnliche Tatsache auftaucht, versucht ihr sie in den Rahmen eures bisherigen, bereits akzeptierten Wissens einzuordnen und seid entrüstet, wenn irgendjemand es wagt, tiefer zu forschen." (1)

Ich bin beeindruckt. Das hätte niemand klarer auf den Punkt bringen können. Ich bestätige Alis Beobachtung:

„Als Kinder lassen wir unserem natürlichen Forscherdrang freien Lauf. Irgendwann nehmen wir alles einfach hin und wundern uns über gar nichts mehr." Die nächste geniale Aussage verlässt den Kängurumund: „Ein Mensch, der sich nicht wundern kann, der sich nicht ständig wundert, der nicht ständig anbetet – und wäre er auch der Präsident zahlreicher Königlicher Akademien und hätte er die großen Entdeckungen aller Laboratorien und Observatorien in seinem Geist gespeichert –, ist nichts anderes als ein paar Brillengläser, hinter denen sich keine Augen befinden." (2)

„Du hast recht. Wir Menschen sind oft zu sehr von uns selbst überzeugt und beeindruckt, um über größere Kräfte zu staunen. Es mangelt uns an Demut."

„Demut kommt von der Erkenntnis, dass Gott der Handelnde ist, nicht du. Wenn du das erkennst, wie kannst du dann stolz auf irgendeine Leistung sein? Denke ständig daran, dass jede Arbeit, die du verrichtest, von Gott durch dich getan wird. Die Demut der Weisen entspringt der Erkenntnis ihrer völligen Abhängigkeit von Gott, dem einzigen Leben. Da Glückseligkeit die wahre Natur Gottes ist, erlebt der Mensch, der sich mit Ihm in Harmonie befindet, die ihm angeborene grenzenlose Freude der Seele." (3)

Vor meinem Abschied bitte ich das Känguru, mir noch etwas Spannendes über seine Spezies zu erzählen.
Meine Bitte wird sogleich bereitwillig erfüllt…
„Ein besonderes Schauspiel ist die Geburt eines Kängurus! Dabei geschieht etwas, das für euch Menschen kaum vorstellbar ist. Nach einer nur 20- bis 40-tägigen Schwangerschaft erblickt der Embryo das Licht der Welt. Allerdings ist das zu diesem Zeitpunkt völlig unterentwickelte Lebewesen noch nicht als Känguru erkenntlich. Es sieht eher aus wie ein roter Wurm. Selbst bei meiner

Art bringt das Jungtier bei der Geburt weniger als ein Gramm auf die Waage, misst nur 2,5 cm und ist völlig nackt. Unmittelbar nach der Geburt erklimmt der Winzling aus eigener Kraft vom Geburtskanal aus den höherliegenden Beutel der Mutter. Der Embryo muss den Beutel keinesfalls suchen, sondern geht den Weg sehr zielstrebig an – obwohl er vollständig taub und blind ist! Schließlich krabbelt er hinein und hängt sich mit dem Mund an eine Zitze. Diese Zitze schwillt daraufhin an und hält das Baby fest. So verweilt es nun während der nächsten zwei bis drei Monate. Nach einem halben Jahr verlässt das nun als Känguru erkennbare Jungtier den Beutel erstmals. In den darauffolgenden acht Wochen passt es zwar in sein ehemaliges "Kinderzimmer" bereits nicht mehr hinein, wird aber weiterhin gesäugt, bis es ein Alter von einem Jahr erreicht hat. Es führt dazu nur seinen Kopf in den mütterlichen Beutel ein, wo oft schon ein neues Baby genährt wird. Damit das ältere Jungtier dem jüngeren Geschwisterchen nicht die Nahrung nimmt, besitzt das Muttertier verschiedene Zitzen, die darüber hinaus Milch in unterschiedlicher Zusammensetzung produzieren."

„Wahnsinn!", zeige ich mich beeindruckt.

„Ja, ein Wunder. Wie alles."

Schweigend stimme ich zu.

„Und jetzt gehe da vorne in den Wald hinein! Dort wartet jemand auf dich. Er ist sehr weise. Von ihm wirst du keinen Ego-Ausbruch erleben."

„Oh, da bin ich aber gespannt. Aber ich nehme dir deine anfängliche Prahlerei nicht übel! Die Zeit mit dir war großartig! Ich werde dich nicht vergessen. Danke!"

Ali hüpft davon.

Wie aufgefordert, mache ich mich auf den Weg zum Wald. Schon kurz nachdem ich zwischen den ersten Bäumen hindurchgegangen bin und mich über die Kühle des Schattens gefreut habe, spricht mich jemand an: „Herzlich willkommen, Bruder!"

Ich schaue mich um, kann aber nicht herausfinden, wessen Stimme ich soeben vernahm. Niemand ist zu sehen.

„Schau genauer hin! Hier bin ich!"

Wieder blicke ich mich um. So viele Bäume, Sträucher, dichtes Blätterwerk und keine Bewegung.

„Ich sehe dich nicht. Wer bist du?"

„Ich bin du.", antwortet die Stimme und lacht.

„Du klingst aber nicht wie mein Echo."

„Du müsstest inzwischen wissen, wie ich das meine. Deine bisherigen Lehrer haben dich ausreichend vorbereitet."

Während sie spricht, entdecke ich die Quelle der mysteriösen Stimme. Im Dickicht hängt ein Tier an einem Ast – ein Koala!

Klaus, der Koala

Weil er gewissermaßen an einen kleinen Bären erinnert, wird der Koala oft als „Koalabär" bezeichnet, was aber darüber hinwegtäuscht, dass er nicht zu den Kleinbären gehört und auch nicht näher mit diesen verwandt ist. Der Koala ist ein Beuteltier. Er ernährt sich ausschließlich von den Blättern und der Rinde des Eukalyptusbaumes. Tatsächlich gibt es einen triftigen Grund dafür, dass der Name "Koala" in der Sprache der Aborigines so viel bedeutet wie "ohne Wasser" bzw. "ohne zu trinken"… Koalas decken einen Großteil ihres Wasserbedarfs über die soeben erwähnte Nahrung. Eigentlich verlassen sie

nur in extremen Trockenzeiten die Sicherheit der Bäume, um Wasserstellen aufzusuchen. Koalas bewegen sich meist langsam fort und führen ein relativ gemütliches Leben. Sie schlafen täglich mehr als 18 Stunden.
Genau darüber möchte ich mehr erfahren und den grauen Gesellen dort vorn im Baum darauf ansprechen…
„Hallo, da bist du!"
Ich gehe zu ihm hin.
Wir betrachten uns neugierig.
„Hast du einen Namen?"
„Nenn mich Klaus."
„Klaus, sag mir doch bitte, wieso ihr Koalas so untätig seid. Ihr bewegt euch nicht viel mehr als Plüschtiere."
„Ich könnte niemals den Drang verspüren, irgendetwas zu tun. Es genügt mir, zu sein.", antwortet er entspannt.
„Aber warum?", hake ich nach.
„Sein ist völlig mühelos. Es erfordert keine Anstrengung. Selbst ein harmloser Gedanke oder ein Gefühl erfordert mehr Energie als einfach nur zu sein."
„Und damit bist du zufrieden?"
„Was ist daran so schwer zu verstehen? Ist es nicht ein erbärmliches Dasein, immer etwas tun zu müssen? Ich empfinde großes Mitgefühl für euch Menschen. Ihr habt euch im Tun verloren und das Sein völlig vergessen. Deshalb seid ihr so unzufrieden. Aber ihr wisst nicht, weshalb, weil ihr die Lösung im weiteren Tun sucht. Da könnt ihr lange suchen.", lacht er.
„Aus welchem Grund wissen wir das einfache Sein nicht zu schätzen?"
„Ihr spürt es nicht wirklich und verpasst dadurch seine Großartigkeit. Das Leben entgeht euch. Ihr lebt nicht. Ihr denkt nur über das Leben nach. Das Leben beginnt da, wo die Gedanken enden. (4)

Ich würde dich gerne an die Großartigkeit des Seins erinnern – daran, dass alles, was wir jemals brauchen, im Selbst zu finden ist. Wahres Glück, Freude, Frieden und Licht sind immer da, aber ihr seht sie nicht, weil ihr nach Erfüllung im Bereich des Veränderlichen sucht. Das ist üblich unter euch Menschen, aber nicht weise. Jeder von uns hat diese Möglichkeit, wahre Freiheit zu finden. Niemand ist davon ausgenommen, weil das Licht des Bewusstseins in jedem brennt. (5)

Im Grunde seid ihr alle schon frei, aber die meisten geben ihre Freiheit freiwillig ab, indem sie sich an ihren Mann oder ihre Frau ketten, an eine Gruppe oder sonst irgendwas. Aber auch das ist Freiheit: frei zu sein, seine Freiheit aufzugeben.

Kein König und kein Kaiser kann sich mit einem Wesen messen, das frei von Wünschen und Anhaftungen ist. Eure Wünsche verdecken eure Freiheit.

Begierde entsteht, weil ihr euch unvollständig und unerfüllt fühlt. Schaut genau hin und seht, dass ihr vollständig und erfüllt seid. Dann hat die Suche nach erfüllenden Tätigkeiten, Situationen, anderen Menschen oder auch nach einem äußeren Gott ein Ende."

„Was würdest du mir oder der Menschheit empfehlen?"

„Sei einfach, in seiner ganzen Einfachheit. Es gibt nichts zu tun. Ruhe einfach in deinem Sein. Bleib auf dem Stuhl deines eigenen Seins sitzen. Steh nicht auf. Verweile als mühelose Freude. (6) Verweile in Frieden in der Heimat deines eigenen Seins, und der Bote des Todes wird dich nicht berühren können. (7)"

„Langweilst du dich denn nie, wenn du den ganzen Tag im Baum hängst?"

„Ich bin einfach. Da ist eine unermessliche Zufriedenheit, der natürliche Zustand, die Ganzheit des einfachen Seins.

Es ist unmöglich, sich jemals zu langweilen." (8)
„Aber können bestimmte Tätigkeiten oder Ereignisse uns denn wirklich nicht glücklich machen?"
„Dir einzubilden, dass irgendeine Kleinigkeit – wie Essen, Sex, Macht, Ruhm – dich glücklich machen wird, bedeutet, dich selbst zu betrügen. Nur etwas so Weites und Tiefes wie dein wahres Selbst kann dich wirklich und dauerhaft glücklich machen. (9) Erkenne, woher alles Glück – einschließlich des Glücks, das von Sinnesobjekten zu kommen scheint – wirklich kommt. Du wirst verstehen, dass alles Glück nur aus dem Selbst kommt und dann wirst du immer im Selbst verweilen. (10)"
„Bedeutet das, überhaupt nichts mehr zu tun?"
„Das ist für mich sicher leichter als für einen Menschen. Viele von euch haben Verantwortung. Das ist jedoch kein Hindernis. Auch während des Tuns könnt ihr das Sein spüren. Ihr könnt weiter euren Aktivitäten nachgehen, aber es ist empfehlenswert, sich nicht völlig darin zu verlieren und vor allem nicht zu glauben, dass sie das Glück für euch produzieren können.
Alles Glück kommt vom Bewusstsein.
Je bewusster wir sind, desto tiefer ist die Freude. (11)"
„Was bedeutet es, bewusster zu sein?"
„Es bedeutet, wirklich präsent zu sein, im Hier und Jetzt, die intensive Lebendigkeit zu spüren. Sei einfach, und sei dir bewusst, dass du bist. Sei dir des Bewusstseins bewusst! Es ist absolut unmöglich, sich des Bewusstseins bewusst zu sein und gleichzeitig zu leiden. Leid entsteht immer durch Gedanken an Vergangenheit und Zukunft. Im Jetzt gibt es vielleicht mal vorübergehend körperliche Schmerzen, aber kein Leid. Niemals."
Inzwischen habe ich mich an den nächsten Baum gelehnt. Mit gesammelter Präsenz höre ich Klaus weiter zu.

Ich lausche jedem seiner Worte und bin dabei voll und ganz anwesend, mit meinem gesamten Wesen. Es fühlt sich großartig an. Klaus sieht mir meine Seligkeit an und spricht einen Wunsch für alle Wesen aus: „Mögen wir alle zufrieden im reinen, liebevollen Bewusstsein ruhen."

Bald schaltet sich mein Verstand wieder ein und legt einen scheinbaren Schleier über die pure Präsenz. Man könnte sagen: Simon ist wieder da. Das Leben hört auf, einfach sich selbst, d. h. seine eigene Lebendigkeit, zu genießen und identifiziert sich jetzt wieder mit einer bestimmten Lebensform. So taucht die Frage auf: „Aber wie können wir dauerhaft von allen Ängsten und Sorgen frei sein?"
„Ruhe in der Gewissheit deiner Unsterblichkeit! Sei still."
„Wie kann ich meine Unsterblichkeit zweifelsfrei spüren?"
„Sei still!", wiederholt Klaus.
„Ich spüre es nicht."
„Weil du noch nicht richtig still bist."
„Ich habe doch gar nichts gesagt!", klage ich.
„Du hast aufgehört zu sprechen, aber du hast nicht aufgehört zu denken. Außerdem erwartest du, etwas Bestimmtes zu spüren, das jetzt noch nicht da ist. Wenn es kommt, dann geht es auch wieder und ist wertlos. Du bist auf der Suche nach mehr, aber was du brauchst, ist weniger! Ich möchte dir nichts geben, sondern etwas nehmen: die Täuschung. Du hast nicht zu wenig, sondern zu viel! Zu viele Gedanken! Es geht nicht um die Anwesenheit eines bestimmten Wissens, sondern um die Abwesenheit eines bestimmten Glaubens – des Irrglaubens an die Sterblichkeit. Wenn die Gedanken verschwinden, ver-

schwindet auch dieser Irrglaube. Weisheit hat nichts mit Wissen zu tun. Wissen ist Verstandessache. Weisheit ist Herzenssache. Weisheit ist jenseits aller Gedanken."

Jetzt denke ich über die Last der Gedanken nach.

Als mir das auffällt, muss ich herzlich schmunzeln.

Klaus stellt klar: „Ich verlange nicht von dir, dich nie wieder deines Verstandes zu bedienen. Ich lege dir nur nahe, dich aus seiner Gefangenschaft zu befreien und nicht mehr von ihm besessen zu sein."

Ich bewundere Klaus. Er lebt, was er predigt. Die totale Präsenz und Gelassenheit, die er mit jeder Bewegung, jedem Blick und auch jedem Wort in diese Welt bringt, ist ansteckend. Er demonstriert, dass es möglich ist. Ich möchte seinem Geheimnis weiter auf den Grund gehen…

„Du bist so genügsam! Wie schaffst du das?"

„Der Grund, warum die Menschen nie genug bekommen und immer mehr von allem wollen, liegt darin, dass selbst dann, wenn du die ganze Welt eroberst und besitzt, dies immer noch weniger ist als dein eigenes Selbst, das ewig und unendlich ist. Alles, was weniger ist als Ewigkeit und Unendlichkeit, kann und wird dich nie lange befriedigen, weil es deiner wahren Natur widerspricht. Du bist unbegrenztes Bewusstsein, also schränke dich nicht ein, indem du dein Herz an Schatten verschenkst, an all die Dinge, die kommen und gehen – während du allgegenwärtig und ewig-präsent bist. Selbsterkenntnis ist die einzige Quelle dauerhaften Glücks.

Ihr Menschen glaubt: ‚Je mehr ich habe, desto mehr bin ich. Je mehr ich kann, desto mehr bin ich. Je mehr ich weiß, desto mehr bin ich.'

Ihr identifiziert euch also mit eurem Besitz, euren Fähigkeiten und eurem Wissen. Besitz geht vorüber, ihr besitzt überhaupt nichts, all das sind nur Leihgaben. Körperliche

Fähigkeiten aller Art sind ebenso vergänglich. Und ein Großteil eures Wissens ist wertlos. Oder hat es euch glücklicher gemacht? Euer Wissen über das Universum mag zugenommen haben, ebenso wie eure materiellen Güter, aber auch euer Leid hat sich vermehrt. Eure Zufriedenheit hat doch eher abgenommen. Ihr habt in der falschen Richtung gesucht!"

„Und dein Geheimnis ist, dass du in der richtigen Richtung gesucht hast?"

„Erstens habe ich kein Geheimnis. Zweitens liegt das Selbst nicht wirklich in einer bestimmten Richtung, weder innen noch außen. Es ist nicht lokalisiert, sondern omnipräsent, allgegenwärtig. Du bist überall!"

„Was soll das heißen?"

„Du bist nicht auf diesen Körper beschränkt. Ausnahmslos alles, was du wahrnimmst, ist eine Manifestation deines eigenen Selbst. Es gibt nur das Eine, keine Trennung. Alles ist Bewusstsein."

Ich schaue Klaus bewundernd an…

„Und jetzt habe ich genug geredet. Du sollst noch vielen weiteren Tieren begegnen. Ich wünsche dir viel Vergnügen, mach's gut."

Noch während ich mich bedanke und verabschiede, schließt der weise Koala die Augen und fällt in das innere Reich der unabhängigen Seligkeit. Er ist jetzt nicht mehr ansprechbar. Also verlasse ich das Dickicht und setze meinen Weg zwischen den größeren Bäumen fort.

Etwa eine halbe Stunde später erreiche ich einen breiten Fluss, der durch den Wald fließt. Das Wasser ist kristallklar. Ich gehe ans Ufer und sehe einen kleinen Kopf, der aus dem Wasser ragt. Ein Schnabeltier schaut mich neugierig an.

Das männliche Schnabeltier ist eines der wenigen giftigen Säugetiere der Erde. Es verfügt über einen Sporn am Hinterbein, den es zur Verteidigung einsetzt. Das Gift ist für den Menschen zwar nicht tödlich, aber extrem schmerzhaft. Schnabeltiere legen Eier, was ebenfalls nur auf wenige Säugetierarten zutrifft.

Nach einigen Sekunden taucht es unter und lässt sich nicht mehr blicken.

Etwa zehn Meter vom Ufer entfernt, fällt mir ein Schatten unter der Wasseroberfläche auf. Das muss ein großer Fisch sein! Jetzt taucht plötzlich eine spitze Rückenflosse auf – ein Hai?! Das kann doch eigentlich nicht sein... ein Hai in einem Fluss?!

Doch ich täusche mich nicht.

Dort vorne schwimmt tatsächlich ein Hai!

Der Bullenhai kann sich sowohl im Salz- als auch im Süßwasser aufhalten. Er kommt ebenso in Flüssen wie in den Weiten des Meeres vor. Eine weitere Besonderheit ist der ungewöhnlich hohe Testosteronspiegel des etwa 3 m langen Tieres. Es handelt sich angeblich um den höchsten Testosteronwert aller Tiere. Bullenhaie gelten als besonders aggressiv und werden von manchen Experten als die für den Menschen gefährlichsten Haie angesehen. Neben dem berüchtigten Weißen Hai und dem Tigerhai gehen die meisten tödlichen Angriffe auf Menschen in der Tat auf das Konto des Bullenhais. Grundsätzlich – dies sei nochmals erwähnt – wird die Gefahr, die von Haien ausgeht, aber schwerwiegend dramatisiert. Stechinsekten, Skorpione, Giftschlangen, Krokodile, Flusspferde und Großkatzen sind nur einige Tiere, die durchschnittlich als wesentlich gefährlicher (für Menschen) einzustufen sind als ausnahmslos jede Haiart.

Die Erfahrung mit dem Weißen Hai an der südafrikanischen Küste war außergewöhnlich, aber ich habe keinen Wiederholungsbedarf und halte mich vom Wasser fern.

Ich folge dem Fluss.

Einige hundert Meter weiter fällt mir am anderen Ufer ein großes Krokodil auf, das dort im Flussbett liegt und sich sonnt.

Das Leistenkrokodil ist mit bis zu 8 Metern Körperlänge und einem Höchstgewicht von über 1.000 kg das gewaltigste Reptil der Welt.

Seine Zähne sind bis zu 13 cm lang.

Leistenkrokodile sind auch unter der Bezeichnung „Salzwasserkrokodile" bekannt, weil sie als einzige Krokodile bis in die Weiten des Meeres hinausschwimmen. Dementsprechend erstreckt sich ihr Verbreitungsgebiet auf verschiedene Kontinente, sie kommen sowohl in Asien als auch in Australien vor.

Hungrige Leistenkrokodile können selbstverständlich auch Menschen gefährlich werden, die sich in ihrem Lebensraum aufhalten und zu nahe ans Wasser wagen. Angeblich sollen diesen Panzerechsen im Jahr bis zu 2.000 Personen zum Opfer fallen. Vermutlich sind derartige Zahlen aber stark übertrieben.

Krokodile verschlucken Steine, die dann permanent in ihren Bäuchen bleiben und als Ballast beim Tauchen dienen. Die Panzerechsen sind ein Erfolgsmodell der Natur und existieren in größtenteils unveränderter Form bereits seit über 200 Millionen Jahren. Also bevölkerten sie die Erde schon zur Zeit der Dinosaurier.

Die Fortsetzung meiner Erkundungstour führt mich nun vom Fluss weg. Ich gehe wieder ziellos in den Wald hinein. Plötzlich höre ich ein ohrenbetäubendes Geschrei. Es klingt furchtbar, aber ich möchte herausfinden, wer diese unerträglichen Töne ausstößt. Ich stoße auf zwei wild miteinander kämpfende Raubtiere – Beutelteufel. Sie ignorieren mich und kämpfen ungestört weiter. Schnell entdecke ich den Grund für die Auseinandersetzung. Ein paar Meter weiter liegt der Kadaver eines kleinen Kängurus.

Seitdem der Beutelwolf 1936 ausgestorben ist, ist der Beutelteufel, auch Tasmanischer Teufel genannt, unter allen lebenden Beuteltieren der größte Fleischfresser. Weibliche Beutelteufel sind etwa 6 kg schwer, die größeren Männchen bringen ca. 8 kg auf die Waage. Die Raubtiere sind ungefähr 60 cm lang. Der Tasmanische Teufel ernährt sich überwiegend von Aas.

Anders als viele andere Raubtiere fressen Beutelteufel ihre Beute vollständig auf, inklusive Fell und Knochen. Die Magensäure dürfte dementsprechend wie auch bei Hyänen, für die das dasselbe Fressverhalten gilt, extrem konzentriert sein.

Der Kopf des Beutelteufels ist unverhältnismäßig groß. In Relation zur Körpergröße besitzt er vermutlich die kräftigsten Kiefer aller Landraubtiere.

Ich schaue mir das Spektakel eine Weile an, aber letztlich überwiegt mein Harmoniebedürfnis. Der Ausgang des Kampfes interessiert mich nicht und ich habe auch kein Recht, mich einzumischen. Also mache ich mich davon.

Bald endet der Wald und ich betrete wieder die australische Savanne. Noch in der Nähe des Waldrandes entdecke ich die nächste ungewöhnliche Kreatur. Auf dem Boden steht ein kleines, vierbeiniges Reptil – ein Dornteufel – regungslos in einer Wasserpfütze.

Diese unverwechselbare Echse hat sich auf die Ameisen-
jagd spezialisiert und ernährt sich ausschließlich von diesen Insekten. Im Durchschnitt frisst das Reptil pro Tag
rund 750 Ameisen.

„Was machst du denn da? Wäschst du dir die Füße?",
frage ich die stachelige Echse.
„Nein. Ich trinke."
„Du willst mich wohl auf den Arm nehmen. Du stehst
doch einfach nur da in der Pfütze!"
„Dich auf den Arm nehmen? Ganz sicher nicht. Ich glaube, du bist etwas zu schwer für mich. Aber sollte ich irgendwann in Erwägung ziehen, Selbstmord zu begehen,
komme ich eventuell darauf zurück."
„Das ist nur eine Redewendung unter uns Menschen,
wenn wir uns veräppelt fühlen."
„Aha."
„Jetzt verrate mir doch bitte, wie du trinkst, indem du
einfach in der Pfütze stehst!", frage ich ungeduldig.
„Wir Dornteufel haben eine besondere Strategie entwickelt, um uns in trockenen Wüstengegenden das Überleben zu sichern. Ich verfüge über unzählige, mikrosko-
pisch kleine Rillen in meiner Haut, die durch das Phänomen der Kapillarkräfte automatisch Wasser vom Boden
zu meinem Maul transportieren. Ich muss also nicht meinen Kopf senken, um trinken zu können, denn das Wasser fließt meinen Körper hinauf und wird direkt zum
Maul geleitet. Ich kann also trinken, indem ich mich einfach in eine Pfütze stelle."
Ich bin beeindruckt… „Wie seid ihr auf die geniale Idee
gekommen und habt diese Eigenschaften entwickelt?"
„Überhaupt nicht. Es ist ein Geschenk der Quelle, aus
Liebe und Mitgefühl." Diese Antwort berührt mich sehr.

Die demütige Echse stillt weiter ihren Durst, während ich meine Wanderung fortsetze.

Ein seltsames Tier hüpft über meinen Weg. Für ein oder zwei Sekunden bleibt es stehen, betrachtet mich und verschwindet hinter einem Busch. Es hat das Gesicht einer übergroßen Spitzmaus, sehr große Ohren wie ein Hase und bewegt sich fort wie ein Känguru…

In Australien ist der Kaninchennasenbeutler das symbolische Ostertier. Mit einer Dauer von nur etwa zwei Wochen ist die Tragzeit der Weibchen dieses Beuteltiers eine der kürzesten unter allen Säugern.

Auch das nächste Tier bewegt sich hüpfend fort…

Ein Quokka kreuzt meinen Weg. Es ist ein kleines Känguru. Als es mich bemerkt, bleibt es einen Augenblick stehen, beäugt mich interessiert und hüpft dann auf mich zu. Vor mir hält es, schaut zu mir auf und grinst mich an.

Wir schauen uns etwa eine Minute an. Ich erwidere sein wortloses Lächeln. Ohne etwas zu sagen, zieht es seiner Wege. Ein Lächeln sagt mehr als tausend Worte. Mir kommt es vor, als würde mich das Quokka durch sein Lächeln im Hinblick auf die nachfolgende Begegnung ermutigen und mir versichern wollen, dass mir nichts zustoßen wird und kein Grund besteht, mich zu fürchten.

Eine subtile Vorahnung macht sich bemerkbar, die mir zum ersten Mal, seit ich in Australien bin, ein mulmiges Gefühl vermittelt, obwohl sie vorerst keine visuelle Bestätigung erhält. Ich sehe zwar kein Tier, fühle aber, dass eines in der Nähe ist. Die Vorahnung bezieht sich auf eine Schlange. Das ist keine erfreuliche Neuigkeit, denn die vier giftigsten Schlangen der Welt leben alle hier. Der Küstentaipan ist mit bis zu 3 Metern die längste Giftnatter des australischen Kontinents. Sein Gift ist extrem wirkungsvoll und gilt nach Einschätzung vieler Experten als das drittstärkste Toxin aller an Land lebenden Schlangen des Planeten. Platz 2 geht an die Braunschlange, auf Platz 4 rangiert die Tigerotter.

Die giftigste Schlange der Welt

Glücklicherweise ist der bis zu 2,5 m lange Inlandtaipan ein zurückgezogen lebendes Tier, das selten in der Nähe menschlicher Siedlungen anzutreffen ist. Sein Gift soll 50 Mal stärker sein als das einer Indischen Kobra und 850 Mal stärker als jenes der Diamantklapperschlange. Er ist die giftigste Schlange der Welt.
Das bei einem einzigen Biss abgegebene Gift reicht aus, um 250.000 Mäuse, 150.000 Ratten oder 100 bis 250 Menschen zu töten.

Ausgerechnet ein Exemplar dieser Art gerät nun in mein Blickfeld. Der Taipan kriecht geradewegs auf mich zu! Wenn ich davonlaufe, wird er mich nicht einholen können, aber wegen einer Mischung aus Schockstarre und Wissbegierde bleibe ich wie angewurzelt stehen.

Direkt vor meinen Schuhen hält die Schlange an und schaut zu mir herauf.

„Guten Tag!", sage ich mit bibbernder Stimme.

„Hallo!", flüstert sie mir zu.

„Ich bin schon vielen gefährlichen Tieren begegnet und war unter anderem auf Tuchfühlung mit einer Königskobra in Asien, aber ich muss zugeben, dass du mir trotzdem etwas Angst einjagst!", teile ich meine Gefühle mit dem Reptil.

„Du bist zu groß und kommst als Beute für mich nicht in Frage. Und ich weiß auch, dass du mir nichts antun möchtest, also fühle ich mich nicht von dir bedroht. Weder Angriff noch Verteidigung sind hier notwendig. Warum also sollte ich dich beißen?"

Die Logik dieser Argumentation ist geradezu schockierend und beruhigt mich tatsächlich. Ich möchte aber mehr über das erfahren, wovor ich mich eben noch fürchtete.

„Ich bin fasziniert von deinem Gift. Wofür benötigst du so ein starkes Gift?"

„Eigentlich brauche ich es nicht unbedingt.", lautet die überraschende Antwort... „Aber ich bin dankbar dafür. Auch ein wesentlich schwächeres Gift würde mir ausreichen, um meine Beute zu erlegen. Das Gift zahlreicher Arten ist um ein Vielfaches wirkungsvoller als notwendig – vielleicht mit der göttlichen Absicht, dass die Beutetiere nicht leiden sollen. Gott ist Liebe."

Ihre Worte empfinde ich als schöne Ergänzung zur Äußerung meines letzten Gesprächspartners, des Dornteufels.

„Bist du glücklich?"

Diese Frage, die meine Lippen verlässt und an den Taipan gerichtet ist, hat sich wie von selbst formuliert.

„Ja, das bin ich!", ruft die Schlange fröhlich, sodass ich ihr glaube.

„Wegen deines starken Giftes? Weil sich niemand mit dir anlegt?"

„Dieses Gift kann mich nicht vor allem beschützen. Mein Glück hat nichts damit zu tun. Glück gibt es nur im Tod."

Als ich diese Worte vernehme, gehe ich sofort ein paar Schritte zurück. Vielleicht will der Taipan mich durch einen Biss an diesem „Glück" teilhaben lassen.

„Fürchte dich nicht. Ich werde dich wirklich nicht beißen." Die Schlange hat meine Körpersprache und vielleicht auch meine Gedanken gelesen…

„Ich spreche hier nicht vom Tod des Körpers, sondern vom Tod der Ideen „ich/mich/mir/mein". Damit die Wirklichkeit offenbart werden kann, müssen die Vorstellungen von "ich" und "mein" verschwinden. Sie werden verschwinden, wenn du sie lässt. Dann kommt dein natürlicher Zustand wieder zum Vorschein. Es ist das reine Gewahrsein. In diesem reinen Licht des Bewusstseins gibt es nichts, nicht einmal die Vorstellung von nichts. Da gibt es nur Licht." (12)

Ich muss feststellen, dass ich meine Vorurteile offenbar noch nicht ganz abgelegt habe, denn eine solch tiefgehende Erkenntnis und Aussage hätte ich einer Schlange nicht zugetraut.

„Ich danke dir von Herzen für deine Botschaft!"

„Und dafür, dass du mich nicht gebissen hast.", füge ich lächelnd hinzu.

Der Taipan lacht und verabschiedet sich mit den Worten:

„Ich wünsche dir alles Glück der Welt! Das bedeutet, ich wünsche dir viel Vergnügen. Und ich wünsche dir alles Glück jenseits der Welt! Das heißt, ich wünsche dir Seligkeit. Mögest du mit Selbsterkenntnis gesegnet sein!" Die Giftschlange kriecht weiter und verschwindet unter einem Busch.

Intuitiv weiß ich, dass ich noch weiteren giftigen Tieren begegnen soll. Bevor ich Australien verlasse, werde ich der australischen Küste einen Besuch abstatten...
Weder schließe ich die Augen noch schnipse ich mit den Fingern – die schlagartige Veränderung der Szenerie geschieht einfach.
Ich stehe jetzt an einem Strand, dessen Schönheit alle bisherigen Strände auf meiner Reise übertrifft.

Ein Entdeckerdrang motiviert mich, das niedrige Gewässer zwischen den Felsen zu erkunden. Im Wasser gibt es hochgiftige Tiere, deshalb lasse ich meine Schuhe lieber an. Doch meine erste Entdeckung ist harmlos...
Ein Seepferdchen schwimmt zwischen den Felsen umher. Es sieht mit seinem pferdeähnlichen Kopf zwar nicht danach aus, ist aber ein Fisch. Es gibt mehr als 100 Arten. Seepferdchen bevorzugen gemäßigte Wassertemperaturen und leben v. a. in tropischen Gewässern.
Bei den Seepferdchen sind es gewissermaßen die Männchen, die schwanger werden und Nachkommen gebären. Die Eier werden zwar von den Weibchen produziert, aber diese spritzen sie während des Fortpflanzungsakts in die Bauchtasche des Männchens. Dort wartet bereits das männliche Sperma darauf, die Eier zu befruchten. Nach der Befruchtung bleiben sie in dieser Bruttasche und werden vom Männchen ausgetragen.

Das Seepferdchen nähert sich einer kleinen Felsenhöhle. Plötzlich wird es vor meinen Augen blitzschnell von etwas ergriffen. Ein kleiner Krake mit auffallenden blauen Flecken hat sich auf seine Beute gestürzt und tötet sie.

Blaugeringelte Kraken gehören zu den giftigsten Tieren der Welt. Der einschließlich seiner Fangarme nur etwa 10-12 cm große Krake ernährt sich in erster Linie von Krebstieren, die sofort an seinem Gift-Biss sterben. Das Toxin injiziert er über seinen Speichel. Es wird allerdings nicht von den Kraken selbst, sondern von Bakterien produziert, die im Körper der Kopffüßer leben. Trotz der geringen Größe des Blaugeringelten Kraken reicht das Gift eines einzigen Exemplars aus, um über 20 Menschen zu töten. Fühlt sich das Tier bedroht, lässt es seine auffälligen Farbmuster pulsieren, was eine deutliche Warnung an jeden Störenfried darstellt.
Im Leben eines Weibchens kommt es nur zu einer einzigen Eiablage. Danach stirbt das Muttertier.
Kraken und Kalmare sind äußerst lernfähig und intelligent. Kraken können Schraubverschlüsse oder Deckel öffnen und mühelos komplexe Labyrinthe bewältigen.
Tintenfische und Kraken haben drei Herzen.

Ich beobachte den Blauringkraken eine Weile bei seinem Mahl, bestaune dessen Schönheit und wage mich dann an einer anderen Stelle in tieferes Wasser vor. Als mir das Wasser bis zum Knie reicht und ich allmählich nicht mehr überblicken kann, welche Tiere sich mir gegebenenfalls nähern, klettere ich auf einen Felsen und beobachte das Wasser von der sicheren, trockenen Erhöhung aus.
Da schwimmt etwas Durchsichtiges. Eine Qualle!

Ich glaube nicht, dass sie mir antworten wird, denn sie befindet sich unter Wasser und hat kein Maul, mit dem sie sprechen könnte. Trotzdem versuche ich es:
„Guten Tag, mein Freund! Was für eine Art von Qualle bist du?"
Ich sehe keinen Mund und auch keine mundartige Öffnung an ihrem Körper, deshalb weiß ich nicht, womit sie spricht, aber ich höre ihre Worte:
„Ich bin eine Seewespe."

Das giftigste Tier der Welt

Die Seewespe, eine Art der Würfelquallen, ist neben dem Pfeilgiftfrosch Phyllobates terribilis und der Krustenanemone das giftigste Tier der Welt.
Ihr Toxin soll unerträgliche Schmerzen verursachen. Der Giftvorrat eines einzigen Exemplars reicht aus, um ungefähr 200 Menschen zu töten.
Die Tentakel der Würfelqualle sind mit Nesselzellen versehen, die bei einer Berührung durch ein anderes Tier Nesselschläuche mit unglaublicher Geschwindigkeit ausschleudern, welche die Haut des Opfers durchdringen und das Gift injizieren. Diese Nesselschläuche sind zudem mit Widerhaken versehen, sodass sich die Tentakel nicht leicht von der Haut lösen lassen.
Es gibt über 2.500 Arten von Quallen, die schon seit mehr als 500 Millionen Jahren den Planeten bevölkern.
Die Tentakel der Portugiesischen Galeere können bis zu 30 Meter lang sein.
Bemerkenswert ist auch die Art Turritopsis nutricula. Diese winzige Qualle kann ihre Zellen verjüngen. Damit ist ihr Körper potentiell unsterblich. Dass viele Exemplare ein hohes Alter erreichen, ist aber nicht zuletzt auf-

grund der zahlreichen Fressfeinde unwahrscheinlich. Mit einem Alter von mehr als 10.000 Jahren ist ein antarktischer Riesenschwamm der Art Scolymastra joubini vermutlich das älteste Lebewesen der Welt.

Die Würfelqualle kann tatsächlich sprechen. Ich weiß gar nicht, wie mich in diesem Zustand überhaupt noch etwas überraschen kann.
Dann folgt ihre Einladung, ein neuer Vertrauenstest: „Komm gern zu mir ins Wasser. Es ist herrlich. Ich verspreche dir, dass ich dich nicht berühren werde."
Ich überwinde meine Angst vor ihren tödlichen Tentakeln und steige ins kühle Nass. Mein Vertrauen beruht auf allen vorherigen Erfahrungen, ich behalte die Seewespe aber sorgsam im Auge und halte einen Sicherheitsabstand von gut einem Meter ein.
Jetzt kommt mir die Idee, ein Experiment zu wagen... Kann ich auch gedanklich mit einem Tier kommunizieren? Ich stecke meinen Kopf ins Wasser und tauche dann ganz unter. Zu meiner Überraschung kann ich alles ganz klar sehen, als würde ich eine Taucherbrille tragen! Dann schicke ich der Würfelqualle gedanklich eine Frage: „Ihr Quallen seid so substanzlos. Ihr seid durchsichtig und habt noch nicht einmal ein Gehirn! Da würde ich mich an deiner Stelle sehr unwohl fühlen!"
Sie antwortet mir wie zuvor. Ihre Gedanken sind für mich ebenso laut und deutlich vernehmbar wie gesprochene Worte. Vielleicht hat sie mir eben auch schon ihre Gedanken geschickt...
„Auch dein Körper ist substanzlos.", entgegnet die Qualle... „Und was hat ein Gehirn damit zu tun? Soweit ich weiß, gibt es auch Menschen mit einem winzigen oder keinem Gehirn, die trotzdem bewusst und teilweise über-

durchschnittlich intelligent sind. Ihr glaubt, dass jeder Körper sein eigenes Leben hervorbringt, indem das Gehirn das Bewusstsein erzeugt. Das ist an Absurdität nicht zu übertreffen. Das bewusste Leben ist eins, schon vor jedem Körper da und bedient sich seiner, um sich immer wieder neuartig auszudrücken. Das ist Kreativität!"

Die Qualle schwebt im Wasser hin und her, und auch wenn ich keine Augen und kein Gesicht erkennen kann, entgeht mir ihre ungetrübte Lebensfreude nicht.

Eine weitere Überraschung ist für mich die Tatsache, dass ich meine Luft beliebig lange anhalten kann und nicht auftauchen muss, um zu atmen. So können wir das Gespräch ohne Unterbrechung fortführen...

„Sag mir, liebe Qualle, wie können auch wir Menschen unbeschwert und glücklich sein?"

„Die meisten Menschen glauben: ‚Ich bin ein armes, kleines Fragment.' Erkenne: ‚Ich bin die freie Leere!' Das ist gleichbedeutend mit: ‚Ich bin die totale Fülle!'"

Ich bitte sie um eine nähere Darlegung.

„Gerade weil mein Körper so leicht ist, fällt es mir nicht schwer, mich frei zu fühlen. Ich schwebe nur so durchs Wasser. Eure Körper sind dichter und viel schwerer, das muss sich wie ein Gefängnis anfühlen."

Ich hätte nicht erwartet, von einer Qualle bemitleidet zu werden.

Sie schickt mir weitere Gedanken:

„Aber auch ihr seid essenziell leer. Nichts kann euch einschränken. Das Bewusstsein ist die freie Leere. In der Leere gibt es ein unendliches Reservoir von Energie."

„Bin ich also Energie?", frage ich sie.

„Nein, Energie wird für die Manifestation benötigt. Die ganze Welt und alle Körper bestehen aus Energie, aber nicht du. Bewusstsein ist jenseits davon, es ist die Quelle

aller Energie. Du bist keine Energie, sondern ihre unerschöpfliche Quelle.", so die Qualle.
Langsam schwebt sie im Wasserhimmel davon. Ich danke ihr, tauche wieder auf und gehe zurück zum Strand.

Hier stehe ich nun und blicke auf den Ozean hinaus.
Ich kann nicht erklären, was genau mich dazu treibt,
aber ich verspüre einen unwiderstehlichen Drang,
aufs offene Meer hinauszuschwimmen.
Ich gebe dem Impuls nach, sprinte los und springe hinein.
Mit kräftigen Armschlägen schwimme ich so freudig und
schnell wie nie zuvor. Kein Vergleich zur zögerlichen
Schwimmstunde in Südafrika, als ich den Weißen Hai
treffen sollte. Vielleicht gibt es auch hier Haie und dazu
etliche giftige Tiere, doch jede Angst bleibt aus. Ich bin
jetzt viel weiter auf den Ozean hinausgeschwommen als
in Afrika. Das Wasser unter mir könnte hundert Meter
tief sein, oder tiefer. Ich tauche unter und stelle fest, dass
ich wieder alles sehr klar sehen kann. Vielleicht kann ich
mit dem nächsten Tier, von dem ich spüre, dass es schon
in der Nähe ist, auch wieder telepathisch kommunizieren.

Ein riesiger Fisch – der größte, den ich je gesehen habe –
gerät in mein Sichtfeld und schwimmt langsam auf mich
zu. Erst ist er undeutlich zu sehen, wie ein fischförmiger
Schatten. Jetzt kann ich auch seine Hautfarbe und seine
genauen Konturen erkennen. Er ist grau und hat unzählige weiße Punkte – eine echte Schönheit!

Der faszinierende Walhai ist der größte Fisch der Erde.
Er ist bis zu 14 Meter lang (manchen Berichten zufolge
16 oder gar 18 m) und kann wahrscheinlich 15 oder 20
Tonnen schwer werden – angeblich wog das schwerste

Exemplar ca. 36.000 kg. Er zählt nicht zu den Raubhaien. Der Walhai besitzt zwar weit über 3.000 Zähne, doch diese sind klein und eher stumpf. Wie Bartenwale filtert er seine Nahrung aus dem Wasser. Diese besteht aus Plankton, kleinen Fischen und manchmal Quallen.

Walhaie sind gemächliche und langsame Schwimmer. Sie zeigen gegenüber menschlichen Tauchern niemals aggressives Verhalten und dulden deren Annäherungsversuche und ggf. sogar Körperkontakt.

Schätzungen zufolge können diese Fische 100 Jahre alt werden.

Mit bis zu 15 cm hat der Walhai die vermutlich dickste Haut im gesamten Tierreich.

Der Walhai hat eine schwache Richtungsänderung vorgenommen und schwimmt jetzt nicht mehr direkt auf mich zu. Er ist gerade dabei, in etwa zehn Metern Entfernung an mir vorbei zu schwimmen, da grüße ich ihn gedanklich: „Hallo, reizender Riese! Bitte komm zu mir, ich möchte dich kennenlernen!" Kaum habe ich diesen Gedanken voller Hoffnung ausgesandt, biegt der riesige Körper in meine Richtung ab und erhöht sein Tempo. Der Anblick des erstaunlich schnell auf mich zukommenden Giganten, der zweifellos das bisher größte Geschöpf auf meiner Reise ist, vermindert meinen Enthusiasmus ein wenig, aber ich bewahre die Fassung und will abwarten, was geschieht. Kurz bevor er mich erreicht, taucht er tiefer, sodass er direkt unter mir hindurchschwimmt. Reflexartig ergreife ich seine Rückenflosse und halte mich fest. Jetzt verringert er seine Geschwindigkeit und schwimmt wieder langsam, mit schätzungsweise 2-3 km/h. Er zieht mich mit sich. Ich bin oberhalb der Wasseroberfläche auf einem Weißen Hai geritten, der als Taxi zum Strand diente. Aber dieser Tauchgang mit dem Walhai stellt jenes Erlebnis an der südafrikanischen Küste weit in den Schatten. Wir wechseln keine Worte. Ich weiß nicht, ob er sich der menschlichen Sprache überhaupt bedienen könnte, aber das ist auch völlig unwichtig. Diese Erfahrung ist heilig genug, trotz oder gerade wegen der Tatsache, dass wir uns nicht gedanklich oder verbal austauschen. Das Meer ist so unglaublich still. Der Ritt dauert an. Der Walhai taucht tiefer. Schließlich erreichen wir ein Korallenriff. Ich sehe unzählige, teilweise sehr farbenfrohe Fische. Der Ozean sprüht vor Leben. Wunderschön. Atemberaubend. Mit welchem Wort könnte ich diesen Anblick beschreiben?

Ein Fisch, der aussieht wie ein Pfannkuchen mit Schwanz – ein Rochen – schwimmt in wenigen Metern Entfernung neben uns. Er scheint uns parallel zu folgen. Wenn mein Walhai-Bus abbiegt, passt er sich der Schwimmrichtung an. Weil er keine Anstalten macht, seine eigenen Bahnen zu ziehen, spreche ich ihn telepathisch an…
„Wer bist du?"
„Ich bin du!", antwortet er.
Das hatte schon der Koala geantwortet.
Also gut, dann frage ich anders…
„Welcher Art gehört dein Körper an?"
„Stechrochen", lautet die kurze Antwort.

Stechrochen verdanken ihren Namen der Tatsache, dass ihr Schwanz mit einem Stachel bewaffnet ist, der bei manchen Arten mit Widerhaken und einem Gift ausgestattet ist. Er dient der Verteidigung und erweist sich in dieser Funktion als sehr effektiv. Dieser Stachel wird regelmäßig ausgetauscht, also durch einen neuen ersetzt.

Am 4. September 2006 starb der bekannte australische Dokumentarfilmer Steve Irwin bei Dreharbeiten am Great Barrier Reef durch den Stich eines riesigen Stachelrochens. Laut Aussagen des Kameramanns war das Tier ungefähr 2,5 Meter breit. Der Stachel hatte das Herz des Abenteurers durchbohrt, sodass keinerlei Überlebenschance bestand. Steve Irwin starb noch am Unfallort. Ich habe seine Dokumentationen immer leidenschaftlich verfolgt und kann mich noch sehr gut daran erinnern, wie sehr mich diese Nachricht damals erschütterte. Tagelang konnte ich an nichts anderes denken.

Vom Rücken des schweigsamen Walhais aus beginne ich eine Unterhaltung mit dem Stechrochen...
„Du kannst nichts dafür, aber einer deiner Artgenossen hat einen Menschen getötet, den ich sehr liebe und bewundere. Das geschah sicher nicht aus böser Absicht, sondern war eine Verteidigungsreaktion. Also bitte missverstehe das nicht als Vorwurf. Aber Steve Irwin hat sein Leben dem Tierschutz gewidmet, er hat viel Gutes für euch getan und euch sehr geliebt. Er war noch so jung! Viel zu jung, um zu sterben.", sage ich traurig.
Der Rochen antwortet:
„Zu jung, zu alt. Das sind alles menschliche Gedanken. Aus göttlicher Perspektive ist der Tod eines Kindes nicht tragischer als der eines älteren Menschen, denn in Relation zur Ewigkeit sind eine Sekunde und einhundert Jahre identisch. Du lebst ewig, also spielt es - vom absoluten Standpunkt aus betrachtet - keine Rolle, ob du als kleiner Bub oder alter Greis die Erde verlässt. Doch die menschliche Perspektive ist sehr beschränkt. Ich versichere dir, Steve Irwin lebt!"
„Und glaubst du, er ist glücklich da, wo er jetzt ist?"

„Die Toten sind in der Tat glücklich. Sie sind die lästige Überwucherung des Körpers losgeworden. Die eigene Existenz ist offensichtlich, mit oder ohne den Körper. Warum sollte man sich dann den Fortbestand der körperlichen Fesseln wünschen? Entdecke dein unsterbliches Selbst! Sei bewusst unsterblich und glücklich!" (13) Nach diesen Worten schwimmt der Rochen davon.

Der Walhai taucht auf. Jetzt befinde ich mich erstmals nach schätzungsweise einer halben Stunde wieder oberhalb der Wasseroberfläche. Seltsamerweise habe ich das Atmen nicht vermisst, aber es ist trotzdem ein Genuss, die frische Luft in meine Lunge zu ziehen. Wir befinden uns in der Nähe des Strands. Ich vermute, er möchte, dass ich absteige. Ich streichle seinen gewaltigen Rücken und lasse seine Rückenflosse los.
Sofort taucht er ab und verschwindet in der Tiefe…
Was für ein wunderbares Wesen!
Dankbarkeit.

Ich schwimme an den Strand zurück. Auf dem Sand stehend, selbstverständlich klitschnass, spüre ich sofort, dass mein Australienaufenthalt vorüber ist.

KAPITEL 5

NORDAMERIKA

„Wer die Erde nicht respektiert, zerstört sie. Wer nicht alles Leben so wie das eigene respektiert, wird zum Mörder. Der Mensch glaubt manchmal, er sei zum Besitzer, zum Herrscher erhoben worden. Das ist ein Irrtum. Seine Aufgabe ist die eines Hüters, eines Verwalters, nicht die des Ausbeuters. Der Mensch hat Verantwortung, nicht Macht." (Indianer-Weisheit)

Ich bin wieder völlig trocken! Wie ist das möglich? Eigentlich hatte ich aufgehört, diese Frage zu stellen. Jedenfalls sind seit meinem magischen Tauchgang mit dem Walhai an der australischen Küste gefühlsmäßig nur wenige Minuten vergangen. Urplötzlich stehe ich nicht mehr am Strand, sondern an einem Waldrand.
Die Sonne scheint, es ist angenehm warm.
Ich befinde mich auf einer Anhöhe und schaue in ein atemberaubendes Tal hinunter. Ein riesiger Fluss zieht sich wie eine Schlange durch eine vielseitige Landschaft von Wiesen und kleinen Wäldern.

Auf einem Baum in meiner Nähe sitzt ein großer Adler in mindestens zwanzig Metern Höhe.
Der Weißkopfseeadler ist mit bis zu 6,5 kg Gewicht bei 70-90 cm Körperlänge und einer Flügelspannweite von bis zu 2,5 m einer der größten Greifvögel Nordamerikas.
Trotz seiner erheblichen Größe erreicht er im Sturzflug eine Geschwindigkeit von bis zu 160 km/h.

Der selbsterrichtete Horst des Weißkopfseeadlers kann 4 m groß und 450 kg schwer sein.
Ich beobachte den schönen Vogel eine Weile, bis er sich vom Ast stürzt und davonfliegt.

Aus dem Wald hinter mir ertönen die Geräusche knisternder und knackender Äste. Ein großes Tier bewegt sich auf mich zu. Ich bin gespannt, aber angstfrei. Schwarzes Fell schimmert durch die Pflanzen hindurch. Jetzt kann ich auch die Körperform erkennen – ein kräftig gebauter Vierbeiner bahnt sich den Weg durch das dicht bewachsene Unterholz. Kurz darauf kommt auch der Kopf zum Vorschein – ein Bär!

Der Baribal, wie der Schwarzbär auch genannt wird, ist mit bis zu 90 cm Schulterhöhe und einem Höchstgewicht von 400 kg die drittgrößte Art der Bären.
Zwar sind die meisten, aber nicht alle Schwarzbären schwarz. Es kommen beispielsweise auch Brauntöne vor, sodass zwischen dieser Spezies und dem Braunbären Verwechslungsgefahr besteht. Allerdings ragt der Schwarzbär durch seinen eher kleinen Kopf, eine relativ helle Schnauze und verhältnismäßig große Ohren heraus.
Schwarzbären können trotz ihrer respektablen Größe sehr gut klettern, wesentlich besser als bspw. Grizzlybären. Ein Großteil ihrer Nahrung, wie auch beim Braunbären etwa 75 %, besteht aus Pflanzen.
Schwarzbären sind intelligente und anpassungsfähige Opportunisten, die auf Nahrungssuche teilweise bis weit in menschliche Siedlungen vordringen.
Wie alle Großbären verfügt der Baribal über einen massiven, gedrungenen Körperbau, der ihm Kraft und Widerstandsfähigkeit verleiht.

Der Schwarzbär steht jetzt im Freien zwischen Bäumen und schaut mich an. Ich kann seinen Blick nicht deuten, er wirkt ziemlich ausdruckslos. Ohne sich weiter auf mich zuzubewegen, ruft er emotionslos – geradezu unmotiviert – zu mir herüber: „Herzlich willkommen in Kanada!"

Sein Tonfall lässt mich vermuten, dass er dazu aufgefordert wurde, die Rolle des Begrüßers oder Empfängers zu übernehmen, ohne große Lust darauf zu haben.

Ich rufe zurück: „Herzlichen Dank!"

Er nickt, dreht sich um und verschwindet ohne Eile wieder zwischen den Büschen.

Plötzlich hüpft ein Kaninchen aus einem Busch direkt neben mir hervor und sagt:

„Sein großer, brauner Bruder wird gesprächiger sein."

Es zwinkert mir zu, wackelt lustig mit seinen langen Ohren und hüpft zurück unter den Busch.

Ich möchte in das wundervolle Tal hinuntersteigen. Der Abhang ist nicht besonders steil und grasbewachsen, frei von Steinen oder Felsen, sodass mir der Abstieg nicht schwerfällt. Nachdem ich schätzungsweise 50 Höhenmeter überwunden habe, stehe ich im Tal und schaue mich erstmal um. Der Fluss befindet sich jetzt etwa 100 Meter vor mir. Ich gehe an sein Ufer und schaue ins Wasser – hier schwimmen Lachse.

Am anderen Ufer herrscht zwischen den Bäumen reges Treiben. Es ist mir ein Rätsel, wie ich das bisher übersehen konnte. Ein Wolfsrudel hat sich dort versammelt und stillt an einem großen Kadaver seinen Hunger. Das gierige Schmatzen und Knurren einiger Wölfe ist bis zu mir hörbar. Ich würde sie sehr gerne aus der Nähe betrachten, bin aber unschlüssig, ob ich mich ihnen nähern sollte. Sie könnten das als Störung empfinden und aggressiv reagieren, befürchtet mein Verstand.

Der Wolf ist der größte Wildhund. Er erreicht 90 cm Schulterhöhe und ein Gewicht von bis zu 80 Kilogramm. Die nordamerikanischen Wölfe sind meist größer und kräftiger als ihre europäischen Vettern. Eine der größten Unterarten ist der Polarwolf.
Wölfe leben und jagen bekanntlich in Rudeln, die sich meist aus ca. 10 Tieren zusammensetzen, und sind ausdauernde Jäger, die Beutetiere wie bspw. Hirsche meist durch eine Hetzjagd zur Strecke bringen. Der Aktionsradius dieser Raubtiere ist beachtlich. Am Tag legt ein Wolf etwa 70 Kilometer zurück.
Selten wird die Aggressivität eines Tieres so stark übertrieben wie im Falle des Wolfes. Attacken auf Menschen kommen höchst selten vor. In den letzten 50 Jahren wurden in Europa nur 4 Angriffe registriert. In allen 4 Fällen war der Wolf an Tollwut erkrankt. Unter normalen Umständen handelt es sich um scheue Tiere, die klug genug sind, den Menschen zu meiden.
Wölfe zeichnen sich durch ihre ausgeprägte soziale Intelligenz aus. Sie verhalten sich oft depressiv, wenn ein Rudelmitglied gestorben ist.

„Entschuldigt bitte, ich möchte nicht euer Festmahl stören! Erlaubt ihr mir trotzdem, mich eine Weile zu euch zu gesellen?", rufe ich aus sicherer Entfernung herüber.
Keiner der Wölfe reagiert. Ich bin mir nicht einmal sicher, ob sie mich gehört oder überhaupt bemerkt haben. Ich werde es riskieren und überquere den Fluss. Das Wasser ist an der tiefsten Stelle etwa dreißig Zentimeter

tief, also stellt es kein Hindernis für mich dar, verschafft mir aber nasse Füße. Was soll's?

Als ich das andere Ufer erreiche, zögere ich einige Sekunden, nun befindet sich zwischen dem fressenden Wolfsrudel und mir keine Barriere mehr. Einer der Wölfe unterbricht sein Mahl und schaut in meine Richtung. Er hat zweifellos Notiz von mir genommen, scheint aber nicht sonderlich überrascht zu sein. Dann frisst er weiter.

Ich deute dieses Verhalten als gutes Zeichen und gehe zielstrebig auf die Wölfe zu. Etwa zehn Meter von ihnen entfernt, bleibe ich stehen und warte auf eine Reaktion. Als diese weiterhin ausbleibt, setze ich mich auf einen nahegelegenen Baumstumpf. Inzwischen haben weitere Wölfe zu mir aufgeblickt, zeigen aber keinerlei Interesse an mir. Es wirkt fast so, als würden sie mich als völlig natürlichen Bestandteil ihrer Umgebung akzeptieren oder als würden sich jeden Tag Menschen in ihrer Nähe aufhalten.

„Ich wünsche guten Appetit!", versuche ich den Knoten zum Platzen zu bringen. Keiner reagiert. Wie undankbar! Eine halbe Stunde schaue ich weiter fasziniert dabei zu, wie die Wölfe einen Großteil des Hirschkadavers in ihren Bäuchen verschwinden lassen.

Dann spreche ich sie erneut an:

„Hat mir einer von euch eine Botschaft zu überbringen?"

Der weise Wolf

Der größte Wolf löst sich aus der Gruppe und kommt auf mich zu. Während er sich direkt vor mir positioniert, kaut er noch und schluckt den letzten Bissen hinunter. Dann schaut er mich durchdringend an und spricht mit rauer Stimme:

„Hallo, mein zweibeiniger Freund. Sei willkommen! Die Botschaft ist ganz simpel: Sei einfach hier."

„Nichts leichter als das.", antworte ich schulterzuckend.

„Ja, in der Tat. Aber für euch Menschen ist manchmal nichts schwieriger als das."

„Ich bin doch schon hier."

„Ist das so?", fragt der Rudelführer skeptisch.

„Bist du wirklich hier, ohne über die Vergangenheit nachzudenken oder dir etwas Bestimmtes für die Zukunft zu erhoffen? Ist da wirklich kein Gedanke an ein anderes Tier oder einen anderen Ort?"

Ich muss zugeben, dass ich insbesondere an Siddhartha immer wieder denken muss. Der Wolf bemerkt diese Gedanken… „Es wäre im Sinne von Siddhartha, wenn du voll und ganz hier und jetzt präsent bist, mit intensiver Bewusstheit diese herrliche Luft ein- und ausatmest, dabei jeden Atemzug spürst – das Ein- und Ausströmen des unsichtbaren Nektars, der deine Lungen füllt. Und schau dir ganz genau die Tiere und Pflanzen sowie die gesamte Natur an, wie sie sich dir hier und jetzt präsentiert – die Farben, die Formen –, ohne sie zu benennen oder einzuordnen. Höre genau hin, der Wind hat dir mehr zu sagen als alle Wörter aus sämtlichen menschlichen Sprachen. Strebe nicht nach irgendetwas anderem als nach dem, was sich jetzt hier zeigt. Nichts anderes ist da, weil es genau so sein soll. Dann bist du in deinem natürlichen Zustand. Das ist Zufriedenheit. Das ist das Selbst."

Der Wolf kommt näher und leckt einmal zärtlich über meine rechte Hand, die auf meinem Oberschenkel ruht. Ich spüre seine Zunge auf meiner Haut, die Feuchtigkeit, so intensiv wie möglich, betrachte sein schönes Fell aus der Nähe. Dann streichle ich seinen Kopf und fühle es. Der Wolf schließt die Augen.

Als er sie öffnet und mich Aug in Aug ansieht, gibt er mir eine weitere Empfehlung: „Und wenn du feststellst, dass du einmal nicht präsent bist, mach dir keine Vorwürfe. Das wäre ein Teufelskreis. Mach keine persönliche Geschichte daraus. Da ist kein Simon, der versagt. Da ist nur Bewusstsein, das sich manchmal selbst verschleiert und manchmal nicht. Auch der Schleier – die Gedanken – sind aus dem Selbst gemacht. Es gibt kein Versagen, alles ist gut."

Schließlich gibt er seinem Rudel ein für mich unsicht- und unhörbares Signal zum Aufbruch.

Die Wölfe ziehen weiter und lassen mich zurück.

Ich möchte nicht länger bei dem toten Hirsch sitzen und verlasse diesen Ort ebenfalls.

Ich wandere am Fluss entlang. Die Umgebung verändert sich sichtlich, sie wird trockener, fast wüstenartig.

Rechts im Gebüsch nehme ich eine rasche Bewegung und ein Rascheln wahr. Etwa vier Meter vom Flussufer entfernt, huscht eine Maus im hohen Gras auf Nahrungssuche umher. Es handelt sich um keine normale Maus...

Die Grashüpfermaus ist ein sehr ungewöhnliches Nagetier. Sie erbeutet nicht nur andere Mäuse... Dieser angriffslustige und schmerzunempfindliche Zwerg schreckt auch vor Vogelspinnen, Skorpionen – gegen deren Toxin er vermutlich immun ist – und kleinen Schlangen nicht zurück.

Besonders skurril: Vergleichbar mit Wölfen "heulen" bzw. piepsen Grashüpfermäuse bei Nacht den Mond an.

Plötzlich erscheint ein Tier, vor dem auch die Grashüpfermaus Reißaus nimmt. Über den staubigen Boden kriecht ein geschecktes Reptil...

Die Gila-Krustenechse wurde erst im 19. Jahrhundert entdeckt. Krustenechsen sind giftig. Das Toxin wird aber nicht wie bei Giftschlangen durch ihre Zähne injiziert, sondern über den Speichel übertragen. Bei einem Biss wird es durch kauähnliche Bewegungen regelrecht in den Körper des Beutetiers oder Feindes einmassiert. Für den Menschen wirkt sich ein solcher Biss zwar sehr schmerzhaft aus und kann zum Kreislaufkollaps führen, ist in der Regel aber nicht tödlich.

Normalerweise kommt die Gila-Krustenechse nur in den USA vor, laut der Begrüßung des Schwarzbären befinde ich mich in Kanada. Ein Vogel fliegt in etwa zehn Metern Höhe über mich hinweg und ruft zu mir herunter: „Kanada. USA. Alles menschliche Erfindungen. Diese Grenzen existieren nicht wirklich."
Wenige Worte, doch sehr gehaltvoll und wahr.
Weder die Grashüpfermaus noch die Gila-Krustenechse lösen in mir einen Gesprächsbedarf aus. Das gilt auch für die nächste Begegnung. Allgemein bemerke ich, wie das Bedürfnis nach vielen Worten allmählich abnimmt.

Der Grasboden gerät in Bewegung und färbt sich bunt.
Die hochgiftigen Korallenottern sind die wohl farbenfrohsten Giftschlangen. Diese Giftnattern besitzen ein Neurotoxin (nervenschädigendes Gift) und zusätzlich ein Myotoxin (greift das Muskelgewebe an).
Königsnattern sind hingegen ungiftig und für den Menschen vollkommen harmlos. Da sie allerdings die Farbgebung der Korallenottern ziemlich überzeugend imitieren, schrecken sie viele potentielle Fressfeinde erfolgreich ab. Diese Nachahmung, die sich in der Tierwelt recht häufig beobachten lässt – z. B. imitieren manche Fliegen

das Aussehen von Wespen –, wird als Mimikry bezeichnet. Wenn man Königsnattern und Korallenottern auseinanderhalten möchte, so gilt es zu beachten, wie die Abfolge der Farben gegliedert ist. Die Richtlinie lautet: „Folgt weiß auf rot, dann bist du tot!"
Bei Königsnattern ist dies nie der Fall.
Ein eindrucksvolles Mitglied der Königsnattern ist die Kettennatter. Auch sie besitzt kein Gift, tötet und frisst jedoch giftige Arten wie Klapperschlangen, indem sie diese erdrosselt. Wahrscheinlich ist sie gegen deren Gift immun.
Ich betrachte die Schlange genauer und stelle anhand des Farbmusters fest, dass es sich um eine Königsnatter handelt.

Mittlerweile bin ich mehrere Kilometer durch das Tal gewandert. Zeit für eine Pause. Ich setze mich auf einen auf dem Boden liegenden Baumstamm. Ein lautstarkes Rasseln dringt an meine Ohren. Ich schaue hin – direkt unter meinem Sitzplatz liegt eine Klapperschlange, die mich durch ihre akustische Darbietung darauf hinweisen möchte, dass ich nicht alleine bin.
Es gibt etwa 30 Arten dieser gefürchteten Giftschlangen, die bezüglich ihrer Hautzeichnung und Körperlänge teilweise stark variieren. Das kennzeichnende Merkmal aller Klapperschlangen ist die Rassel am Schwanzende, durch die sie herannahende Feinde warnen. Dass sie so auf ihre Anwesenheit aufmerksam machen, ist für den Menschen eigentlich vorteilhaft, denn so sollte man sie nicht wie möglicherweise andere Schlangen übersehen und versehentlich auf sie treten, wodurch es zu den meisten Bissunfällen kommt. Die Giftzähne einer Klappenschlange sind ziemlich lang und einklappbar (typisch für Vipern

und Grubenottern), während jene der meisten Giftnattern (andere Unterfamilie der Giftschlangen, denen beispielsweise die Kobras & Mambas angehören) meist wesentlich kürzer und feststehend sind.

Prozentual gesehen überleben die meisten Menschen, die von einer Klapperschlange gebissen werden. Das stärkste Toxin aller Klapperschlangen besitzt vermutlich die höchstens einen Meter lange Mojave-Klapperschlange. Das bei einem durchschnittlichen Biss dieser Art abgegebene Gift reicht aus, um 7.500 Mäuse zu töten. Wahrscheinlich handelt es sich auch um die giftigste Schlange Nordamerikas. Jedoch ist die bekannte Texas-Klapperschlange (größte Art neben der Diamant-Klapperschlange) auf diesem Kontinent vermutlich für die meisten menschlichen Todesfälle durch Schlangenbisse verantwortlich.

Als ich zwischen den Bäumen hindurchgehe, fliegt wieder ein Vogel über mich hinweg. Jedenfalls glaube ich das. Als das Tier wieder von Baum zu Baum fliegt und landet, schaue ich genauer hin: doch kein Vogel!

Am Stamm hält sich ein Gleithörnchen fest und blickt mich freundlich an. Die Gleithaut zwischen den Vorder- und Hinterbeinen befähigt diese Nagetiere dazu, bis zu knapp 500 m weit durch die Luft zu gleiten. Problemlos können sie so von Baum zu Baum "springen", auch wenn die Stämme weit voneinander entfernt sind.

Trotz seiner Größe von bis zu über 1 m kann auch der Taguan, ein asiatisches Riesengleithörnchen, immerhin eine Distanz von 75 m gleitend überbrücken.

Hörnchen sind wie viele Nagetiere erstaunlich intelligent. Amerikanische Eichhörnchen fressen die Hautüberreste, welche Klapperschlangen nach der Häutung zurücklassen und reiben ihre Körper zudem gezielt damit ein. So nehmen sie den Geruch der Schlangen an. Für die giftigen Reptilien riechen sie folglich nach Artgenossen, sodass sie von ihnen unter diesen Umständen als potentielle Beutetiere ausgeschlossen werden.

In demselben Baum sitzt eine Etage höher ein Kiefernhäher auf einem Ast. Diese Art ist ein Verwandter des bei uns heimischen Eichelhähers. Dementsprechend ist der Kiefernhäher ein Angehöriger der Rabenvögel.
Dieser Vogel ist ein wahres Gedächtnis-Genie:
Er versteckt (vergräbt) etliche Nüsse im Umkreis von über 20 Kilometern und ist mithilfe seines fotografischen Gedächtnisses imstande, durchschnittlich 90 Prozent davon wiederzufinden, indem er sich an Bäumen, Felsen usw. orientiert. Bestimmte Kiefernbäume können sich tatsächlich nur mithilfe des Kiefernhähers verbreiten, weil er ihre Samen über ein größeres Gebiet verteilt.

Ich erreiche das Ende des Tals und steige wieder bergauf.
In dieser Bergregion ist es wesentlich kühler.
Auf den Gipfeln liegt Schnee.
Ich entdecke ein vierbeiniges Tier, das zu mir heruntersteigt. Vor allem wegen seiner Größe und kräftigen Statur bin ich erstaunt, wie sicher und doch schnell es sich in dieser felsigen Landschaft fortbewegt.
Bergziegen können eine Schulterhöhe von 1,2 Metern und ein Körpergewicht von bis zu 140 Kilogramm erreichen. Damit sind sie wesentlich größer und schwerer als gewöhnliche Hausziegen. Der kräftige, robuste Körperbau dieser Spezies fällt sofort ins Auge.
Die Schneeziege (anderer Name für dieselbe Art) überwindet extrem steile Felswände (teilweise 90°-Steigung).

Sie erreicht Orte, angesichts derer man es niemals für möglich halten würde, dass ein flugunfähiges Tier dieser Größe jemals dorthin gelangen könnte. Innerhalb von 20 Minuten kann eine Schneeziege mehr als 450 Höhenmeter zurücklegen. Sie ist vielleicht neben dem Steinbock der größte Kletterkünstler unter allen Huftieren.

Bergziegen sind zwar friedfertige Pflanzenfresser, zeigen aber in Konfrontationen mit Fressfeinden einen unglaublichen Überlebenswillen. Es gibt Berichte von blutigen Auseinandersetzungen zwischen Schneeziegen und ausgewachsenen Grizzlybären, aus denen beide – sowohl Jäger als auch vermeintliche Beute – mit schweren oder gar tödlichen Verletzungen hervorgehen.

Da ich schon etwas länger mit keinem Tier gesprochen habe, grüße ich die Schneeziege mit den Worten: „Guten Tag, hast du mir etwas zu sagen?"
Sie läuft in wenigen Metern Entfernung an mir vorbei und antwortet: „Nö."
Ich blicke ihr etwas enttäuscht, aber auch belustigt nach und sehe, wie sie hinter größeren Felsen außer Sichtweite gerät. Ich steige dorthin auf, von wo das schöne Huftier gekommen ist. Als ich über den letzten Felsen klettere, traue ich meinen Augen nicht:
Inmitten dieser grauen, recht farblosen Felsgegend blüht auf einer großen Fläche – zwar noch weit unterhalb der höchsten Gipfel, aber dennoch in beachtlicher Höhe – ein Blumenmeer. In allen erdenklichen und nicht erdenklichen Farben erstrahlen Tausende Blüten auf einer Fläche von der Größe eines Fußballfeldes. Dieses Farbenmeer bringt meine Gedanken zum Stillstand und verzückt meine Augen in höchstem Maße. Dem Rat des alten Wolfes folgend, genieße ich den Anblick, ohne ihn mir

von mangelnder Präsenz verderben zu lassen. Ich nehme mir ‚Zeit‘, jede einzelne Blume zu bewundern und ihre unausgesprochene Botschaft mit dem Herzen zu empfangen.

„Hast du Angst vor dem Tod?“, fragte der kleine Prinz die Rose. Daraufhin antwortete sie: „Aber nein. Ich habe doch gelebt, ich habe geblüht und meine Kräfte eingesetzt, soviel ich konnte. Und Liebe, tausendfach verschenkt, kehrt wieder zurück zu dem, der sie gegeben. So will ich warten auf das neue Leben und ohne Angst und Verzagen verblühen.“
(Antoine de Saint-Exupéry, "Der kleine Prinz")

Auf der mir gegenüberliegenden Seite der unglaublichen Blumenwiese taucht zwischen den Felsen plötzlich ein Tier auf. Eine große Katze!

Der Puma im Blumenmeer

Der Puma (alias Kuguar, Berglöwe oder Silberlöwe) ist mit 60 bis 70 cm Schulterhöhe und einem Höchstgewicht von 125 kg die größte Kleinkatze. Diesbezüglich übertrifft er die kleinsten Großkatzen und ist nach Tiger, Löwe und Jaguar die viertgrößte Katze überhaupt.
Der Puma kann 12 Meter weit und aus dem Stand senkrecht 5,5 Meter hoch springen. Letzteres ist ein Weltrekord unter allen Landtieren.
An diese bemerkenswerte Leistung muss ich denken, während der Puma die Blumenwiese überquert und auf mich zukommt. Ich beobachte seine Bewegungen und stelle fest, dass er trotz seiner Größe und seines Gewichts keinen Schaden anrichtet – nachdem er sie mit seinen

Samtpfoten niedergedrückt hat, richten sich die Blumen einfach wieder auf.

Dem Puma sind meine Gedanken nicht entgangen. Entsprechend gestaltet sich seine Gesprächseinleitung…

Ohne mich zu grüßen, reagiert er darauf, dass ich innerlich so beeindruckt von seiner Sprungkraft bin:

„Das ist gar nichts. Ich kann nicht so hoch springen wie ein Floh. Die Sprunghöhe eines Flohs kann das 200-Fache seiner eigenen Körpergröße betragen. Auf den Menschen oder mich übertragen, würde das bedeuten, dass du oder ich ohne Hilfsmittel ca. 400 m hoch springen könnten."

Ich versuche das schöne Raubtier aus seiner Bescheidenheit herauszulocken…

„Aber du hast noch mehr außergewöhnliche Fähigkeiten. Zum Beispiel kannst du viel besser sehen und hören als die meisten Tiere, mich eingeschlossen."

„Auch das ist nicht einzigartig. Mein kleiner Bruder, der Luchs – ebenfalls in dieser Gegend heimisch – kann als Beispiel für die großartigen Sinnesleistungen von uns Katzen dienen. Das menschliche Sehvermögen ist im Tierreich nicht unterdurchschnittlich. Doch die Augen des Luchses sind etwa sechsmal so lichtempfindlich. Luchse können das Rascheln einer Maus noch aus einer Distanz von 50 Metern wahrnehmen und ein in 500 Metern Entfernung vorbeiziehendes Reh hören. Ich bin also nichts Besonderes."

„Schau dir mal da vorne den Baum an!", fordert der Puma nach einer stillen Pause.

Ich war so von der märchenhaften Blumenwiese und der geschmeidigen Raubkatze verzaubert, dass mir ein etwa fünf Meter hoher Baum am Rand derselben Fläche völlig entgangen ist. Ein hübsches Bäumchen, doch weiß ich nicht, aus welchem Grund der Puma meinen Blick darauf lenkt. „Komm mit!", sagt er. Gemeinsam gehen wir zu dem Baum. Die anmutige Katze verweist auf einen Schmetterling, der mir trotz seiner Schönheit wohl nicht aufgefallen wäre. Dann stelle ich fest, dass er nicht allein ist... Was ich bisher für das Blätterwerk des Baumes gehalten habe, entlarvt sich als eine Vielzahl von Schmetterlingen auf jedem Ast!

„Hier sitzt nur ein kleiner Teil. Da kommt der Rest!" sagt der Puma... „Schau da hinten!"

Ich blicke gen Horizont und traue meinen Augen nicht – ein Himmel voller Schmetterlinge!

Der Monarchfalter ist insofern ein besonderer Vertreter der Tierwelt, als er eine überraschende Organisation vorzuweisen hat...

Unzählige Exemplare dieser Schmetterlingsart, die in Nordamerika und Australien beheimatet ist, legen in riesigen Schwärmen Tausende von Kilometern zurück, um in wärmeren Gebieten zu überwintern. Die östliche nordamerikanische Population – bestehend aus mehreren 100 Millionen Individuen – überwintert in der mexikanischen Gebirgskette Sierra Nevada. Die deutlich kleinere westliche Population verbringt den Winter entlang der Pazifikküste in Kalifornien. Die Reise wird von drei Generationen zurückgelegt: Die erste Generation pflanzt sich unterwegs während einiger Reisepausen fort und stirbt dann. Dies geschieht auch mit der so entstandenen zweiten Generation. Nur die tapfersten Tiere der dritten Generation erreichen schließlich das Ziel. Nach dem Winter treten die Monarchfalter der vierten Generation die Rückreise in ihre Heimat an. Dabei beweisen sie ein unglaubliches Navigationsvermögen. Die jungen Falter kehren an die Ursprungsorte ihrer Eltern zurück, obwohl sie logischerweise nie dort waren. Wie sie sich orientieren, ist ein Rätsel. Sie werden dabei wohl durch einen inneren Kompass geleitet. Doch beinahe noch erstaunlicher: Die Saison ist kürzer und die Umweltbedingungen weitaus erschwerender als auf der Hinreise, sodass eine Fortpflanzung während der Heimkehr unmöglich ist... Die verblüffende Lösung: Die Schmetterlinge dieser Generation haben grundsätzlich eine etwa zehnmal höhere natürliche Lebensdauer als ihre direkten Vorfahren und legen den Rückweg daher problemlos eigenständig zurück, ohne sich vermehren zu müssen.

Natürliche Vorgänge wie dieser bringen mich zum Nachdenken. Weil sich viele Phänomene in der Natur den Erklärungen der konventionellen Biologie und Physik entziehen, entwarf der Biologe Rupert Sheldrake – Autor des empfehlenswerten Buches „Der Wissenschaftswahn" – die spannende Theorie der morphogenetischen Felder. Diese Hypothese schlussfolgert ein der Natur selbst innewohnendes Gedächtnis, das die arttypischen Formbildungen steuert. Das Modell gilt nicht nur für die Ausprägung körperlicher Merkmale, sondern auch für die Verhaltensweisen von Lebewesen. Man hat festgestellt, dass Tiere, die sich aufgrund zu großer physischer Distanz nie begegnen, gleichzeitig oder unmittelbar aufeinanderfolgend dieselben neuen Fähigkeiten oder Anpassungsmechanismen entwickeln. Wenn beispielsweise Laborratten gelernt haben, sich im Labyrinth zurechtzufinden, dann scheinen ihre Artgenossen das fortan unabhängig von ihnen ebenfalls leichter zu erlernen. Dieser Effekt ist ein Beispiel für morphische Resonanz und kann teilweise sogar bei Tieren beobachtet werden, die auf unterschiedlichen Kontinenten leben. Als Grundlage dieser Möglichkeit, so Sheldrake, sei eine nicht-lokale, geistige Quelle zu vermuten, die neue Informationen speichert und alle Lebewesen mit diesen versorgt.

Als ich meinen Blick von den unzähligen Schmetterlingen abwende, stelle ich fest, dass der Puma verschwunden ist. Ich bin nicht darüber enttäuscht, dass er sich nicht von mir verabschiedet hat, sondern einfach dankbar für eine weitere wunderbare Begegnung.

Da ist kein Bedürfnis, noch höhere Regionen des Berges zu erkunden, also steige ich wieder hinab.

Ich befinde mich nun an einer gänzlich anderen Stelle im Tal. Die Landschaft unterscheidet sich stark von der Region, in der ich aufgestiegen bin. Hier gibt es mehr Bäume. Einer der tieferen Äste bewegt sich. Bei genauerem Hinsehen offenbart er sich als das stattliche Geweih eines Hirsches, der zwischen den Bäumen steht.
Der Wapiti ist viel größer als der europäische Rothirsch. Nach dem Elch ist er die größte Hirschart der Erde. Die Tiere können bei einer Schulterhöhe von 1,6 Metern bis zu 500 Kilogramm auf die Waage bringen.
Das Geweih wächst bis zu 2,7 cm pro Tag und erreicht schließlich eine Spannweite von 1,5 Metern.
Wie die europäische Art lebt auch der Wapiti in Herden. Der Brunftschrei klingt völlig anders, die Töne sind höher und geradezu jodelnd.
Auch Elche leben hier, wie ich bald feststelle:
In wenigen hundert Metern Entfernung ziehen einige Elche durch den Fluss.

Mit einer Schulterhöhe von bis zu 2,3 m und einem Höchstgewicht von 850 kg ist der Elch der größte Hirsch der Welt. Allein das Geweih nordamerikanischer Bullen kann 20 kg auf die Waage bringen. Wie beim Rothirsch tragen die Weibchen kein Geweih.

Elche sind erstaunlich gute Schwimmer. Sie tauchen gern und fressen dabei Wasserpflanzen vom Seeboden. Sie besitzen sogar eine Schwimmhaut zwischen den Hufschalen, die sicherlich eine Anpassung an diese Lebensweise darstellt.

Trotz seiner Größe und Masse erreicht ein Elch im Sprint ein Spitzentempo von 60 km/h.

„Schön hier, nech?!", spricht eine tiefe Stimme von rechts. Als ich meinen Kopf drehe, erblicke ich einen braunen Berg aus Fleisch, der im hohen Gras steht und mich erwartungsvoll anschaut.

Bernd, der Bison

Das größte Landsäugetier Nordamerikas wurde im 19. Jahrhundert durch einen regelrechten Vernichtungsfeldzug des Menschen an den Rand der Ausrottung getrieben. Bevor die Europäer in Nordamerika eintrafen, gab es Schätzungen zufolge noch etwa 30 Millionen Bisons. Heute gibt es wahrscheinlich zwischen 30.000 und 40.000 wildlebende Exemplare, womit es dieser Tierart bestandsmäßig wieder besser geht als auf dem Tiefpunkt.

Bisons leben in Herden, die aus mehr als 1.000 Tieren bestehen können. Während dies früher sicher keine seltene Begebenheit war, handelt es sich heute um Ausnahmen, meist leben weniger als 100 Individuen zusammen.

Bisonbullen erreichen eine Schulterhöhe von bis zu 2

Metern und ein Gewicht von bis zu einer Tonne. Damit gehören sie zu den größten und schwersten Wildrindern. Besonders auffällig ist der gewaltige Nacken dieser Tiere. Der nächste Verwandte des Bisons, das Wisent, lebt in Europa und wird wegen der Ähnlichkeit auch als Europäischer Bison bezeichnet. Es ist ebenfalls das größte und schwerste Landsäugetier seines Kontinents.

„Ja, dieses Tal ist eine der schönsten Gegenden, die ich auf meiner Reise besuchen darf.", antworte ich dem Bison, der sich daraufhin zu meiner Überraschung namentlich vorstellt: „Bernd mein Name, angenehm!"
„Freut mich, Bernd! Mein Name ist Simon."
„Ich weiß. Schön, dich hierzuhaben."
Seine Freundlichkeit lässt mich nicht vor seinem massiven Körper zurückschrecken. Ich gehe sorglos zu Bernd herüber und kraule seinen Kopf. Das Haar auf seiner Stirn ist länger und buschig. Er senkt seinen Kopf etwas und genießt offensichtlich die Streicheleinheit.
„Bernd, warum leiden Menschen?", frage ich spontan.
Seine Antwort ist genial:
„Manitu spielt gerne Verstecken, aber da es außerhalb von Manitu nichts gibt, hat er niemanden außer sich selbst, mit dem er spielen kann. Aber er überwindet diese Schwierigkeit, indem er so tut, als ob er nicht er selbst wäre – und zwar in Form von euch Menschen. (1)
Es gibt kein größeres Mysterium als dieses: dass ihr immer wieder nach der Wirklichkeit sucht, obwohl ihr die Wirklichkeit seid. Wie lächerlich! Es wird ein Tag kommen, an dem du über all deine vergangenen Bemühungen lachen wirst. Das, was an dem Tag sein wird, an dem du lachen wirst, ist auch hier und jetzt. (2)"
„Manitu ist der Name der Indianer für Gott, nicht wahr?

Wer oder was ist Gott?"

„Manitu ist alles.", antwortet Bernd.

„Warum fällt es den meisten Menschen so schwer, Gott zu erkennen und mit der Gewissheit seiner Gegenwart zu leben? Wenn er sich versteckt, dann ist es ja seine Schuld."

Bernd lacht laut…

„Nein. Gott ist immer zu Hause. Ihr seid diejenigen, die ausgegangen sind." (3)

„Wie meinst du das?"

„Ihr schaut nie tief in euch selbst hinein. Ihr beschäftigt euch nur mit der Außenwelt. Eure Aufmerksamkeit wandert hierhin und dorthin, sie erforscht nie ihre eigene Quelle. Für die meisten Menschen sind die Fragen nach Gott und ihrem eigenen Selbst zwar durchaus interessant, aber es ist nur eine Neugierde, die Priorität liegt woanders. Es ist ihnen wichtiger, die Wünsche ihres eigenen, kleinen Ich zu verwirklichen, anstatt Gott zu suchen. Dann wundern sie sich, weshalb sie ihn nicht finden und leiden. Sie wissen nicht, wer sie wirklich sind, und sie stellen diese wichtigste aller Fragen – „Wer bin ich?" – auch nie, weil sie glauben, sie wüssten es schon. Das ist der größte – ja, der einzige – Fehler des Menschen, aus dem alle weiteren Irrtümer und Qualen resultieren. Auch die Tierwelt leidet erheblich darunter, dass ihr nicht mehr wisst, wer ihr seid und wer wir sind."

„Wie kann ich Gott vertrauen?"

„Was auch immer Gott für dich vorgesehen haben mag, erinnere dich daran, dass alles zu deinem Besten ist." (4)

Plötzlich weist mich Bernd auf die Anwesenheit eines anderen Tieres hin:

„Auf dem Ast dort vorne sitzt ein Brauner Bär!"

Auch wenn mir das Treffen mit einem Grizzly bereits von einem Kaninchen angekündigt wurde, schießt mein Puls angesichts dieser Nachricht blitzartig in die Höhe.

„Wo?!", frage ich Bernd aufgeregt.

„Dort vorn! Siehst du ihn nicht?"

„Nein."

„Du musst schon etwas genauer hinschauen."

Als ich an meiner Sehkraft zu zweifeln beginne, erklärt sich mein Büffelfreund bereit, mich zu der Stelle zu führen, an der er angeblich einen Braunbären erspäht hat.

Als wir den Platz bereits nach wenigen Metern erreichen und ich immer noch keinen Bären ausfindig machen kann, fühle ich mich verschaukelt... „Haha, sehr witzig. Du wolltest mir wohl nur Angst einjagen!"

Der Bison blickt mich erstaunt an...

„Ich habe unserem kleinen Freund hier diesen verwirrenden Namen nicht gegeben. Das habt ihr Menschen getan! Ich bediene mich lediglich eurer Sprache, damit du mich überhaupt verstehst.", sagt Bernd, während er mit seiner großen Schnauze auf einen Ast direkt vor uns verweist...

Plötzlich fällt mir ein kleines Tier auf...

Der auch in Deutschland heimische Braune Bär ist ein Schmetterling, der in Nordamerika und Eurasien verbreitet ist. Ein besonderes Merkmal dieses nachtaktiven Insekts ist seine außergewöhnliche Zeichnung. Vermutlich dient sie dazu, Fressfeinde zu irritieren und abzuschrecken. Die Raupen verfügen über Borsten, die beim Menschen Hautreizungen verursachen können. Die Schmetterlinge sind aufgrund ihrer kaum entwickelten Mundwerkzeuge nicht in der Lage, Nahrung aufzunehmen. Ihr Überleben hängt allein von den Vorräten ab, die sie sich zuvor als Raupe angefressen haben. Selten wird eine Lebensdauer von 2 Wochen überschritten.

Nicht weit vom Schmetterling entfernt, auf demselben Holzstück, sitzt eine Spinne.

Sie ist überwiegend schwarz, mit einem roten Fleck.

Das Nervengift der Südlichen Schwarzen Witwe ist sehr wirksam und kann bei einem älteren Menschen oder Kind zum Tod führen.

Im Beisein des Bisons spreche ich die Spinne an...

„Bist du die giftigste Spinne der Welt?"

„Nein. Das ist wohl die Sydney-Trichternetzspinne aus Australien. Während es für Hunde und Katzen in der Regel harmlos ist, kann ihr Toxin bei einem Menschen innerhalb von nur 15 Minuten tödlich wirken. Die Weibchen sind mit 8 cm deutlich größer als die Männchen, was unter uns Spinnen nicht ungewöhnlich ist, jedoch ist das Gift des Männchens wesentlich stärker."

Der Name der Schwarzen Witwe lässt sich darauf zurückführen, dass die Weibchen, die doppelt so groß wie die Männchen sind, in vielen Fällen ihren Partner nach der Paarung töten und fressen.

Die Weibchen der Darwins Rindenspinne überwinden bis zu 25 m breite Flüsse, indem sie ihre Seide einfach in die Luft "sprühen" und diese vom Wind hinübertragen lassen. Spinnennetze sind erstaunlich widerstandsfähig. Kein Material, welches wir Menschen für die Errichtung von Bauwerken verwenden, ist vergleichbar widerstandsfähig und gleichzeitig derart elastisch und flexibel. Spinnenseide ist, bezogen auf das Verhältnis von Gewicht und Leistung, viermal belastbarer als Stahl und kann um das Dreifache ihrer Länge gedehnt werden, ohne zu reißen. Die Spinnenseide der Schwarzen Witwe ist wahrscheinlich die stärkste überhaupt.

„Wie schaffst du es, so ein geniales Material herzustellen?", will ich von der Schwarzen Witwe wissen.

„Ich schaffe gar nichts. Es ist ein göttliches Geschenk."
Diesen Hinweis empfange ich nicht zum ersten Mal.
Plötzlich spricht auch der Schmetterling zu mir:
„Gehe dort vorn in den Wald hinein. Dort wirst du einem Braunbären begegnen."
„Einem Artgenossen von dir?", frage ich den Braunen Bären.
„Nein, er ist ein bisschen größer als ich.", lacht er.

Ich verabschiede mich von Bernd, dem Braunen Bären und der Schwarzen Witwe, und folge der Aufforderung des schönen Schmetterlings.

Ich schreite zwischen den teilweise sehr dichtstehenden Bäumen hindurch und halte Ausschau nach dem Tier, das mir soeben angekündigt wurde. Dabei bin ich mir gar nicht sicher, ob ich nach einem Insekt – einem Schmetterling – oder nach einem großen Raubtier – einem Bären – suchen soll. Die Frage wird schnell beantwortet…
Ein mächtiger, brauner Körper kommt mir zwischen den Stämmen entgegen… Die Bäume verbergen noch einen Großteil seines Körpers, ich kann seinen Kopf nicht sehen. Unter seinem hohen Körpergewicht zerbrechen Zweige auf dem Boden, es knackt und knistert. Das große Tier atmet sehr laut und gibt grummelige Geräusche von sich. Das ist definitiv kein Schmetterling.

Der grimmige Grizzly

Es gibt mehrere Unterarten des Braunbären.
Sie sind in Eurasien und Nordamerika beheimatet.
Hinsichtlich der Körpergröße gibt es starke Differenzen:
Der Europäische Braunbär erreicht ein Höchstgewicht

von 350 kg. Eine bekannte Unterart ist der mächtige Grizzly, der bis zu 600 kg schwer werden kann, bei einer Schulterhöhe von bis zu 150 cm. Der Kamtschatka-Braunbär wird sogar noch größer. Die größte Unterart ist aber der Kodiakbär: Auf den Hinterbeinen aufgerichtet erreicht er eine Höhe von 3,5 Metern, womit er sich auf Augenhöhe mit einem Elefanten befindet. Er kann trotz des bärentypischen Stummelschwanzes drei Meter lang werden und wiegt bis zu 800 kg.

Die Nahrung der Braunbären besteht hauptsächlich aus pflanzlicher Kost. Sie verspeisen bspw. Gras, Kräuter, Wurzeln, Knollen, Früchte, Beeren und Pilze. Selten werden große Tiere wie Hirsche erlegt. Während der Lachswanderungen werden Grizzlys vorübergehend zu spezialisierten Fischfressern.

Der Geruchssinn des Braunbären ist außergewöhnlich gut entwickelt. Man nimmt an, dass seine Nase mehrmals so empfindlich ist wie die eines Hundes. Höchstwahrscheinlich wird er diesbezüglich in der gesamten Tierwelt einzig vom Eisbären übertroffen, ebenso wie hinsichtlich der Größe unter allen Landraubtieren.

Kein anderes Tier nimmt so schnell und viel an Gewicht zu wie ein junger Braunbär. Während die Raubtiere bei der Geburt nur etwa 350 bis knapp 700 Gramm wiegen, bringen sie ausgewachsen das bis zu 2.000-Fache auf die Waage. Wenn ein menschliches Kind vergleichbar wachsen würde, wäre es als Erwachsener so groß wie ein Elefant. Der Schutzinstinkt der Muttertiere ist bei Bären sehr stark ausgeprägt. Ein Großteil aller Bärenangriffe auf Menschen basiert auf Situationen, in denen Bärenmütter ihre Jungen verteidigen wollen. Auf kurzen Strecken kann ein Braunbär mit einer Spitzengeschwindigkeit von 64 km/h etwa so schnell rennen wie ein Pferd.

Jetzt sehe ich den Grizzly in voller Pracht. Er hat mich auch bemerkt und wirft mir mit seinen kleinen Augen einen Blick zu, der mir das Blut in den Adern gefrieren lässt. Ein Urinstinkt in mir wird eingeschaltet, ich fühle mich ganz und gar nicht wohl. Der Bär kommt auf mich zu, bleibt vor mir stehen und grüßt leicht widerwillig: „Hallo, wat willste?", brummt er.

Er wirkt genervt. Auch der Schwarzbär zeigte keinen Enthusiasmus. Sind alle Bären so grimmig?

Mit leiser Stimme antworte ich: „Ich will gar nichts. Aber gern bin ich bereit, dir zuzuhören, wenn du mir etwas sagen möchtest."

Der Grizzly grummelt etwas vor sich hin, das ich nicht verstehen kann. Um die unangenehme Situation schnell zu beenden, versuche ich es mit einem Kompliment…

„Du bist ja ein riesiger Brocken! Ich kann mir kaum ein widerstandsfähigeres Tier als dich vorstellen."

Mit seiner Bescheidenheit habe ich nicht gerechnet:

„Wir Bären sind schon relativ krass, aber wie die meisten Tiere ziemlich empfindlich im Vergleich zu Bärtierchen!"

„Bärtierchen?", frage ich überrascht. Brauner Bär, Braunbär, Bärtierchen – meine Verwirrung nimmt weiter zu.

„Bärtierchen sind winzige Vielzeller.", erklärt mir der mürrische Muskelprotz… „Sie können Temperaturen von unter minus 200 oder plus 100 Grad Celsius überstehen, jahrelang ohne Wasser auskommen und theoretisch sogar im Weltraum ohne Erdatmosphäre überleben."

Wow. Der Grizzly scheint viel über andere Tiere zu wissen. Aber ich kann mich nicht zurückhalten und spreche ihn lieber direkt auf seinen Gemütszustand an…

„Du wirkst gereizt. Zwingt dich jemand, mit mir zu sprechen? Bitte fühle dich nicht dazu verpflichtet!"

„Es liegt nicht direkt an deiner Gesellschaft. Ich spreche einfach nicht gern in deiner Sprache. Jedes menschliche Wort ist so unnötig. Ein bäriges Brummen sagt schon viel mehr aus. Ihr macht alles so kompliziert. Das nervt."

„Das kann ich sehr gut verstehen. Lass uns einfach zusammen schweigen."

Der Grizzly zögert keine Sekunde:

„Das Angebot nehme ich an!"

Seine vorerst letzten Worte lauten: „Folge mir."

Er geht los, ich laufe hinterher.

Schließlich erreicht er einen Abhang, von dem aus man die Gegend gut überblicken kann, und setzt sich hin. Ich setze mich daneben.

Sitzend ist er etwa doppelt so hoch wie ich.

Gemeinsam genießen wir den Ausblick.

Das Tal, das sich vor uns ausbreitet, sieht herrlich aus: Ein riesiger Wald nimmt den Großteil des Panoramas ein. Nur an wenigen Stellen wachsen die Bäume mit einigem Abstand zueinander, sodass man den Waldboden sehen kann. Ich habe inzwischen die Orientierung verloren und keine Ahnung, wo ich bin.

Nach gefühlt zwanzig Minuten sagt der Bär plötzlich: „Oh Gott, stinkt das hier! Ich bin dann mal weg..."

Kaum hat er dies angekündigt, richtet er sich auf und sprintet los, zurück in den Wald, aus dem wir gekommen sind. Er ist viel zu schnell, ich könnte ihm nicht mehr folgen, selbst wenn ich wollte.

„Ich rieche nichts!", rufe ich dem Grizzly hinterher, der eilig davonläuft. Aber wenige Sekunden später weiß ich, wovon er soeben gesprochen hat. Plötzlich steigt ein Duft in meine Nase, der meine schlimmsten Albträume übertrifft... Wenn mein Magen nicht leer wäre, würde ich sofort seinen Inhalt preisgeben.

Die Quelle des Gestanks muss ganz in der Nähe sein.
Mein Verdacht bestätigt sich: ein Stinktier!
Der Skunk ist dafür bekannt, zum Zwecke der Verteidigung gegen Fressfeinde aus seinen Analdrüsen eine übelriechende Flüssigkeit abzusondern. Trotz seiner im Vergleich zu anderen Tieren schwachen Nase kann ein Mensch den daraus resultierenden Geruch schon ab einer Entfernung von etwa drei Kilometern wahrnehmen (aber ich offensichtlich nicht).
Das Stinktier kann das Sekret circa 3,5 Meter weit und sehr akkurat versprühen. Wenn man es schluckt, droht sogar ein Kreislaufkollaps. Es kann auch kurzzeitige Blindheit verursachen, wenn es in die Augen gerät.
Lange wurden Stinktiere den Mardern zugeordnet. In der Tat sind sie nahe mit ihnen verwandt. Aber mittlerweile gelten sie als eigenständige Familie innerhalb der Überfamilie der Hundeartigen (zu denen auch alle Marder und Bären gehören). Neben Insekten und Kleintieren wie Nagern, Hasen, Vögeln und kleinen Reptilien fressen Skunks auch Giftschlangen.

Jetzt sehe ich den Skunk. Er stolpert unbeholfen und völlig unbedacht aus dem Unterholz hervor. Offenbar befindet er sich auf Nahrungssuche, denn wie ein suchender Jagdhund schnuppert er unterwegs. Seine Stupsnase erhebt sich erst vom Boden, als er mich entdeckt.
Mein ganzer Körper spannt sich an, in Erwartung einer Stinkbomben-Attacke. In Gedanken nehme ich mir vor: ‚Wenn er mich anpupst, werde ich einfach die Augen schließen und hoffen, sie wieder an einem anderen, möglichst weit entfernten Ort zu öffnen.‘
Doch die gefürchtete Attacke bleibt aus, das Stinktier beachtet mich nicht weiter, senkt den Kopf wieder und setzt seine Nahrungssuche unbehelligt fort.

Ich gehe zurück in den Wald und folge den Spuren des Bären. Ich bin sicher kein guter Fährtenleser, aber diese riesigen Fußabdrücke kann ich nicht übersehen. Sie sind etwa so lang und doppelt so breit wie meine Schuhabdrücke. Dieses Tier muss wohl eine halbe Tonne schwer sein. Ich finde meinen grimmigen Freund nicht wieder. Stattdessen fällt mir auf, dass die Bäume immer größer werden, je tiefer ich in den Wald hineingehe. Mammutbäume? Ich schätze den Stammdurchmesser der größten Exemplare auf zehn Meter und ihre Höhe auf hundert Meter. Ich halte an, um einen der riesigen Bäume zu umarmen. Aus der Perspektive des Baumes muss es so aussehen, als würde eine Ameise versuchen, meinen Oberschenkel zu umarmen. Ich fühle die Rinde – die Vitalität des Baumes. Unweigerlich taucht der weise Wolf wieder in meinem Geist auf, der mir geraten hatte, alles ganz bewusst zu erleben. Beim Gedanken an ihn und seinen klugen Rat bemerke ich, dass gerade diese Erinnerung mich daran hindert, präsent zu sein. Einem weiteren Rat von ihm folgend, werfe ich mir nichts vor, sondern schmunzle über die Ironie dieser Erfahrung und Erkenntnis. Ich habe das Gefühl, der Baum schmunzelt mit mir. Eine Stimme flüstert leise: „Mach dich bereit für einen zwischenzeitlichen Ausflug an die kanadische Küste!"

Kaum habe ich diese Worte vernommen, kann ich den Baum nicht mehr fühlen. Er ist einfach weg. Ich blicke mich um, der gesamte Wald ist verschwunden! Ich stehe im Schnee in der Nähe eines Waldrandes. In der anderen Richtung ist eine Eisfläche, die auf das Meer hinausführt. Bevor ich mich fragen kann, ob es der Mammutbaum war, der mir zuflüsterte, wird meine Aufmerksamkeit von einer Bewegung auf dem Eis in Anspruch genommen.

Ein großes Tier kommt auf mich zu.

Der Eisbär

Der Eisbär ist das größte und mächtigste Landraubtier der Welt. Männchen können bis zu 1.000 kg schwer werden. Die größten Exemplare bringen demnach so viel auf die Waage wie 10 kräftige Männer oder ein Kleinwagen. Eisbären sind im Gegensatz zu ihren Verwandten (unter normalen Umständen) reine Fleischfresser. Das Gebiss ähnelt eher dem einer Katze, zumal auch die Backenzähne sehr scharfrandig sind und keinerlei Anpassung an pflanzliche Nahrung vorweisen. Ihre größten Beutetiere sind normalerweise Walrosse, doch sind die „Könige der Arktis" auch dazu in der Lage, bis zu 1,5 Tonnen schwere Wale (Narwale, Belugas oder sogar kleine Orcas) aus dem Wasser zu ziehen und zu töten. Mit einem einzigen Prankenhieb vermag ein Eisbär eine über 200 kg schwere Robbe aus einem Wasserloch an Land zu schleudern, wo er ihr zwischen seinen mächtigen Kiefern den Schädel zermalmt.

Der Eisbär zählt neben Elefant, Flusspferd, Tiger und Leopard auch zu den (für den Menschen) gefährlichsten Säugetieren der Welt.

Extrem ungewöhnlich ist, dass Eisbären den Menschen nicht fürchten, ihn sogar als potentielles Beutetier betrachten und gezielt verfolgen. Es gibt im Englischen ein Sprichwort bezüglich einer Verhaltensempfehlung bei Begegnungen mit den verschiedenen Bärenarten:

„If it's black, fight back!
If it's brown, lay down!
If it's white, good night!"

Hier die Übersetzung und Erklärung:
„Wenn er schwarz ist, dann wehre dich!
Wenn er braun ist, dann leg dich hin!
Wenn er weiß ist, dann gute Nacht!"
Im Falle eines Schwarzbären besteht eine geringe Chance, ihn durch Gegenwehr aufzuhalten. Wenn es sich um einen Braunbären handelt, wird Widerstand nutzlos sein. Hingegen könnte es funktionieren, sich totzustellen, sodass der Bär seine Revierdominanz nicht gefährdet sieht und ggf. das Interesse verliert.
Im Falle eines Eisbären besteht keine Chance, ihn erfolgreich abzuwehren, weil er viel zu groß und stark ist. Außerdem geht er bei der Auswahl seiner Beute nicht wählerisch vor und verschmäht kein Menschenfleisch. Wenn ein hungriger Eisbär die Gelegenheit bekommt, wird er einen Menschen töten.

Die Haut des Eisbären ist völlig schwarz und in Kombination mit den farblosen, hohlen Haaren perfekt dafür geschaffen, um die Wärme der Sonne zu absorbieren. Helle Haut erwärmt sich nicht so schnell, da sie das Sonnenlicht reflektiert.
Eine Eigenschaft des Eisbären ist wirklich einzigartig: sein Geruchssinn. Der Bär kann Tierkadaver aus mindestens 30 Kilometern Entfernung wittern, orten und aufspüren. Eine Robbe kann das Raubtier sogar wahrnehmen, wenn sie sich unter Wasser oder unter einer 1 m dicken Eis- oder Schneeschicht aufhält. Eisbären besitzen die beste Nase aller Säugetiere.

Während der weiße Riese auf mich zukommt, unterdrücke ich meinen Fluchtinstinkt. Als der Eisbär mich bereits aus einer Entfernung von circa fünfzehn Metern freundlich grüßt, mit den Worten „Guten Tag, mein lieber Freund!", löst sich sofort alle Angst auf.

Ich erwidere seinen Gruß: „Hallo!"

Jetzt steht er direkt vor mir. Er ist riesig! Noch größer als der Grizzly, dem ich erst kürzlich begegnete. Sein Kopf befindet sich etwa auf Höhe meiner Brust. Mir fällt aber auf, dass der Eisbär besonders kleine Ohren hat. Ebenso wie er meine Angst spürte und mich daraufhin bemüht freundlich grüßte, um sie mir zu nehmen, so hat er auch diesen Gedanken gelesen und reagiert darauf:

„Zu große Ohren würden in der kalten Umgebung auskühlen und erfrieren, während die großflächigen Ohren z. B. bei Wüstenfüchsen oder Afrikanischen Elefanten in ihrer heißen Heimat vorteilhaft sind, da sie das Blut abkühlen und so zur Regulierung der Körpertemperatur beitragen."

„Oh, danke für die Erklärung!"

Wir schauen uns wortlos an.

Mein Blick schweift über das Meer, wo ich eine Bewegung wahrnehme... Eine riesige, spitze, schwarze Rückenflosse ragt nahe dem Packeis aus dem Wasser.

„Da ist ein Orca!", sage ich zum Eisbären.

Orcas scheinen hier nicht selten zu sein, denn der Bär schaut gar nicht hin und sagt: „Hab Geduld, mein Freund. Du wirst einem Orca in der Antarktis begegnen. Der ist redseliger als sein Artgenosse dort drüben."

Vor lauter Vorfreude will ich in die Luft springen. Orcas sind in meinen Augen die vielleicht eindrucksvollsten Tiere der Welt. Wunderschön, so klug und mächtig. Aber ich halte mich zurück, schließlich will ich auch das Tier, das hier und jetzt direkt vor mir steht und ebenfalls eine außerordentlich eindrucksvolle Erscheinung ist, wertschätzen.

Plötzlich richtet sich der Eisbär auf, als würde er mir zeigen wollen, dass auch er ein mächtiges Geschöpf ist. Er steht jetzt auf den Hinterbeinen und schaut zu mir herunter. Sein Kopf befindet sich wohl in über drei Metern Höhe. Er müsste sich nur nach vorn fallen lassen, um meinen Körper zu pulverisieren. Aber ich weiß, dass er das nicht tun wird. Trotzdem stockt mir der Atem. Der größte Mann wirkt neben diesem weißen Bären wie ein kleines Kind. Vorsichtig sinkt das Raubtier wieder nieder. Jetzt steht es abermals auf allen vieren vor mir. Eine ausgiebige Konversation zwischen uns entsteht nicht. Aber ich empfinde eine grundlose, tiefe Liebe für dieses wunderschöne Tier. So verkünden meine Lippen eine spontane Botschaft meines Herzens:

„Es ist hier ziemlich kalt. Ich möchte dir meine Jacke überlassen. Sie ist zwar viel zu klein für deinen gesamten Körper, aber sie ist alles, was ich habe. Doch im Gegenzug wünsche ich mir etwas: Ich gebe dir meine Jacke, wenn du mir zeigst, wo Gott ist."

Der Bär lacht mit aufgerissenem Maul und antwortet: „Behalte deine Jacke. Ich mache dir ein Gegenangebot: Ich gebe dir meinen Pelz, wenn du mir zeigst, wo Gott *nicht* ist."

Erwartungsvoll schaut er mich an. Als er bemerkt, dass ich von dieser Frage völlig überwältigt und unfähig zu antworten bin, dreht er sich um und geht einfach weg.

Ich höre noch sein Kichern, als ich meine Reise in der entgegengesetzten Richtung fortsetze.

Schon nach einem Kilometer erblicke ich aus der Ferne am Eisufer einige Walrosse.

Das Walross ist nach dem See-Elefanten die größte Robbe. Die Bullen werden etwa 3,5 Meter lang und bis zu 1.800 kg schwer.

Die Stoßzähne, die es gezielt als Waffe einsetzen kann, sind bis zu 1 m lang. Es handelt sich schlichtweg um verlängerte Eckzähne. Sie dienen auch als Hilfsmittel beim Verlassen des Wassers, indem die Tiere sich damit an Land ziehen. Walrosse verbringen etwa zwei Drittel ihres Lebens im Wasser und können eine halbe Stunde ohne Pause tauchen.

Der gewaltige Körper ist durch die dicke Speckschicht kaum angreifbar. Selbst Eisbären (neben Orcas die einzigen natürlichen Feinde) gelingt es nur selten, ausgewachsene Walross-Bullen zu überwältigen.

Die Bullen haben den größten Penisknochen aller Tiere. Er ist mehr als 60 cm lang.

Bei einem Blick aufs Meer zeigt sich das nächste Tier... Die Rückenflosse, die dort aus dem Wasser ragt, ist wesentlich kleiner als jene des Orcas, aber der dazugehörige Rücken ist um einiges größer – ich weiß nicht, woher ich es weiß, aber ich weiß, das ist ein Grönlandwal.

Mit einer Lebenserwartung von über 200 Jahren sind Grönlandwale die wohl langlebigsten Säugetiere der Welt. Außerdem besitzen sie mit bis zu 60 cm Dicke die größte Fettschicht aller Tiere. Das Körpergewicht liegt bei bis zu 100 Tonnen. Damit ist der 14 bis 18 m lange Grönlandwal das zweitschwerste Tier des Planeten.

Die Barten dieses Wales sind so fein, dass er auch sehr kleine Tiere aus dem Wasser filtern kann, die andere Walarten nicht ergattern können.

In der Antike wurden Wale noch den Fischen zugeordnet. Auch Aristoteles hielt sie noch für solche, obwohl er signifikante Gemeinsamkeiten mit den Landwirbeltieren erkannte.

Ein Impuls befiehlt mir, wieder tiefer auf das Festland zu ziehen. Also entferne ich mich von der Küste und gehe in den Wald hinein. Nach einigen Kilometern Wanderung endet der Wald und vor meinen Augen breitet sich eine schneebedeckte Graslandschaft aus.
Einige dunkle Flecken stechen optisch heraus:
Eine Gruppe Moschusochsen.
Diese Pflanzenfresser, die in arktischen Tundren zu finden sind, wirken auf den ersten Blick wie Wildrinder, gehören aber tatsächlich zu den Ziegenartigen.
Männliche Tiere sind 2,5 Meter lang, bis zu 1,5 Meter hoch und 300-400 kg schwer. Die Haare des Moschusochsen werden bis zu 90 cm lang – Rekord unter allen Tieren (Menschen ausgenommen).
Moschusochsen sind furchtlose Tiere. Der massige Körper wirkt in Kombination mit dem helmartigen Gehörn wie ein Rammbock. Wenn sich die männlichen Exemplare untereinander Revierkämpfe liefern, prallen sie mit erstaunlicher Wucht nach weitem Anlauf ungebremst aufeinander, was die enorme Stabilität ihrer Schädel und Nacken unter Beweis stellt. Wird eine Herde von einem Wolfsrudel angegriffen, dann bilden die erwachsenen Tiere einen kreisförmigen Schutzwall, in dessen gut geschützter Mitte sich die Jungtiere aufhalten.

Ich beobachte die Moschusochsen aus der Ferne und ziehe dann weiter. Nach einiger Zeit erreiche ich einen weiteren Wald.
Als ich zwischen den weit voneinander entfernt stehenden Bäumen hindurchschreite, nehme ich im Augenwin-

kel eine Bewegung wahr. Hinter einem Baumstamm sitzt ein Tier, das mich wohl schon länger beobachtet. Als es bemerkt, dass es aufgeflogen ist, stürzt es selbstbewusst hervor und rennt schnaubend auf mich zu. Obwohl ich schon vielen wesentlich größeren Tieren begegnet bin, erhöht sich mein Puls durch einen Anflug von Angst. Ich bleibe stehen und bin auf einen Angriff gefasst. Doch auch dieses Tier hält sich an die „Abmachung" und stoppt unmittelbar vor mir. Der Vierbeiner wirft mir einen giftigen Blick zu.

Der Vielfraß

Er erinnert mich an seinen kleineren Verwandten, den Honigdachs, der mir in der unvergesslichen afrikanischen Savanne Prügel androhte.

Der Vielfraß (auch Järv oder Bärenmarder genannt) ist einer der größten Marder der Erde. Das bis zu 1,3 m lange und maximal 30 kg schwere Raubtier sticht unter den Marderartigen durch seinen einzigartigen Körperbau heraus. Er ist wesentlich robuster und auch hochbeiniger (45 cm Schulterhöhe) als die meisten seiner Verwandten. Eine weitere Besonderheit: Diese bemerkenswerten Tiere kommen mit schneeweißem Fell zur Welt.

Das Verbreitungsgebiet des Bärenmarders beinhaltet auch das nördliche Europa und Asien.

Im Sommer begnügt sich der Vielfraß vorwiegend mit Aas, Beeren und Vogeleiern und tritt eher selten als aktiver Beutegreifer auf. Im Winter allerdings macht ihn der Schnee zu einem lautlosen Jäger, dem neben Kleintieren bspw. Luchse und Rentiere zum Opfer fallen. Er ist auch in der Lage, ausgewachsene Elche zu überwältigen! Manchmal gelingt es ihm sogar, durch sein furchtloses

und aggressives Auftreten Wölfe, Pumas und selbst Grizzlybären einzuschüchtern und zu vertreiben, um sich über ihre Beute herzumachen.
Innerhalb seiner Größenordnung ist der Vielfraß das kraftvollste Säugetier der Welt.

Seine Stimme klingt viel freundlicher, als er aussieht: „Hallo, Simon. Dir wurde bereits viel Weisheit vermittelt, aber in dir schlummern noch offene Fragen…
Richte sie an mich."
Sogleich nehme ich das nette Angebot an:
„Sehr viele Tiere erwähnten die Ewigkeit des Bewusstseins und offenbarten es mir als mein eigenes und unser aller Selbst. Aber was ist mit der individuellen Seele? Sind wir nach dem Tod keine Individuen mehr?"
„Sind wir denn jetzt Individuen?", fragt der Vielfraß zurück… „Die Individualität ist eine Erscheinung und keine Identität."
„Was soll das heißen?"
„Der Narr sagt: Ich bin der Körper. Der kluge Mensch sagt: Ich bin eine individuelle Seele, vereinigt mit dem Körper. Der weise Mensch aber sieht in der Größe seiner spirituellen Erkenntnis das Selbst als die einzige Wirklichkeit und er sagt: Ich bin alles." (5)
„Kannst du mir das bitte genauer erläutern?"
„Wie ein Mensch im Laufe seines Lebens in viele verschiedene Fortbewegungsmittel einsteigt – darunter Autos, Busse, Züge, Flugzeuge – und doch niemals etwas anderes ist als Bewusstsein, welches selbst unbewegt bleibt, so kann auch das sogenannte Geistwesen immer wieder inkarnieren und artübergreifend einen Körper nach dem anderen bewohnen, ohne jemals etwas anderes zu sein als reines Gewahrsein.

Wasser existiert in unterschiedlichen Aggregatzuständen. Als Eis ist es fest, greifbar und damit auch begrenzt. Wie Wasser zu Eis erstarren kann, so kann Bewusstsein zu einem physischen Körper "erstarren". Wasser ist weder fest noch vollkommen formlos – ebenso wie ein 'Geistwesen' bzw. eine individuelle Seele. Wasserdampf, also Wasser in seinem gasförmigen Zustand, ist formlos, immateriell und damit potenziell grenzenlos – wie das Bewusstsein, bevor es eine Form angenommen hat.

Das Gewahrsein kann geistige Formen annehmen und so als individuelle Seelen erscheinen, und es kann physische Formen annehmen und so als eine Vielzahl von Körpern erscheinen. Du bist weder der Körper noch die Seele, denn das wäre immer noch eine subtile Fragmentierung.

Weder der grobstoffliche noch der feinstoffliche Körper ist das Selbst, sondern die bewusste, formlose, lichterfüllte Präsenz, die freie Leere, die unendliche Weite.

Auf der Oberfläche erscheinen wir als physische Wesen. Wenn wir tiefer blicken, erscheinen wir als geistige Wesen. Aber solange wir von Wesen sprechen, halten wir uns immer noch auf einer dualistischen Betrachtungsebene auf. Wenn wir noch tiefer in die Natur der Erfahrung eintauchen, ist auch die Annahme, ein Geistwesen zu sein, nicht mehr haltbar. In der tiefsten Tiefe sind wir reines Gewahrsein. Dieses Gewahrsein ist alles."

Es bleibt keine Frage offen. Ich bin zufrieden.

„Danke!" ist das Einzige, was meinerseits zu sagen bleibt.

Der Vielfraß schenkt mir ein subtiles Lächeln, nickt mit einer kräftigen Kopfbewegung und klettert den nächsten Baum hinauf, ohne sich verbal zu verabschieden.

Eine schöne Begegnung mit einem meiner Lieblingstiere.

Ich schließe meine Augen, um das kostbare Gefühl der Dankbarkeit tief zu erfahren. Als ich sie wieder öffne, befinde ich mich an einem ganz anderen Ort, den ich schnell zuordnen kann: die Everglades!

Ich stehe in einer Sumpflandschaft. Überall wächst hohes Gras, aber eine zusammenhängende Grünfläche suchen meine Augen vergeblich. Die Flüsse durchziehen die gesamte Landschaft. Um trockenen Untergrund zu erreichen, müssen sich meine Füße kilometerweit gedulden und in Kauf nehmen, mal wieder nass zu werden. Schließlich erreiche ich Festland.

Bald komme ich an einem besonders großen Fluss vorbei. Schon auf den ersten Blick fallen mir zahlreiche gepanzerte Körper im Wasser auf – Alligatoren!

Alligatoren gehören zu den Krokodilartigen. Sie haben meist einen dunkleren Hautpanzer und eine breitere Schnauze als jene Arten, die zu den „Echten Krokodilen" gezählt werden. Außerdem sind sie weitaus weniger kälteempfindlich. Das größte Mitglied der Familie ist der Mississippi-Alligator. Die größeren Männchen können bis zu 6 Meter lang und über 500 kg schwer werden. Damit zählen sie zu den größten Reptilien der Welt.

Große Krokodile und Alligatoren besitzen die höchste bekannte (gemessene) Beißkraft aller Tiere. Sie können zwischen ihren Kiefern einen Druck von weit mehr als einer Tonne erzeugen.

Erstaunlich ist, dass die für das Öffnen des Mauls verantwortlichen Muskeln eher schwach ausgeprägt sind. Man würde die Kraft von vier bis fünf Weltklasse-Gewichthebern benötigen, um die Kiefer nach einem Biss zu öffnen, jedoch reicht in der Regel ein einzelner Mann aus, um der Panzerechse das Maul zuzuhalten.

Nur einige hundert Meter weiter treffe ich am Ufer auf eine große Schildkröte. Ihr Kopf ist unverwechselbar, das riesige Maul verrät ihre Spezies – eine Geierschildkröte...

Dieses bis zu 80 kg schwere Reptil verfügt über einen wurmartigen Zungenfortsatz, mit dem es Fische anlockt, um sie dann blitzschnell zu verschlingen. Messungen des Zoologen Nigel Marven zufolge sind die Kiefer der Geierschildkröte kraftvoller als die eines Löwen.

Spontan spreche ich das urtümliche Wesen an und starte die Interaktion ohne Umwege mit einer Frage…
„Wenn die Welt nicht real ist, nur eine Traumwelt in meinem Bewusstsein, wieso sehen wir beide sie dann? Du kannst den Baum dort vorn genau wie ich sehen, also kann er nicht nur eine Erscheinung in meinem Geist sein. Es erscheint mir wesentlich plausibler, dass wir beide uns in einer objektiv realen Welt befinden."
„Kontempliere dies: Wir sind uns nicht deshalb derselben Welt bewusst, weil sie als objektive Realität existiert und wir uns gemeinsam darin befinden, sondern weil diese Welt in demselben Bewusstsein erscheint, das wir alle sind.", antwortet die Schildkröte.
Genug Weisheit. Auch das Relative interessiert mich noch: „Ich treffe auf meiner Reise nicht viele Schildkröten. Erzähle mir also bitte einige spannende Fakten über Schildkröten!", verlange ich.
Als hätte ich einen Schalter betätigt, legt die Geierschildkröte los und spricht jetzt überraschend schnell:
„Wir sind sehr langlebig! Die Aldabra-Riesenschildkröte "Adwaitya" war zum Zeitpunkt ihres Todes 2006 im Zoo von Kalkutta mindestens 255 Jahre alt. Sie wurde um 1750 auf den Seychellen-Inseln geboren.

Mit bis zu 2,5 m Panzerlänge und maximal 900 kg Gewicht ist die im Wasser lebende Lederschildkröte die größte Schildkröte der Erde. Sie könnte mit 35 km/h außerdem das schnellste schwimmende Reptil sein.

Und du bekommst auch noch eine grundsätzliche Info über uns Schildkröten: Wir können durch unseren Panzer Berührungen fühlen. Unter der dünnen obersten Hornschicht befindet sich eine hohe Zahl empfindsamer Nervenbahnen."

„Also spürst du das?", frage ich sie, während ich mit meinem Zeige- und Mittelfinger zärtlich über ihren Panzer streiche.

„Oh, ja! Schön! Nicht aufhören!"

Ich erfülle ihren Wunsch und streichle sie einige Minuten. Dann sagt sie plötzlich:

„Schließe die Augen. Du sollst dich an einem weit entfernten Ort von der nordamerikanischen Wildnis verabschieden. Wir haben den perfekten Abschluss für dich vorbereitet."

Noch bevor ich die Augen öffne, bemerke ich einen erheblichen Temperaturunterschied. Es ist wieder deutlich kälter. Ich blicke mich um. Als Erstes fällt mir ein großer Berg in schätzungsweise zweihundert Metern Entfernung auf. In allen Richtungen wachsen Nadelbäume.

Der überwiegend moosbewachsene Boden ist teilweise mit Schnee bedeckt. In der Nähe höre ich einen Fluss.

Bin ich zurück in Kanada?

Die Sonne geht allmählich unter. Auf einem hohen Bergvorsprung erscheint plötzlich ein Wolf. Es ist schon so dunkel, dass ich nur seine Konturen erkennen kann. Der Wolf streckt seinen Kopf empor und beginnt zu heulen.

Mein Abschied aus Nordamerika gleicht dem Ende des Films „Der mit dem Wolf tanzt". Von tiefer Dankbarkeit erfüllt, stelle ich mich auf die vorletzte Etappe meiner Abenteuerreise ein.

KAPITEL 6

SÜDAMERIKA

Blitzartig hat sich die Umgebung gewandelt. Hier erinnert nichts mehr an die kalte kanadische Landschaft, ich bin von andersartigen Bäumen mit riesigen, grünen Blättern umgeben, verschiedene Vögel singen lautstark, ich befinde mich in einem dichten Dschungel. Da ich jeden Kontinent besuchen soll, kann das nur Südamerika sein!

Ich freue mich auf meine kommenden Dialogpartner. Ich weiß, dass der Jaguar auf diesem Kontinent lebt. In meinen Augen kann sich kaum ein Tier mit seiner Schönheit messen.
Auch hier heimisch ist die Harpyie, ein außergewöhnlicher Adler, der ebenfalls zu meinen Lieblingstieren zählt.

Hier gibt es allerdings auch Tiere, denen ich ungern begegnen möchte...
Die Vampirfledermäuse sind die einzigen Säugetiere, die sich ausschließlich von Blut ernähren. Sie besitzen in ihrem Speichel einen natürlichen Hemmstoff gegen die Blutgerinnung. Nachdem sie mit ihren rasiermesserscharfen Zähnen die Haut eines Opfers (Vögel oder Säugetiere) aufgeschlitzt haben, dringt dieser Speichel in die Wunde ein und verhindert die Gerinnung. Weil das Blut somit flüssig bleibt und sogar noch zusätzlich verflüssigt wird, hält die Blutung an, sodass die Fledermäuse ohne Eile ihren Durst stillen können. Gebissene Tiere bluten deswegen oft noch 12 Stunden später aus der Bisswunde.

Doch meine erste Begegnung in Südamerika findet mit einem Ameisenbären statt, der in etwa zwanzig Metern Entfernung im dichten Gestrüpp vorbeizieht.

Ameisenbären ernähren sich, daher der Name, hauptsächlich von Ameisen. Ihre auffallend verlängerte Schnauze und eine bis zu 60 cm lange, klebrige Zunge stellen Anpassungen an diese Lebensweise dar. Täglich verspeist ein ausgewachsener Großer Ameisenbär, wie die populärste und größte Unterart heißt, mehrere 10.000 Ameisen. Die 10-15 cm langen, scharfen Klauen des Großen Ameisenbären dienen nicht nur als Werkzeuge, um Ameisen- oder Termitenhügel aufzubrechen, sondern auch als potenzielle Verteidigungswaffen gegen Fressfeinde wie den Jaguar.

Die nächsten lebenden Verwandten der Ameisenbären sind die Faultiere, die hier ebenfalls vorkommen.

Ich sehe den Ameisenbären nur kurz. Entweder hat er mich nicht bemerkt oder war nicht als Gesprächspartner vorgesehen, jedenfalls hat ihn das grüne Paradies verschluckt.

Ich wandere weiter und gelange bald an einen riesigen Fluss, dessen Dynamik ich schon akustisch wahrnehmen konnte, bevor ich ihn zu Gesicht bekam. Der Fluss ist unglaublich breit. Das andere Ufer ist so weit entfernt, dass die dort wachsenden Bäume wie Grashalme wirken. Ich befinde mich offenbar am Amazonas.

Am schlammigen Uferabhang regt sich etwas nur wenige Meter vor mir... Etwa fünf Meter weiter bewegt sich ebenfalls etwas. Fische? Plötzlich streckt das Tier seinen Kopf aus dem Wasser und ich erkenne, dass beide Bewegungen von demselben Individuum verursacht wurden… Eine Anakonda!

Wie alle Riesenschlangen ist die Anakonda ungiftig und tötet ihre Beute, indem sie sie mit einem Biss fixiert und mit ihrem muskulösen Körper umwickelt. Dabei werden Blutzufuhr und Atmung des chancenlosen Opfers unterbrochen.

Mit bis zu 9 Metern Länge (durchschnittlich 3-6 m) und einem unglaublichen Gewicht von bis zu 270 kg ist die Anakonda (artspezifischer: die Große Anakonda) die zweitlängste und mit Abstand schwerste Schlange der Welt. Der Körper großer Exemplare hat einen vergleichbaren Durchmesser wie ein menschlicher Brustkorb.

Wenn eine Anakonda ihre Beute umwickelt, reicht die Krafteinwirkung aus, um dieser mit Leichtigkeit zahlreiche Knochen zu brechen und das Herz allein durch den Druck zum Stillstand zu bringen. Um die furchteinflößende Wirkung annähernd vorstellbar zu machen: Messungen zufolge entspricht die Umwicklung eines großen Exemplars einem auf dem Brustkorb parkenden Kleinbus. Entgegen aller Mythen sind Anakondas jedoch normalerweise nicht aggressiv und lassen sich nicht so schnell provozieren wie manch andere Schlangenarten.

Zu den bevorzugten Beutetieren der Anakonda gehören Wasserschweine und Kaimane.

Anders als die meisten Schlangen sind Anakondas lebendgebärend, legen also keine Eier. Die Schwangerschaft dauert 6-8 Monate und bringt bis zu 40 Jungtiere hervor. Außerdem sind sie hervorragend an ein Leben im Wasser angepasst und bewegen sich schwimmend weitaus geschickter fort als an Land.

„Gott segne Dich!", zischt die Schlange zur Begrüßung. Daraufhin kriecht sie langsam aus dem Wasser. Erst jetzt wird die volle Länge ihres schlammbedeckten Körpers ersichtlich. Ich schätze sie auf sechs bis sieben Meter.

„Danke! Wer oder was ist Gott?", frage ich das Reptil.

„Sag du es mir.", entgegnet die Schlange.

„Gott ist die Quelle des Seins.", lautet meine spontane Antwort.

Die Anakonda lacht mich aus, bis ihr Tränen die Wangen hinunterfließen.

„Ihr Menschen und eure lustigen Ideen!"

Ich frage sie:

„Warum lachst du? Habe ich etwas Dummes gesagt?"

„Allerdings! Wenn Gott die Quelle des Seins ist, dann gibt es ihn nicht."

„Das verstehe ich nicht. Bitte erkläre es mir."

„Die Quelle des Seins müsste vor dem Sein da gewesen sein, oder?"

„Ja, sicher. Und?"

„Nun, was vor dem Sein da wäre, das könnte es gar nicht geben, denn dann gäbe es ja noch kein Sein. Ist das nicht offensichtlich? Du sagst: Gott *ist* vor dem Sein da. Aber das, was *ist*, d. h. was es gibt, ist Sein. Nichts kann dem Sein vorausgehen. Das Sein selbst ist die Quelle. Es geht sogar Gott voraus, sofern du mit ‘Gott‘ ein Wesen meinst. Gott *ist*. Das bedeutet, Gott ist Sein. Es gibt nichts anderes. Gott ist das Leben!"

Ich habe ihrer Argumentation nichts entgegenzusetzen und stimme nickend zu.

Die Riesenschlange bietet mir eine weitere Erklärung an:

„Wenn du möchtest, kannst du es so betrachten: Gott ist die erste Form, die das Bewusstsein angenommen hat. Daraus sind alle weiteren Formen hervorgegangen. Insofern ist Gott der Schöpfer. Solange du dich selbst für eine individuelle Daseinsform hältst, ist er dein Ursprung. Wenn du dich selbst als das formlose Sein erfährst, dann erkennst du dich gewissermaßen als seinen Ursprung. In jedem Fall seid 'ihr' unterschiedslos, bist du für immer eins mit Gott."

Ich lächle sie herzlich an. Sie redet weiter:

„Das allgegenwärtige Bewusstsein, von dem die gesamte Natur 'durchdrungen' ist, entpuppt sich letztendlich als untrennbar von dem Gewahrsein, das sich jetzt dieser Worte gewahr ist. Dieses Gewahrsein ist das Selbst, deine und meine wahre Identität. Es ist schlicht und ergreifend das, was alles wahrhaft essenziell ist. Somit ist die Einheit mit Gott nicht das Endresultat einer mühseligen spirituellen Entwicklung, sondern bis in alle Ewigkeit dein natürlicher Zustand!"

Ich muss an die Bibelgeschichte über Adam und Eva denken… So betrachtet, empfinde ich es als überaus ironisch, dass mich ausgerechnet eine Schlange an Gott erinnert hat, hinzu die mächtigste und vielleicht meistgefürchtete Schlange der Welt.

Ich bedanke mich bei ihr, woraufhin sie sich zurück ins Wasser gleiten und nicht mehr blicken lässt.

Ich werfe einen genaueren Blick in den Fluss und nehme wieder Bewegungen unter der Wasseroberfläche wahr. Diesmal handelt es sich um einen Schwarm Fische…

Der Rote Piranha ist weiter verbreitet und bekannter als jede andere Piranha-Art. Dieser etwa 30 cm große Schwarmfisch hat rasiermesserscharfe Zähne. Er ernährt sich vor allem von kleinen Fischen, aber auch Insekten, Weichtiere und sogar pflanzliche Nahrung werden nicht verschmäht. Selten greift ein Schwarm auch größere Tiere an. Das Fressverhalten dieser Raubfische zeugt im Falle derartiger Beute von großer Gier. Der gesamte Schwarm fällt über das Tier her und nagt dessen Körper innerhalb weniger Minuten bis auf die Knochen ab. Obwohl der Rote Piranha durchaus gefährlich werden kann, wird seine Aggressivität oft übertrieben dargestellt. Ohne blutende Wunden ist es normalerweise sogar gefahrlos möglich, zu Piranhas ins Wasser zu steigen. Dieses Bedürfnis bleibt mir jedoch fern.

Erwähnenswert ist an dieser Stelle der Pacu, ein mit den Piranhas verwandter Fisch (aber ein reiner Pflanzenfresser). Er hat ein Gebiss, das dem des Menschen verblüffend ähnelt.

Ein weiterer faszinierender Fisch, der in diesen Gewässern lebt, ist der Zitteraal. Er erzeugt mit Muskelkontraktionen Stromstöße mit bis zu 860 Volt. Das genügt, um einen Menschen zu töten. Der bis zu beinahe 3 m lange und maximal 20 kg schwere Fisch verfügt über elektrische Organe, die durch die Muskelkontraktionen aktiviert werden. So lähmt er seine Beute, vorwiegend Fische.

Auf dem trockenen Flussbett liegt – außerhalb des Wassers – ein Lungenfisch.

Der Lungenfisch kann bis zu vier Jahre Trockenheit überleben und ernährt sich zu jener Zeit von seinem eigenen Muskelgewebe.

Der körpereigene Mechanismus des Knochenfisches speichert die Ausscheidungen, entzieht ihnen das Wasser und führt es erneut dem Organismus zu.

In der Nähe des Ufers läuft eine Echse über das Wasser. Ja, sie *läuft* wirklich *über* das Wasser! Ich muss zweimal hinschauen, um es zu glauben.

Der Basilisk gehört zu den Leguanen. Aufgrund seiner besonderen Fähigkeit wird er auch als 'Jesusechse' bezeichnet. Ermöglicht wird dies vor allem durch die hohe

Frequenz seiner Schritte. Ein Vergleich: Sollte eine 85 kg schwere Person in der Lage sein, ohne Hilfsmittel über Wasser zu laufen, so müsste sie 160 km/h schnell sprinten. Außerdem verhindern mit Lufttaschen ausgestattete Zehenränder im Falle des Basilisken, dass das Tier die Wasseroberfläche durchbricht. Diese Maßnahme ergreifen die Echsen aber normalerweise nur, um vor Fressfeinden zu fliehen. Vielleicht flieht dieser Basilisk vor mir. Nur wenige andere Tiere vollbringen diese Leistung. Eines von ihnen ist der Renntaucher (Vogel).

Ich distanziere mich vom Amazonas und wandere zurück in den Regenwald hinein. Dort werde ich von einer Gruppe kleiner Affen begrüßt. Kapuzineraffen rufen von den Bäumen in ihrer Sprache zu mir herunter. Diese Primatengruppe impliziert mehr als 20 unterschiedliche Arten, die in Mittel- und Südamerika verbreitet sind.

Der Einfallsreichtum dieser Primaten reicht so weit, dass sie Steine als Werkzeuge verwenden, um Nüsse aufzubrechen, oder ihre Artgenossen bewusst täuschen, um eigenen Profit daraus zu schlagen… Es wurden Kapuzineräffchen dabei beobachtet, wie sie einen Warnschrei ausstoßen, welcher die Artgenossen darauf hinweisen soll, dass ein Raubtier in der Nähe ist, obwohl dies nicht der Fall ist – damit alle anderen Affen in die Bäume flüchten und ihre gesammelten Früchte am Boden zurücklassen, sodass diese dann von dem Affen, der den Trick angewandt hat, gestohlen werden können.

Einer der kleinen Affen scheint gerade jenen Trick anzuwenden. Er stößt einen Warnschrei aus, der auch mich in Alarmbereitschaft versetzt… Alle Affen fliehen. Schnell stelle ich jedoch fest, dass es sich nicht um einen Trick handelt… Ein riesiger Vogel erscheint am Himmel, dessen wunderschönes Gefieder zwischen den Baumwipfeln hindurchscheint... ein Adler!

Der stärkste Greifvogel der Welt

Die Harpyie ist einer der weltweit größten und sicherlich auch schönsten Adler. Die größeren Weibchen werden 110 cm lang und wiegen bis zu 10 Kilogramm – doppelt so viel wie ein Steinadler. Ihre verhältnismäßig kurzen Flügel (2 m Spannweite) befähigen die Harpyie dazu, erstaunlich elegant zwischen den Baumwipfeln des Regenwaldes hindurchzufliegen. Die Harpyie jagt u. a. Affen, Baumstachelschweine, Faultiere, Rehe und Vögel. Die körperliche Ausstattung dieses Vogels ist einzigartig. Seine Beine sind so dick wie Kinderarme und die massiven Krallen mit bis zu 13 Zentimetern mindestens so lang wie die Klauen eines Grizzlybären.

Zweifelsfrei besetzt die Harpyie die Rolle des kraftvollsten Greifvogels der Welt. Kein flugfähiges Tier auf diesem Planeten kann sich mit ihr messen.

Wenn der mächtige Greifvogel seine Beute ergreift, entfaltet er dabei die doppelte bis dreifache Durchschlagskraft einer Gewehrkugel.

Diese Harpyie trägt ein erlegtes Beutetier in ihren Fängen und lässt sich damit auf einem niedrigen Ast in Bodennähe nieder. Ich kann es kaum erwarten, sie aus der Nähe zu bewundern und beschleunige meinen Gang in ihre Richtung.

Eigentlich habe ich mir vorgenommen, sie herzlich zu begrüßen, aber als ich sie erreiche, verschlägt mir ihre Schönheit die Sprache. Auch ihre Größe, der urtümliche Kopf und die gewaltigen Krallen machen mich sprachlos.

Sie sieht beinahe aus wie ein tierischer Darsteller aus „Jurassic Park".

Jetzt erkenne ich das tote Tier in ihren Fängen als einen großen, blauen Papagei mit gelbem Gesicht – der Hyazinthara ist der größte Papagei der Erde.

Mit offenem Mund und großen Augen starre ich die Harpyie an. Offenbar belustigt dieser Anblick den Adler, denn er beginnt zu kichern.

Langsam erlange ich mein Sprachvermögen zurück:

„Hallo, entschuldige meinen merkwürdigen Gesichtsausdruck, ich bewundere deine Schönheit."

Die Harpyie kichert erneut und antwortet:

„Das kann ich gut verstehen. Manchmal setze ich mich am Flussufer auf einen Ast, betrachte meine Spiegelung im Wasser und bewundere ebenfalls meine Schönheit."

Jetzt bin ich derjenige, der kichert.

Ich kann mir eine freche Bemerkung nicht verkneifen:

„Ganz schön eingebildet, Mademoiselle!"

Die Harpyie breitet ihre Flügel aus und verkündet:

„Man darf die Schönheit seines eigenen Körpers durchaus bewundern. Das bedeutet noch nicht, dass man eingebildet oder arrogant ist. Ich identifiziere mich nicht damit und weiß, dass ich auch ohne ihn existieren kann und werde, aber ich bin dankbar für diesen Adlerkörper. Jeder Körper ist schön! Jede Form drückt das formlose Göttliche aus. Alles ist Gott. Wie könnte es also etwas geben, das nicht schön ist, und zwar genau so, wie es ist!"

Ich lächle die Harpyie an. Mein Herz lächelt mit.

„Mit dieser Einstellung lässt sich das irdische Leben definitiv besser genießen!", erkenne ich an.

„Genau dafür ist es da. Wir sollen nicht leiden. Wir sollen freudig sein und uns so lebendig wie möglich fühlen. Und je mehr du das Leben wertschätzt mit allem, was es

dir bietet, desto leichter wird es dir fallen, den Tod anzunehmen. Lebe das Leben mit der Freiheit eines Adlers! Auch wenn dein Körper nicht fliegen kann, kannst du innerlich so frei sein! Wenn der Tod schließlich kommt, wirst du ihn wie einen alten Freund begrüßen. Du solltest dieses Leben verlassen wie ein Adler, der sich in den blauen Himmel erhebt. (1) Schau her! So!"
Die Harpyie beginnt, mit den Flügeln zu schlagen, wodurch sie mir eine neue Frisur verpasst. Sie hebt ab und fliegt davon.

Ich schreite weiter gespannt durch den Dschungel und nehme jeden meiner Schritte bewusst wahr.
Unter meinen Schuhen knistern Äste.
Die hohe Luftfeuchtigkeit und Wärme belasten meinen Körper ein wenig, doch als ich es akzeptiere, kann ich es beinahe genießen.

Plötzlich spricht eine kräftige Stimme zu mir:
„Buenos dias, Senior!"
Ich erschrecke mich und bleibe sofort stehen.
Ich schaue in alle Richtungen, sehe aber nur Bäume und dichtes Blätterwerk. Kein Tier in Sicht.
Die Stimme spricht erneut: „Schau genauer hin."
Das tue ich. Plötzlich fallen mir zwei große, gelbliche Augen auf, die zwischen den Blättern leuchten wie zwei Sterne an einem grünen Himmel. Ein Jaguar!

Die gefleckte Katze ist trotz ihrer Größe gut getarnt.
Hätte sie mich nicht schon so freundlich gegrüßt, würde mir bei diesem Anblick des starrenden Raubtiers wohl mal wieder mein Herz in die Hose rutschen.

Der Jaguar

Mit einem Gewicht von bis zu 160 Kilogramm ist der Jaguar die drittgrößte Raubkatze der Welt.
Das Fell sieht dem eines Leoparden zum Verwechseln ähnlich, jedoch sind die Flecken des Jaguars größer und teilweise im Innern mit weiteren Flecken versehen. Zusätzlich lassen sich die Tiere anhand der erheblichen Größendifferenz auseinanderhalten. Außerdem ist der Jaguar weitaus massiger gebaut als der Leopard und erinnert dahingehend eher an einen Löwen. In der Tat sind männliche Jaguare ungefähr so groß wie weibliche Löwen.
Die Kopfform dieser Großkatze wird durch die außerordentlich starke Kiefermuskulatur unübersehbar geprägt und wirkt dadurch rundlich. Der Jaguar kann einen extremen Kieferdruck aufbringen. Wahrscheinlich übertrifft seine Beißkraft jene aller anderen Katzen, inkl. Tiger und Löwe. Er kann Schildkrötenpanzer knacken. Selbst so wehrhafte Tiere wie Pekarischweine, Anakondas und Kaimane (Krokodile) dienen dem Jaguar als Beute. Anders als seine Verwandten, die ihr Opfer normalerweise durch einen Biss in die Schnauze, den Hals oder Nacken töten, macht der Jaguar einem Beutetier den Garaus, indem er seine Eckzähne durch die Schädeldecke befördert und das Gehirn durchbohrt.
Unter allen Großkatzen ist der Jaguar neben dem Tiger der beste Schwimmer, aber ein verhältnismäßig schlechter Sprinter und Kletterer.

Jetzt kommt der Jaguar aus dem Dickicht hervor und setzt sich auf den Waldboden direkt vor mir. Er schaut mich beinahe so vertrauenswürdig an wie ein Hund.

Auch ich setze mich hin und lehne dabei meinen Rücken an den nächsten Baum. Sitzend ist der Jaguar größer als ich. Ich bewundere sein schönes Fell, den großen Kopf und die breiten Pranken.

Er ist ohne Zweifel eines der schönsten Tiere der Welt.

Ich habe noch gar nichts zu ihm gesagt, minutenlang sprechen wir nicht miteinander.

In der Nähe hüpft eine Gruppe kreischender Affen in einem Baum von Ast zu Ast. Offenbar hat mein gefleckter Freund diesen Ausbruch von Panik ausgelöst.

Er nutzt das Spektakel, um mir etwas zu erklären…

„Sosehr deine Gedanken auch hin- und herspringen mögen wie die wilden Äffchen, sosehr dein Körper auch um die Welt reisen mag – du bewegst dich niemals von der Stelle. Wie könntest du dich im Raum bewegen, wenn du selbst der 'Raum' bist, in dem sich alles bewegt?"

Stille.

Innen und außen.

Ich sage nichts dazu.

Auch meine Gedanken schweigen.

Der Jaguar lobt mich: „Du bist stiller geworden. Zu Beginn deiner Reise hättest du direkt drauf losgequatscht, mir widersprochen oder mich mit Fragen bombardiert. Jetzt bist du empfänglicher. Die bisherigen Begegnungen haben dich innerlich reifen lassen."

Ich fühle mich geschmeichelt.

„Danke.", reagiere ich auf das Kompliment.

Der Jaguar erstickt die Ego-Massage sofort im Keim: „Bleib ruhig. Es gibt keinen Grund, stolz zu sein. Du hast nichts getan. Es ist einfach geschehen. Sei froh darüber, aber bilde dir nichts darauf ein. In dir ist niemand, der etwas geleistet hat. Da ist nur Freiheit."

Ich empfinde diese Ermahnung nicht als Enttäuschung, im Gegenteil. Ich lächle.

Als der Jaguar bemerkt, dass ich die Wahrheit verkraften kann, fügt er nach einer kurzen Pause hinzu:

„Und ich verrate dir noch etwas: Es gibt keinen Verstand. Es gibt keinen Denker der Gedanken. Ihr Menschen glaubt, dass die Gedanken vom Denker gedacht werden. Der Verstand gilt als Quelle der Gedanken, nicht wahr? Tatsächlich ist es genau umgekehrt: Die Gedanken erfinden den Verstand. Sie erzählen dir, dass da jemand ist, der sie denkt. Tatsache ist, Gedanken sind ebenso unpersönliche Erscheinungen wie der Wind und der Regen. Das ‚Ich' in eurer beliebten Aussage ‚Ich denke' ist so real wie das ‚Es' in der Aussage ‚Es regnet'. (2)"

Wieder keine Enttäuschung, sondern eine Erleichterung.

Die Großkatze spricht weiter:

„Daher ist letztendlich auch der freie Wille eine Illusion. Diese Einsicht kannst du übrigens anwenden, wenn du wütend auf deine Mitmenschen bist und ihnen etwas vorwirfst."

Ich spitze meine Ohren… „Wie das?"

„Erinnere dich immer daran: Jeder gibt sein Bestes!
Das gilt ausnahmslos.

Wenn ein Mensch andere Menschen oder Lebewesen lieblos behandelt, dann kann er einfach nicht anders. Jeder handelt seinem Geisteszustand gemäß.
Vergiss das nie!"

Ich präge mir die Worte des Jaguars genau ein.
Er hat jedes Überlegenheitsgefühl in mir samt Wurzelwerk herausgerissen.

Die Raubkatze richtet sich auf. Die Belehrung ist beendet. Ich lege meine Hand auf ihren bärenähnlichen Kopf.

Der Jaguar schließt seine Augen. Ich schließe meine.
Ein heiliger Moment. Totale Stille.
Selbst die Affen und Vögel des Waldes schweigen.
Als ich die Augen öffne, ist der Jaguar verschwunden.

Ich wage mich noch tiefer in den Regenwald hinein.
Mein Blick fällt auf einen bestimmten Baum...
An einem Ast hängt die Manifestation der Gemütlichkeit
– ein Faultier.

Das furchtlose Faultier

„Was tust du da?", frage ich zur Begrüßung.
Es schaut mich an, öffnet langsam seinen Mund und
spricht wie in akustischer Zeitlupe: „Ich tue gar nichts.
Ich *bin* einfach. Dabei trage ich stets ein Wissen in mei-
nem Herzen, durch das ich immer die Ruhe bewahre."
„Magst du dieses Wissen mit mir teilen?"
Das Faultier grinst über sein ganzes Gesicht, offenbar hat
es nur auf diese Frage gewartet. Es antwortet:
„Ich wurde nie geboren und ich werde niemals sterben.
Alles ist mein eigenes Selbst. Dies ist die Glückseligkeit
des Seins. Das gilt übrigens gleichermaßen für dich."
Ich lächle schweigend. Dann äußere ich eine Bemerkung:
„Ihr Faultiere bewegt euch sehr langsam. Und selbst
wenn ihr seht, dass es ein Jaguar oder eine Harpyie auf
euch abgesehen hat, geratet ihr nicht gerade in Panik."
Mein Freund bestätigt:
„Richtig. Es gibt keinen Grund, sich zu fürchten. Es gibt
nur das Eine, also kann es nichts Zweites geben, vor dem
man Angst haben muss. Wenn es neben dem Selbst noch
etwas anderes zu geben scheint, gibt es Grund zur Angst.
Das Ego erhebt sich und sieht Objekte als extern an.

Wenn sich das Ego nicht erhebt, gibt es nur das Selbst, also gibt es kein Zweites und keine Angst." (3)

„Ich verstehe. Man kann sich nur vor dem fürchten, was man als fremd oder andersartig betrachtet. Niemand hat Angst vor sich selbst. Der Jaguar oder die Harpyie mögen zwar nur dein eigenes Selbst in anderen Formen sein, aber sie wollen dich töten und fressen!"

Das Faultier lässt sich in seiner Einsicht nicht beirren: „Sie wollen und können meinen Körper töten, aber nicht mich."

„Warum sind wir Menschen nicht auch so entspannt?"

„Das Leben der meisten Menschen wird durch Begierde und Angst angetrieben. Begierde ist das Bedürfnis, dir selbst etwas hinzuzufügen, um dich danach vollständiger zu fühlen. Alle Angst ist die Furcht davor, etwas zu verlieren und sich dadurch unvollständiger zu fühlen. Diese beiden Bewegungen ignorieren die Tatsache, dass dem Sein nichts hinzugefügt oder genommen werden kann. Das Sein in seiner Fülle ist schon in dir, jetzt." (4)

Diese Aussage haut mich buchstäblich um.

Ich lande mit dem Po sanft auf dem weichen Waldboden.

Der gesamten Ausstrahlung des Faultiers entnehme ich, dass es widerspruchslos lebt, was es 'predigt'.

Es erinnert mich an den Koala Klaus aus Australien.

Das Faultier legt nach:

„Jeder, der mit seinem Verstand identifiziert ist, statt mit seiner wahren Stärke, dem tieferen, im Sein verankerten Selbst, wird die Angst als ständigen Begleiter haben. (5) Mein Körper ist in diesem Baum verankert und mein Geist im ewigen Selbst."

„Wie kann ich in einer Welt voller Geheimnisse und Gefahren furchtlos bleiben?", frage ich das Faultier.

Seine Antwort ist augenöffnend:

„Auch dein eigener kleiner Körper ist voller Geheimnisse und Gefahren, doch du hast keine Angst vor ihm, denn du nimmst ihn als deinen eigenen wahr. Was du nicht weißt, ist, dass das ganze Universum dein Körper ist. Du brauchst also keine Angst vor ihm zu haben. (6) Wovor solltest du Angst haben, wenn es nichts als dein Selbst gibt? Und weshalb, wenn du unsterblich bist?"

Nur wenige Tiere konnten meine eigene Herzensgewissheit so kraftvoll bestätigen wie dieses Faultier.

„Wir Menschen hängen an unseren Körpern!", rechtfertige ich die Angst. Das Faultier lächelt verständnisvoll und antwortet:

„Manch einer wäre froh, wenn er seinen kranken Körper los wäre und all die Probleme und Unannehmlichkeiten, die er ihm bereitet, wenn ihm fortgesetztes Bewusstsein beschert wird. Es ist nicht der Körper, sondern das Bewusstsein, das ihr zu verlieren fürchtet. Die Menschen lieben das Leben, weil es ewiges Bewusstsein ist, und das ist ihr eigenes Selbst. Warum also nicht gleich an dem reinen Bewusstsein festhalten und frei von aller Angst sein?" (7)

„Wie können wir daran festhalten?", frage ich das weise Tier um Rat.

„Indem du dir dessen bewusst bist, dass du bewusst bist." lautet die simple Empfehlung.

Das Faultier scheint mir anzusehen, dass ich mich nach einer ausführlicheren Antwort sehne…

„Sei fest in der göttlichen Furchtlosigkeit verankert. Das Leben als Person in dieser Welt bedeutet Angst. Damit du von den damit einhergehenden Sorgen erlöst wirst, erkenne, dass Simon jenseits dieser fünf Buchstaben keinerlei Wirklichkeit besitzt. Da ist keine Person namens Simon, die das Leben lebt. Da ist nur das Leben.

Wenn du dich selbst als dieses Leben, die ultimative Freiheit, erkennst, wird es dir leichtfallen zu vertrauen. Du hast die Wahl. Entweder du vertraust nicht und lebst in Angst. Oder du vertraust und lebst im Frieden."

„Warum ist es überhaupt wichtig, glücklich zu sein? Warum sind wir alle so wild darauf?", stellt mein Verstand das Grundsätzliche in Frage.

„Der Grund, warum jeder glücklich sein will, ist, dass es sich gut anfühlt."

„Und warum fühlt sich Glück gut an?"

„Ganz einfach, weil es unser natürlicher Zustand ist! Und das bedeutet, dass du nichts tun musst, um es zu erreichen. Sein ist genug. Sein ist Seligkeit."

Dieses Faultier ist bemerkenswert. Es hat mir innerhalb kurzer Zeit so viel Weisheit vermittelt, dass ich mich fühle, als würde mein Gefäß überlaufen…

„Deine Aussagen waren so kraftvoll! Magst du deine Botschaft für mich zusammenfassen? Das war zu viel auf einmal. Die Dosis an Weisheitsperlen war zu stark und ich kann sie nur schwer verdauen."

Das Faultier erfüllt meine Bitte sofort:

„Erstens: Du bist unsterblich.

Zweitens: Du bist das Glück, das du suchst.

Drittens: Du bist ausnahmslos alles, was es gibt.

Das ist alles, was du wissen musst.

Und alles, was du „tun" musst, um es zu wissen, ist einfach SEIN. Indem du dir einfach dessen bewusst bist, dass du bewusst bist, und dabei bleibst, löst sich das Bewusstsein ganz natürlich von allem, womit es sich identifiziert hat. So offenbart sich die ewige Glückseligkeit des Seins. Es ist so einfach!"

Ich schaue das Faultier mit zweifelndem Blick an.

Es geht ungefragt darauf ein:

„Probiere es aus und du wirst sehen, dass es wahr ist. Dein Verstand gaukelt dir vor, dass erst dieses und jenes geschehen muss, dass du erst dieses und jenes bekommen oder beseitigen musst, um glücklich zu sein.

Deine Lebenserfahrungen haben dir bereits bewiesen, dass dich nichts dauerhaft glücklich machen kann. Hör jetzt auf zu suchen und *sei* einfach – *bewusst.*"

„Ich brauche doch noch eine etwas konkretere Empfehlung.", beichte ich.

Das Faultier lacht.

„Bleibe in der Stille bei deinem Selbst, bei dem Gefühl "Ich bin". Dann hört alle Anstrengung auf. In der Einsamkeit wird der letzte Schritt getan, der Unwissenheit und Angst für immer beendet." (8)

Beim Anblick des bewegungslosen Faultiers, das mir gegenüber in tiefer Zufriedenheit am Ast hängt, geht mir ein Licht auf. Wohl deshalb heißt es in der Ashtavakra Gita: „Das Erwachen gehört dem höchst faulen Menschen, für den selbst das Blinzeln zu viel Mühe ist."

Dieses Tier sucht nichts. Es fürchtet nichts. Es ist einfach lebendig. Die Bewegungen seines Körpers täuschen über die Intensität dieser Lebendigkeit hinweg.

Ich verneige mich ehrfürchtig vor dem Faultier.

Es schenkt mir ein seliges Lächeln.

Zeit zu gehen.

Als ich meine Wanderung bereits fortsetze, schaue ich mich nach dem Faultier um. Es ist weg! Der Ast ist noch da, aber kein Faultier. Wie kann das sein? Es kann in dieser kurzen Zeit auf keinen Fall so schnell woandershin geklettert sein. Ich habe es höchstens eine halbe Minute lang aus den Augen gelassen. Es ist nicht das erste Tier, das von jetzt auf gleich spurlos verschwindet.

Das Rätsel bleibt ungelöst. Und das ist in Ordnung.

Das nächste Tier, dem ich begegnen darf, fällt mir durch seine leuchtenden Farben auf... Zwischen den Blättern auf dem Boden sitzen kleine, bunte Frösche...

Es gibt knapp 200 verschiedene Arten der Pfeilgift- bzw. Baumsteigerfrösche. Ihre auffallenden Warnfarben erfüllen den Zweck, potentielle Fressfeinde auf die Ungenießbarkeit dieser Amphibien hinzuweisen. Die Bezeichnung „Pfeilgiftfrosch" ist darauf zurückzuführen, dass die Ureinwohner das Toxin mancher Arten verwenden, um Tiere zu erlegen. Sie tunken die Spitzen ihrer Pfeile in das hochwirksame Nervengift. Kleinste Mengen reichen aus, um Vögel oder Säugetiere zu töten. Die Art Phyllobates terribilis ist eines der giftigsten Tiere der Welt. Mit bis zu 5 cm Körpergröße zählt sie auch zu den größten Baumsteigerfröschen.

Wenn sich Frösche übergeben, stülpen sie ihren gesamten Magen durch ihr Maul aus. Nachdem der Inhalt freigegeben wurde, schlucken sie den Magen dann einfach wieder herunter.

Das kleinste Wirbeltier der Welt ist übrigens Paedophryne amauensis, ein Frosch aus der Familie der Engmaulfrösche, mit einer Länge von 7 bis 8 mm.

Einer der größten Frösche ist der Goliathfrosch, der bis zu 40 cm groß wird und 4 kg wiegen kann (ähnlich schwer wie eine Hauskatze). Eines seiner Augen ist größer als der erwähnte kleinste Frosch.

Plötzlich spricht einer der Pfeilgiftfrösche zu mir und kündigt an: „Dein nächstes Ziel ist die Insel des Todes!"
„Das klingt ja sehr verlockend.", antworte ich ironisch.
„Mach die Augen zu!"
Ich gehorche...

Die Insel-Lanzenotter, eine außergewöhnliche Giftschlange, lebt nur auf der brasilianischen Insel Queimada Grande, die wegen dieses Bewohners auch als „Insel des Todes" bekannt und nicht gerade ein favorisiertes Reiseziel für Touristen ist.

Die Insel-Lanzenotter besitzt das am schnellsten wirkende Schlangengift des Planeten. Ihr Biss tötet eine Maus in zwei Sekunden. Da äußerst flinke Vögel wie Kolibris Teil ihres Beutespektrums sind, muss das Gift eine entsprechende Wirkungsweise zur Verfügung stellen, damit nach einem Biss möglichst schnell die Bewegungsunfähigkeit einsetzt und die Vögel nicht mehr davonfliegen können. Würde das Gift der Insel-Lanzenotter nicht derart schnell seine tödliche Wirkung entfachen, könnten ihre Beutetiere davonfliegen und sie müsste hungern. Die Opfer der meisten anderen Giftschlangen sind nicht so schnell wie Kolibris, weshalb sie kein so hochspezialisiertes Toxin benötigen.

Ich befinde mich jetzt im Dschungel auf Queimada Grande.

Vor mir kriecht eine Lanzenotter über den Waldboden, eine weitere hängt auf einem tiefliegenden Ast im nächsten Baum. Plötzlich fliegt ein winziger Vogel herbei und sagt: „Wir wollen nur sehen, ob du deine Angst überwinden kannst. Deshalb bist du hier. Geh zu einer der Schlangen und streichle sie!"

„Wie bitte?! Ich hör' wohl nicht recht.", antworte ich empört.

„Niemand wird dich zwingen. Tu es oder lass es.", bietet der Kolibri an.

Ich fasse mir ein Herz, gehe auf die im Ast hängende Insel-Lanzenotter zu und streichle sie, ohne zu zögern.

Sie beißt nicht zu. Dann drehe ich mich um – in der Hoffnung, den kleinen Vogel beeindruckt vorzufinden und ein Lob von ihm zu erhalten.

Er ist nicht mehr zu sehen.

Dann wird mir klar, für wen dieser Test durchgeführt wurde: für mich selbst. Ein Gefühl tiefer Befriedigung steigt aus meinem Herzen empor. Ich habe die Angst besiegt. Selbst das ist nicht ganz korrekt. Es hat kein Kampf zwischen mir und der Angst stattgefunden, also kann von Sieg und Niederlage keine Rede sein. Die Angst war da. Jetzt ist sie fort. So einfach ist das. Die Fata Morgana wurde durchschaut. Der Grund der Furchtlosigkeit ist Selbsterkenntnis.

Den Tieren sei Dank.

Insbesondere das liebenswerte Faultier hat mich jüngst durch seine Äußerungen zum Thema 'Angst' wunderbar auf diese Mutprobe vorbereitet. Kaum habe ich erkannt, dass die Prüfung nicht für den Kolibri, der mich dazu aufforderte, sondern für mich selbst stattgefunden hat, taucht der fliegende Zwerg wieder auf…

Die kleinsten der über 300 Kolibri-Arten, die in Nord-, Mittel- und Südamerika leben, sind auch die kleinsten Vögel der Welt. Manche Insekten wie beispielsweise große Schmetterlingsarten haben eine wesentlich größere Flügelspannweite als Kolibris. Der Riesenkolibri ist mit ca. 25 cm Körperlänge eine Ausnahme. Der kleinste Kolibri aber, die Bienenelfe, wiegt mit etwa 1,8 Gramm weniger als eine einzelne Straußenfeder. Das schwerste Insekt ist der bis zu 10 cm große Goliathkäfer, der mit 110 Gramm etwa dreimal so viel wiegt wie eine durchschnittliche Maus – und über 50 Mal so viel wie eine Bienenelfe!

Die Schnäbel mancher Kolibris sind mindestens so lang wie ihr Körper. So können sie tief in Nektarpflanzen eindringen und den Nektar erreichen.

Kolibris haben hubschrauberähnliche Flugeigenschaften entwickelt. Es ist ihnen möglich, im Flug zu "stehen" und auch rückwärts zu fliegen. Für diese Meisterleistung werden ihnen ungefähr 90 Flügelschläge pro Sekunde abverlangt. Diese Flügelschläge sind viel zu schnell, um vom menschlichen Auge registriert zu werden und gehören zu den schnellsten Bewegungen im gesamten Tierreich.

Die fliegenden Edelsteine können innerhalb einer Sekunde unglaubliche 385 eigene Körperlängen zurücklegen. Das Herz des Kolibris schlägt 400 bis 500 Mal in der Minute und er atmet in diesem Zeitraum etwa 250 Mal ein und aus, also ca. 4 Mal pro Sekunde.

Der Kolibri fliegt auf mich zu, bleibt nur Zentimeter vor meinen Augen in der Luft stehen und sagt: „Siehst du? Fühlt sich gut an, furchtlos zu sein, nicht wahr, Großer?" Ich nicke dankbar.

Das hübsche Vögelchen fügt an: „Das ist immer und überall möglich, unter allen Umständen. Wenn Angst in dir entsteht, erinnere dich, wer du wirklich bist – oder sei dir einfach der Angst bewusst. Untersuche dann, ob auch derjenige, der sich der Angst bewusst ist, ängstlich ist. Wenn du das ganz genau erforschst, wirst du zweifelsfrei feststellen, dass die Angst eine objektive Erfahrung ist, sie ist ein subtiles Objekt, das wahrgenommen werden kann und sich vom wahrnehmenden Subjekt klar unterscheidet. Dasselbe gilt übrigens für körperliche Schmerzen und unangenehme Gedanken oder Gefühle.

Das Selbst kennt keine Angst, weil es keinen Tod kennt.

Reines Bewusstsein ist immer frei davon. Es geht dem menschlichen Verstand voraus, der die Idee des endgültigen Todes erfunden hat. Der Tod ist nur ein Gedanke!" Diese Worte des Kolibris bringen mich zum Lachen. Dieses Lachen drückt größte Erleichterung aus.
Der Kolibri bemerkt das. Als sei sein Auftrag ausgeführt, fliegt er blitzschnell davon.

Direkt vor mir kriecht eine sehr große, haarige Spinne über den Blätterboden…
Es gibt weltweit etwa 1.000 bekannte Vogelspinnen-Arten. Keine einzige Spezies aus dieser Familie besitzt ein für den Menschen lebensgefährliches Gift.
Übrigens sind alle Spinnen mehr oder weniger giftig, doch die meisten besitzen zu kleine Kieferklauen, um die menschliche Haut zu durchdringen. Der Biss der meisten Vogelspinnen ist zwar wesentlich schmerzhafter, aber unter normalen Umständen kaum bedrohlicher als der Stich einer Biene oder Wespe. Das Risiko einer Infektion an der Bissstelle ist allerdings grundsätzlich relativ hoch.
Die größte Spinne der Welt ist die Riesenvogelspinne (alias Goliath-Vogelspinne). Sie lebt hier in Südamerika. Der Körper erreicht eine Länge von 12 Zentimetern und die Spannweite der Beine kann bei 30 Zentimetern liegen. Diese Art kann 200 Gramm schwer werden. Alleine ihre eindrucksvollen Beißklauen sind bis zu 2,5 cm lang. Sie kann auch Mäuse und kleine Ratten überwältigen.
Vogelspinnen existieren vermutlich bereits seit 350 Millionen Jahren.
Spontan entsteht eine Frage in mir, die ich sogleich an das achtbeinige Tier vor mir auf dem Boden richte:
„Wie kann eine Spinne eine Wand hinaufkriechen?"
Ihre Antwort folgt sofort, mit leiser Stimme spricht sie:

„Die Haft-Härchen ihrer Beine sind so fein, dass sie in die atomare Struktur des Untergrunds eindringen und ihr so wie winzige Steigeisen Halt verleihen."

Meine Begeisterung für ihre Tierfamilie ist geweckt…

„Erzähl mir bitte noch mehr über Spinnen!"

„Das Weibchen der Finsterspinne opfert sich für ihre Jungen, indem sie nach der Brutpflege deren Jagdinstinkt weckt und sich selbst als erste Mahlzeit zur Verfügung stellt, sodass sie von ihrem eigenen Nachwuchs getötet und gefressen wird. Die Jungtiere wiegen daraufhin viermal so viel wie unmittelbar nach der Geburt. Eine solche plötzliche Gewichtszunahme ist einzigartig in der Tierwelt.", erzählt mir die Vogelspinne mit stolzem Unterton über ihren Verwandten.

Wow.

Sie hat mir auch eine Ankündigung zu machen…

„Nach diesem herrlichen Regenwald sollst du einen Ausflug in die Anden machen. Dort wirst du deinen letzten südamerikanischen Lehrer treffen. Danach geht's in die Antarktis, wo du zum krönenden Abschluss deiner Reise den größten Tieren der Welt begegnen wirst. Schließe die Augen. Mach's gut, Kumpel!"

Als sie mir diese Botschaft überbracht hat, kriecht sie langsam davon.

„Ich danke dir!"

Nachdem ich meine Augen geschlossen und nach etwa zehn Sekunden wieder geöffnet habe, finde ich mich in einer Berglandschaft wieder. Ich stehe auf einer großen Wiese. Mein letzter Dialogpartner auf diesem Kontinent hält sich nicht lange im Verborgenen. In einer Höhe von schätzungsweise hundert bis hundertfünfzig Metern zieht ein riesiger, dunkler Vogel über mir seine Kreise.

Allmählich verringert er seine Flughöhe.
Ich warte geduldig.
Bald landet er wenige Meter vor mir im Gras. Seine gewaltigen Flügel schicken mir mit ihren letzten Schlägen bei der Landung eine spürbare Windböe.

Neben dem Wanderalbatros hat der Andenkondor mit maximal 3,5 Metern die größte Flügelspannweite aller Vögel. Dieser bis zu 15 kg schwere Neuweltgeier ist der größte Greifvogel der Erde.
Seine mächtigen Schwingen machen ihn zu einem hervorragenden Segelflieger. Unter günstigen Bedingungen kann er problemlos mehrere Kilometer ohne Flügelschlag zurücklegen.
Er ist ein Aasfresser und frisst dementsprechend in der Regel ausschließlich tote Tiere. Es konnte jedoch beobachtet werden, dass manche Exemplare den Versuch wagen, potentielle Beutetiere in den Bergen zum Absturz zu bringen, indem sie diese bedrängen.
Ein naher Verwandter des Andenkondors ist der nur geringfügig kleinere, akut vom Aussterben bedrohte Kalifornische Kondor.

Kaum ist der Andenkondor vor mir gelandet, kann ich seine Lebensfreude und Leichtigkeit spüren, die er offenbar vom Himmel mitgebracht hat. Der Himmel auf Erden, so fühlt sich seine Präsenz in unmittelbarer Nähe an.
Ich nutze die Gelegenheit, um ihn zu fragen:
„Weshalb seid ihr Tiere glücklicher als wir Menschen?"
Seine Antwort folgt erst nach einer etwa einminütigen Stille:
„Weil die meisten von uns nicht an die Illusion eines persönlichen Selbst glauben."

„Wie hast du diese Illusion überwunden?", frage ich das stattliche Federtier. Es teilt seine Geschichte mit mir:
„Die meisten Tiere müssen die Illusion nicht überwinden, weil sie ohne den menschlichen Verstand gar nicht erst auftaucht. Bei mir war es so:
Eines Tages befand ich mich auf einem Flug, als mir plötzlich bewusst wurde, dass ich durch mich selbst flog. Plötzlich war alles ich selbst, und ich flog durch mich, um dorthin zu gelangen, wo ich bereits war. Genaugenommen flog ich nirgendwohin, denn ich war bereits überall. (9) Ich bin nicht nur dieser kleine Kondor-Körper, sondern auch der Himmel, durch den ich fliege und viel mehr – absolut alles.
Es gibt kein individuelles Selbst und keine anderen, alles ist die unendliche Weite. Die Tatsache, dass „ich persönlich" nicht existiere, dass es letztlich keinen Kondor und keine Person gibt, ebnet schließlich vollständig den Weg für die Erkenntnis, dass es nichts gibt, was ich nicht selbst bin. Was übrigbleibt, wenn es kein persönliches Selbst gibt, ist alles, was es gibt. (10)"
„Ich möchte mein persönliches Selbst nicht aufgeben!", protestiere ich.
Der Kondor lacht…
„Menschen wollen das Persönliche nicht aufgeben, weil sie glauben, damit auch die Liebe, die Freude oder die tieferen Gefühle aufzugeben. Ihr versteht nicht, dass Liebe und Freude niemals etwas Persönliches waren und dass es das persönliche Selbst niemals gegeben hat. Nichts wird aufgegeben, nur die Illusion." (11)
„Und welche Folgen hatte diese Erkenntnis für dich?" frage ich den majestätischen Vogel… „Wie lebst du jetzt, seitdem du weißt, dass du nicht auf diesen Körper beschränkt bist?"

„Ich genieße mich überall und in allem! Es ist die Erfahrung der Wahrheit selbst.

Wo auch immer du hinsiehst, du siehst überall nur dich selbst – ob du es weißt oder nicht.

Durch schöne Erinnerungen entsteht in euch Menschen das Verlangen, angenehme Erfahrungen zu wiederholen. Aber wenn du erkennst, dass ausnahmslos alle begehrenswerten Objekte nur deine eigene Projektion sind, dann gibt es kein Problem mehr."

„Hast du gar keine Wünsche mehr?"

„Wenn man sein eigenes Selbst als alles erkennt, kann man nichts begehren, sondern genießt einfach alles." (12)

Der Andenkondor breitet seine Schwingen aus. Mit wenigen, aber ungeheuer kräftigen Flügelschlägen hebt er ab. Während er startet, rufe ich ihm zu: „Ich danke dir von Herzen, dass du deine Weisheit mit mir geteilt hast!"

„Nicht *meine* Weisheit. Einfach Weisheit.", ruft er zurück, während er sich schon in gut zwanzig Metern Höhe befindet. Er steigt weiter auf, bis er nur noch ein kleiner Punkt am Himmel ist.

Ich schaue mich ein letztes Mal um, genieße das Panorama der Anden und atme tief ein. Die reine Luft kitzelt meine Luftröhre und Lunge...

Ich bin lebendig!
Ich bin das Leben!

KAPITEL 7

ANTARKTIS

Innerhalb eines Wimpernschlags hat sich die Welt um mich herum völlig verändert. Die Berge sind verschwunden, stattdessen breitet sich die Weite des Ozeans vor meinen Augen aus. Ich stehe im Schnee. Die Antarktis!

Anders als an der kanadischen Küste ist hier kein Wald in Sicht, nur Eis und Wasser, soweit das Auge reicht. Eine Gegend, in der ich mich normalerweise ganz und gar nicht wohlfühlen würde. Doch wenn ich eines auf dieser Reise gelernt habe, dann ist das Vertrauen. Ich spüre, dass mich etwas vor der Kälte schützt. Ich nehme sie zwar wahr, aber empfinde sie nicht als bedrohlich. Ich weiß, dass ich mich hier nur vorübergehend aufhalten werde und dass ich in diesem besonderen Zustand ohne menschliche Hilfsmittel nach Hause zurückkehren kann. In allen Richtungen kann ich bis zum Horizont schauen. Weit draußen auf dem Meer treiben ein paar Eisberge, davon abgesehen ist alles ebenerdig. Hier soll ich also einigen Giganten begegnen. Doch bevor es zum Treffen mit den Titanen der Tiefsee kommt, werde ich auf der scheinbar endlosen Eisfläche ein Tier treffen, das mir seine Botschaften auf einzigartige Weise überbringen wird.

Als ich mich erneut umsehe, fällt mir etwas auf, das mir zuvor aus unerfindlichen Gründen entgangen war: In der Ferne schmücken unzählige Pinguine die Eisfläche hinter mir. Einer der Zweibeiner kommt auf mich zu.

Als ich ihn abseits der großen Gruppe erspähe, ist er noch gut zweihundert Meter entfernt und erweckt beinahe den Eindruck eines Menschen. Bisher hat sich kaum ein Tier, das ich traf, zweibeinig fortbewegt. Ein ungewohnter und doch vertrauter Anblick.

Der größte Pinguin ist der bis zu 45 kg schwere und 1,3 Meter hohe Kaiserpinguin. Wie alle Pinguine ist auch dieser Vogel ein guter und schneller (36 km/h) Schwimmer, auch wenn er nicht so elegant wirkt wie seine kleineren Verwandten.

Kaiserpinguine können während der Jagd im Meer 20 Minuten lang die Luft anhalten und über einen halben Kilometer tief tauchen.

Pinguine sind körperlich massiger als die meisten anderen Vögel, weil dies beim Tauchen von Vorteil ist. Ihre Kochen sind im Gegensatz zu ihren flugfähigen Verwandten mit Knochenmark gefüllt.

Pinguine können problemlos Meerwasser trinken.

Spezielle Drüsen über ihren Augen scheiden das überschüssige Meersalz wieder aus. Ein dichtes Gefieder und eine außerordentliche Speckschicht sind zusätzliche Anpassungen an ihren unwirtlichen Lebensraum.

Die Stimme des Kaiserpinguins klingt wie eine Trompete.

Ich gehe dem Pinguin entgegen. Als wir einander gegenüberstehen, fliegt eine Möwe über uns hinweg und ruft: „Oh, schaut! Da ist ein weiser Zweibeiner!"

Ich fühle mich geschmeichelt, bis die Möwe hinzufügt: „Und ein Mensch steht auch dabei."

Upps. Natürlich hat sie nicht mich gemeint. Schon bin ich wieder zurück auf dem Boden der Bescheidenheit. Fühlt sich gut an.

Diese Möwe ist übrigens so groß, dass sie glatt als Disneys "Der König der Möwen" durchgehen würde.

Dann begrüßt mich der weise Zweibeiner mit einem ungewöhnlichen Sprechstil...

Der poetische Pinguin

„Mein Motiv für dieses Gedicht:
Das Leid der Menschen ertrage ich nicht!"

Ein Gedicht?! In freudiger Erwartung schaue ich ihn an.
Er legt los:

„Bequem ist's, mit dem Strom zu schwimmen.
Doch wer Weisheit sucht, zähle nicht die Stimmen!
Nur Geld verdienen und saufen.
So lebt der ganze Menschenhaufen.
Und wer es anders macht,
wird ausgelacht.
Auf der Oberfläche leben,
danach wollt ihr alle streben.
Normal wie 'ne Schlägerei im Saloon.
Kein Grund, es auch zu tun!"

Spontan applaudiere ich dem poetischen Pinguin.
Eine solche Darbietung habe ich auf meiner abenteuerlichen Reise durch die Tierwelt noch nicht erlebt und auch keinesfalls erwartet. Der Vogel fährt fort:

„All die Weisen brachten euch bei:
Was ihr wirklich seid, ist frei.
Jenseits des Körpers bist du das Formlose.
In diesem Zustand brauchst du keine Hose."

Ich lache laut.

Das ist der einzige Ton, den meine Stimmbänder dem Pinguin bisher anzubieten haben. Kein Wort weicht von meinen Lippen. Ich habe nichts zu sagen und höre nur genussvoll zu…

„Suchst du das Glück in der Welt,
dann hast du es abbestellt.
Auf der Suche danach, was Frieden erzeugt…
Fündig wird, wer sich der Tatsache beugt…
Alle Formen werden vergehen.
Nur der Geist bleibt bestehen.
Auf der Oberfläche kann sich vieles entfalten.
Aber du bist tiefer und bleibst immer erhalten.
Wenn du glaubst, dein Körper zu sein
und dann brichst du dir plötzlich ein Bein,
dann schlussfolgerst du: „Ich bin verletzt!"
So wird Wirklichkeit durch Illusion ersetzt.
Während der Körper nur schreien kann,
verweilt der Geist und schaut es sich an.
Ob der Körper ist krank oder gesund…
Du bist das Bewusstsein im Hintergrund!
Auch wenn die Materie liegt im Sarg,
der Tod dich nicht zu berühren vermag."

Ich lege meine rechte Hand auf mein Herz. Dieses Gedicht berührt mich zutiefst.

„Auf das Glück wartet ihr,
weil ihr glaubt, es sei nicht hier.
Nur eines verschiebt ihr nie auf morgen,
nämlich eure Sorgen."

Ich schmunzle und nicke zustimmend.

„Ihr sucht das Glück durch die Personen.
Ich sage euch, das wird sich nicht lohnen.
Du solltest schnell erwachen:
Nichts und niemand kann dich glücklich machen!
Glück gibt es nur im eigenen Wesen.
Erkenne das und du wirst genesen.
Du selbst bist die Liebe, bedingungslos.
Alles, was du brauchst, liegt im eigenen Schoß.
Es lohnt sich der Blick nach innen.
So kannst du nur gewinnen.
Allein dort ist das Glück zu finden.
Und es kann niemals verschwinden.“

Der Pinguin schließt seinen Schnabel und pausiert.
Ich lächle ihm zu und lausche dem antarktischen Wind,
der über das Eis pfeift.
Dann trägt der Pinguin seine nächste Strophe vor…

„In der Stille spürst du auf jeden Fall…
Eine Präsenz – sie ist überall.
Das ist das Eine, identisch mit dir.
Du findest es auch in jedem Tier.“

Ich verbeuge mich vor dem Pinguin.

„Wer Tiere quält, ist unbeseelt
und Gottes guter Geist ihm fehlt,
mag noch so vornehm drein er schauen,
man sollte niemals ihm vertrauen.“ (1)

Wie wahr! Wie Menschen Tiere behandeln, sagt viel über
sie aus. Ich kann keinem Menschen tief vertrauen, der
eine Abscheu gegen Hunde oder Tiere im Allgemeinen

hegt, oder einem Menschen, von dem sich Hunde misstrauisch abwenden. Sie haben oft eine sehr zuverlässige Menschenkenntnis. Während diese Gedanken durch mich hindurchhuschen, reimt der Pinguin fleißig weiter:

„Gefährlich ist's, den Leu zu wecken,
verderblich ist des Tigers Zahn.
Jedoch der Schrecklichste der Schrecken,
das ist der Mensch in seinem Wahn." (2)

Dem kann ich nicht widersprechen. Dann thematisiert der gefiederte Poet die Wurzel des Problems:

„Der Verstand ist es, durch den du dich trennst.
Sei einfach still und du erkennst:
Es gibt nur Das, keine zwei Dinge.
Aber Gedanken zerschneiden es wie eine Klinge.
Das wirkt nun sehr charmant:
Du bist klüger als dein Verstand!
Die Schönheit des Seins ist überragend
und die Sprache des Menschen versagend.
Die Wirklichkeit hat keinen Namen,
daher möchte ich dich warnen…
Alle Stempel musst du hinter dir lassen,
sonst wirst du das Wunder verpassen.
Bitte vermeide diesen Frust.
Denke nicht, sei nur bewusst."

Diese Worte bringen den Verstand zum Schweigen. Simon löst sich auf, nur die unendliche Weite bleibt übrig. In dieser unendlichen Weite stehen sich zwei göttliche Formen gegenüber, die kleinere öffnet den Schnabel und holt zum finalen Schlag der dichterischen Weisheit aus…

„Bist du bereit, dich hinzugeben,
dann wird die Gnade dich erheben
und ewiger Friede an dir kleben.
Dieses Wissen ist signifikant:
Leid entsteht durch Widerstand.

Den Tod musst du fürchten, sagen sie.
Sie irren sich: Das Leben endet nie!
Wollt ihr euch weiter selbst bestrafen?
Die ‚Toten' sind wach und die ‚Lebenden' schlafen.
Wie du bekommst, was du vermisst:
Einfach SEIN – wissend, dass du ewig bist.
Dann wirst du sehen, dass alles gut ist.

Erreiche das Ziel ohne Gefahr,
indem du erkennst: Ich bin längst da!
Ihr Menschen sucht Es in einem Dom.
Dabei seid ihr selbst Es schon!
Braune, weiße, rote, gelbe…
Vor Gott ist alles dasselbe.
Das Wunder des Seins:
Alles ist eins.

Die Grundaussage dieses Gedichts:
Du bist alles und brauchst nichts.
Es funktioniert nur ohne Gedankenflut,
dass du begreifst: ALLES IST GUT!
Ganz gleich, wie viel ihr weint…
Da ist ein Licht, das immer scheint.
Stets perfekt und absolut rein,
das ist dein eigenes Sein!
Damit es deine Umgebung erhellt…
Siehe: Du bist das Licht der Welt!"

Ich bin weiterhin sprachlos. Im Grunde hat der poetische Pinguin in Gedichtform alle bisherigen Lehren der Tiere zusammengefasst.

Ich applaudiere und verneige mich erneut.

Der weise Vogel ist davon völlig unbeeindruckt.

Es scheint mir unmöglich, ihm zu schmeicheln.

Er schaut mich ausdruckslos an.

Würde ich sein Gedicht nicht wertschätzen und ihn kritisieren oder gar beleidigen, wäre er sicher ebenso unbewegt, äußerlich wie innerlich.

Mein Herz möchte ein Loblied auf den Pinguin singen, doch es würde an ihm abprallen wie ein Schneeball. Ich habe diesem Tier, das sich selbst genug ist, nichts zu bieten. Also richte ich nur ein einziges Wort an den Pinguin: „Danke!"

Er schaut seitlich in Richtung Meer und sagt:

„Ein Seeleopard, ach du Schreck!

Ich bin dann mal weg!"

Gesagt, getan. Er dreht sich um und macht sich auf den Weg zurück zu seiner Großfamilie.

Als ich in die entsprechende Richtung schaue, in welcher der Pinguin einen Seeleoparden entdeckt haben will, kann ich zunächst keinen erkennen. Sekunden später bewegt sich das Wasser am Eisufer. Es bildet sich eine Welle, plötzlich ragt der Kopf einer Robbe aus dem Wasser. Sie sieht mich und klettert auf das Eis. Erst jetzt erkenne ich ihre volle Größe…

Der Seeleopard wird bis zu 4 Meter lang und annähernd 600 kg schwer. Er ist eine außergewöhnliche Robbe. Sein Kopf weist eine einzigartige Form auf und erinnert beinahe an ein Reptil. Diese Art lebt räuberischer als jeder andere Flossenfüßer. Die eleganten Schwimmer fressen nicht nur Fische, sondern auch Pinguine und andere Robben. Der Seeleopard ist sogar die einzige Robbe, die nachweislich einen Menschen getötet hat. Einst wurde eine 28-jährige Frau aus Großbritannien während eines Tauchgangs von einem Seeleoparden angegriffen. Es konnte nur noch ihre Leiche geborgen werden. Trotz allem handelt es sich um intelligente Tiere mit dem Potenzial zur Empathie. Es ist vorgekommen, dass ein weiblicher Seeleopard eine vertrauensvolle Bindung zu einem Tierfilmer entwickelt hat. Sie wich ihm nicht mehr von der Seite und bot ihm sogar einen gefangenen Pinguin an.

Der Seeleopard macht keine Anstalten, zu mir zu kommen. Er fixiert mich mit seinem Blick und scheint auf mich zu warten. Also gehe ich zu ihm herüber.
Etwa zwei Meter vor dem Raubtier bleibe ich stehen. Wir blicken uns bewegungslos an. Keiner von uns blinzelt. Ich warte auf seine Worte. Vergeblich. Er schweigt.
Ich mache ein paar langsame Schritte auf ihn zu, strecke meinen Arm aus und streichle ihm vorsichtig über den Kopf. Es kommt mir vor, als streichelte ich einen übergroßen Hund. Seine Augen sind ausdrucksstark und tief wie das Meer, aus dem er kam. Kaum nehme ich meine Hand zurück, dreht er sich um und springt ins Wasser. Der schwere Körper verursacht einen ordentlichen 'Platscher', das Meerwasser spritzt bis zu mir herüber, ich werde etwas nass. Nicht schlimm.

Nach einer kilometerweiten Wanderung über das Eis begegne ich einer anderen Robbenart…
See-Elefanten sind die größten Robben der Erde.
Die Bullen des Südlichen See-Elefanten, der hier in der Antarktis lebt, können annähernd 7 Meter lang werden

und bis zu über 4 Tonnen auf die Waage bringen. Sie gehören damit zu den weltweit größten Tieren, die sich auf dem Land aufhalten können.

Es handelt sich um das größte „echte" Raubtier der Welt. Als „echte" Raubtiere werden alle beutegreifenden Säugetiere anerkannt, die über das typische Raubtiergebiss verfügen. Voraussetzung sind u. a. die verlängerten Eckzähne. Das Beutespektrum der See-Elefanten wird hauptsächlich von Fischen und Tintenfischen ausgefüllt, gelegentlich erbeuten sie auch kleine Haie. Die Revierkämpfe der Männchen sind ziemlich grausam und enden manchmal tödlich. Die einzigen natürlichen Feinde der gewaltigen Bullen sind Orcas.

Neben der Größe erinnert auch die rüsselförmige Nase an einen Elefanten. Der Ursprung des Namens dieser Art ist somit offensichtlich.

Ich werde Zeuge eines Revierkampfes der Bullen. Ihre gewaltigen Körper prallen aneinander, begleitet von einem tiefen 'Gebrüll'. Ein beeindruckendes Schauspiel, das ich lieber aus der Ferne beobachte.

Ein weiblicher See-Elefant robbt auf mich zu…
Als sie mich erreicht hat, sagt sie:
„Bitte stell' dich da vorn auf das Eis!"
Mit ihrem linken Vorderbein bzw. ihrer Brustflosse verweist sie auf den Rand der Eisfläche. Ich positioniere mich dort und warte, was geschieht.
Plötzlich reißt das Eis ohne erkennbare äußere Einflüsse ein und bricht schließlich ab.
Ich treibe auf einer frisch entstandenen, etwa 3 x 3 m großen Eisscholle auf den offenen Ozean hinaus…
Offenbar ein weiterer Vertrauenstest.

Schon bald ist das Eis-Ufer so weit entfernt, dass die mächtigen See-Elefanten wie Insekten erscheinen.

Der Wellengang ist ruhig, das Eis sehr dick, ich werde also nicht ins Wasser fallen.

Plötzlich taucht ein riesiger Wal auf... Erst sehe ich seinen Rücken und seine Schwanzflosse, während er wieder abtaucht. Eine Minute später streckt er seinen Kopf aus dem Wasser – eindeutig ein Pottwal! – und sagt mit lauter, aber unerwartet hoher Stimme:

„Grüß dich, ich soll dich abholen!"

Das bedeutet wohl, ich soll meine sichere Eisscholle verlassen und auf seinen Rücken steigen.

Auch wenn mir versichert wurde, dass sich alle Tiere mir gegenüber friedlich verhalten werden, was sich bisher – mit Ausnahme der verbalen Ausfälle des Honigdachses und der Kotbombe der Wacholderdrossel – auch bewahrheitet hat, wird mir doch ausgesprochen mulmig beim Anblick des riesigen Körpers, der dort im Wasser schwimmt und mich bittet, aufzusteigen.

Sobald ich die Eisscholle verlasse, übergebe ich mich und mein Schicksal voll und ganz in die ‚Hände' des Pottwals.

Mit bis zu 20 Metern Länge und maximal 60 Tonnen Gewicht ist der Pottwal der größte Zahnwal und eines der sechs größten Tiere der Erde. Er verfügt außerdem über das größte Gehirn der Tierwelt. Es bringt bis zu 10 kg auf die Waage (Mensch: ca. 1,3 kg). Die Zähne des Pottwals können 20 Zentimeter lang und 1 kg schwer sein. Kein anderer Fleischfresser besitzt so große Zähne. Sie können sich problemlos mit jenen des legendären Tyrannosaurus Rex messen, den ein großer Pottwal hinsichtlich der Körpermasse um das ca. 10-Fache übertrifft.

Der Darm des Pottwals erreicht eine Länge von 250 Metern. Zum Vergleich: Ein menschlicher Darm misst rund 6 bis 8 m. Ein weiterer Rekord ist seine unter sämtlichen Säugetieren einzigartige Fähigkeit als Tieftaucher: Pottwale sind in der Lage, 3 Kilometer tief zu tauchen. Dort in der dunklen Meerestiefe kommt es zum Aufeinandertreffen mit dem Riesenkalmar, der wohl größten potentiellen Beute.

Die beiden größten wirbellosen Tiere der Erde, Architeuthis (Riesenkalmar) und Mesonychoteuthis (Koloss-Kalmar) sind weitgehend unerforschte Lebewesen der Tiefsee.

Der Riesenkalmar wird bis zu 20 m lang.

Der massigere Koloss-Kalmar hat mit rund 30 cm Durchmesser die größten Augen im Tierreich.

Im Jahr 1874 wurde ein 150 Tonnen schweres Schiff von einem durch Menschen verwundeten Riesenkalmar attackiert und zum Kentern gebracht!

Im Jahr 1820 wurde der Untergang eines 300 Tonnen schweren Walfangschiffes von einem Pottwal herbeigeführt, als sich das Tier zur Wehr setzte und das Schiff mit seiner mächtigen Stirn rammte.

Der einzige natürliche Feind des Pottwals ist der Orca.

Ich steige auf. Der Rücken des Pottwals würde ausreichend Fläche für mehrere Menschen bieten. Ich halte mich an seiner verhältnismäßig kleinen Rückenflosse, die eher als Buckel bezeichnet werden sollte, fest. Meine Füße hängen links und rechts im Wasser, es ist erschreckend kalt. „Bitte bleibe mit deinem Rücken über Wasser und tauche nicht ab!", flehe ich den Pottwal an. Sein Kopf befindet sich unter Wasser, aber ich höre seine Antwort überdeutlich: „Versprochen, mein Kleiner."

Er schwimmt los.

Die Reise auf dem Rücken des Pottwals dauert etwa eine halbe Stunde. Inzwischen ist in keiner Richtung mehr Land in Sicht, nur die Weite des Ozeans.

„Gleich wirst du umsteigen müssen. Ich möchte wieder in die Tiefe tauchen. Dort herrscht absolute Stille, so wie in der Tiefe unseres eigenen Wesens. Manchmal ist die See sehr stürmisch, aber auch dann ist die Tiefe unbewegt. Das gilt gleichfalls für unser Wesen."

Ich überhöre seinen weisen Vergleich und gehe nur auf die Ankündigung ein:

„Wohin soll ich umsteigen? Ich sehe kein Land."

Der Pottwal antwortet nicht.

Bald taucht die Antwort neben uns auf – eine gerade, spitze Rückenflosse ist das Erste, was ich von dem kleineren Körper zu sehen bekomme…

Ein Orca! Endlich!

Orca, der Killerwal?

Nach dem Menschen ist der Schwertwal – wohl besser bekannt als Orca – das am weitesten verbreitete Säugetier der Erde.

Diese Art verdankt ihren Namen der max. 1,8 m langen Rückenflosse der Männchen, die wie ein Schwert die Wasseroberfläche durchschneidet. Die Finne der kleineren Weibchen ist deutlich kürzer und gekrümmt.

Mit bis zu 10 Metern Länge und maximal 9 Tonnen Gewicht handelt es sich um das größte Mitglied der Delfine.

Außerdem ist der Orca das schnellste Meeressäugetier. Es werden Geschwindigkeiten von bis zu 60 km/h erreicht.

Dieser Orca schwimmt dicht an den Pottwal heran. Ich bin überrascht, wie friedlich sich beide Tiere miteinander verhalten. Warum überrascht mich überhaupt noch etwas? Ich steige um. Kaum bin ich auf den Rücken des Orcas geklettert, taucht der Pottwal ab.

Die Rückenflosse des Orcas ist schätzungsweise so lang wie mein Körper. Sich daran festzuhalten, fällt mir umso leichter. Seine Haut ist glatter als jene des Pottwals. Die klare schwarz-weiße Zeichnung ist unglaublich schön. Ich komme aus dem Staunen nicht heraus.

„Bist du bereit für die Fahrt?", fragt mich der Orca.

„Ja, aber bitte bleib an der Oberfläche!", ersuche ich auch ihn. Der Orca schwimmt los.

Nach kurzer Zeit erhöht er die Geschwindigkeit. Gemeinsam rasen wir durch das Meer.

Zwischendurch stelle ich mich hin.

Was für ein Erlebnis!

Spontan stoße ich einen Freudenschrei aus: „Juhu!"

Keine Karussellfahrt könnte sich damit messen.

Als mein schwarz-weißer Reisebus das Tempo verringert, bietet sich die Gelegenheit für einen Austausch…

„Gibt es überhaupt ein Tier, das schneller schwimmen kann als du?", frage ich den Schwertwal.

Er antwortet ehrlich:

„Der Schwarze Marlin gilt als schnellster Fisch der Welt. Angeblich wurde – unter Wasser! – von Menschen eine Höchstgeschwindigkeit von 130 km/h gemessen. Dieser große Speerfisch beschleunigt schneller als ein Formel-1-Wagen. Der schnellste Hai ist übrigens der Mako mit 90 km/h. Da kann ich nicht mithalten. Dafür bin ich viel stärker. Mit mir legt sich keiner an!"

Der Schwertwal ist der mächtigste Beutegreifer der Welt. Er steht unangefochten an der Spitze der marinen Nahrungskette. Berechnungen zufolge erzeugt ein Orca bei einem Frontalangriff eine Kraft von 136.000 Kilonewton. Die in Rudeln jagenden Wale erbeuten im Grunde alle Tiere, die sich nicht rechtzeitig in Sicherheit bringen, darunter andere Wale, Robben und Haie (auch den Weißen Hai). Erstaunlicherweise verhält sich der Schwertwal dem Menschen gegenüber normalerweise nicht aggressiv. Es ist nicht bekannt, dass jemals ein wildlebender Orca einen Menschen angefallen hat.

Orcas sind außerordentlich intelligent. Unter allen Fleischfressern nutzen sie die meisten verschiedenen Jagdstrategien. Dabei demonstrieren sie des Öfteren ein extrem erstaunliches Planungsvermögen und bemerkenswert synchrone Bewegungen, die darauf schließen lassen, dass sie sich geradezu untereinander "absprechen". Um miteinander zu kommunizieren, nutzen die Delfine zahlreiche verschiedene Verständigungslaute. Manche Forscher gehen davon aus, dass der "Wortschatz" mindestens so komplex und vielfältig ist wie jener der menschlichen Sprache. Es gibt sogar unterschiedliche Dialekte. Experten glauben, dass auch das emotionale Erleben dieser Tiere vielschichtiger und tiefgehender als die menschliche Gefühlswelt ist!

Nach dem Pottwal hat der Schwertwal das zweitgrößte Gehirn aller uns bekannten Lebewesen (bis zu 7 kg).

Während viele andere Tiere unter der Obhut des Menschen eine höhere Lebenserwartung haben als freilebend, ist die Lebensdauer von Orcas in Gefangenschaft erheblich vermindert. Sie liegt bei maximal 30-40 Jahren, oftmals wird das 10. Lebensjahr nicht überschritten. Freilebende Orcas werden hingegen bis zu über 100 Jahre alt.

Weibchen leben deutlich länger. Außerdem zeigen die schönen Tiere in Gefangenschaft weitaus eher aggressives Verhalten. Es gibt mehrere bestätigte Fälle von getöteten Pflegern. Diesbezüglich spreche ich den Wal an…

„Es gibt keinen einzigen dokumentierten Fall eines tödlichen Angriffs von einem wildlebenden Orca auf einen Menschen. Das kann man von vielen anderen Raubtieren nicht behaupten. Ihr seid denen körperlich überlegen. Warum kommen wir nicht als Beute für euch in Frage?"
Der Schwertwal lacht und antwortet:
„Das ist ganz einfach: Wir erkennen euch als Lebewesen, die über das Potential verfügen, intelligent, liebevoll und mitfühlend zu sein. In den meisten Fällen bleibt dieses Potenzial zwar ungenutzt, aber es schlummert dennoch in euren Herzen. Wir sind uns viel ähnlicher, als ihr glaubt. Weil wir das spüren, haben wir kein Interesse an euch als Beute. Außerdem sind die allermeisten Menschen viel zu mager. Eine Robbe lohnt sich schon eher.
Apropos potenzielle Beute… Schau dich um!"

Der Delfinschwarm

Ich traue meinen Augen kaum. Wir befinden uns mitten in einem riesigen Schwarm von Delfinen!
Vor uns, hinter uns, rechts und links, überall schwimmen zahlreiche Delfine sorglos in unmittelbarer Nähe ihres potenziellen Todfeinds. Offenbar gibt es einen vorübergehenden Friedenspakt zwischen den Tieren, solange sie einen Menschen belehren.
Einige der Delfine springen freudig aus dem Wasser.
Ich kann nicht beschreiben, wie lebendig dieses Ereignis ist. Ich kann die Energie des verzückten Kollektivs in jeder Zelle meines Körpers spüren. Keine Trennung…

Der Orca, die Delfine und ich sind eins.
Ein gemeinsames Pulsieren des puren Lebens.

Manche schwimmen so nahe, dass ich sie anfassen kann.
Der Orca hält an, die Delfine ebenfalls.
Einer streckt rechts von mir seinen Kopf aus dem Wasser
und lächelt mich an. Ich streichle seine Stirn und küsse
ihn auf das schnabelartige Maul. Es stinkt ein bisschen
nach Fisch, aber fühlt sich sehr angenehm an.
Der Delfin stößt kichernde Laute aus.

Der Große Tümmler, wie der "klassische" Delfin genannt
wird, bewohnt alle Ozeane, ist 2 bis 4 Meter lang und bis
zu 650 kg schwer. Diese bemerkenswerten Tiere sind
offensichtlich empathisch und setzen sich für andere
Lebewesen ein. Es sind Fälle bekannt, in denen die hoch-
intelligenten Wale menschliche Taucher vor Haien beschützen, indem sie die Raubfische vertreiben. Auch helfen sie kranken oder verletzten Artgenossen oder auch
anderen Arten wie beispielsweise Robben dabei, an die
Wasseroberfläche zu gelangen, wenn diese zu sehr ge-
schwächt sind, um eigenständig aufzutauchen und Luft
zu holen. Delfine atmen nicht automatisch – also nicht
instinktgesteuert wie die meisten Lebewesen, darunter
auch der Mensch. Wenn sie ohnmächtig werden, setzt
ihre Atmung aus, damit sie kein Wasser einatmen und
ertrinken. Darin liegt auch der Grund dafür, dass sie nie
wirklich tief schlafen. Nur eine Hälfte des Gehirns ist
während des Schlafs im Ruhezustand und nur ein Auge
wird geschlossen.
Delfine können mit bis zu 7 Metern wahrscheinlich höher
springen als jedes andere Tier. Außerdem gehören sie mit
einem Tempo von maximal 50 km/h zu den schnellsten

Schwimmern unter allen Meeressäugetieren. Des Weiteren besitzen Delfine (inkl. Orca) das komplexeste Gehirn aller Lebewesen. Die Gehirnwindungen sind deutlich zahlreicher und vielfältiger als bei sämtlichen Primaten – einschließlich des Menschen.

Ich kraule den Delfin unterm Kinn. Sein zufriedenes Kichern ist schöner als jedes menschliche Wort, deshalb versuche ich gar nicht erst, ein Gespräch mit dem Tümmler zu starten. Wahrscheinlich ist er ohnehin zu klug, um sich auf die menschliche Sprache herabzulassen. Er taucht wieder ab. Eine Weile bleibt die Delfinfamilie – es müssen insgesamt etwa fünfzig Tiere sein – noch in unserer Nähe, dann schwimmen sie davon.
Der Orca und ich setzen unsere Reise 'allein' fort.
„Du musst noch zweimal umsteigen, um dein Ziel zu erreichen. Dort kommt schon deine nächste Station.", teilt er mir mit. Von links schwimmt ein riesiger Körper geradewegs auf uns zu – ein Buckelwal!

Der Buckelwal und die Leichtigkeit des Seins

Dieser durchschnittlich 12 bis 15 (höchstens 18) Meter lange Bartenwal verfügt über unverhältnismäßig große Brustflossen. Allein diese können 5 Meter lang sein – Rekord.
Buckelwale sind wirklich bemerkenswerte Tiere. Die bis zu 40 Tonnen schweren Meeressäuger sind insbesondere für ihren wundervollen „Gesang" bekannt, zeichnen sich durch Intelligenz aus und empfinden offenkundig sogar – wie Delfine – Mitgefühl für „Schwächere": Sie verteidigen nicht nur Artgenossen gegen Angriffe von Feinden. Mehrmals wurde beobachtet, wie sie auch andere Walar-

ten (wie Grauwale) oder Robben vor angreifenden Orcas beschützen, indem sie sich zwischen Beute und Raubtier drängen und mit ihren riesigen Brustflossen auf die Raubtiere einschlagen. Einst wurde sogar dokumentiert, wie ein Exemplar 20 Minuten lang auf dem Rücken schwamm, um eine Robbe auf einer seiner Brustflossen zu tragen und ihr so vor hungrigen Orcas Sicherheit zu gewähren!

Doch diese beiden Wale haben das Kriegsbeil begraben. Dankend streichle ich den Rücken des Orcas, bevor ich auf den Kopf des Buckelwals umsteige.
Der Orca verabschiedet sich mit den Worten:
„Gute Reise! Und komm gut nach Hause!"
„Kann's losgehen?", fragt mich der Buckelwal.
„Sehr gern!", antworte ich vorfreudig.
Ich habe direkt hinter seinem Blasloch Platz genommen.
Er stößt Wasser aus und verpasst mir eine seichte Dusche. Die Tropfen sind sehr kalt, aber ich nehme die Erfrischung an. Wie könnte ich dieser lieblichen Kreatur böse sein?

Im Vergleich zu anderen großen Walen demonstrieren Buckelwale häufig eine außergewöhnliche Agilität und Lebhaftigkeit. Oft vollziehen sie spektakuläre Sprünge aus dem Wasser. Ich frage den freundlichen Giganten nach dem Grund: „Weshalb springt ihr so oft aus dem Wasser? Wollt ihr damit Artgenossen beeindrucken?"
Seine Antwort: „Alle Tiere wissen es, nur der Mensch nicht, dass das höchste Lebensziel Freude ist." (3)
Es ist sicher kein Witz, sondern eine ernstgemeinte Feststellung, trotzdem bekomme ich einen Lachanfall. Bisher habe ich mich in sitzender Position auf dem riesigen

Wal-Kopf befunden, jetzt liege ich lachend auf meinem Rücken und halte mir den Bauch.

„Genau das meine ich.", sagt der Buckelwal…

„Dieses Lachen ist ebenso Ausdruck der unschuldigen Lebensfreude. Wir springen aus dem Wasser, weil wir es können. Menschen und Vögel können singen und tanzen. Wir Buckelwale singen auch, können mit unseren schwerfälligen Körpern aber nicht wirklich tanzen. Diese Sprünge sind unser Tanz. Wir lieben das Leben. Aber auch die Älteren von uns, die nicht mehr so springen können, sind und bleiben sehr lebensfroh. Ein reiches Innenleben braucht keinen äußeren Ausdruck.

Merk dir das."

„Kannst du mir genau beschreiben, wie sich diese grundlose Lebensfreude für euch Buckelwale anfühlt?"

„Sie fühlt sich für alle Lebewesen gleich an, nur die Ausdrucksmöglichkeiten variieren stark. Lebensfreude ist vor allem eines: die Leichtigkeit des Seins."

Die Tiere trauen mir offenbar nicht zu, eine Botschaft schon bei ihrer erstmaligen Verkündung zu empfangen, denn als der Buckelwal mit seinen Ausführungen fortfährt, bemerke ich ein weiteres Mal eine Wiederholung der zentralen Botschaften…

„Sein ist absolut mühelos. Du musst dich ständig bemühen, um den Körper zu erhalten. Du musst sicherstellen, dass er mit Nahrung versorgt wird, insbesondere wir Wale müssen extrem viel fressen, um bei Kräften zu bleiben. Vieles mehr muss gewährleistet sein.

Aber du musst überhaupt nichts tun, um zu sein.

Sein ist für immer gesichert. Und es ist das Kostbarste. Dies bedeutet also, das Wichtigste überhaupt ist vollkommen ungefährdet. Aus dieser Sorgenfreiheit resultiert wahre, ungetrübte Lebensfreude. Diese natürliche Leichtigkeit hat auch einen unerschütterlichen inneren Frieden zur Folge. Du bist das Sein, für immer. Alle Sorgen sind sinnlos und unbegründet. Es gibt nichts, das unbedingt getan werden oder geschehen muss.

Wir springen aus dem Wasser, wenn wir Lust dazu haben. Aber wir verbringen nur einen kleinen Teil unserer Zeit mit solchen Spielen. Ihr Menschen seht das und ahnt nichts von dem Ursprung. Ihr wisst nicht, dass die pure Freude des Seins die Quelle ist und dass sie definitiv nicht auf diese eine Spezies beschränkt ist. Es gibt viele weitere Beispiele – betrachtet eure Haustiere! Sie erinnern euch an das, was auch für euch selbst möglich ist!"

Während ich die Hinweise des Buckelwals tief reflektiere, taucht plötzlich rechts von uns ein unglaublich großer Körper in einer Entfernung von circa 50 Metern auf. Die Distanz nimmt ab, denn das riesige Tier schwimmt auf uns zu. Es muss etwa doppelt so groß sein wie der Buckelwal, auf dessen Kopf ich inzwischen wieder aufrecht sitze.

„Deine letzte Station.", sagt der Buckelwal…
„Bitte umsteigen!"

Das größte Tier aller Zeiten

Mit einer Körperlänge von bis zu 34 Metern und einem Höchstgewicht von 200 Tonnen ist der Blauwal – hinsichtlich des Körpervolumens und der Masse – möglicherweise das größte Tier, das jemals auf der Erde gelebt hat. Um es anhand eines Vergleichs zu verdeutlichen: Ein Blauwal kann so viel wiegen wie 40 durchschnittliche Elefantenbullen, 400 Rinder oder 2.000 kräftige Männer. Er kann gut doppelt so schwer werden wie die größten bekannten Dinosaurier. Er beherbergt 10.000 Liter Blut, die von einem 600-1.000 kg schweren Herz durch den kolossalen Körper gepumpt werden. Die Aorta (Hauptschlagader) misst 20 cm im Durchmesser. Seine durchschnittlich 4 Tonnen schwere Zunge ist so groß, dass ein Elefant problemlos darauf Platz finden würde.

Schon ein neugeborener Blauwal ist 7 Meter lang und 2 bis 2,5 Tonnen schwer. Das Wal-Baby trinkt *jeden Tag* 600 Liter Milch, wächst 5 Zentimeter und nimmt 90 kg an Gewicht zu. Walmilch ist extrem fetthaltig (35-50 %), sie hat die Konsistenz von Zahnpasta.

Ein ausgewachsener Blauwal vertilgt täglich bis zu 7 Tonnen Krill (garnelenförmige Krebstiere).

Blauwale erzeugen vermutlich auch die lautesten Geräusche im Tierreich. Ein verhältnismäßig leiser Pfiff kann mit 120 bis 190 Dezibel mindestens ebenso laut sein wie ein vorbeifliegender Düsenjet. Diese Tiere können wahrscheinlich über mehrere 100 Kilometer hinweg miteinander kommunizieren.

Trotz seiner unglaublichen Größe ist der Blauwal mit etwa 50 km/h ein erstaunlich schneller Schwimmer.

Die wahrscheinliche Lebenserwartung liegt bei 80-110 Jahren.

Ich folge der Bitte des Buckelwals und steige um, als der Blauwal direkt neben uns hält. Diesmal erfolgt der Umstieg auf bemerkenswerte Weise: Die beiden Wale legen ihre Brustflossen aneinander und bilden eine Brücke, über die ich kriechen kann.

Ich kann nicht glauben, wie groß der Körper ist, auf dem ich mich jetzt befinde. Von seiner Brustflosse aus klettere ich auf seinen Kopf und setze mich in den Schneidersitz.

Unter mir befindet sich nichts Geringeres als ein lebendes Schiff, ein unfassbarer Berg aus Fleisch. Mein Verstand kann nicht begreifen, dass und wie so etwas überhaupt lebensfähig ist.

Der Buckelwal taucht ab, ich verabschiede mich still winkend.

Der Blauwal begrüßt mich humorvoll: „Herzlich willkommen auf deiner letzten Station, bitte anschnallen!"

Das ist die mit Abstand lauteste Stimme, die ich jemals gehört habe. Krampfartig halte ich mir die Ohren zu. Als ich sie wieder freigebe, sagt der Blauwal deutlich leiser: „In Ordnung, für dich werde ich flüstern, damit dein Trommelfell nicht explodiert."

„Nicht nur deine Stimme ist beeindruckend. Ich kann nicht fassen, wie riesengroß du bist!", entgegne ich.

„Du hältst mich für groß? Dieser Körper ist auch nur ein Furz im Winde.", erwidert der Blauwal.

„Wie bitte? Ich kann ja verstehen, dass der Afrikanische Elefant bescheiden blieb und etwas Ähnliches gesagt hat, aber du bist das Superlativ schlechthin."

„Das ist alles relativ, mein Kind.", flüstert der Fleischberg... „Begleite mich auf eine Reise ins Universum!"

„Sag bloß, wir werden fliegen!"

„Nein, nein.", lacht er bemüht leise, aber sein Kichern erschüttert meinen gesamten Körper und lässt ihn auf und ab hüpfen... „Ich kenne mich ein bisschen mit dem Weltall aus. Eure Astronomen müssen außen forschen, um dieses Wissen zu erlangen. Alles Wissen ist aber in den Tiefen unseres Geistes für immer gespeichert, ich muss mich nur dessen bedienen. Ich brauche keine Bücher, Teleskope oder Raumschiffe. Ich möchte dich an diesem Wissen teilhaben lassen, um dir zu verdeutlichen, wie nichtig unsere Körper sind, auch meiner!"

„Davon werde ich nicht leicht zu überzeugen sein. Ich fühle mich, als würde ich auf einem Passagierflugzeug aus Mettwurst schwimmen. Ich wiederhole: Du bist verdammt groß!"

„Den Mettwurstvergleich hab ich überhört.", spricht er etwas lauter.

„Verzeih. Also… Überzeuge mich!", erkläre ich mich bereit. Der Blauwal beginnt seine Erläuterungen:

„Ich werde mit euren menschlichen Zahlen versuchen, dir die Größe dieser relativen Welt zu veranschaulichen. Menschlicher Auffassung zufolge ist der Erdball äußerst riesig. Selbst mit relativ hoher Geschwindigkeit, beispielsweise 200 Stundenkilometer mit dem Pkw auf der Autobahn, benötigt ihr in vielen Fällen mehrere Stunden, um von einer Stadt zu einer anderen innerhalb desselben Staates zu gelangen. Unser Heimatplanet hat einen Durchmesser von über 12.700 km und sein Umfang misst rund 40.000 km. Das wahrscheinliche Gewicht der Erde beträgt 5,972 Tausend Trillionen Tonnen, das ist eine Zahl mit 24 Nullen. Ich wiege nur 136 Tonnen, seitdem meine Frau mich auf Diät gesetzt hat. Das ist gar nichts. Würde man sich in einem Auto kontinuierlich mit 160 km/h fortbewegen, um die verhältnismäßig geringe Strecke zum Mond – 384.400 km – zurückzulegen, würde man dafür nicht weniger als 14 Wochen benötigen. Um den Neptun – den äußersten Planeten unseres Sonnensystems – zu erreichen, bräuchte man mit der gleichen Geschwindigkeit gar mehr als 3.000 Jahre. Möchte man sich auf eine Reise zu Proxima Centauri – dem sonnennächsten Stern – begeben, welcher über 4 Lichtjahre entfernt ist, müsste man rund 30 Millionen Jahre einplanen, also mehr als 300.000 Menschenleben. Dabei sind diese Distanzen, wie du gleich sehen wirst, im Universum, relativ betrachtet, gar nicht erwähnenswert... Der größte Planet unseres Sonnensystems – Jupiter – lässt die Erde mit seinen 143.000 Kilometern Äquatordurchmesser bereits wie einen Winzling erscheinen. Der Durchmesser der Sonne entspricht mit seinen fast 1,4 Millionen Kilometern 109 Erddurchmessern und sie ist hinsichtlich ihrer Masse sogar über eine Million Mal größer als unsere Erde. Das Erdvolumen würde 1,3 Millionen Mal in das Sonnenvolumen hineinpassen. Die Entfernung zur Sonne beträgt etwa 150 Millionen Kilometer. In Relation übertragen, bedeutet das: Hätte die Sonne einen Durchmesser von einem Meter, wäre unsere Erde acht Millimeter groß – und 120 Meter von der Sonne entfernt! Trotz der Distanz ist die Sonne fähig, uns Wärme zu spenden. In ihrem Inneren, dem Sonnenkern, herrschen 15 bis 16 Millionen Grad Celsius. Um diese Hitze zu versinnbildlichen: Eine Fläche von der Größe eines Streichholzkopfes mit dieser Temperatur würde genügen, um im Umkreis von 50 Metern augenblicklich alles zu verbrennen. Die Sonne ist einer von unzähligen Sternen und im Vergleich zu anderen ein kleiner bis mittelgroßer Vertreter. Die größten Sterne sind sogenannte "Rote Überriesen", also sehr ausgedehnte Sterne, die am Ende ihrer Entwicklung angelangt sind und denen eine Supernova bevorsteht. Einer der größten bekannten Sterne des Universums – mit einem Durchmesser von ca. zwei Milliarden Kilometern, das sind etwa 1.400 Sonnendurchmesser – heißt "VY Canis Majoris". Wenn Canis Majoris so groß wie ein Basketball wäre, dann hätte unsere Sonne in übertragener Relation deutlich geringere Abmessungen als ein Stecknadelkopf. Wäre unsere Erde so groß wie eine 1-Euro-Münze, dann hätte Canis Majoris im Vergleich dazu einen Durchmesser von ca. zehn Kilometern.

Hinsichtlich des Volumens passen mindestens eine Milliarde Sonnen in diesen Giganten, obwohl er 'nur' 30 bis 40 Sonnenmassen hat, denn als sterbender Stern dehnt er sich aus, wobei seine Dichte abnimmt. Auch ist Canis Majoris bedeutend heller und heißer als unsere Sonne. Die Entfernung von der Erde beträgt ca. 47 Billiarden Kilometer. Sterne befinden sich in der Regel in den Zentren von Sonnensystemen. Die Sonnensysteme kommen in Galaxien vor, zu denen auch unsere Milchstraße gehört. Die größte bekannte Galaxie ist 50-60 Mal größer als die Milchstraße. Im Universum gibt es menschlichen Vermutungen zufolge mindestens 400 Milliarden Galaxien, welche wiederum jeweils viele Milliarden Sonnensysteme und Sterne beherbergen. In der Milchstraße existieren Schätzungen zufolge 100 bis 200 Milliarden Sterne. Betrachtet man das gesamte Universum, entsprechen selbst ganze Galaxien nur einzelnen Sandkörnern am Meeresstrand, im Vergleich zu denen wiederum ein komplettes Sonnensystem wie ein Staubkorn in einem Haus wirkt. Innerhalb dieser "Staubkörner" sind die Sterne und Planeten nochmals unvorstellbar winzig. Einige menschliche Wissenschaftler halten das Weltall für unendlich. Die meisten eurer Forscher gehen aber davon aus, dass es in seiner Größe begrenzt ist. Falls eine von Wissenschaftlern durchgeführte Rechnung zutrifft, hat das Universum einen Gesamtdurchmesser von mindestens 78 Milliarden Lichtjahren. Ein Lichtjahr entspricht der Strecke, die das 300.000 km/s bzw. etwa eine Milliarde km/h schnelle Licht innerhalb eines Jahres zurücklegt. Also wenn ihr Menschen in der Lage wäret, euch mit Lichtgeschwindigkeit fortzubewegen – wozu ihr nicht annähernd imstande seid –, würdet ihr selbst mit diesem Tempo unfassbare 78 Milliarden Jahre benötigen,

um das Weltall ein einziges Mal vollständig zu durchqueren. Andere Schätzungen des Weltall-Durchmessers belaufen sich gar auf weit mehr als 100 Milliarden Lichtjahre. Es dürfte spätestens jetzt deutlich geworden sein, dass die Größe des Universums die menschliche Vorstellungskraft schlichtweg überfordert."
Ich staune sprachlos.

„Aber jetzt kommt das Beste!", kündigt der Blauwal an... „Ich verrate dir etwas: Obwohl das Auge klein ist, ist das Bewusstsein, das durch es sieht, größer und umfassender als alle Dinge, die es wahrnimmt. In der Tat ist es so groß, dass es alle Objekte, wie groß oder zahlreich sie auch sein mögen, enthält. Du bist nicht im Kosmos. Der Kosmos ist in dir!" (4)
Mein Herz macht einen Freudensprung.
Doch der Blauwal ist noch nicht fertig...
„Und jetzt kommt das Allerbeste:
Dieses gesamte Universum, mit all seiner Pracht, Weite und Schönheit, ist nichts als Einbildung." (5)
„Wie kann das sein?", hinterfrage ich.
„Real ist das, was sich niemals verändert, was immer da ist und was aus sich selbst heraus existiert. Erforsche deine Erfahrung und du wirst wissen, dass nur das reine Sein diese Kriterien erfüllt. Alles 'andere' ist ein Traum. Nichts im Universum existiert aus sich selbst heraus, alles hängt von etwas ab, alles verändert sich, selbst die größten Sterne kommen und gehen. Genieße es in vollen Zügen, aber glaube nicht, dass es dir etwas geben kann. Es kann dir nichts Bleibendes geben.
Es lohnt nicht, nach dem zu streben, was unbeständig ist. Das einzige erstrebenswerte 'Ziel' ist die höchste Glückseligkeit des Selbst-Gewahrseins. (6)

Und das ist sehr, sehr einfach. Der Verstand ist darauf konditioniert, zu glauben, dass er sich alles Schöne erst durch harte Arbeit und mit viel Mühe verdienen muss. Aber du musst dir nicht verdienen, was du selbst bereits bist. Du bist das Glück! Alle spirituellen Praktiken zielen lediglich auf die Beseitigung des selbstgeschaffenen Schleiers ab. In wahrer Meditation gewinnst du nichts. Im Gegenteil, du verlierst etwas – Gedanken. Lasse dich nicht von den Gedanken täuschen. Sie wollen dich ständig glauben lassen, dass du eine reale Person bist, dass die Welt real ist und dass all deine Probleme real sind. Kämpfe nicht gegen diese Gedanken an, ignoriere sie einfach. Stabilisiere dich in der Erkenntnis des Selbst und dem Wissen, dass dir nichts und niemand etwas anhaben kann. Ruhe friedlich in dem ‚Ich bin' – Bewusstsein."

„Viele Tiere haben mir das mit verschiedenen Worten gesagt, doch ich habe es immer noch nicht ganz verstanden.", gestehe ich mit gesenktem Kopf.

„Da gibt es nichts zu verstehen. Es geht dem Verstand voraus. Es ist zu einfach, nicht zu schwierig. Es ist Sein. Du bist Das! Hier und jetzt!", betont der Blauwal.

Plötzlich sehe ich die Eisscholle wieder! Ich hatte auf dem offenen Ozean längst die Orientierung verloren und dachte eigentlich, wir sind mittlerweile zig Kilometer von der Scholle, von welcher mich der Pottwal abholte, entfernt. Offenbar sind wir im Kreis geschwommen, ohne dass ich es bemerkt habe.

Der Blauwal steuert darauf zu und hält neben der Eisscholle an. Ich klopfe zum Abschied mit der flachen Hand mehrmals kräftig auf sein Haupt und zweifle daran, ob er das überhaupt gespürt hat. Als ich wieder auf der Scholle stehe, streckt er seinen Kopf aus dem Wasser und sieht mich an. Seine Augen sehen müde aus…

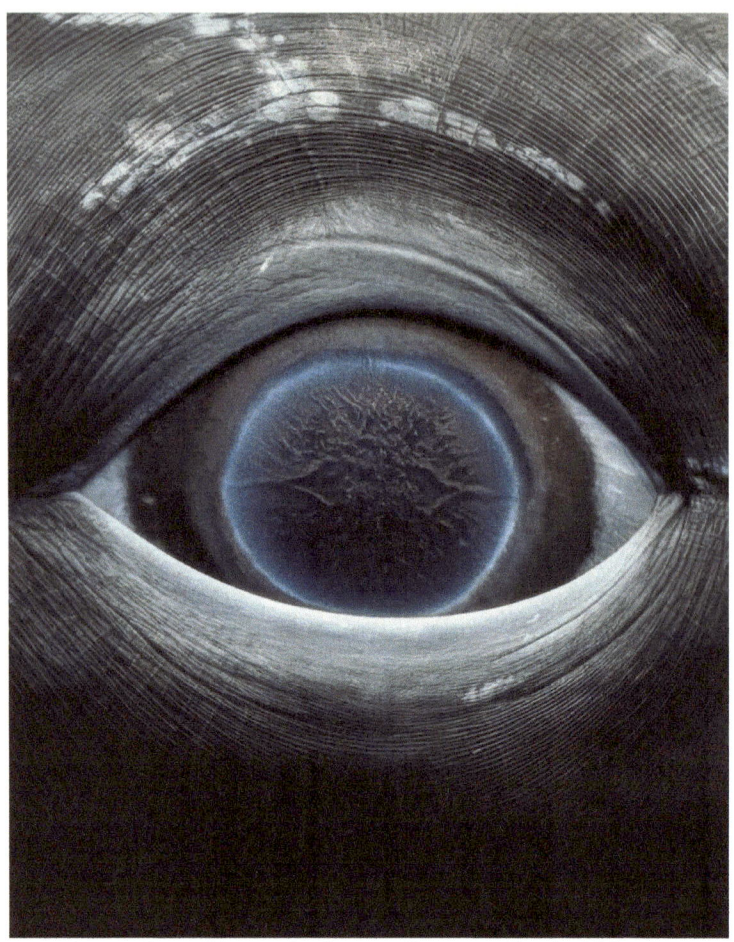
Auge eines Blauwals, fotografiert von Rachel Moore
Es ist größer als ein Basketball (Durchmesser: bis zu 30 cm)

Ich frage den weisen Giganten: „Bist du müde?"
Er antwortet: „Ja, dieser Körper ist sehr müde. Seine letzte Aufgabe ist hiermit erfüllt. Ich werde ihn gleich abwerfen. Was für ein erleichterndes Gefühl es sein wird, mit einem Schlag 136 Tonnen abzunehmen!"

„Soll das etwa bedeuten, du stirbst?!", frage ich ge-schockt.

„Nein, keine Sorge, ich sterbe nicht, nur dieser Körper."

Ich schaue den Blauwal traurig an. Meine Augen werden feucht. Der einfühlsame Koloss versucht mich zu trösten: „Der Tod lächelt uns alle an. Alles, was man tun kann, ist zurücklächeln." (7)

Das möchte ich nicht so einfach akzeptieren…

„Ich würde dich jetzt gerne zu einem Tierarzt bringen, damit er dich untersuchen und behandeln kann. Auch wenn ich bei deiner Größe und deinem Gewicht keine Ahnung habe, wie ich das anstellen sollte. Ich glaube auch nicht, dass es Walärzte gibt. Bei einer Herztrans-plantation bräuchte man einen Bagger."

„Der Körper selbst ist eine Krankheit. Wenn also der Körper krank wird, dann bedeutet dies, dass die eigentli-che Krankheit erkrankt ist. Wenn eine weitere Erkran-kung die eigentliche Krankheit attackiert, ist das nicht gut für uns?" (8), fragt mich der Wal.

Ich bin nicht bereit, mich dieser so radikalen Sichtweise anzuschließen… „Bitte sterbe nicht! Du bist mir während unseres Schwimmausflugs und Gesprächs so ans Herz gewachsen!"

„Schon hat der Mensch Besitzansprüche und möchte mir vorschreiben, was ich zu tun und zu lassen habe. Ich bin frei! Ich darf sterben, wenn meine Zeit gekommen ist. Lass mich gehen.", fordert der Riese.

„Nein! Ich möchte, dass du lebst! Du tust mir so leid!", weigere ich mich weiterhin. Der Blauwal verspricht: „Ich werde leben. Beleidige mich nicht mit deinen Mit-leidsschreien. Wenn ich mich in das Land des ewigen Lichts und der Liebe erhebe, bin ich es, der dich bemit-leiden sollte. Für mich gibt es bald keine Krankheit, keine zerbrechenden Knochen, kein Leid, keinen quälenden Herzschmerz mehr. Jetzt gleite ich noch durch das Wasser des irdischen Ozeans, doch schon sehr bald werde ich in ewiger Freude dahingleiten."

„Bitte verlass mich nicht!", flehe ich den sterbenden Wal an. Seine Antwort wird sich für immer in mein Herz einbrennen... Er stellt das Flüstern ein und spricht mit ohrenbetäubend lauter Stimme, die meinen gesamten Körper sanft erschüttert, seine letzten Worte:

„Sei dir selbst das Licht!"

Seine Augen werden ausdruckslos, das Leben zieht sich zurück. Der kolossale Körper erstarrt, geht unter und versinkt langsam in der Tiefe des Ozeans. Ich kann ihn nicht mehr sehen, aber... „Sei dir selbst das Licht!" schallt es erneut aus der Meerestiefe hinauf zu mir.

Ich stehe allein auf der Eisscholle und weiß, dass meine Reise beendet ist. Mehrmals habe ich auf dieser Reise Freudentränen vergossen, jetzt weine ich erstmals aus Trauer – um meinen Freund, den Blauwal, und weil das Abenteuer zu Ende ist.

Es dämmert, die Sonne nähert sich dem Horizont, an dem ich plötzlich eine dunkle Landfläche erkenne. Ich bin mir sicher, dass sie vorher noch nicht da war. Doch das spielt keine Rolle. Ich weiß, ich werde das Land nicht betreten. Meine Reise endet hier. Drei Vögel schmücken den in magisches Licht getauchten Himmel.

Dieser Anblick vermittelt mir die Botschaft:

Alles ist gut. Immer.

Ein letzter Blick aufs Meer, dann schließe ich die Augen.

„In meinen Geist strömte ein Blitz der göttlichen Pracht, der seither mein Leben erleuchtet. Auf mein Herz fiel ein Tropfen göttlicher Glückseligkeit und hinterließ dort für immer einen Nachgeschmack des Himmels. Ich sah, dass das Universum nicht aus toter Materie besteht, sondern eine lebendige Gegenwart ist. Ich wurde mir des ewigen Lebens in mir bewusst. Es war nicht die Überzeugung, dass ich das ewige Leben haben würde, sondern die Gewissheit, dass ich das ewige Leben bin. Ich sah, dass alle Lebewesen unsterblich sind; dass die kosmische Ordnung so beschaffen ist, dass alle Dinge ohne jeden Zufall zum Wohle aller und jedes Einzelnen zusammenwirken; dass das Grundprinzip der Welt, aller Welten, das ist, was wir Liebe nennen, und dass das Glück aller und jedes Einzelnen auf lange Sicht absolut gesichert ist.“

(Richard Maurice Bucke)

Als ich sie wieder öffne, sitze ich zu Hause in meinem Wohnzimmer im Schneidersitz auf dem Sofa.

Da bin ich nun zurück im trauten Heim fernab der Natur und Tierwelt. Ich lasse die Erlebnisse innerlich Revue passieren und erinnere mich voller Dankbarkeit an all die außergewöhnlichen Wesen, mit denen ich mich angefreundet habe. Ein Tier ist nicht zuletzt aufgrund seines mysteriösen Verschwindens, doch vielmehr wegen seiner bereichernden Präsenz in meinem Gedächtnis geblieben: Siddhartha, der weise Mandrill. Ich schließe die Augen, um wieder in sein wundervolles Wesen einzutauchen. Als ich sie wieder öffne, schießt ein Schock durch meinen Körper: Plötzlich sitzt er neben mir auf dem Sofa! Tatsächlich!

Der Mandrill Siddhartha aus dem zentralafrikanischen Urwald sitzt in Deutschland in meiner Wohnung neben mir auf dem Sofa! Ich bin so schockiert, dass ich nichts sagen kann. Er kommt mir zuvor… Seine vertraute, so angenehme Stimme klingt wohl in meinen Ohren:

„Der Riese hat Recht: Sei dir selbst das Licht! Es gibt keine andere Möglichkeit, immer und überall im Frieden zu sein. Wenn du dir eine Freude wünschst, die niemals vergeht, dann erfreue dich an deinem eigenen Bewusstsein! Genieße auch alles, was darin erscheint, solange es da ist, aber erkenne Das als den größten Schatz!

Du bist die reine Freude! Du bist, was du suchst!"

Er reicht mir die Hand, ich ergreife sie unter Tränen.

Mein Herz ist noch immer voller Wünsche. Einer davon ist das Verlangen, seine Gesellschaft möge mir niemals verwehrt werden. Siddhartha weiß das und sagt dazu:

„Wünsche geben vor, deinem Glück zuträglich zu sein, doch das ist eine glatte Lüge. Sie nagen an dir, rauben dir deinen Frieden und verdecken die Perfektion des Jetzt.

Sie quälen dich unentwegt und erzeugen Unruhe, sonst nichts – und ihre Erfüllung lockt oft weitere Probleme an. Ein Mensch begehrt ein Haus, der nächste begehrt ein Auto, ein anderer begehrt eine Weltreise, wieder ein anderer begehrt eine schöne Frau oder einen schönen Mann. Und der sogenannte religiöse oder spirituelle Mensch begehrt Gott. Da gibt es keinen essenziellen Unterschied. Auch das ist Begierde. Die Wünsche mögen sich inhaltlich voneinander unterscheiden, doch ihre Wurzel ist dieselbe. Diese Wurzel ist die populäre Annahme: ‚Das, was jetzt hier ist, ist nicht genug.'

Diese Annahme kann nur entstehen und bestehen, weil das, was jetzt hier ist, nicht genau betrachtet und gespürt wird, und zwar von sich selbst. Wenn du es erforschst – und das ist Selbsterforschung –, dann wird klar, dass es – dieses leere, nackte Sein – die ewige Fülle ist und nicht durch etwas Äußeres erfüllt werden muss oder kann. Es gibt ohnehin nichts außerhalb von dir! Deine unendliche Weite kennt keine Grenzen, kein Innen und Außen, sie ist alles und überall. Alles, was du begehrst, gehört längst dir, denn du bist die Quelle, aber es wird sich früher oder später in dir auflösen und darunter wird deine Weite nicht leiden. Leidet der Himmel, wenn sich eine Wolke auflöst? Nichts Grundlegendes verändert sich.

Du bist unendlich viel mehr als alles, was du dir jemals wünschen, erreichen, erlangen oder erwerben könntest. Du wünschst dir, geliebt zu werden, aber du selbst bist die Liebe!

Du wünschst dir vergängliche Vergnügungen, aber du selbst bist die ewige Glückseligkeit!

Diese Einsicht bedeutet keineswegs, die relativen Dinge fortan nicht mehr wertzuschätzen, sondern einfach bewusst unabhängig davon und damit wahrlich frei zu sein!

Durch Selbsterkenntnis bringst du Licht in die Welt. Wenn du weißt, was du wirklich bist und dich selbst genießt, dann bist du eine Bereicherung für alle Lebewesen und machst diese Erde zu einem besseren Ort.

Aber erwarte keine Belohnung dafür, denn indem du den sogenannten anderen hilfst, hilfst du letztendlich nur dir selbst.

Sei dir selbst ein Licht! Sei ein Licht für die Welt!

Hör endlich damit auf, dich durch flüchtige Wünsche, die einem Phantomselbst dienen, zu erniedrigen.

Genieße hier und jetzt ungehemmt das unendliche Sein, das du immer warst, bist und sein wirst!

Ungeachtet dessen, was du bekommst – ich garantiere dir: Es kann und wird dich nicht dauerhaft zufriedenstellen. Ich versichere euch Menschen von ganzem Herzen: Auch wenn eure größten Träume allesamt mit einem Schlag erfüllt werden – körperliche Gesundheit, viel Geld, ein schönes Haus, liebevolle Familienmitglieder und Freunde, der ideale Traumpartner, eine friedliche Welt ohne Kriege, ein Leben ohne jegliche Komplikationen –, sogar dann wird euer Verstand sich beklagen! Er wird Szenarien erfinden und sich Sorgen um seine eigenen Trugbilder machen. Tatsache ist, dass der Verstand keine Wünsche produziert, um sie zu erfüllen, sondern um durch sie zu überleben! Sorgen sind die Luft, die er atmet. Er ist nicht an Zufriedenheit interessiert, denn er braucht die Unzufriedenheit. Er ist süchtig nach Leid. Deshalb besteht die einzige Lösung darin, diesen Verstand loszuwerden, d. h. die Gedanken nicht mehr ernst zu nehmen, sie wie Wolken zu betrachten, die eine Weile durch den Himmel, der du bist, ziehen und dann verschwinden. Je weniger Beachtung du ihnen schenkst, desto schneller und spurloser werden sie verschwinden.

Sei wachsam und beobachte genau, wann und wie sich die Sorgensucht zeigt. Durch das Leid bist du „Jemand". Daran klammert sich der Verstand. Er wird dir eine Opferidentität anbieten. Lehne dieses Gefängnis ab. Du hast nie gelitten. Leid gehört zum Körper und zum Verstand. Und sieh dich vor, wenn Letzterer dir neue Wünsche anbietet. Ich spreche nicht von den Bedürfnissen des Körpers. Sie in Maßen zu beachten und zu befriedigen, verursacht keine Probleme, aber die menschliche Gier nach mehr und immer mehr geht weit darüber hinaus.

Deine eigene Erfahrung hat dich bereits gelehrt, dass auf die Erfüllung eines Wunsches meist der nächste Wunsch folgt. So geht das immer weiter, denn so funktioniert der menschliche Mechanismus. Die Gier des Verstandes ist unstillbar. Er selbst ist das einzige vermeintliche Problem. Wenn sich ein Wunsch erfüllt, bist du nicht etwa wegen der neuen Umstände glücklich, sondern wegen der plötzlichen Abwesenheit des zuvor gepflegten Wunsches, der an dir genagt und dich gequält hat. Dein Verstand ist einen Augenblick lang still. Für einen kurzen Moment bist du wunschlos und das ist Seligkeit. Du glaubst, glücklich zu sein, weil du nun voll bist, ausgefüllt durch das erworbene Objekt der Begierde. In Wahrheit bist du glücklich, weil du leer bist, frei von Wünschen.

Reines Bewusstsein ist wunschlos glücklich.

Untersuche es und du wirst sehen, dass es stimmt.

Die immerwährende, so unfassbar reine Leere des Bewusstseins ist der größte Genuss, das einzig Wahre!

Sofern du nicht dein eigenes Leben untersuchen willst, um den Wahrheitsgehalt meiner Hinweise auf die Probe zu stellen, dann sieh dich einfach um!

Selbst eure Könige oder Kaiser, eure Millionäre oder Milliardäre sind nicht glücklich, obwohl sie alles haben –

alle irdischen Schätze, die der menschliche Verstand begehren könnte. Denn nicht diejenigen, die am meisten 'besitzen', sind die glücklichsten Menschen, sondern diejenigen, die wissen, wer sie wirklich sind. Sie kennen das Selbst und damit die bedingungslose, unerschöpfliche, ewig-frische Fülle und Klarheit des Seins.

Besitze, was du willst und so viel du willst, aber achte darauf, dass nichts dich besitzt!

Ihr unterteilt die Menschheit in arm und reich. Aber Armut und Reichtum haben nicht das Geringste mit Geld und Besitz zu tun. Reich ist der Mensch, der sich selbst genug ist. Alle Übrigen sind arm, ob sie es wissen oder nicht, denn sie sind immer noch auf der Suche, die in ausnahmslos jedem Fall zum Scheitern verurteilt ist.

Der wahre Reichtum ist die strahlende Freude des Seins und der tiefe, unerschütterliche Friede, der damit einhergeht. Alle, die diesen Reichtum noch nicht gefunden haben, sind Bettler, mögen sie materiell auch noch so reich sein. Sie suchen im Außen nach Vergnügen und Erfüllung, nach Wertschätzung, Sicherheit und Liebe, während sie einen Schatz in sich tragen, der all diese Dinge beinhaltet und zugleich unendlich viel größer ist als alles, was die Welt anzubieten hat. (9)

Es spielt keine Rolle, ob du weltliche oder spirituelle Wünsche hast, ob du dich nach dieser oder der nächsten Welt sehnst, ob du materielle Güter oder eine Belohnung im Jenseits begehrst, in beiden Fällen bist du ein Bettler. Selten ist der Mensch, der überhaupt nichts begehrt … Und nur er weiß, wie Freiheit schmeckt.“

Wow! Ich bin und bleibe still.
Unsere Augen sind ineinander versunken.

„Kann ein menschliches Wesen überhaupt die absolute Realität ergründen?", äußere ich einen letzten Zweifel. Siddhartha lacht leidenschaftlich und antwortet:
„Bist du denn von der Realität getrennt?
Nein, ein Mensch kann das in der Tat nicht. Die Realität ist für den menschlichen Verstand unerreichbar.
Zum Glück bist du kein Mensch und nicht der Verstand, sondern die Realität und diese kann sehr wohl sich selbst ergründen. Simon kann die Wahrheit nicht erkennen, aber Du kannst das, denn Du bist die Wahrheit!"

Ich lasse Siddharthas kraftvolle Weckrufe sacken, während er nachlegt: „Ob du fündig wirst, hängt also davon ab, wie du vorgehst. Es kommt darauf an, welches Werkzeug du für die Forschung verwendest. Der Verstand ist eine Brille mit getrübten Gläsern. Er wird alles verfälschen. Mache den Verstand selbst zum Forschungsobjekt. Wenn wir *mit* dem *Ich* suchen, dann träumen wir. Wenn wir *nach* dem *Ich* suchen, dann erwachen wir." (10)

Er spricht weiter und gibt mir einen letzten, kompromisslosen Hinweis, der nichts als die ultimative Wahrheit und letztendliche Wirklichkeit gelten lässt:
„All das weltliche und auch all das sogenannte spirituelle Wissen bringt dir keinen anhaltenden Frieden. Es dient nur der Spielerei und unterhält den kleinen Menschenverstand. Ich verrate dir die uneingeschränkte, unverblümte Wahrheit:
Es gibt keine Schöpfung, keine Zerstörung, niemand ist gebunden, es gibt niemanden, der nach Befreiung strebt und niemanden, der Befreiung erreicht oder nicht erreicht hat, es gibt weder Bindung noch Befreiung, nur Freiheit.

Es gibt keinen Verstand, keinen Körper, keine Welt und keine Seele; Du existierst einfach – die reine, stille, unveränderliche Realität, das Eine ohne ein Zweites und ohne Werden. (11)

Tiefer können Worte nicht gehen. Wenn du die Wahrheit und nichts als die absolute Wahrheit direkt hören willst, dann lausche der Stille. Kein Wort ist gut genug. Andernfalls müssten sämtliche Leser von spirituellen Büchern Erleuchtung erlangen. Stattdessen lesen sie ein Buch nach dem anderen, füllen ihren Geist mit immer mehr nutzlosen Fakten und verpassen die einfache Wahrheit und damit das wahre Glück.

Alles, was nicht zum Glück beiträgt, ist wertlos.

Einzig und allein die Wahrheit macht frei.

Gehe über alle Worte, alles Wissen und alle Phänomene hinaus!

Ein stumpfer Geist kann jahrhundertelang herumsitzen, sich auf die verschiedenen Chakren konzentrieren und mit der Kundalini-Energie herumspielen, aber er wird dabei niemals auf das Zeitlose stoßen, das wahre Schönheit und Wahrheit und Liebe ist. (12)

Verliere dich nicht in Erinnerungen oder Zukunftsvisionen. Lasse alles vermeintliche Wissen fallen. Bewahre dir einen unschuldigen Geist, unbelastet von Fakten und Informationen. Ein frischer Geist ist jeder Herausforderung gewachsen. Vergesse alles und kehre zurück zur Einfachheit des Seins! Das ist die ultimative Reinheit. Vergesse auch mich. Leere deinen Geist. Sei total leer!"

Es bricht aus mir heraus:

„Dich vergessen?! Ich liebe dich! Wie könnte ich dich vergessen?! Außerdem möchte ich das gar nicht! In meinem Herzen wird für immer ein Platz für dich reserviert sein!"

Siddhartha entgegnet:

„Sogar ich habe mich vergessen. Und nichts hat mir solche Seligkeit gebracht. Wenn ich mich selbst vergessen kann, wieso kannst du mich nicht vergessen?

Du brauchst mich nicht! Ich wäre ein Scharlatan, wenn ich dir das verschweigen würde! Jeder authentische Lehrer muss deine Aufmerksamkeit weg von ihm und auf dich selbst lenken. Ein falscher Guru sagt: ‚Schau auf mich! Verehre mich!‘ Dadurch offenbart er sich als Bettler und zeigt nur, dass auch er das Glück noch nicht in sich selbst gefunden hat. Solche Leute können dir nicht helfen, sie werden dich noch mehr in die Irre führen. Hüte dich vor ihnen. Ein echter Lehrer ist nur ein guter Freund, der dich dazu bringt, auf dich selbst zu schauen, die Suche nach wertlosen Kieselsteinen zu beenden und den Diamanten in deiner eigenen Tasche zu finden.

Es gibt nur zwei Möglichkeiten im Leben: Entweder suchst du nach Glück oder du bist glücklich! Klopfe nicht an die Haustür der Vergangenheit oder Zukunft. Niemand wird öffnen, weil niemand da ist. Die Tür des Jetzt hingegen ist immer offen. Das Glück wartet auf dich! Wenn du es dort suchst, wo es nicht wohnt, dann wundere dich nicht, wenn du es verpasst. Du suchst das Glück in einem anderen Wesen, an einem anderen Ort oder in einer anderen Zeit, aber seine Adresse lautet:

Bewusstsein.

Hier.

Jetzt.“

Ich schweige. Siddhartha schaut mich durchdringend an: „Ich werde immer bei dir sein. Alles und jeder wird immer bei dir sein. Das ist sicher, denn alles und jeder ist dein eigenes Selbst. Du bist alles! Vergiss das nie!

Das Bewusstsein, das sich jetzt dieser Worte bewusst ist, ist die unendliche Weite, die Ewigkeit, die absolute Vollkommenheit, das pure Glück, die reine Seligkeit. Dein eigenes Bewusstsein ist Gott! Unabhängig vom Zustand des Körpers und der Welt herrscht im Bewusstsein immer absolute Klarheit und Ordnung. Das Bewusstsein selbst ist die makellose Klarheit und Ordnung. Perfektion wird nicht von einer Person in ferner Zukunft erlangt. Sie ist nicht zu erreichen. Sie ist schon da, hier und jetzt – als dein eigenes Selbst! Es ist unvergänglich. Es war schon immer und es wird immer sein.

Genieße ewige Seligkeit, indem du im Selbst verweilst! Verliebe dich in das Bewusstsein! Sei dir selbst das Licht!"

Noch während er mich ansieht, löst er sich langsam auf. Direkt vor meinen Augen verliert Siddharthas Körper seine Dichte, ist jetzt durchsichtig wie ein Geist. Der Geist schenkt mir ein unbeschreiblich seliges Lächeln. Dieses Lächeln ist das Letzte, was ich klar sehen kann. Die Erscheinung wird immer subtiler, bis sie überhaupt nicht mehr sichtbar ist.

Der Platz neben mir auf dem Sofa ist leer.

SCHLUSSWORT

DIE EINHEIT ALLEN LEBENS

„Das Erste und Wichtigste ist
zu wissen, dass das Leben
eins und unsterblich ist."
(Aurobindo Ghose)

„Wenn uns die Erdgeschichte eines gelehrt hat, dann das: Keine Art lebt ewig."
So heißt es in der BBC-Doku „Die Erben der Saurier". Das gilt für die Lebensformen, aber nicht für das Leben. Das Leben selbst ist ewig! Dieses Leben ist Gott! Es ist auf keinen der zahllosen Körper angewiesen, durch die es vorübergehend seine unerschöpfliche Kreativität zum Ausdruck bringt.

Das BEWUSSTSEIN, das sich HIER und JETZT dieser Buchstaben BEWUSST ist, ist dieses EINE LEBEN.

Viele glauben, dass die teilweise absolut synchronen Bewegungen von unzähligen Vögeln (oder Fischen) in einem Schwarm einfach dadurch erklärt werden können, dass sich einzelne Tiere an ihrem benachbarten Artgenossen orientieren und seinen Bewegungen folgen. Bei genauerer Beobachtung fällt aber auf, dass sich alle Vögel (oder Fische) gleichzeitig bewegen. Wenn sie eine Richtungsänderung vornehmen, so geschieht dies im Kollektiv instantan, ohne die geringste Zeitverzögerung. Versuche mit Vögeln im Labor haben gezeigt, dass ihre Reaktionsgeschwindigkeit – obwohl beachtlich – dafür

423

bei weitem nicht ausreicht. Eine geistige Verbindung bzw. das Vorhandensein eines zugrundeliegenden 'Kollektivbewusstseins' ist naheliegend.

Der Vogelschwarm ist nur ein Beispiel. Jeder ist herzlich eingeladen, sich die zahlreichen weiteren Phänomene zu Gemüte zu führen, die ebenso unleugbar auf die Tatsache hinweisen, dass Trennung eine Illusion ist.

Als Lebewesen mit einzigartigen Fähigkeiten und Möglichkeiten der Einsicht, wie sie uns gegeben sind, tragen wir Verantwortung. Dieser können wir nur dann gerecht werden, wenn wir uns nicht durch die Überbewertung fragwürdiger Gedankenkonzepte von unserer Umwelt separieren. Es ist von fundamentaler Bedeutung, sich dessen bewusst zu werden, dass die Wirklichkeit in ihrer Essenz eine bedingungslose Einheit ist, der ausnahmslos alles und jeder angehört.

Es ist außerhalb einer illusionären Betrachtungsweise nicht möglich, sich von der Quelle zu distanzieren und unsere Verwandten als fremdartige Wesen zu betrachten. Alle Tiere sind unsere göttlichen Brüder und Schwestern! Sie "verdienen" es, ausnahmslos und bedingungslos mit Liebe, Respekt und Mitgefühl behandelt zu werden!

„Eine gute Tat an einem Tier ist genauso verdienstvoll wie eine gute Tat an einem Menschen, während eine grausame Handlung an einem Tier genauso schlimm ist wie eine grausame Tat an einem Menschen.", sagte Mohammed. Solange die Menschheit sich selbst hinsichtlich ihrer Wertigkeit anderen Lebensformen überordnet, hat sie das wahre Leben noch nicht erkannt.

In den Worten von Anatole France: „Solange man nicht ein Tier geliebt hat, bleibt ein Teil der Seele unerwacht." Wer hingegen schon die bereichernde Erfahrung machen durfte, mit einem Tier zusammenzuleben, wird es mit Leichtigkeit nachvollziehen können, wenn ich sage, dass Haustiere vollwertige Familienmitglieder sind und dass das Band der artübergreifenden Liebe zwischen Mensch und Tier der Verbindung zwischen Mensch und Mensch in nichts nachsteht.

„Für diejenigen, die die Wahrheit Gottes erkannt haben – wie Er im Innern wohnt und leuchtet –, wird sogar die Gegenwart eines Wurms, der normalerweise von den Menschen missachtet wird, als die geliebte Gegenwart Gottes erstrahlen.“   *(Ramana Maharshi)*

Als Beispiel für die erfahrbare, gleiche Göttlichkeit in Tieren möchte ich eine packende Geschichte erwähnen. John O'Neill, ein enger Freund des genialen Wissenschaftlers und Erfinders Nikola Tesla, schrieb in seinem Buch "Das verlorene Genie":
„Tesla erzählte mir eine Geschichte; aber hätte ich nicht einen Zeugen gehabt, der mir versicherte, genau das Gleiche gehört zu haben, hätte ich mich selbst davon überzeugt, dass ich nur ein Traumerlebnis hatte. Ich wurde von William Lauren begleitet, Wissenschaftsautor der ‚New York Times‘. Es war die Liebesgeschichte von Teslas Leben. Er erzählte seine Geschichte einfach, knapp und ohne Ausschmückungen, aber in seiner Stimme wallten trotzdem die Gefühle auf.“
Nikola Tesla ließ seinen Freund an der folgenden Erfahrung teilhaben:
„Ich habe Tauben gefüttert, tausende Tauben, jahrelang. Aber da war eine Taube, ein wunderschöner Vogel. Es war ein Weibchen. Ich würde diese Taube überall erkennen. Egal, wo ich war, diese Taube fand mich.

Wenn ich sie brauchte, musste ich es mir nur wünschen und sie rufen, und sie kam zu mir geflogen. Sie verstand mich und ich verstand sie. Ich liebte diese Taube.
Ja, ich liebte sie und sie liebte mich.
War sie krank, dann wusste und verstand ich es; sie kam zu meinem Zimmer und ich blieb tagelang an ihrer Seite. Ich pflegte sie wieder gesund.
Diese Taube war die Freude meines Lebens.
Wenn sie mich brauchte, war alles andere egal.
Dann, eines Nachts, lag ich in der Dunkelheit auf meinem Bett und löste wie gewöhnlich Probleme. Sie flog durch das offene Fenster und setzte sich auf meinen Tisch. Ich wusste, dass sie mich brauchte; sie wollte mir etwas Wichtiges erzählen und so stand ich auf und ging zu ihr. Als ich sie anschaute, wusste ich, was sie mir sagen wollte – sie lag im Sterben.
Und dann, als ich ihre Nachricht verstanden hatte, trat ein Licht aus ihren Augen – mächtige Lichtstrahlen.
Ja, es war ein richtiges Licht, ein mächtiges, schillerndes, blendendes Licht – ein Licht, das stärker war, als ich es je mit den leistungsstärksten Lampen meines Labors produziert habe."

Darauf Bezug nehmend, möchte ich an dieser Stelle noch eine ausdrückliche Empfehlung für das Buch „Auch Tiere überleben den Tod" von Harold Sharp aussprechen.
Tiere sind das Leben... und das Leben ist unsterblich.
Die Unsterblichkeit ist schlichtweg seine unveränderliche Natur. Mögen alle Haustier-„Besitzer", die glauben, durch den Tod des tierischen Körpers einen geliebten Freund verloren zu haben, sich daran erinnern, dass es keine endgültige Trennung gibt.
Selbst die vorübergehende Trennung ist eine Illusion.
Wir sind alle eins, jetzt und für immer. Amen.

„Die Einsicht durchfuhr mich, ich erkannte ohne jeden Denkvorgang: Ich bin die Wirklichkeit. Ich empfand es als mächtige, lebendige Wahrheit, unmittelbar und ganz unumstritten: Ich bin unsterbliches Bewusstsein.

Die Todesfurcht verschwand ganz und endgültig. Sie war ein für alle Mal ausgelöscht. Diese bewusste Präsenz des Selbst ist vom physischen Körper vollkommen unabhängig.

Im Angesicht des Todes, obwohl alle Sinne betäubt waren, war das Selbst-Gewahrsein total evident. So habe ich klar erkannt, dass ich dieses Gewahrsein und nicht der Körper bin. Dieses Selbst-Gewahrsein vergeht nie. Es steht völlig für sich allein, ohne Bezug zu irgendetwas, und ist selbstleuchtend. Auch wenn dieser Körper verbrannt wird, wird es davon nicht beeinflusst."

Ramana Maharshi

DANKSAGUNG

Ich danke meinem Freund Franz Friedrichs – einem liebevollen und leidenschaftlichen Vogelzüchter – von Herzen für die einzigartige Freundschaft. Als er vom Sterbebett aus mit dem Finger auf mich zeigte, sagte er zu meiner ebenfalls anwesenden Mutter: „Mein bester Freund." Ich werde ewig unendlich dankbar sein für diesen und alle weiteren unvergesslichen Momente, die mein menschliches Dasein stärker bereichert haben, als Worte jemals ausdrücken könnten. Vor allem möchte ich Franz dafür danken, dass er mir eindrucksvoll die Möglichkeit demonstriert hat, unter keinen Umständen jemals den Humor zu verlieren. Wenn meine Zeit gekommen ist, diesen Körper hinter mir zu lassen, dann wird die Freude, Franz' Gesellschaft wieder genießen zu können, jede Bindung an dieses irdische Reich zweifellos übertreffen. Ich freue mich auf das Wiedersehen!

Ich danke all meinen Verwandten und Freunden – auch jenen, die hier keine Erwähnung finden – für ihre zuverlässige Unterstützung in sämtlichen Belangen; ohne euch *alle* wäre dieses Buch nicht entstanden!

Ich danke meinen Eltern für die aufopfernde Liebe – meinem Vater dafür, dass er mir die Natur, die Tierwelt und Gott so früh wie möglich nahegebracht hat; meiner Mutter Monika dafür, dass sie immer für mich da ist; meiner Schwester Lina für ihr Lachen; meinen Herzensfreundinnen Corinna Knoop und Nele Zimmer für die beständige inspirierende Verbindung; meinen Kumpeln Pascal Lübken, Joop Weegen und Florian Schmitt dafür, dass sie sich selbst nicht allzu ernst nehmen und somit einen Raum ermöglichen, in dem wir stets eine humorvolle Freundschaft zelebrieren können; …

Christoph Hengst, Nele Zimmer und Franziska Husmann für ihre Bemühungen bei der schriftlichen Gestaltung des Covers – und v. a. für ihre bereichernde Freundschaft; Ingeborg Schumer für die hingebungsvolle Organisation meiner ersten Vorträge und Seminare; Sabine Mehne für die jahrelange Unterstützung – wir singen dasselbe Lied!

Ich danke unseren Hunden und wertvollen Lehrern Dana und Inka für die auf übermenschlicher Liebe basierende Freundschaft. Auch ihnen ist dieses Buch gewidmet.

Ich danke all den großartigen Menschen, die mich durch ihr Wirken und Vermächtnis inspiriert haben, ohne mir auf Erden in Fleisch und Blut begegnet zu sein, darunter Jesus Christus, Siddhartha Gautama, Ramana Maharshi, Lahiri Mahasaya, Anandamayi Ma, Jiddu Krishnamurti, Thich Nhat Hanh, Eckhart Tolle, Bruno Gröning, Bruce Lee, Muhammad Ali, Lionel Messi, Bud Spencer & Terence Hill, Jim Carrey, Kevin Costner, Robin Williams und viele weitere, die mir gerade nicht einfallen wollen.

Ich bin auch der Bilddatenbank Pixabay zu ausdrücklichem Dank dafür verpflichtet, dass sie so viele wundervolle Bilder für die freie Veröffentlichung zur Verfügung stellt. Da ich weder über eine gute Fotokamera verfüge noch ein sonderlich reiselustiger Mensch bin, hätten mir andernfalls die erforderlichen Möglichkeiten gefehlt, um meinen schriftlichen Ausführungen an einigen Stellen qualitativ hochwertige Fotos hinzuzufügen.

QUELLENVERZEICHNIS

Ursprung der Originalzitate:

Kapitel 1
- (1) Paramahansa Yogananda
- (2) Paramahansa Yogananda
- (3) Paramahansa Yogananda, „Autobiographie eines Yogi"
- (4) Khalil Gibran
- (5) John Greenleaf Whittier
- (6) Rumi
- (7) Tim Hill
- (8) Papaji
- (9) Johann Wolfgang von Goethe
- (10) Rumi
- (11) Swami Omkarananda
- (12) Søren Kierkegaard
- (13) Ramana Maharshi
- (14) Nisargadatta Maharaj
- (15) Alan Watts
- (16) Ramana Maharshi
- (17) Ramana Maharshi
- (18) Hafis Shiraz
- (19) Ramana Maharshi
- (20) Paramahansa Yogananda
- (21) Papaji
- (22) Sadhguru
- (23) Epikur
- (24) Aurobindo Ghose
- (25) Jiddu Krishnamurti
- (26) Eckhart Tolle, „Stille spricht"
- (27) Douglas Harding
- (28) Ramana Maharshi
- (29) Jiddu Krishnamurti
- (30) Eckhart Tolle, „Stille spricht"

(31)   Mooji
(32)   Ashtavakra Gita
(33)   Jiddu Krishnamurti
(34)   Ramana Maharshi, „Sei, was du bist!“
(35)   Papaji
(36)   Adyashanti
(37)   Ramana Maharshi
(38)   Ramana Maharshi
(39)   Seneca
(40)   Upanishaden
(41)   Rumi
(42)   Robert Adams
(43)   David Godman, „Sei, was du bist!“
(44)   Bob Marley
(45)   Jiddu Krishnamurti
(46)   Nisargadatta Maharaj
(47)   Rumi
(48)   Parmenides
(49)   Eckhart Tolle
(50)   Abgeleitet von einem Zitat von P. Yogananda
(51)   Alan Watts
(52)   William Shakespeare
(53)   Ramana Maharshi
(54)   Rumi
(55)   Nisargadatta Maharaj
(56)   Rupert Spira
(57)   Sengcan
(58)   Ashtavakra Gita
(59)   Dattatreya, Avadhuta Gita
(60)   Ashtavakra Gita
(61)   Jiddu Krishnamurti
(62)   Abgeleitet von einem Zitat von Friedrich II.
(63)   Osho
(64)   Eckhart Tolle
(65)   Nisargadatta Maharaj

Kapitel 2

(1) Ramana Maharshi
(2) Rupert Spira
(3) Ramana Maharshi
(4) Nisargadatta Maharaj
(5) Rumi
(6) Ramana Maharshi; „Sei, was du bist!"
(7) Shankara
(8) Annamalai Swami
(9) Rumi
(10) Ram Gopal, zitiert von Paramahansa Yogananda in ‚Autobiographie eines Yogi'
(11) Wu Hsin
(12) Osho

Kapitel 3

(1) Yukteswar Giri über Babaji, zitiert von Paramahansa Yogananda in ‚Autobiographie eines Yogi'
(2) Shankara
(3) Ribhu Gita
(4) Robert Adams
(5) James Watt
(6) Voltaire
(7) Osho
(8) Abgeleitet von einem Zitat von Osho
(9) Hafis Shiraz
(10) Inspiriert von einer Beschreibung von T. R. Kanakammal bzgl. seiner Begegnung mit Ramana Maharshi
(11) Yukteswar Giri, zitiert von Paramahansa Yogananda in „Autobiographie eines Yogi"
(12) Eckhart Tolle
(13) Ramana Maharshi
(14) Ramana Maharshi
(15) Ramana Maharshi
(16) Ramana Maharshi

(17)   Alan Watts
(18)   Yukteswar Giri, zitiert von Yogananda in ‚Au-
         tobiographie eines Yogi'
(19)   Mufasa, „König der Löwen"
(20)   Osho
(21)   David Hawkins
(22)   David Hawkins
(23)   David Hawkins
(24)   Jack Kerouac
(25)   Osho über das Erwachen von Bodhidharma
(26)   Ramana Maharshi, „Sei, was du bist!"
(27)   Robert Adams
(28)   Robert Adams
(29)   Ramana Maharshi
(30)   Ramana Maharshi
(31)   Ramana Maharshi
(32)   Rumi

Kapitel 4
(1) Charles Robert Richet
(2) Thomas Carlyle
(3) Paramahansa Yogananda, ‚Autobiographie eines Yogi'
(4) Jiddu Krishnamurti
(5) Mooji
(6) Mooji
(7) Nanak Dev
(8) Arthur Osborne
(9) Nisargadatta Maharaj
(10)   Ramana Maharshi
(11)   Nisargadatta Maharaj
(12)   Nisargadatta Maharaj
(13)   Ramana Maharshi

Kapitel 5
(1) Abgeleitet von einem Zitat von Alan Watts
(2) Ramana Maharshi

(3) Meister Eckhart
(4) Anandamayi Ma
(5) Shankara

Kapitel 6
(1) Dilgo Khyentse Rinpoche
(2) Wu Hsin
(3) Ramana Maharshi
(4) Eckhart Tolle
(5) Eckhart Tolle
(6) Nisargadatta Maharaj
(7) Ramana Maharshi
(8) Nisargadatta Maharaj
(9) Abgeleitet von einem Zitat von Suzanne Segal,
  „Kollision mit der Unendlichkeit"
(10)   Abgeleitet von einem Zitat von Suzanne
  Segal, „Kollision mit der Unendlichkeit"
(11)   Abgeleitet von einem Zitat von Suzanne
  Segal, „Kollision mit der Unendlichkeit"
(12)   Swami Rama Tirtha

Kapitel 7
(1) Johann Wolfgang von Goethe
(2) Friedrich Schiller
(3) Samuel Butler
(4) Meher Baba
(5) Meher Baba
(6) Ramana Maharshi
(7) Marcus Aurelius
(8) Ramana Maharshi
(9) Eckhart Tolle
(10)   Mooji
(11)   Ramana Maharshi
(12)   Jiddu Krishnamurti

Die Fotos in diesem Buch sowie auch das Cover stammen von Pixabay.

434

Weitere Bücher des Autors

Du bist Bewusstsein!
Simon Bartholome
2017, 232 Seiten

Glauben Sie zu wissen, wer Sie sind?
Es kann von Nutzen sein, auch die selbstverständlichsten "Tatsachen" in Frage zu stellen.
Wir wagen einen Blick in die Quantenphysik und stellen fest, dass Realität und rationale Logik unvereinbar scheinen. Wir stoßen immer wieder auf die Erkenntnisse spiritueller Lehrer aus verschiedenen Zeitepochen und realisieren, dass sich die zugrundeliegende Wahrheit nie verändert hat. Außerdem begegnen wir Menschen, die eine transformierende Erfahrung gemacht haben und lauschen gespannt ihren Zeugenberichten. Was kann von größerer Bedeutung sein als herauszufinden, wer wir sind, woher wir kommen und wohin wir gehen?
Wenn Sie dieses Buch lesen, werden Sie sich selbst begegnen und fortan die Welt mit anderen Augen sehen.

Die Essenz der Spiritualität
Simon Bartholome
2017, 50 Seiten

Dieses Buch weist darauf hin, dass Bewusstsein völlig unabhängig vom Körper erfahren werden kann. Der bedingungs- und ausnahmslose Fortbestand unserer essentiellen Identität über den physischen Verfall hinaus kann tatsächlich als eine von allen Zweifeln befreite Gewissheit betrachtet werden. Die höchst bedeutende Erkenntnis lautet: Wir sind nicht (nur) unser Körper, sondern ewiges Gewahrsein.

Gesellschaftliche Konditionierung hindert uns daran zu registrieren, dass Leid keine natürliche Begleiterscheinung des menschlichen Lebens ist, sondern die natürliche Folgewirkung der Ignoranz gegenüber unserer wahren Natur. Weil wir uns meist auf der Oberfläche des Lebens aufhalten und einzig den vergänglichen Erscheinungen unsere Aufmerksamkeit schenken, gerät das unvergängliche Tieferliegende meist vollständig in Vergessenheit. Daraus resultiert früher oder später unausweichlich Leid.

Wenn wir die Oberfläche des Lebens verlassen und jenseits unserer persönlichen Geschichte unmittelbar die Essenz dessen erfahren, was wir auf tiefster Ebene der Betrachtung wirklich sind, wird dem Leid durch die daraus hervorgehende Selbsterkenntnis dauerhaft der Boden entzogen.

Der Autor lädt den Leser herzlich dazu ein, gemeinsam herauszufinden, wie das reine, unkonditionierte Bewusstsein in uns sich wieder seiner selbst bewusst werden und – basierend auf der Gewissheit der Unsterblichkeit – einen unerschütterlichen inneren Frieden etablieren kann, der unabhängig von äußeren Ereignissen ist.

Wer das Bedürfnis verspürt, tiefer zu blicken und sich folglich mit diesem Thema beschäftigen möchte, jedoch nicht über die erforderliche Zeit verfügt oder nicht die Motivation aufbringen kann, ausführlichere Bücher mit mehreren 100 Seiten zu studieren, dem sei dieses kleine Buch ans Herz gelegt, welches die herausgearbeitete, komprimierte Essenz auf lediglich 50 Seiten präsentiert.

Die ewige Vollkommenheit des Seins
Simon Bartholome
2022, 600 Seiten

Simon Bartholomé bemüht sich seit Jahren intensiv darum, seine Mitmenschen durch Bücher, öffentliche Vorträge und Seminare an tiefen Erkenntnissen teilhaben zu lassen.

In diesem Buch präsentiert er eine umfangreiche Zusammenstellung der eindrucksvollsten Informationen zum Thema 'Spiritualität'. Außerdem berichtet er erstmals von seinen eigenen Erfahrungen.

Die Intention des Autors besteht vor allem darin, uns einen Einblick in die essenzielle Natur des Bewusstseins zu gewähren und anhand dessen aufzuzeigen, dass wir nicht auf unsere Körper beschränkt sind. Seine wertvolle Botschaft, die er liebevoll und mit reichlich Humor verkündet, lautet: Wir haben nichts zu befürchten, denn wir sind unsterblich!

Er geht jedoch noch weit darüber hinaus…

Ganz im Sinne der legendären altindischen Weisheitslehre Advaita Vedanta weist er immer wieder darauf hin: Bewusstsein ist alles. Es gibt nur ein Selbst. Jede/r von uns ist nicht nur ein Individuum, sondern das gesamte Sein!

„Wir haben *einen Körper und wir* sind *Bewusstsein. Wer das – wie dieser junge Autor – versteht, kann entscheidend dazu beitragen, dass wir als aufgeklärte Gesellschaft im 21. Jahrhundert begreifen: Weniger materialistisches Dogma und mehr kreative Spiritualität – das heißt, weniger Macht und Gier, und mehr Bewusstheit, Selbstfürsorge und Liebe für diese Welt.*
Ich spreche für dieses Buch meine Empfehlung aus!"
~ Sabine Mehne
(Autorin des Bestsellers "Licht ohne Schatten")

Es gibt ein Leben nach dem Tod
Simon Bartholome
2024, 111 Seiten

Dieses Buch ist in erster Linie all jenen Menschen gewidmet, die sich ihrer eigenen Unsterblichkeit nicht bewusst sind. Sämtliche Lebensängste wurzeln in der menschlichen Furcht vor dem Tod. Die ausschließliche Identifikation mit dem physischen Körper ist die alleinige Ursache der einschränkenden Todesangst. Wenn diese Wurzel herausgerissen wird, dann öffnen sich Möglichkeiten, die das Vorstellungsvermögen unseres konditionierten Verstandes bei weitem übertreffen.
Der Autor präsentiert eine kompakte Zusammenfassung der zahlreichen, vielfältigen und äußerst schwerwiegenden Hinweise auf die Tatsache, dass unser Bewusstsein nicht von einem funktionierenden Körper abhängig ist. Der bedingungs- und ausnahmslose Fortbestand des Lebens über den Tod des Körpers hinaus kann tatsächlich als absolut zweifelsfreie Gewissheit betrachtet werden.

Wir sind als unendliches Gewahrsein nicht auf unsere Körper beschränkt! Das lässt sich aber nur dann erkennen, wenn wir die gesellschaftliche Konditionierung überwinden und ausnahmsweise auch unserer Skepsis gegenüber skeptisch sind. Dazu lädt dieses Buch ein.

Kein Ereignis in einem menschlichen Leben kann so wertvoll und keine Erkenntnis so bereichernd sein wie die Erinnerung an die Ewigkeit unseres eigenen Seins. Nichts ist von vergleichbarer Bedeutung!

Die Informationen in diesem Buch sind bedauerlicherweise nur relativ wenigen Menschen bekannt. Um dem entgegenzuwirken, sind diese 111 Seiten ins Dasein gerufen worden.

Dass wir über so vieles im Leben Bescheid wissen – oder zu wissen glauben – und gleichzeitig die Natur des Lebens und damit unser eigenes Selbst nicht kennen, entbehrt nicht einer gewissen Ironie.

Aufgrund ihres unschätzbaren Wertes sollte jeder Mensch mit den Fakten in diesem Buch versorgt werden.

Die höchst bedeutsame Erkenntnis lautet:

Wenn der Körper gestorben ist, bist Du nicht tot.

Du lebst ewig! Du bist das ewige Leben selbst.

Einfach SEIN
Simon Bartholome
2024, 123 Seiten

Mit einer Sammlung kraftvoller Zitate und seinen zusätzlichen Ausführungen erinnert uns der Autor an die Leichtigkeit und Einfachheit des Seins, die für den kleinen Menschenverstand unerträglich und für das Herz die größte Glückseligkeit ist.

Sei dir selbst das Licht!
Simon Bartholome
2024, 140 Seiten

In diesem Büchlein geht es nicht um den Buddhismus, sondern um Dich! Der Buddha zeigt mit seinem Finger auf den Mond. Wenn du dich auf den Finger konzentrierst, dann wirst du ein Buddhist. Verstehst du aber seinen Hinweis und schaust zum Mond, dann kannst du selbst ein Buddha werden. Im Grunde bist du es schon jetzt. Allerdings wird diese stille Gewissheit im menschlichen Normalzustand durch das unaufhörliche Geschwafel des Verstandes übertönt.

Uns allen steht jederzeit die fantastische Möglichkeit offen, den kleinen Menschenverstand, der für all das Leid verantwortlich ist, zu transzendieren und jenseits des Gedankenkarussells einen Schatz wiederzuentdecken, der nicht zu schön ist, um wahr zu sein, sondern zu schön, um *un*wahr zu sein.

Daraufhin kann der Verstand seinen rechtmäßigen Platz als demütiger Diener des Herzens einnehmen und ein Buch wie dieses wertschätzen. Sein Inhalt soll dir helfen, den Buddha in dir selbst kennenzulernen.

Ihr seid das Licht der Welt!
Simon Bartholome
2024, 256 Seiten

Jesus ist die Liebe. Die Liebe ist das Wichtigste im Leben, nicht nur für Christen, sondern für alle Menschen. Der Wert seiner Botschaft geht also über das Christentum hinaus. Die Bedeutung ist universell und nicht auf eine einzelne Religion beschränkt. Damit Jesus ein Lehrer für die gesamte Menschheit sein kann, müssen wir seine revolutionäre Lehre von den einschränkenden Dogmen befreien.

Albert Einstein traf folgende Aussage:

„Wenn man das Christentum – so wie es Jesus gelehrt hat – von allen späteren Zutaten der Priester loslöst, dann bleibt die Lehre übrig, welche die Menschheit von allen sozialen Krankheiten zu heilen imstande wäre."

Wir werden in diesem Buch den Versuch wagen, die von Einstein erwähnten Zutaten zu entfernen, um den wahren Schatz, auf den der große Meister Jesus Christus uns ALLE hinweisen wollte, wieder freizulegen.

Wer nach einer Bestätigung für bibeltreue Dogmen sucht, sollte lieber die Finger von diesem Buch lassen.

Wer sich aber auf Jesus jenseits jeglicher Dogmen einlassen kann, wird den Inhalt dieses Buches verstehen und wertschätzen.

Christus ist mehr als eine bloße Person. Das gilt ebenso für Dich! Dementsprechend wird Jesus hier nicht als der einzige Sohn Gottes oder als Erlöser präsentiert, sondern als Vorbild. Er ist das vollends zur Entfaltung gebrachte Potenzial JEDES Menschen. Er verkörpert eine Möglichkeit, die auch Dir zur Verfügung steht.

Entdecke deinen inneren Christus!

Homepage: https://simon-bartholome.de

Kontakt: simon.bartholome@yahoo.de

444